KB116019

형식의 심연

형식의 심연

펴 낸 날 2018년 8월 6일

지 은 이 김인환
펴 낸 이 이광호
편 집 최지인 이민희 조은혜 박선우
펴 낸 곳 ㈜문학과지성사
등록번호 제1993-000098호
주 소 04034 서울 마포구 잔다리로 7길 18(서교동 377-20)
전 화 02)338-7224
팩 스 02)323-4180(편집) 02)338-7221(영업)
전자우편 moonji@moonji.com
홈페이지 www.moonji.com

ISBN 978-89-320-3453-9 93800

이 도서의 국립중앙도서관 출판예정도서목록(CIP)은 서지정보유통지원시스템 홈페이지(http://seoji.nl.go.kr)와
국가자료공동목록시스템(http://www.nl.go.kr/kolisnet)에서 이용하실 수 있습니다.
(CIP제어번호: CIP2018023508)

형식의 심연

◆

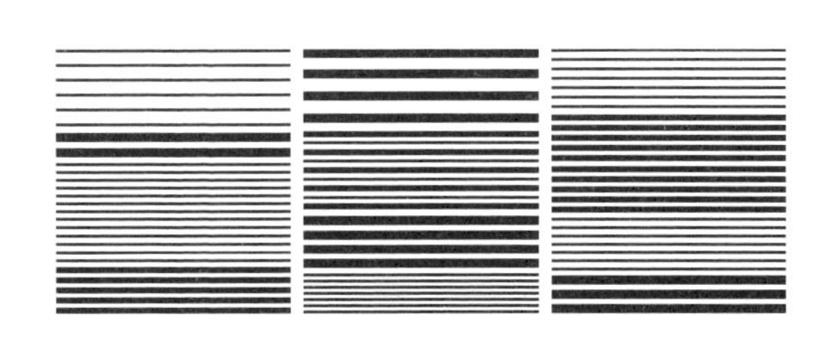

김인환 지음

◆

문학과
지성사

형식의 윤리

대학에서 강의를 하다 보면 문학의 방법에 대하여 질문하는 학생들이 적지 않다. 그러한 질문을 받을 때마다 나는 문학에는 방법이 없다고 대답한다. 현역 평론가도 아니고 퇴역 평론가도 아닌, 그 중간의 어디쯤에서 간혹 글을 쓰고 있으나 나는 방법에 대하여 고심해본 적이 없다.

대학 시절에는 소설을 썼는데, 신춘문예에 서너 번 응모했다 떨어지고 소설 쓰기를 포기하였다. 1972년에 이문구 선생이 편집하던 『월간문학』의 신인상을 받고 평론을 쓰게 되었으나, 문단과 떨어져 대학에 갇혀 있다 보니 읽어야 되겠다는 마음만 간절했을 뿐 정작 시와 소설을 많이 읽지는 못하였다. 어쩌다가 문인들을 만날 기회가 생겨도 미안한 마음에 피하기 일쑤였고 학생들과 문학 이야기를 할 적에도 늘 우물쭈물 말을 더듬지 않을 수 없었다. 비평가란 작품을 읽으면서 기쁨을 남보다 더 잘 체험하는 사람이다. 나는 시와 소설을 남보다 많이 읽지 못하였을 뿐 아니라 작품이 주는 환희도 남보다 더 잘 체험하지 못하였다. 재주와 학식과 안목이 다 모자란 채 비평가의 말석 한 자리를 차지하고 있었을 뿐이었다.

그러나 나는 어렸을 때 소설을 지어본 경험을 내심으로 상당히 자랑스럽게 여기고 있다. 1960년대 초에 「평론가는 이방인인가」라는 글에서 정명환 선생이 인용하신 마니의 평론집 『엠페도클레스의 짚신』에 나오는 이야기 한 토막이 지금도 내 기억 속에 남아 있다.

> 옛날에 마르탱이라는 한 불쌍한 사람이 있었습니다. 그는 무엇인가 쓰고 싶었습니다만 새로운 책이 나올 때마다 그 저자가 자기 자신이 하고 싶은 이야기를 훨씬 더 훌륭하게 해버린 듯이 여겨졌습니다. 그래서 그는 빈손으로 슬프게 제 집으로 돌아가는 것이었습니다. 그러자 하루는 흥분해서 자기가 좋아하는 책의 이야기를 친구들에게 했는데 의외로 자기와 같은 것을 발견한 사람은 아무도 없다는 것을 알았습니다. 이윽고 마르탱은 문예비평가가 되었습니다. (『사상계』 문예 증간호, 1962)

흔히들 방법이 중요하다고 하지만 창작이건 비평이건 글을 쓰는 일은 방법을 따르는 것이 아니라 방법에서 벗어나는 것이다. 미리 설정한 방법을 고수하면 글이 탄력성을 상실한다. 나는 내가 글을 쓰는 자리는 어디거나 프로이트와 마르크스를 묶는 실험실이라고 생각해왔으나 그들의 이론을 비평에 직접 끌어다 쓴 적이 없다. 미래에도 내일이 있다는 것을 생각하면 누구나 자기의 생각을 최종 결론으로 여기려는 것이 얼마나 어리석은 짓인지 짐작할 수 있을 것이다. 나는 비평가로서 지식을 자랑하거나 교훈을 제시하는 대신에 질문하고 모색하고 반성하는 정신을 유지하고 싶다. 개방된 정신의 긴장을 조금이라도 더 보존하려고 애쓰고 있다는 것 자체가 비평가가 된 은혜라고 생각하며 감사하는 마음으로 작품을 읽고 싶다.

시와 소설을 읽으면서 내가 항상 마음에 간직하고 있었던 것은 문학 공부가 작품의 얼개를 이해하는 일일 뿐 아니라 대중의 생활을 이해하는 일이기도 하다는 생각이었다. 대중보다 앞서간다는 것은 애초에 가망 없는 일이었고 대중을 따라가는 것만을 목표로 삼고 글을 읽어도 힘겨운 일이라는 것을 이제 비로소 알겠다. 문학을 공부하는 사람들에게 평론은 이렇게 하면 안 된다는 반면교사 노릇이라도 할 수 있지 않을까 하는 기대가 없지 않아 자신 없는 글들을 엮어보았다.

2018년 8월

김인환

차례

1부

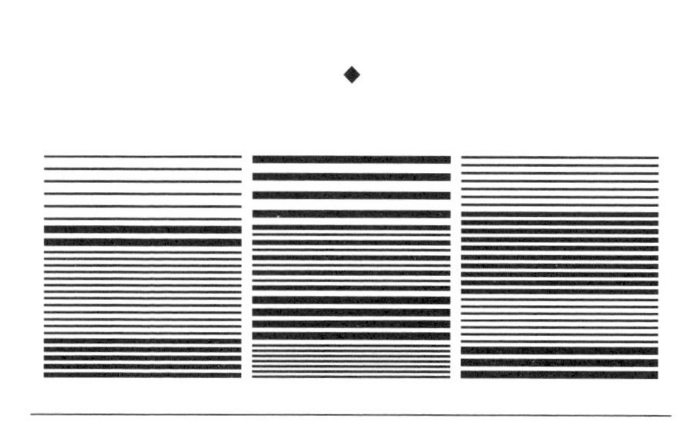

전통부정론적 비평의 한계

임화, 백철, 김기림, 최재서는 1930년대의 한국 문단을 주도해온 비평가들로서 그들의 비평 활동에 대해서는 그동안 다각도에서 연구되어왔다. 성격이 생생하게 드러나고 환경이 힘 있게 그려지는 본격소설을 티피컬한 척도로 상정하고 그 척도를 기준으로 삼아서 성격만 살아 있는 심리소설과 환경만 전경에 나오는 세태소설을 비판한 것은 이상과 박태원에 비교하여 이기영을 우위에 놓고 소설의 방향을 설정해보려는 의미 있는 시도였다. 최재서가 이상의 소설을 리얼리즘의 심화로, 박태원의 소설을 리얼리즘의 확대로 해석한 것은 임화의 본격소설론에 대한 간접적 이의 제기라고 할 수 있다. 그는 카프 측의 리얼리즘을 땅을 기는 낭만주의라고 하면서 그것은 1920년대의 하늘을 나는 낭만주의의 반대 모방에 해당한다고 낮게 평가하였다. 최재서는 자기 속의 유다적인 것을 격파하는 자기고발을 소설의 방법으로 제시한 김남천의 고발문학론을 받아서 묘사의 주체와 묘사의 대상으로부터 동시에 거리를 취할 수 있게 하는 자기 풍자를 소설의 방법으로 제시하였다. 그러므로 1930년대에 최재서는 리얼리즘 논쟁의 주변부에 있었다고 할 수 있다. 백철은 당시의 계급 구성으로 볼 때 농민이 절대다수를 점하고 있었으므로 농민문학이 리얼리즘의 주류를 형성할 수밖에 없으나 그러한 사정은 이해할 수 있다고 하더라도 생산수단을 소유하는 자본가와 노동력만을 소유하는 노동자의 계급투쟁에서 토지를 소유하고 있거나 소유하고자 하는 농민의 위상을 노동자의 위상과 동일하게 파악할 수는 없다고 주장하였다. 백철은 프롤레타리아문학과 농민문학(혁명적 빈농의 문학)의 관계를 감화력에 의한 간접적 동맹 관계로 설정해야 한다는 논지를 전개한 것이었다. 김기림은 1920년대 전반기의 낭만주의 시와 1920년대 후반기의 계급주의 시를 동시에 비판하면서 언어의 문제를 중시하였다. 그러나 언어에 대한 의식이 말초적인 쇄말주의에 떨어지는 흐름을 돌리려는 의도에서 역사성과 사회성을 포함한 현실로 시적 탐구의 방향을 정한 것은 임화의 기교주의 비판을 의식한 결과였을 것이다. 시의 언어는 개념을 지시하는 것이 아니며 거기에는 복잡하고 미묘한 느낌과 태도가 들어 있다는 것을 김기림은 지적하였다. 그는 시의 언어에서 회화성과 음악성을 중시한 바와 같은 이유에서 시적 현실의 사회성과 역사성을 강조하였다.

종래의 비평사에서는 그들의 비평에 대하여 리얼리즘, 모더니즘, 휴머니즘, 주지주의 등 여러 가지 사조와 결부하여 분파적 계보를 추적해왔고 그들의 비평사적 위상을 고려할 때 앞으로도 계속해서 그 내용의 세부를 분석하는 연구자들이 나올 것이다. 그런데 이 네 사람은 문학비평가일 뿐 아니라 문학사가이고 문학이론가였다. 이들은 한국 현대문학의 체계를 최초로 수립한 사람들이었다. 학문의 모든 분과는 원리principles론과 단계stages론과 현장actuality론으로 구성되어 있다. 경제학에는 경제원론, 경제사, 경제평론이 있으며, 음악에는 악전, 음악사, 음악평론이 있다. 원리론은 개념의 체계이다. 현실의 계기는 무한하고 개념의 체계는 유한하므로 원리론은 현실을 설명하기 위한 수단에 지나지 않는다. 간명성과 포괄성이 원리론을 평가하는 기준이 된다. 단계론은 자료의 정리이다. 역사의 자료들은 단계마다 서로 다른 체계를 드러내고 단계와 단계 사이에는 단절이 있으므로 현행성이 아니라 시대성이 체계의 변이를 해명하는 단계론의 평가 기준이 된다. 11세기에 악보가 나왔고 14세기와 17세기와 20세기에 각각 새로운 음악 양식이 발생하였다. 3백 년을 단위로 하여 음악 양식이 획기적으로 변화한 것이다. 우리는 다시 서양 음악사에서 150년을 단위로 한 작은 변화도 살펴볼 수 있다. 1450년에 중세음악이 끝나고 르네상스음악이 시작되었으며, 1750년에 바로크음악이 끝나고 고전·낭만음악의 공통관습시대가 시작되었다. 1750년에서 1900년까지의 150년 동안은 서양 음악 안에 국경이 철폐되었던 시기였으나, 공통관습시대는 1900년에 현대음악이 나타남으로써 끝났다. 현장론은 주로 신문, 잡지에 실리는 저널리즘에 속하는 분야이다. 제한된 자료로 현상을 분석하고 문제의 해결 방향을 제시하는 작업이므로 정확성이 아니라 실험성이 현장론을 평가하는 기준이 된다. 네 비평가의 현장론에 대해서는 이미 적지 않은 연구가 축적되어 있으나, 그들의 원리론과 단계론에 대해서는 연구된 것이 많지 않다. 이 글에서 네 비평가의 문학사와 문학론에 대하여 검토해보고자 하는 이유가 여기에 있다.

1. 『개설 조선신문학사』와 『신문학사조사』

임화는 「개설 신문학사」를 1939년 9월 2일부터 1940년 5월 10일까지 『조선일보』에 48회 연재했고 그 후속 부분을 "개설 조선신문학사"라는 제목으로 『인문평론』 1940년 11월호부터 1941년 4월호까지 4회 연재했다. 그에 앞서 1935년 10월 9일부터 11월 13일까지 『조선중앙일보』에 연재했던 「조선 신문학사론 서설」에서 임화는 "문학사의 문제란 실로 완전한 한 개의 실천적 과제이다"[1]라고 규정하였다. 그는 이인직과 이해조를 1단계, 이광수를 2단계, 김동인·염상섭·현진건을 3단계, 최서해를 4단계로 설정하였다. 1단계의 단순한 진화에 의해서 2단계가 나타났고, 2단계의 매개에 의한 발전의 결과로 3단계가 형성되었고, 이 세 단계의 종합에 의해서 4단계가 생성되었다는 것이 임화의 해석이다. 신경향파와 카프의 위상을 신문학사의 가장 높은 자리에 정위하는 것이 임화에게는 문학사의 문제였고 실천적 과제였다. 임화에 의하면 이인직에 대한 이광수의 우월성은 구소설에 대한 이인직의 우월성과 비교할 때 그다지 크지 못하다. "정치적·사회적 일면을 제거한 문화적 자유"(37)를 추구한 이광수의 소설은 "이인직의 불철저한 근대정신

---

1) 임화, 『임화 전집』 제2권, 박이정, 2001, p. 17. 이하 이 책의 인용은 본문 안에 페이지만 밝힘.

의 단순한 부연"(29)이다. 임화는 자연주의가 주도한 3단계에 허무주의, 감상주의, 악마주의, 퇴폐주의, 유미주의, 낭만주의를 포함하였다. 자연주의의 객관성과 낭만주의의 주관성은 구별되는 것이지만, 그 두 문예사조는 단편성(斷片性)과 무이상성을 공유한다는 것이다. 부르주아가 되려는 욕망이 좌절된 데서 자연주의라는 부정적 리얼리즘이 산출되었고, 자연주의가 하향하는 시기에 암담한 환멸감이 심해지면 자연주의의 무이상에서 허무주의와 퇴폐주의가 산출되었다는 것이 임화의 견해이다. 임화는 염상섭과 이상화를 높이 평가하였다. "『만세전』은 정히 우리가 당대에서 발견할 수 있는 유일의 기념비적 작품이다. 사실 상섭은 프로문학 십 년의 고투사가 『고향』의 작자 이기영을 발견하기까지 조선문학사상 최대의 작가이었다"(45~46). 이상화는 "긴 시를 조금도 리듬의 저조나 이완에 빠짐이 없이 조선어를 강한 열정의 표현에 조금도 부족함이 없는 시어로 창조하는 데 일 전형을 여(與)한, 가장 높게 평가될 시인이다. 이 시인의 유산으로부터 그 뒤 프롤레타리아 시가 받은 영향은 적지 않은 것이다"(49~50). 그러나 그가 보기에 전대의 문학을 전면적이고 종합적으로 집약하여 계승한 것은 신경향파 문학이었다. 최서해의 작품은 신경향파가 달성한 "예술적 수준의 최고점"(69)을 보여주었다. 임화는 문학사를 "문학사상의 모든 사실에 대하여 엄밀한 과학적 평가를 내리고 그 복잡다단한 역사적 발전의 전 노정 가운데서 일관한 객관적 법칙성을 찾아내어 만든, 한 개의 정확한 체계적 묘사"(14)라고 정의하였다. 임화는 「개설 조선신문학사」에서 체계적 묘사를 시도해보았다. 법칙을 기술하는 것과 특성을 묘사하는 것은 전혀 다른 작업이다. 문학사의 체계적 묘사에 과학적 평가와 객관적 법칙이 포함되기는 어려울 것이다. "근대문학이란 단순히 근대에 씌어진 문학을 가리킴이 아니라 근대적 정신과 근대적 형식을 갖춘 질적으로 새로운 문학이다"(81)라는 임화의 전제는 전적으로 타당하다. 그러나 "동양의 근대문학사는 사실 서구문학의 수입과 이식의 역사다"(81)라는 단정은 오류이다. 이 문장을 "한국의 근대국어사는 사실 서구 언어의 수입과 이식의 역사다"라는 문장으로 바꿔놓고 보면 이 문장의 오류를 인식할 수 있다. 국어의 역사와 국문학의 역사는 떼어낼 수 없이 긴밀하게 연관되어 있기 때문이다. 중세국어와 근대국어 사이에는 음운체계, 어휘체계 등의 변이로 인한 단절이 있지만, 근대국어를 수입되고 이식된 것으로 볼 수는 없다.

> 서구적인 형태와 양식과 내용을 가진 문학은 재래의 동양에는 대체로 없었다고 보아 족하기에 우선 조선에 있어 서구적인 형태의 문학사를 문제 삼자는 데 중점이 있다. 이 말은 곧 서구적인 형태의 문학을 문제 삼지 않고는 조선(일반으로는 동양)의 근대문학사라는 것은 존재하지 않고 성립하지 아니한다는 의미도 된다. (81)

임화는 근대문학이 이식문학이라는 근거를 자주적 근대화의 조건이 결여된 중세의 미숙성, 더 나아가서는 고대의 미숙성에서 찾았다. "개혁과 자각이 자력으로 수행되지 아니한 곳에서 이식문화를 가지고 그곳에서 독자적으로 생성해야 했을 근대문학사에 대신하는 것은 당연한 일이다"(81). 임화는 한국의 원시사회가 비전형적으로 붕괴되었기 때문에 고대사회가 비전형적으로 탄생하였고,

고대사회의 발달이 불충분하였기 때문에 중세사회의 발달이 불충분하였고, 그것이 중세사회 붕괴의 비전형성과 근대사회 탄생의 비전형성을 초래했다고 단정하였다. 임화의 단정과는 반대로 인신수취(人身收取)에 기반한 고대사회보다 소작제에 기반한 중세사회는 그 나름의 장점을 가지고 있었고 중세가 오래 지속된 것은 서양의 중세와 비교할 때 동양의 중세가 소작제를 더 합리적으로 운용하였기 때문이라고 볼 수도 있다. 수확을 절반씩 나눔으로써 지주는 직접 경영을 하지 않고도 수익을 얻을 수 있으므로 학문에 집중할 시간을 벌 수 있었고 농민은 노예보다 나은 인권을 보장받을 수 있었다. 지주의 철학인 주자학이 인권의 침탈을 어느 정도 막아준 면도 무시할 수 없을 것이다. 기술 수준이 고정되어 있는 상황에서 조세가 증가하면 결국 생산성이 떨어지므로 기계를 도입하지 않는다면 중세는 언젠가는 붕괴하게 된다. 그러나 인력을 활용하기 위하여 기술개발에 힘을 쏟지 않은 점도 고려해야 할 것이다. 중공업과 경공업이 남한 사회 안에 자리 잡은 것은 1980년대 이후의 일이었다. 한국은 중세의 붕괴와 근대의 형성 사이에 백 년에 가까운 과도기를 거쳤다고 하겠는데, 일본의 침략으로 인하여 과도기가 그토록 오래 연장되었던 것이다. 나라 잃은 시대에 나라 망한 이유가 한국 중세의 결함에 있다고 주장하는 것은 일본의 침략을 옹호하는 것과 동일한 논조가 된다.

임화는 갑오개혁을 "조선 근대화의 제도적 기초"(105)요 "조선 근대문화 탄생의 위대한 신호"(113)라고 보는 관점에서 체계적 묘사라고는 할 수 없는 방법으로 김윤경의 국어학사 연구, 백남운의 경제사 연구, 김태준과 조윤제의 문학사 연구를 장황하고 산만하게 인용하면서 근대문화의 전개 과정을 서술하였다. 1894년에 일본 공사 오토리 게이스케(大鳥圭介)와 육군소장 오시마 요시마사(大島義昌)가 군대로 한국 정부를 강제하여 석 달 동안 208개조의 일본법을 한국에 시행하게 한 것이 갑오개혁이었다. 조선법은 1897년에 다시 회복되었다. 임화가 한국을 "지나의 속방"(90)이라고 하고 "부패한 봉건제를 유지하려던 조선을 그 유일의 배경인 청국으로부터 절단해내는 것은 신세력에게 중대한 이익을 제공하는 것"(113)이라고 판단한 것도 사실에 맞지 않는다. 17세기의 북벌론이 18세기에 북학론으로 바뀌기는 했으나 한국은 형식적인 조공을 제외하면 청나라의 속국으로 볼 수 없는 자주성을 가지고 있었다. 임화는 갑오개혁에는 "전진도상에 있는 젊은 국가 일본의 힘이 크나큰 동력"(104)이 되어주었고, 1895(을미)년의 교육개혁에는 "오카모토 류노스케, 호시 도루, 사이토 슈이치로, 이시즈카 에이조, 오바 간이치의 힘이 물론 절대하다"(121)고 기술하였다. 한국 측은 아무것도 한 일이 없다는 것이다. "우리에 있어 전통은 새 문화의 순수한 수입과 건설을 박해하였으면 했을지언정 그것을 배양하고 그것이 창조될 토양이 되지는 못했다"(117).

백철은 『조선신문학사조사』 상권을 1947년에, 그 하권을 1949년에 내었다. 1단계를 교훈주의, 2단계를 자연주의와 낭만주의, 3단계를 신경향파로 설정한 것은 임화의 단계 설정과 유사하다. 그러나 프롤레타리아문학 이후는 사조별로 정리하지 못하고 자료들을 산만하게 나열하는 데 그쳤다. 백철은 책 제목을 '사조사'라고 붙인 이유를 다음과 같이 설명하였다. "선진한 외국문학을 받아들이는 데 있어서 어떤 대표적인 작품의 번역을 통해서 운동을 확대시키기 보다 우선 주조적(主潮的)인 것을 이론과 소개로써 받아들여서 일종 사조적인 문단 분위기가 앞서고 차츰 구체적인 문학운동, 즉 작품에의 반영을 일으키고 하는 것이 순서로 된 사실이다."[2] 백철이 말하는 사조사는 한국 문학 작품을 귀납적으로 분석하여 그 안에서 어떤 흐름을 찾아내겠다는 것이 아니라 서양 문학의 사조를 통하여 한국 문학을 보겠다는 것이었다. 그러므로 서양 문학의 사조가 통하지 않는 고전문학은 논의에서 배제될 수밖에 없었다. "유럽에선 15~16세기부터 시작되어 19세기 말에 끝을 본 근대사조, 따라서 유럽으로 보면 퇴조가 흘러서 한국에 들어왔을 때에 19세기 말의 한국은 아직도 유럽 15~16세기의 조건을 가지고 그 사조를 자연스럽게 받아들일 만큼 성숙하지 못했다"(18).

> 근대적인 의미의 신문학운동이 한국 문학사에 등장한 것은 직접 근대사조라는 세계 역사의 물결이 한국에 밀려 들어온 것이 동기가 되었으며, 또한 그 근대사조의 변화에 의하여 한국의 신문학이 성장되고 발달되어온 것이다. 그러므로 우리가 한국의 신문학사를 쓸 때엔 그 근대사조를 무시하고 쓸 수가 없을 뿐 아니라, 근대사조의 변천 과정에 대해 끊임없이 관찰하면서 써나가는 것이 문학사를 올바르게 쓰는 유일한 방법론이 되리라고 생각한다. (17)

---

2) 백철, 『백철 문학전집』 제4권, 신구문화사, 1968, pp. 15~16. 이하 이 책의 인용은 본문 안에 페이지만 밝힘.

백철은 갑신정변과 갑오개혁을 자주적 근대화의 시도라고 파악하고 그것들에 중요한 역사적 의의를 부여하였다. "진실로 애석해 마지않는 것은 갑신개혁과 갑오경장의 2대 개혁사건이 당시의 현실을 극복하지 못했다는 사실과 갑오동학혁명이 실패로 돌아갔다는 사실이다"(22). 1884년의 정변은 김옥균, 박영효, 홍영식, 서광범, 서재필이 일본 군대를 이끌고 대궐에 들어가 병조판서 민영목, 무위도통사 민태호, 예조판서 조영하, 친군좌영사 이조연, 후영사 윤태준, 전영사 한규직, 내시 유재현을 찔러 죽인 사건이었다. 그들은 국제 정세에 무지하였고 개혁의 프로그램도 가지고 있지 않았다. 1894년의 갑오민란의 경우도 그것의 의의가 반봉건에 있다기보다는 동학과 의병의 봉기가 국치를 10년 정도 늦출 수 있게 했다는 반침략에 있다고 해석해야 할 것이다.

왕조 말기의 계몽소설[3]에 대해서 백철은 임화보다 좀더 자세하게 서술하였지만 논지는 거의 그대로 반복하였다. 줄거리를 요약하는 데 그친 임화의 『신문학사』와 비교해볼 때 권선징악, 인물 유형, 해피엔드 등 구소설적 요소와 당대성, 허구성, 구어성 등 신소설 특유의 요소를 나누어 기술하고 그 주제를 자주독립, 교육 계몽, 인

3) 나는 개화기와 신소설이라는 용어가 사실에 맞지 않는다고 생각하여 신소설을 계몽소설이라고 하였다. 왕조 말기를 대표하는 문학의 갈래는 애국창가와 시국가사와 계몽소설이다. 개화파는 왕조 말기의 여러 세력 가운데 하나였을 뿐이고 주도 세력도 아니었을 뿐 아니라 망국기를 개화기라고 하는 것은 이해하기 어려운 명명법이 아닐 수 없다. 나는 고종·순종시대(1864~1910)를 대원군시대(1864~73), 개항기(1876~96), 광무 연간(1897~1907), 구한말(1905~10)로 구분한다. 대한민국에 대하여 대한제국을 구한국이라고 할 수 있고, 보호국 시기는 구한국의 말기이므로 구한말이라고 부를 수 있을 것이기 때문이다.

습 비판, 미신 타파 등으로 요약한 것은 일단의 발전이라고 평가할 수 있다. 그러나 백철은 임화의 이식문학론을 동일하게 수용하였다.

> 근대문명을 따르는 것을 당시 개화라고 불렀다. 그 근대문명은 실제적으로 그때 명치유신을 통하여 몇 발짝 앞선 일본에서 다시 옮겨온 경우가 많은 것이 사실이었다. 그것은 당시의 정치적 현실에서 지리적인 거리가 중대한 의미를 갖고 있는 때였던 만큼 신흥한 일본이 중국과 러시아보다 개국을 강하게 또는 우선적으로 요구하고 그 권리를 제일착으로 획득한 것은 당연한 추세였으며, 그때 선구적으로 근대문명의 의의를 각성한 신진 인텔리겐치아들이 예로부터 섬겨온 중국보다도 일본의 신흥세력에 의탁하여 개화를 꾀하게 된 것은 더욱 당연한 추세였을 것이다. 개화라는 이름부터가 일본 개화기의 문명개화에서 옮겨진 것임에 틀림없는 듯하다. (42)

거의 같은 시기에 제출된 임화의 이식문학론과 백철의 사실수리론은 동일한 역사의식의 산물이다. 근대는 중세보다 좋은 것이고 근대적인 것은 모두 일본에서 들어온 것이라고 전제한다면, 나라가 망해도 근대문학이 들어왔으니 좋다고 생각하게 될 것이고 나라가 망했다는 사실을 받아들일 수밖에 없다고 생각하게 될 것이다. 백철은 전시의 시국적인 제재에 편승한 생산소설들—이기영의 「광산촌」 「신개지」, 안수길의 「새벽」, 박영준의 「밀림의 여인」 등을 언급한 후에 그 자신의 사실수리론을 생산소설론의 연장선상에 배치하였다. "여기서 더 문제가 되는 것은 이러한 현실에다가 더 적극적인 역사적 전진의 의미까지 해석해보고 싶어 한 현실합리화의 견해인데, 이때 저자가 시도한 소위 사실수리론 같은 것이다. 이 이론이란 직접 이 시대의 현실과 관련된 것을 취급한 것이었다"(564).

2.『시의 이해』와『문학원론』

김기림은 1950년 4월에 을유문화사에서『시의 이해』를 간행하였다. I. A. 리처즈의 심리학에 근거하여 자신의 평론 활동에 일정한 체계를 부여하려는 시도라고 할 수 있는 이 책은 한국에서 최초로 출현한 시의 원리론이다. 김기림은 시를 사물이 아니라 사건이라고 규정하였다. 시에는 사회적 관련의 그물이 펼쳐져 있으며 그 가운데 가장 중요한 관련은 현행성과 전통성이라는 것이다. 시인은 "일정한 전통의 약속에서 오는 일정한 예술양식의 유산을 거진 강제적으로 상속받아야 한다. 그 한 부분을 변경한다든지 가감한다든지 하는 것은 할 수 있어도 그 양식을 모조리 버릴 수는 없다".[4] 시인이 시를 쓸 때 유산으로 상속받은 것은 일정한 시의 양식일 수밖에 없기 때문이고, 시의 언어가 민족 공동의 관습과 시인의 특수한 창안이 배합된 말일 수밖에 없기 때문이다. 시인의 경험에는 다른 사람들과 함께 나누고 있는 부분과 시인에게만 고유하게 존재하는 부분이 있다. "독자는 시에서 시인과 더불어 나누고 있는 경험을 비

4) 김기림,『김기림 전집』제2권, 심설당, 1988, p. 198. 이하 이 책의 인용은 본문 안에 페이지만 밝힘.

교적 쉽사리 받아들일 것이나 시인에게 고유한 경험은 이미 알고 있는 경험을 실마리로 해서 해석이라는 방법으로 그것에 접근해가는 것이다"(199). 원리론이면서도 체계보다 사실을 더 강조하고 전통보다 현장을 더 강조하는 데 이 책의 특색이 있다.

> 그러한 예술이 영향을 받으며 또 그 기능을 발휘하는 일정한 사회적 테두리와 그것을 에워싼 시간의 한계가 그 예술의 움직이는, 비유해 말한다면 숨 쉬는 장소인 것이다. 그러한 장소 안에 만들어진 한 개의 작품은 발표와 동시에 그 장소 안에서 금방 현장성actuality을 획득한다. 그것은 방금 일을 저지른 범인과도 같이 심각하게 우리의 경험 속으로 달려드는 것이다. 아무리 뛰어난 고전 작품도 그러한 임리(淋漓)한 현장성을 가지고 우리에게 다가들지는 못한다. 잘 되었거나 못 되었거나 오늘의 절박한 문제를 품고 오늘의 기압 아래서 숨 쉬는 오늘의 예술만이 가질 수 있는 긴장성이 바로 이 현장성인 것이다. (197)

김기림은 시의 원리에 대해서 형이상학적 가설을 꾸며내는 것을 극도로 경계하였다. 경제에서 투기speculation가 나쁘듯이 시론에서는 사변speculation이 나쁘다는 것이다.

> 무엇을 가리켜 형이상학이라고 하나. 과학적이 아니고 과학에 반대되는 논의들을 가리켜 하는 말이다. 사실을 다루며 어디까지든지 사실에 충실하려 들지 않고, 도리어 사실로서 안을 받치지 못한 관념을 즐겨 주무르며 그러한 그림자와 같은 관념의 논리와 체계와 장

기에 열중하는 것이다. 무엇을 가리켜 사변이라고 하나. 사실을 관찰하며 계산하며 그것을 기초로 하여 정식을 얻는 것이 아니라 얼른 보면 그럴듯한 아프리오리한 대전제로부터 출발한 추리의 전개를 말하는 것이다. (200)

과학의 마지막 시금석은 사실의 검증이라고 생각하는 김기림은 심리학에 아직도 가설이 많이 남아 있다는 것을 알고 있으나 심리학의 통일이 이루어지고 말 것이라는 믿음을 가지고 시의 경험을 분석하는 데 심리학의 성과와 방법을 사용하였다. 리처즈는 마음을 신경계통의 기능으로 규정하였다. 그에 의하면 마음은 충동의 체계이며 인식하고 의욕하고 감득하는 것이 모두 신경계통에 일어나는 일이다. 심리 활동은 자극에서 시작하여 행동으로 끝난다. 자극에 대하여 반응하는 것을 충동이라고 한다. 실제 경험에서 단 하나의 충동이 발생하는 법은 없다. 단순한 반사운동조차 충동의 복잡한 뭉치이다. 심리학에서 취급하는 충동은 언제나 복합충동이다. 어느 자극을 받아들이고 어느 충동이 뒤따르는가 하는 것은 우리의 관심들 가운데서 어느 것이 활동하느냐에 달려 있다. 마음의 실상은 충동들의 상호작용과 상호 관계가 형성하는 하나의 전체이다. 마음은 건강 상태에 있는 동안 쉬지 않고 자라가는 체계이다. 인간의 가장 중요한 관심사는 미묘한 균형을 성취하는 것이다. 그러나 하나의 균형이 성취된다 하더라도 새로운 상황에 처하면 그것이 균형을 흔들어놓는다. 충동들은 동요 상태가 새로운 안정 상태로 돌아오는 방식을 찾아 상황에 반응한다. 시의 경험이 다른 종류의 경험과 구별되는 성질을 가지고 있는 것은 아니다. 리처즈는 시적 경험을 지적 기능이 아니라 정의(情意) 기능에 속하는 경험이라고 한정하고 정의를 내장과 혈관 계통, 특히 호흡기관과 내분비선의 변화가 어떤 본능적인 경험을 촉발하는 정황에 대하여 반응할 때 일어나는 것이라고 설명하였다. 리처즈에 의하면 시의 경험은 길거리에서 겪는 경험보다는 훨씬 더 섬세하게 조직된 경험이다. 리처즈는 시의 경험을 여섯 단계로 나누었다.

① 글자에서 오는 시각적 감각
② 읽을 때 생기는 청각 영상
③ 자유롭게 머릿속에 그려보는 이미지들
④ 시 속의 장면, 사건, 행동을 이해하는 데 필요한 생각들
⑤ 시 전체가 일으키는 정서적 반응
⑥ 정의적 태도(전 경험의 총결과)

영상은 고유한 가치를 지니고 있는 것이 아니고 정의적 효과를 유도하는 수단일 뿐이며 시적 경험의 핵심은 태도라는 것이 리처즈의 결론이다. 어떤 경험이 강렬하다든가, 충격을 일으킨다든가 하는 데 가치가 있는 것이 아니라 충동들이 어떻게 조직되었나 하는 것이 가치를 결정하는 지표가 된다는 것이다.

어떤 새로운 경험의 흔적이 가장 잘 나타나는 것은 그 경험을 치르고 난 직후에 그가 장차 가지려는 행동의 준비에서인 것이다. 그리하여 경험의 이러한 결과는 그의 인격에 그만큼 새로운 변동을 일으키는 것이다. 시가 빚어내는 태도는 다른 예술의 경우와 마찬가지

로 마음의 구조에 가장 심각하고도 영속적인 변동을 일으키는 그러한 종류의 것이겠다. (221)

시의 경험은 사람들의 몸과 마음을 스치며 지나가버리는 일상 경험의 무리에서 동떨어진 비범한 경험이다. 뒤범벅이 된 경험의 혼돈 상태를 통어하여 움직이는 질서를 형성한다. 김기림은 "보통 사람은 그의 태도에 안정과 명석을 유지하기 위해서는 대체로 정황이 일으키는 충동의 대부분을 억눌러야 할 필요에 직면한다. 그에게는 그것들을 조직할 능력이 없다. 그러므로 그것들은 처치될 수밖에 없다. 같은 처지에 설 적에 예술가는 당황하지 않고 그것들을 포섭할 수 있다"(224)는 리처즈의 말을 인용하고 있다. 리처즈는 개인의 정황이 특수하다는 것을 인정하면서도 인간 심리의 한결같음uniformity을 전제하였다. 절박감immediacy과 현행성actuality이 제거되더라도 가상fiction 세계라는 한계 안에서는 동일한 경험을 체험할 수 있다는 것이다. 리처즈에 의하면 태도는 행동을 지향하는 상상 속의 활동이다. 그렇다면 리처즈가 말하는 태도는 야스퍼스의 내적 행동innere Haltung에 해당하는 개념일 것이다. 긴장과 여유를 동시에 간직하고 있는 것이 내적 행동의 특징이다. 행동(근육운동)과 태도(내적 행동)를 분리하는 바로 이 지점에서 리처즈에 대한 김기림의 이의가 제기된다. 행동과 태도의 분리는 시와 신념의 분리로 이어질 것인데 심리학으로 신념을 해명하기 어렵다는 점은 인정한다 하더라도 신념이 태도를 정향하는 면이 있다는 사실을 무시하는 것은 오히려 비과학적인 의견이라는 것이다. "그는 여기에 이르러 어느새 다소간 모양을 바꾼 현대식 새 유미주의로 떨어진 느낌이 없지 않다. 그로 인함인지 그의 태도론은 예술의 경험에서 태도가 일어난다는 일을 지적하였을 뿐, 태도 그것의 성질에 대한 분석은 하지 않았다"(257). 악이 날뛰는 것을 방관하는 태도와 새 현실의 창조를 희망하는 태도는 엄밀하게 구별되어야 한다는 것이 김기림의 견해였다. 과학이 메우지 못하는 세계상의 빈 부분을 지혜와 통찰로 채우면서 행동까지 포섭하는 실험을 해야 한다는 것이다. "객관적인 사회적 존재 그것에서 유래하는 뿌리 깊은 대립이 한 대상에 대한 모순된 두 분별로서 나타나는 것은 어찌할 것인가. 여기 심리학적 설명의 한계가 있어 보인다"(267).

김기림의 『시의 이해』는 반세기를 훌쩍 넘은 지금 읽어도 수긍할 만한 내용으로 구성되어 있다. 김기림은 리처즈의 소개자였고 동시에 리처즈에 대한 비판자였다. 그러나 자료에 근거하지 않고 개념만 대상으로 논의를 전개하였기 때문에 이 책은 이론의 군주적 지배라는 결함을 피하기 어려웠다. 광복 직후에 김기림이 처한 시대는 한국 시를 자료로 해서 귀납적으로 이론을 구축하는 작업이 곤란한 시대였고, 한국 사회에서 자료를 모아 실천의 방향을 갈피 짓기가 거의 불가능한 시대였다. 비록 그렇다 하더라도 리처즈의 시론을 한국 시로 예증하는 일은 할 수 있었을 것이다. 과학에 대한 집착에서 우리는 오히려 현실에 대한 김기림의 불안한 마음을 느끼게 된다.

최재서는 1957년에 『문학원론』을 내었는데, 그는 이 책을 리처즈의 심리학에 근거하여 구성하였다. 최재서는 문학을 가치 있는 체험의 기록이라고 정의하였다. 그에 의하면 문학 창작의 추진력은 보존 의욕에 있으며 가치 없는 것을 보존하려는 사람은 없을 터이므로 가치는 문학의 기본 요소가 된다. "사상과 감정은 우리의 내부에서 따로따로 활동하지는 않는다. 하나는 원인으로서 또 하나는 결과로서 언제나 전일적·유기적으로 활동하는 생명 과정이다. 그러한 생명 과정을 우리는 체험이라 부른다. 그래서 나는 문학을 인간적 체험의 기록이라 정의한다."[5] 사상과 정서에 대한 최재서의 설명에는 혼선이 보인다. 문학은 정서의 세계라고 말할 때에 최재서는 "감각보다는 지성, 지성보다는 정서, 정서보다는 본능—이렇게 생명의 본질에 접근할수록 반응은 불변적이며, 따라서 체험은 보편성을 띠게 된다"(64)라고 설명하면서, 감각의 지배를 받는 취미는 세대에 따라서 달라지고 지성과 관련되는 사상은 환경에 따라서 달라지지만, 감정과 본능은 항구적이라는 것을 그러한 설명의 근거로 제시하였다. 감정과 본능의 보편성을 말하는 부분은 "사상은 그 성질상 독창적일 수 없다. 만약 다른 누구의 사상과도 다른 사상을 가졌다면 그것은 사상으로서 이미 가치와 존재 이유가 없다. 사상은 어디까지나 객관적이며 보편적이라야 하기 때문이다. 그러나 정서는 독창적일 수 있으며, 또 그것이 문학적 가치의 절반을 형성한다"(274)는 설명과 맞지 않는다.

최재서는 쾌락을 활동이 성공한 결과로 의식되는 심리 상태로 규정하고 그것을 문학의 기능에 귀속시켰다. 최재서에 의하면 한 편의 시를 읽는 데서 얻는 쾌락과 수학 문제를 푸는 데서 얻는 쾌락

---

5) 최재서, 『문학원론』 증보판, 춘조사, 1963, p. 10. 이하 이 책의 인용은 본문 안에 페이지만 밝힘.

은 동일하다. 쾌락은 독립된 감정이나 정서가 아니므로 쾌락을 일으킬 수 있는 고유한 자극도 없다. 최재서는 "쾌락은 마음속에서 단독으로 발생하는 독립적인 현상이라기보다는 어떤 일이 발생하는 양식이다. 우리가 갖는 것은 쾌락이 아니라 어떤 종류의 쾌적한 체험이다"(49~50)라는 리처즈의 말을 인용하였다. 최재서에 의하면 문학 작품이 독자에게 주는 쾌락은 열정에 사로잡히는 일이 아니라 열정에서 해방되는 일이며, 감정의 흥분이 아니라 감정의 질서화이며, 흥분 자체가 스스로 조화되어 안정 상태로 돌아가는 일이다.

최재서의 체험론은 "우리는 신체이며, 좀더 자세히 말하면 신경계통이며, 더욱 자세히 말하면 신경계통의 중추부"(63)라는 리처즈의 심리구조론을 전제한다. 최재서가 요약한 리처즈의 심리구조론은 다음과 같다. 신경계통은 환경에서 오거나 또는 신체 내부에서 발생하는 자극이 적당한 행동의 결과를 일으키는 수단이다. 자극과 반응의 사이에 적응의 과정으로서 일체의 심적 사상(事象)이 일어난다. 모든 심적 사상은 원인과 성격과 결과를 포함하는데, 원인은 자극이며 결과는 행동이다. 그 심적 사상의 성격이 체험자 자신에게 느껴질 때에, 즉 그 심적 사상이 어떤 성질의 것이라 함이 알려질 때에 그것을 의식이라 한다. 자극에서 시작하여 행동에서 끝나는 심적 사상의 전 과정을 충동이라고 한다. 어떤 자극이 접수되어서 어떤 충동이 일어나느냐 하는 것은 우리의 흥미들 중에서 어떤 것이 그 순간에 활동하고 있느냐 하는 데 따라서 결정된다. 자극은 유기체의 요구에 부합될 때에만 접수된다. 자극에 대한 반응의 형태는 일부분만 자극의 성질에 의존하고, 나머지 대부분은 유기체 자체의 요구에 의존한다. 체험은 심리학적 현상인 동시에 생물학적인 현상이기도 하다. 생활이란 유기체와 환경의 결핍과 조화가 교체해서 반복되는 과정이다. 환경과의 조화가 깨질 때에 그 결핍은 욕망으로 의식된다. 우리는 외부 세계와의 부조화를 느끼면 그것과 동시에 평형을 복구하려는 노력을 시작한다. 충동은 행동으로 끝나는 흥미의 동요다. 유기체가 행동으로 환경을 극복하여 욕망이 물질적으로 충족될 때 충동은 평형을 회복하고 깨어졌던 의식의 질서는 안정으로 돌아가면서 흥미는 만족감으로 변질한다.

이러한 아주 기초적인 생명 과정에서 이미 우리는 양면을 구별할 수 있다. 하나는 외부에서 유기체의 내부로 밀고 들어오는 힘이며 또 하나는 유기체의 내부에서 환경으로 밀고 나가는 힘이다. 전자를 수동이라 하고 후자를 능동이라 한다면, 생명 과정이란 수동과 능동이 상호적으로 작용하여 서로 지지하면서 전진하는 과정이다. 그것은 맹목적인 변화와 유전만은 아니다. 그것은 일정한 목표를 향해서 추진되는 운동이다. 그 운동이 끝나고 욕망이 충족되어 평형 상태로 돌아갈 때에 우리의 의식 속에는 질서가 실현된다. 질서란 어떤 통일 밑에 관계되는 모든 세력—수동과 능동—이 조화적인 평형 밑에 놓여지는 상태를 의미한다. 물론 위에서 말한 것은 생명 과정이 성공한 경우이며, 또 성공한 경우라 할지라도 욕망은 결코 휴식하지 않으니까 질서는 곧 깨진다. (155)

최재서는 리처즈의 시적 체험론에 대하여 김기림보다 더 자세하게 설명하였다. 인쇄된 글자가 망막에 비치면 그것이 자극이 되어 흥분을 일으키는데, 그 흥분을 충동이라고 한다. 충동은 두 갈래로 갈라진다. 하나는 말들이 의미하는 사상의 흐름이고 다른 하나는 정서의 반응이다. 정서적 반응은 발전하여 태도에 도달한다. 태도는 행동의 준비 단계이지만, 시적 체험은 행동에까지 가지 않고 태도에서 끝난다. 인쇄된 글자들을 보고 청각상을 파악하는 것이 시 읽기의 시작이 된다. 악센트 하나의 위치만 바뀌어도 시의 리듬은 파괴된다. 청각상을 파악한 다음에는 상상 속에서 마음의 눈으로 이미지를 포착해야 한다. 지성은 감각기관에서 받아들이는 무수한 감각들을 추상화하여 개념으로 분류한다. 기억은 지성이 정리해 놓은 개념들의 총체이다. 언어는 그 개념들을 기억에서 색출해내는 일종의 색인이다. 개념의 소재는 원래 감각이었던 만큼 색출된 개념에 감각이 따라 나올 수 있다. 개념과 감각이 합체된 것이 이미지이다. 청각상과 이미지를 체험한 후에는 사상과 정서를 체험해야 한다. 시적 체험은 시의 장면, 사건, 행동을 시의 외부 사물과 연관지어 이해하는 지적 체험의 단계를 거쳐야 한다. 지적 충동은 능동적 정서를 유도하는 수단으로서만 의미가 있다. 최재서는 워즈워스의 「홀로 보리 베는 처녀」를 이해하는 데 필요한 지적 체험의 내용을 해명하였다. 이 시는 체험의 장소를 스코틀랜드에서 아라비아로, 아라비아에서 다시 스코틀랜드 북서쪽의 헤브리디스로 세 번 이동한다. 또 체험의 시간을 현재에서 과거로, 과거에서 미래로 이동한다. "보리를 베며 노래를 부르는 처녀가 있고 노래를 듣는 시인이 있고, 또 시인이 가끔 불러대는 미지의 인물이 있다. 그는 독자 자신이다. 이 삼자를 연결해서 얻어지는 삼각형이 이 시의 세계를 구성하는 기본 시추에이션이다. 독자가 이 시추에이션 안에 위치함으로써만 이 시의 체험은 현실화된다. 이러한 시추에이션을 설정하는 것은 독자 자신의 이해력이다"(175). 정서는 일종의 전신감각이다. 충동은 주로 환경의 작용이지만, 정서는 충동에 대응하는 유기체의 반작용이다. 이 반작용은 생리적 변화를 수반하며 전신에 반향을 일으킨다. 최재서는 비애, 환희, 공포, 분노를 정서라 하고 쾌와 불쾌를 감정이라 하여 정서와 감정을 구별하였다.

유기체는 외부에서 침입해오는 무수한 자극들을 선택적으로 받아들인다. 흥미가 그 선택의 원리가 된다. 체험의 가치는 정신이 흥미의 운동을 통하여 더욱 넓은 평형으로 나아가는 정도에 따라서 결정된다. 적극적인 흥미를 최대한도로 활동시킬 수 있는 생활이 가치 있는 생활이다. 그러나 조직화되지 못하여 서로 충돌을 일으키는 충동들은 생활을 불행하게 만든다. 가치 있는 생활은 충동들이 최대한도로 활동하면서도 충동들의 충돌이 최소한도로 축소되어 있는 생활일 것이다. 충동들의 충돌을 피하려면 어떤 충동을 억압하거나 충동들을 타협시켜야 한다. 억압하고 정복하는 방법은 억압되고 정복된 충동들이 반란분자가 될 우려가 있으므로 좋지 않다. 리처즈에 의하면 시는 억압이 아니라 타협과 조정을 기초로 하여 질서에 도달한 체험의 기록이다. 충동들의 타협으로 이루어진 질서에서 감동을 체험한 사람의 태도는 평생토록 지속된다. 정서와 행동의 중간에 태도라는 또 하나의 단계가 있다. 태도는 충동이 행동을 준비하는 잠정적 단계이다. 실천적 체험은 태도에서 행동으로 나아가지만, 시적 체험은 태도로 끝난다. 최재서는 시적 질서를 정치적 질서로 확대하여 전제주의를 억압적 질서로, 민주주의를 타협적 질서로 규정하였다.

체험 통일에 채용되는 억압과 타협을 정치 생활에 나타나는 그것과 비교해보면 더 잘 알 수 있을 것이다. 억압을 기본 방침으로 삼는 정치를 전제주의라고 한다면, 타협을 기본 방침으로 삼는 정치는 민주주의다. 전자에서는 이질적인 분자를 제외하고 국민 각자의 개성을 탄압함으로써만 고독한 정권이 유지된다. 그러나 그러한 정치 속에서는 아무러한 가치도 생산되지 않는다. 그와 반대로 후자에서는 이질적인 분자까지도 넓게 포섭하고 국민 각자의 능력에 최대한도의 활동 여지를 줌으로써 광범한 협조 위에 정치 생활이 운영된다. 그러한 유기적 조직 속에서는 인간적으로 가치 있는 모든 것이 생산될 수 있다. (232)

민주주의는 최재서가 참으로 어렵게 획득한 최소한의 도덕이다. 이 인용문 안에는, 친일은 본유(本有)적인 행동이 아니라 특수한 상황에서의 우유(偶有)적인 행동이었다는 것을 이해해달라는 희망이 들어 있다. 최재서는 신익희와의 친분을 통해서 민주주의가 자신의 본심이라는 사실을 증명하고자 하였다.

오늘은 고 신익희 씨 국장날이다. 좀 일찍 강의를 끝내고 시내로 들어왔다. 종로에서 버스를 내리고 다동 뒷골목 길을 걸어가는 동안 별로 행인을 못 보았다. 그들은 행렬을 맞이하러 각기 적당한 장소로 출동한 모양이었다. 나는 을지로 큰 길거리에서 시민들과 함께 배장(拜葬)했다. 만사의 기폭이 숲같이 늘어서 오고 장송곡이 흘러가는 가운데서 나는 무념무상이었다. 다만 숭엄한 기분이었다. 그러자 행렬이 지나가 길가에 섰다. 시민들이 와와 흩어지고 자동차 경적 소리가 들리고 하자, 나는 갑자기 고인이 우리들 사이에 남기고 간 커다란 공허를 느끼어 말할 수 없이 쓸쓸했다. 나는 그때에 비로소 고인이 내 서재에서 술잔을 드시며 서책과 학문을 논하시던 모습을 그려보고 눈앞이 캄캄해짐을 느꼈다. (227)

『맥베스』를 분석하던 중에 갑자기 끼어든 인용문은 비록 본의 아니게 친일은 했으나 독립운동을 한 신익희와도 친분이 있다는 것을 알리기 위하여 넣은 부분일 것이다. 그러나 아들 강(剛)의 영전에 헌정한 『전환기의 조선문학』을 폐기할 수는 없을 것이다. 그 책에는 다음과 같이 기록되어 있다.

생활 전일체로서의 국가는 스스로 불가분의 생명과 이상을 가지고 있습니다. 이 국가의 가치는 모든 가치의 상위에 있는 최고의 가치일 뿐 아니라, 실로 가치의 근원으로서 모든 가치 표현에 선행하는 것입니다. 그런 까닭에 국민 한 사람 한 사람의 창조에 의해서 국가의 가치가 집적되는 것이 아니라, 국가의 가치는 국민의 본질적인 것으로서 이미 존재하며, 그 본질적인 가치가 국민 한 사람 한 사람에게 분기되어 그들 개인의 활동을 통하여 현양되는 것입니다. 이처럼 국가와 개인이 가치를 부여하고 가치를 살리는 관계로 서로 떨어질 수 없는 입장에 있는 것이 국민문학의 입장입니다.[6]

6) 최재서, 『전환기의 조선문학』, 노상래 옮김, 영남대출판부, 2006, pp. 109~10.

최재서의 애처로운 변명에도 불구하고 그의 민주주의는 리처즈의 심리학에서 도출된 것이지 그 자신의 체험에서 얻은 확신이 아니라는 데 문제가 있다. 그는 한국의 전통을 철저하게 부정하는 입장에서 문학론을 전개하였다. "셰익스피어와 밀턴을 두 웅봉(雄峰)으로 연면 천여 년의 문학 전통을 가진 영국에서도 워즈워스는 거의 절망을 느끼었다. 그러한 전통도 없이 외국문학을 무비판하게 받아들이는 우리 사회에 수치스러운 미음(媚淫) 문학의 탁류가 아무 거리낌도 없이 도도히 흐르고 있는 형편이다. 우리나라 현대문학의 장래에 대해서 암담한 생각을 물리칠 수 없는 것은 비단 저자만은 아닐 것이다"(59). 초서가 영어로 『캔터베리 이야기』를 쓰기 시작한 것이 1387년이고 이성계가 조선을 건국한 것이 1392년이다. 프랑스어는 신라가 망해가던 9세기에 생겼고 영문학은 조선이 건국되던 무렵에 시작되었다고 하는 것이 유럽 사람들의 상식이다. 영문학이 천여 년의 문학 전통을 가지고 있다는 것은 아마 8세기 초에 나온 『베오울프』를 영문학의 전통에 넣어서 계산한 것인 듯하나 그것을 영문학의 전통에 편입하기에는 8세기와 14세기 사이의 공백이 너무 크다. "전통이 창조의 인스피레이션이 되고 문학 작품의 모태가 되는 대신에 민족 발전의 길을 가로막는 장애물이 될 때에 그 전통은 저주된 물건이다. 이조 5백 년의 유교적 전통은 확실히 그러한 전통이었다"(96). "열반의 세계는 그들이 외축(畏縮)을 느끼는 유전의 세계와 마찬가지로 미적 체험이 발생할 수 없는 세계다. 불교가 그 높은 종교성에도 불구하고 문학을 갖지 못한 것은 그 때문이다"(157). 최재서는 자기가 모르는 것과 존재하지 않는 것을 혼동하고 있다. 그런데 한국의 전통을 부정하는 그의 발언에 의심스러운 점이 있는 것은 일본의 전통에 대해서는 전혀 다른 말을 한 적이 있기 때문이다.

> 오늘날 『고사기』나 『만엽집』은 국민고전으로서 일반 지식인에게까지 그에 대한 교양이 요청되고 있다. 요컨대 이들 고전은 일본의 전통, 즉 일본 민족의 가치관이나 그 사고방식, 표현 양식 등이 가장 순수하게 보존되어 있는, 말하자면 일종의 저수지로서 오늘의 국민에게 정신적인 수분을 공급해주기 때문이다. 우리 비평가가 오늘 새삼스러이 일본 고전을 잘 모르는 것을 서로 한탄하는 것은 결코 이유가 없는 것이 아니다.[7]

한국의 현대문학을 서양 문학의 전통에 편입시키려는 『문학원론』의 무모한 시도보다는 차라리 일본의 고전에 대한 이러한 논의를 확대하여 동아시아의 전통을 적극적으로 탐색해보고자 하는 시도가 더 효과적인 전통 탐구 방법이 될 수 있을 것 같다. 『시경』과 당시, 『겐지이야기』와 『홍루몽』은 각각 그 시대 세계 최고의 문학이었고, 퇴계의 『자성록』 또한 동일한 시기의 몽테뉴의 『에세』와 비교하여 분석해볼 만한 작품이다. 인도 문학과 중동 문학까지 연구할 능력은 안 된다 하더라도 동아시아 문학을 제외하고 유럽 문학의 전통을 찾아보겠다는 것은 편협한 태도라고 아니할 수 없다.

20세기 전반기의 한국 문학사는 그 시기의 독립운동사와 분리될 수 없다. 망국민이라는 사실을 고려하지 않으면 그 시대의 작품을

7) 같은 책, p. 139.

충실하게 이해할 수 없다. 실국시대의 광복운동을 단순히 민족주의로 규정한다는 데는 동의할 수 없는 면이 있다. 나라 잃은 시대에 나라를 찾기 위해 투쟁하는 것이야말로 국제적이고 보편적인 행동이기 때문이다. 임화와 백철, 김기림과 최재서의 비평에 내재하는 전통부정론을 문제 삼는 이유도 그들의 비평이 한국 문학의 전통 또는 동아시아 문학의 전통에 유의했다면 다음 시대까지도 통할 수 있는 보편성을 확보할 수 있었을 것이라는 가정에 있다.

최재서 셰익스피어론의 한계

최재서(1908~1964)는 1931년에 「셸리 시정신의 발전」이란 논문을 쓰고 경성제국대학을 졸업한 후, 1933년에서 1945년 사이에는 평론가로서 활동하여 『문학과 지성』(인문사, 1938), 『전환기의 조선문학』(인문사, 1943) 등의 평론집을 내었고, 1945년 이후에는 문학 연구자로서 『문학원론』(춘조사, 1957), 『영문학사』(동아출판사, 1959; 1960), 『셰익스피어 예술론』(을유문화사, 1963) 등의 연구서를 저술하였다. 해방 전의 평론들에 대해서는 김흥규의 석사학위 논문이 있고, 해방 후에 쓴 『문학원론』에 대해서는 전용호의 박사학위 논문이 있으나 『셰익스피어 예술론』에 대해서는 본격적으로 언급한 논문이 없으므로 그 내용을 분석해보고자 한다.[1)]

최재서는 경성제국대학 비문학부 영어 강사로 발령을 받은 1933년

---

1) 박사학위 논문, 오인철의 「셰익스피어 수용 과정 연구」(단국대, 1987)와 김창호의 「한국에서의 셰익스피어 수용 연구」(고려대, 1999)에서 영향 관계를 해명하였다.

에 『조선일보』 학예면을 담당하던 이원조의 주선으로 1934년부터 『조선일보』에 영국의 비평가들을 소개하면서 평론 활동을 시작하였다. 지성, 가치, 흥미 등 여러 가지 개념들을 해설하였으나, 그것들은 모두 T. E. 흄, I. A. 리처즈, H. 리드, I. 배빗, S. 스펜더 등의 견해를 소개한 내용이므로 그 글들에서 최재서 자신의 생각을 추측해볼 수는 있다고 할지라도 그것들을 최재서의 평론이라고 할 수는 없을 것이다. 최재서는 임화, 김남천과 문제의식을 공유하게 되는 1935년부터 자신의 생각을 평론으로 발표하기 시작하였다. 우리는 한국 현대비평사에서 최재서의 위상을 임화와 김남천을 중심으로 전개되는 리얼리즘론의 주변부에 배치할 수밖에 없을 것이다. 그의 글은 문학을 신념과 모럴의 문제로 인식하고 도식주의와 형식주의에 반대하며, 넓은 의미의 현실성을 강조했다는 점에서 김남천의 비평과 통하는 면을 가지고 있었다. 「풍자문학론」(『조선일보』 1935. 7. 14~28)에서 그는 수용적 태도(순응주의)와 거부적 태도(사회주의)로부터 동시에 거리를 취하는 풍자적 태도(지성주의)를 현실적으로 가능한 문학 방법으로 제시하였다. 풍자는 현실에 대해서만이 아니라 작가 자신의 주관적 정서에 대해서도 냉각제 효과를 발휘할 수 있다고 하며 자기 풍자의 문학적 의미를 강조하는 것은 김남천의 자기 격파로서의 고발문학론에 동의하는 내용이라고 할 수 있다. 『백조』의 하늘을 나는 낭만주의와 카프의 땅을 기는 낭만주의에 반대하는 그는 김남천과 같이 리얼리즘을 지향하는 평론가였다. 박태원과 이상의 소설을 다룬 평론 「리얼리즘의 확대와 심화」(『조선일보』 1936. 10. 31~11. 7)는 당시의 임화와 김남천의 리얼리즘론을 보충하는 글이라고 할 수 있다. 이상의 부자연스러운 작위성과 박태원의 소박한 시정 묘사를 비판하면서도 최재서는 분열을 진실하게 추적해간 내면 묘사의 객관성과 도식적 관념에 굴복하지 않은 생활 묘사의 객관성을 높이 평가하였다.

최재서는 1941년부터 국민문학을 주장하기 시작하였는데, 그 근거가 또한 가치의 추구에 있었다. "천황을 위해 버리는 것이야말로 가치가 있는 목숨이다. 즉 천황은 가치의 근원체로서 신민의 한 사람 한 사람에게 가치를 나누어 주셔서 그의 생명을 가치 있게 하시는 것이다."[2] 김흥규는 『전환기의 조선문학』에 대해서 "그것은 식민지의 질서 안에서 교육받고 자랐으며 스스로 식민지인이고자 했던 한 사람의 뿌리 없는 지식인이 고독한 지적 방황의 결과 마침내 일체의 가치를 군국주의의 신화에 거두어 바치고 자멸하기에 이른 파산의 기록"[3]이라고 평가하였다.

1.

1957년에 낸 『문학원론』에서 최재서는 문학을 가치 있는 체험의 기록이라고 정의하였다. 체험은 유기체와 환경의 상호작용이다. 그 상호작용은 유기체가 환경의 자극을 받는 수동 작용과 유기체가 환

---

2) 최재서, 『전환기의 조선문학』, 노상래 옮김, 영남대출판부, 2006, p. 88.

3) 김흥규, 『문학과 역사적 인간』, 창작과비평사, 1980, p. 352. 친일문학 논의는 이광수와 최재서처럼 친일의 이데올로기를 체계화한 사람들에 대한 비판에 한정해야 한다. 실국시대에 생계를 위해 친일한 작가들의 경우는 6·25 때 서울에 남아 있다가 인공에 협조한 작가들의 경우와 같다고 할 수 있을 것이다.

경에 반응하는 능동 작용으로 형성되어 있다. 결핍과 충족, 긴장과 이완이 반복되는 이 상호작용의 과정에서 온갖 충동들이 활동한다. 다양한 충동들을 선택하여 조직하는 것이 인간의 흥미이다. 최재서는 인간을 흥미의 체계라고 본다. 흥미들이 자유롭고 예민하게 활동함으로써 개개의 충동들이 서로 충돌하지 않고 함께 흐를 때에 인간은 질서를 체험한다. 이질적인 두 충동 가운데 어느 하나를 배제하거나 억압하는 것이 현실의 해결책이지만 문학에서는 억압하지 않고 배제하지 않으면서 해결하는 방법을 찾는다. 가치 있는 체험이란 것은 결국 질서의 체험이고 보편적 개성의 체험이다. 가치 있는 체험의 기록에는 현실에 없는 리듬이 흐른다. 최재서가 보기에는 시의 운율도 리듬이고 각본의 플롯도 리듬이다. 독자는 이러한 리듬에서 힘을 느낀다. 가치 있는 체험의 기록은 감동시키는 힘을 가지고 있다.

그의 문학 정의는 자극에서 시작해서 행동으로 끝나는 일체의 의식 활동을 한 줄기의 체험으로 보는 제임스·듀이·리처즈의 심리학을 기초로 삼는다. 체험은 환경의 자극에서 출발하지만, 유기체는 시시각각으로 침입하는 무수한 자극들을 무차별하게 받아들이지 않고 선택적으로 받아들인다. 선택의 원리는 유기체 자체의 흥미이다. 다시 말하면 유기체는 흥미의 대상이 되는 자극만을 접수한다. 흥미의 근저에는 유기체의 무의식적인 욕구가 존재한다. 욕구가 대상을 인식할 때에 흥미를 느끼는 것이다. 흥미는 무의식적인 욕구가 의식화되는 단계이다. 이와 같이 유기체 자체의 요구에 의하여 선택적으로 접수되는 자극에서 체험이 출발하는 이상, 그것은 일방적이 아니라 쌍방적이다. 체험은 유기체와 환경의 상호작용이다. 체험에는 두 개의 힘이 공존한다. 하나는 유기체의 내부로 밀고 들어오는 힘이며 다른 하나는 반대로 유기체의 내부에서 외부로 밀고 나가는 힘이다. 체험 즉 생명 과정은 수동과 능동이 상호작용 속에서 전진하는 과정이다. 그것은 맹목적인 변화가 아니라 결핍과 충족, 휴식과 운동, 수축과 팽창이 율동적으로 반복하면서 전진하는 과정이다. 율동은 질서적 변화이다. 질서란 수동과 능동이 평형을 유지하는 상태이다. 유기체가 새로운 환경에 접할 때 새로운 홍미가 발생하여 평형이 깨질 것이나, 체험의 율동적인 운동에 의하여 요구가 충족되면 깨졌던 의식의 평형은 다시 복구된다. 체험은 홍미가 안정으로 돌아가는 과정이다. 홍미는 의식 질서 안에 동요를 일으키는데, 심적 동요를 충동이라고 한다. 충동은 유기체가 새로운 환경에 적응하려는 반응이다. 충동들의 상호 조정을 통해서 홍분했던 홍미가 평형을 이루며 안정됨으로써 질서를 실현할 때에 느껴지는 효과가 쾌락이다. 최재서는 문학의 기능을 쾌락이라고 정의하였다. 문학의 본질은 가치 있는 체험의 기록이고 문학의 기능은 쾌락이다. 문학은 홍미를 조직화하여 감정에 질서를 줌으로써 예술적 쾌락을 만들어내려는 의식적인 방법이다. 문학의 가치는 작품 체험 속에 얼마나 다양한 요소들이 참여했는가, 또 그것들이 얼마나 합리적으로 조직화되었는가에 따라서 결정된다. 작가는 조화와 통일에 특별한 관심을 갖지만, 그렇다고 해서 저항과 긴장의 순간을 회피하지 않는다. 그는 도리어 그러한 단계를 의식적으로 배양한다. 인물 속에 서로 배치되는 특성들을 결합해본다든가 또는 플롯 속에 특별히 곤란한 분규를 설정해본다든가 하는 일은 곤란성 그 자체를 위해서가 아니라, 그 속에 잠재해 있는 홍미의 가능성을 개발하여 더욱 넓은 통일과 더욱 깊은 조화를 실현하기 위하여 작가가 감행하는 모험이다.

『문학원론』에는 신익희가 최재서의 서재에서 술잔을 들며 서책과 학문을 논한 적이 있다는 일화가 느닷없이 한 번 나오며[4] 이 이외에는 한국 문학이나 한국 현실에 대한 언급이 없다. 전용호는 『문학원론』에 대하여 "가치의 기준이 될 문화의 전통을 서구의 것으로 제한하는 것은 식민지 상황에서 서구의 근대를 동경해야 했던 한 지식인이 갖는 한계를 드러내는 것이라고 하겠다. 질서적 문학관이 비록 사회적 가치 의식과 열려 있는 통로를 마련하고 있다 할지라도 여전히 실천의 문제에서는 멀리 떨어져 있다는 점에서 최재서의 우리 현실에 대한 인식의 문제는 추상성과 편견에서 벗어나기 어려웠다고 하겠다"[5]고 평가하였다.

2.

최재서는 문학을 체험의 조직화이며 감정의 질서화이며 가치의 실현이라고 생각했다. 『셰익스피어 예술론』은 자신의 문학론을 셰익스피어의 각본들을 통해서 확인해보려는 시도였다. 그는 셰익스피어의 각본들을 사극, 희극, 문제극, 비극, 로마극, 로맨스극으로 분류하고, 각각의 하위 장르에서 정치적 질서(사극), 사회적 질

4) 최재서, 『문학원론』 증보판, 춘조사, 1963, p. 227.

5) 전용호, 「김기림과 최재서의 문학이론 대비 연구」, 고려대대학원, 2003, p. 107.

서(희극), 인생비평(문제극), 도덕적 질서(비극), 초월적 질서(로마극), 자연적 질서(로맨스극)를 찾아내었다. 그에 의하면 셰익스피어의 사극들은 무질서한 영국의 정치적 투쟁을 통해서 질서의 이념을 추구하고, 희극들은 사회생활에 구현되는 질서 속에서 행복의 조건을 탐구하고, 비극들은 도덕적 질서의 파괴와 회복을 그린다. 셰익스피어는 문제극들에서 질서를 기준으로 불완전한 인간성을 비판하였고, 로마극과 로맨스극에서는 비극을 초월한 영원한 이념의 세계와 유구한 자연계의 질서를 탐구했다는 것이 최재서의 생각이다. 그는 셰익스피어의 각본 전체를 연대순으로 고찰하였지만, 분류적 고찰도 병행하였다. 사극에서는 서술의 편의상 사건의 역사적 순서를 따라 배열하였지만, 다른 갈래에서는 대체로 연대 순서를 지켰다. 그는 창작 동기와 작자의 의도와 주제를 찾아서, 주제가 결정되면 그것을 초점으로 하여 작품의 인상들을 정리하였다.

그는 작자의 의도와 작품의 효과를 연결하는 작품 체험의 단계 이후에야 비로소 실지분석이 가능하다고 보고 구조, 성격, 플롯, 운동을 실지분석의 네 영역이라고 규정하였다. 성격과 플롯은 이해하기 쉬운 개념이지만, 구조와 플롯과 운동을 어떻게 구별할 수 있는지는 분명하게 설명되어 있지 않다. 최재서는 작품에서 받은 인상을 작품의 효과라고 하였는데, 인상과 효과를 동의어로 사용하는 것도 일상어법에 어긋난다. 그는 작품에서 받은 종합적인 인상을 구체적으로 기술하는 것이 문학 연구의 필수적인 단계가 된다고 생각하였다. "작품의 효과는 작품의 구조와 밀접한 관계가 있으니까, 작품 분석 그 자체가 원인 탐구"[6]가 된다는 규정도 모호한 표현이지만, 우리는 그것을 주관적 인상은 객관적 구조에 기인하므로 왜 그런 주관적 인상을 받았는가를 객관적으로 해명하는 것이 작품 분석이라는 의미로 해석할 수 있을 것이다. 최재서의 『셰익스피어 예술론』은 문제를 제기하고 자료로 논증하여 문제를 해결하는 논문의 일반적 전개와는 반대로, 결론을 먼저 제시하고 자료에서 그 결론을 확인하는 방향으로 논술된다.

현재 셰익스피어의 정전으로 확정되어 있는 작품은 시와 각본을 합해서 43편이다. 이들 가운데서 초기의 모방적인 작품 두세 개를 제외하면, 그 밖의 어느 것도 셰익스피어적이라고 부를 수 있는 특색을 가진다. 그러나 놀랍게도 한 작품의 특색이 두 번 되풀이되지 않는다. 다시 말하면, 40여 편의 작품들이 각기 특색을 달리하면서도 일관해서 셰익스피어적인 스타일을 지닌다. 이것은 셰익스피어가 작극(作劇)에 있어 항상 실험하고 있었다는 것을 의미한다. 그는 그가 머릿속에서 그려보는 극의 이념을 되도록 완전하게 무대 위에 실현하기 위해서 사극, 희극, 비극, 문제극, 로마극, 로맨스극 등 여러 종류의 각본을 써보았지만, 같은 종류 안에서도 거의 작품마다 형식을 실험했다. 초기에서 말기로 내려오면서 현실의 파악과 표현의 기술이 무르익는다는 것은 대개 어느 작가에서나 공통적으로 볼 수 있는 사실이지만, 셰익스피어에서처럼 같은 시기에 예술의 이념이 그렇게도 다양하게 나타나면서 나이와 더불어 확대 심화되어 마지막까지 창작정신의 쇠약을 보이지 않는 예는 다른 작가에서는 보기 힘들다. 셰익스피어의 40여 편의 시와 각본들은 자연 자체처

6) 최재서, 『셰익스피어 예술론』, 을유문화사, 1963, p. 32.

럼 무한히 풍부한 예술적 정신이 유기적으로 진화해가는 그때그때의 기록인 것이다. 그러한 작품들 전체를 일관적으로 고찰하면서 그 속에서 통일적인 예술의 이념을 끌어내자는 것이 이 연구의 목적이다.[7)]

아무것도 증명하지 않은 상태에서 최재서는 논문의 서두를 찬양문으로 시작하였다. 작품마다 다른 형식을 실험하였다는 것은 분석의 결과로 도출해야 할 내용이지 미리 단언할 판단이 아니다. "자연 자체처럼 무한히 풍부한 예술적 정신"이란 비유가 논문에 허용될 수 있는 표현인가? 좋다는 것이 확실하다면 좋다고 감탄하면서 혼자 읽으면 될 것이지 무엇 때문에 논문을 쓰는 것인가? 논문이란 무엇이 어떻게 좋은지 알기 위해서 쓰는 것이 아닌가? 분석 이전에 취향을 자의적으로 강요하는 성향은 아직도 우리 인문학 논문들에 공통적으로 나타나는 약점이다. 이율곡이 최고라고 단정해놓고 자의적인 판단을 강요하는 내용이 논문으로 발표되는 것이 한국 인문학의 현실이다. 최재서는 이념이란 말을 자주 사용하고 있는데 그 의미 또한 분명하지 않다.

최재서는 이념과 전통을 동일한 의미로 사용하였다. "전통이란 이념으로써 형성되는 질서이다. 그것은 모든 시대를 통하여 온 인류가 찬미하고 참여할 수 있는 영구히 가치 있는 세계이다."[8)] 이념은 철학 용어로서 관념과 실재, 경험과 초월〔定驗〕 등의 경우처럼

7) 같은 책, pp. 1~2.

8) 같은 책, p. 153.

현실의 짝이 되는 개념이다. 현실을 구성하는 사건(자료)들은 공간 안에 한정적으로 존재하는 것이지만, 이념은 어디에나 있고 아무 데도 없는 것이다. 그것은 비현실적 전형에 해당하는 개념이다. 현실에 존재하지 않는 것이므로 비현실적인 것이지만, 그것을 통하여 현실을 이해할 수 있는 것이므로 전형적인 것이다. 최재서의 의도로 미루어 추측해본다면 문학의 이념은 아마 질서라고 해야 할 듯한데, 문학의 본질은 가치 있는 체험의 기록이고 문학의 기능은 쾌락이라면 가치 있는 체험인 쾌락이 곧 질서의 체험이므로 본질과 기능과 이념이 모두 교차구분의 오류를 범하게 된다. 그런데 그것도 문학의 이념이 아니라 예술의 이념이다. 최재서는 책의 어디에서도 예술에 대해서 설명한 적이 없다. 왜 갑자기 예술인가? 최재서뿐만 아니라 개념을 부정확하게 사용하는 버릇은 아직도 한국 문학 연구의 고질적인 병폐로 남아 있다.

최재서는 사극의 세계를 정치적 질서로 해석하였다. 『존 왕』『헨리 6세』 3부작, 『리처드 3세』『리처드 2세』『헨리 4세』 2부작, 『헨리 5세』『헨리 8세』 등 한 사이클을 형성하는 열 편의 사극에서 최재서는 내란의 악몽에 시달리어 정치적 질서를 갈망하는 엘리자베스시대 영국 사람들의 국민적 심정을 읽어내었다. 『헨리 6세』 3부작의 대부분이 장미전쟁의 패배를 초래한 귀족의 착취, 서민의 불화, 민중의 폭동을 그리는 데 바쳐져 있다. 왕은 동정심이 많고 정의감이 강한 사람이지만 정치적으로 무능력하여 그의 경쟁자들을 통제하지 못한다. 셰익스피어는 그의 조부 헨리 4세가 리처드 2세를 죽인 데 대한 인과응보가 손자 대에 나타나 국가 질서가 깨진 것이라고 보았다는 것이 최재서의 해석이다. 중세적 인과응보를 질서의 이념으로 해석하는 최재서가 그러한 중세적 질서 이념에 동의하고 있는 것인지는 문면에 나타나 있지 않다. 이 책에는 필요에 따라 연구자의 생각 대신에 셰익스피어의 시각을 전면에 내세우고, 또 어떤 경우에는 셰익스피어의 생각 대신에 현대적 해석을 전면에 내세우는 자의적이고 편의적인 서술이 적지 않다.

리처드 3세는 악으로 뭉쳐진 괴물이다. 그는 왕관을 탈취하고 보존하기 위해서 비인간적인 근친살해를 거듭한 끝에 복수를 당한다. 최재서는 악인이 그의 범죄적 행동 때문에 비참하게 죽는 이야기는 독자에게 고통감을 주기 때문에 문학에 적합하지 않다고 보았다. "문학은 독자에게 어떤 종류의 정서이건 줄 수 있지만, 다만 고통감정만은 문학에 허용되지 않는다. 흥미를 조직화하여 쾌락을 주는 것이 예술의 목적이니까."[9] 흥미를 조직화하여 쾌락을 주는 것이 예술의 목적이라는 증명되지 않은 판단을 자의적으로 전제하고 최재서는 쾌락이 아니므로 고통감은 문학에 허용되지 않는다고 단정하였다. 제 손으로 자기의 두 눈을 찌르는 오이디푸스와 자기 아이를 끓여서 남편 이아손에게 먹이는 메데이아는 문학에 들어오지 못하도록 해야 한다는 것인데, 최재서가 문학을 처음으로 시작하는 인류의 첫 조상이 되지 못하는 이상 무슨 수로 2천 년 전에 나온 문학을 없앨 수 있겠는가? 최재서는 고통감을 피하기 위하여 셰익스피어가 채용한 기법을 열거하였다. 절름발이, 곱사등이로 태어난 리처드가 왕관에 유일한 희망을 거는 것은 자연스러운 일이다. 셰익스피어는 이러한 심리적 동기를 이용하여 그의 행동에 필연성을

9) 같은 책, p. 43.

주었다. 또 셰익스피어는 그를 악의 천재로 만듦으로써 독자가 그에 대해서 지적 매력을 느낄 수 있게 했다. 원수까지도 설복할 수 있는 그의 설득력은 어느 정도 미적 효과를 나타낸다. 그리고 용서 없는 인과응보는 독자에게 정의를 구현하는 운명의 필연성을 감득시킨다.

리처드 2세는 권력투쟁의 희생이 되는 나약한 군주였다. 국가의 중심이 허약했기 때문에 정치적 질서가 깨졌다. 『리처드 2세』에서 최재서는 운명을 체념하는 페이소스를 느꼈다. 운명은 개인의 희로애락과 무관하게 움직이는 힘이다. 인과응보와 윤회는 운명의 두 얼굴이다. 한 왕이 몰락하면 다른 왕이 득세하고 그에 따라서 무수한 사람들이 피를 흘리는 무질서의 밑에는 영구불변하는 영국이 있다. 최재서는 사극의 진정한 주인공을 영국으로 보았다. 『헨리 4세』는 영국의 과거와 영국의 현재를 연결한다. 사극의 배경은 영국의 과거이며 희극의 배경은 영국의 현재이다. 귀족사회는 왕과 대법관이 있는 웨스트민스터로, 서민사회는 폴스태프와 그 일당이 있는 이스트칩으로 대표되고, 도시와 지방은 런던과 글로스터셔로 대표되며, 헨리 4세에 반항하는 사람들은 스코틀랜드의 퍼시 일당과 웨일스의 글렌다워 일당으로 대표된다. 최재서는 장면과 인물에 따라서 스타일이 달라지는 것이 이 각본의 특징이라고 하면서 제1부의 산문과 운문이 각각 1,493행, 1,607행이고 제2부의 산문과 운문이 각각 1,813행, 1,420행이라는 사실을 들어서 『헨리 4세』의 특성이 리얼리즘에 있다고 하였다. "『리처드 2세』가 단 한 줄의 산문도 포함하지 않는 사실과 비교하여 보면, 이 작품이 얼마나 리알리스틱한가를 짐작할 수 있을 것이다."[10] 운문은 로맨틱하고 산문은 리얼리스틱하다는 견해는 문학의 상식에 맞지 않는 편견이다.

해리(헨리 5세의 아명)가 폴스태프의 세계에서 왕과 대법관의 세계로 걸어가는 것이 『헨리 5세』의 운동이다. 폴스태프는 본능대로 사는 자연인이다. 그의 존재 자체가 무질서이다. 여름철 늪에서 가스가 발생하듯이 그의 비대한 몸에서는 유머가 발산한다. 해리는 자유분방한 생활을 하면서도 부왕이 죽은 뒤의 자신을 항상 마음속에 그려본다. 그는 하층사회의 인간들과 상종하면서 인간성에 대하여 깊이 이해하게 된다. 해리는 왕자 시절의 로맨티시즘을 질서화함으로써 이상적인 군주가 된다. 최재서는 『헨리 5세』에 나오는 "정치를 음악처럼"이라는 구절을 사극 사이클 전체의 주제로 파악하였다. 영국군은 그 열세에도 불구하고 상하가 일치하여 싸웠기 때문에 이겼다. 최재서에 의하면 헨리 5세와 같은 질서적 인간은 모든 능력이 유기적으로 결합하여 원만하고 타당하게 행동하므로 사람들은 그의 행동을 보고 결과에 만족할 뿐이지 그의 심리로 돌아가서 원인을 찾지 못한다.

『한여름밤의 꿈』『윈저의 즐거운 아낙네들』『헛소동』『좋으실 대로』『십이야(十二夜)』 등의 낭만적 희극에서 최재서는 사회적 질서를 읽어내었다. 낭만적 희극의 핵심은 인간을 불행하게 하는 분규를 복잡하고 어렵게 만들었다가 자연스럽게 풀어주는 데 있다. 비올라를 남자로 알고 사랑한 올리비아가 그녀의 오빠 세바스찬과 결혼하고 비올라는 사랑하는 오시노와 결혼하고 오시노와 올리비아가 친구로 남는다는 『십이야』의 해결에 대하여 최재서는 "해결은

10) 같은 책, p. 55.

참으로 급전적(急轉的)이며 또 자연적이어서 가장 정확한 의미로 극적이다"[11]라고 극찬하였는데, 남장했다가 변장을 벗는 유치한 해결이 어째서 자연적인지에 대한 해명은 없다. "단일한 형식은 분규에서 해결로 진행하는 이 극의 운동 그 자체이다"[12]라는 단정에서 단일한 형식이 무엇이며 형식이 왜 운동인지에 대한 해명도 보이지 않는다. 아테네의 귀족사회와 요정들의 꿈의 세계와 아테네의 장인(匠人) 사회를 배경으로 하는 『한여름밤의 꿈』은 세 갈래의 이야기로 삼중 플롯을 구성한다. "웃음판과 유머를 중심으로 꿈과 현실, 미와 기괴, 미묘한 감수성과 투박한 육체성 등 이질적인 요소들이 융합되어, 세계에 유례가 없는 환상적이면서도 즐거운 희극을 만들어냈다"[13]는 최재서의 평가 또한 논증이 결여된 독단적 단정일 뿐이다. "세계에 유례가 없는"이란 구절은 논문에 허용될 수 있는 표현이 아닐 것이다. 그만큼 최재서에게는 자기를 반성하는 지성이 부족하다. 『윈저의 즐거운 아낙네들』은 연애하는 폴스태프를 그리라는 엘리자베스 여왕의 지시에 의해 씌어진 각본이다. 부르주아 마담에게 가짜 연애를 걸어 돈을 우려내려는 폴스태프의 계교는 두 여인의 반대 계교로 폭로되고 응징된다. 상인계급을 등장시킨 것과 용서와 화해로 끝나는 것이 이 각본의 특징이 된다. 『헛소동』에서 베아트리체와 베네딕은 무의식적(본능적)으로 끌리지만, 지적 자부심과 이상주의의 방해 때문에 가까워지지 못한다. 친구들이 호의적인 계교를 써서 그들의 자기기만을 교정하게 한다. 그들은 이지의

11) 같은 책, p. 66.

12) 같은 책, p. 64.

13) 같은 책, p. 68.

돋보기를 벗고 평범한 남녀로 돌아가 행복을 발견한다. 『좋으실 대로』에서 로잘린드와 셀리아, 올란도와 로잘린드, 올란도와 아담의 사랑은 모두 자연적이고 이유 없는 사랑이다. 로잘린드와 올란도는 그들의 아버지가 권력을 상실하여 사회에서 추방된다. 모험의 길을 떠나 방황하던 그들은 아든의 숲에 도달한다. 이곳은 맹수의 소굴이고 먹을 열매도 없고 주민은 인색하다. 이 각본의 핵심은 부패, 인위, 무질서의 귀족사회와 천진, 단순, 질서의 자연 세계를 대조하는 데 있지만, 그 자연 세계는 결코 인간에게 자비롭지 않다. 최재서는 자연에 순응할 것, 악의가 없어야 할 것, 정신적 질서를 세울 것이 이 각본의 주제라고 하였다. "인간과 주위의 인간들의 관계가 원만할 때에만 인간은 행복할 수 있다. 행복은 사회적으로 실현된 질서이다."[14] 행복은 주관적인 것이고 질서는 객관적인 것인데 행복과 질서가 어떻게 동의어가 될 수 있는가?

최재서는 『트로일러스와 크레시다』 『끝이 좋으면 모두 좋아』 『이척보척(以尺報尺)』 등 문제극들의 의미를 인생비평에서 찾았다. 이 세 개의 각본은 정욕에 눈이 멀어 이성을 잃은 사람의 이야기를 주제로 삼는다. 열정이 이성에 반란을 일으킬 때 그들의 영혼 내부에서 질서가 깨지고 그들은 그들 자신과 주위 사람들을 불행에 몰아넣는다. 문제극들은 완전한 인간과 불완전한 인간을 병치함으로써 인생에 대한 비평을 계시한다. 『트로일러스와 크레시다』에서 애국적인 헥토르와 현실적인 디오메데스의 존재 자체가 에고이스트 트로일러스에 대한 비평이 되고 관대한 아가멤논과 이성적인 율리시

14) 같은 책, p. 77.

스와 경험이 많은 네스터의 존재 자체가 아킬레스와 아약스에 대한 비평이 된다. 『끝이 좋으면 모두 좋아』의 주인공 헬레나는 왕의 권세를 빌려 사랑하는 귀족 청년 버트럼에게 결혼을 강요하고 버트럼이 좋아하는 다이애나로 가장하여 버트럼의 반지와 씨를 훔친다. 눈에 보이지 않는 힘이 주인공을 도와 인력으로 타개할 수 없는 곤경이 기적적으로 해결된다. 영혼은 항상 질서를 지향하는 자율적인 힘이므로 한편의 힘이 우세해서 질서가 깨지면 반대편의 힘이 나타나서 자율적으로 질서가 복구된다. 불완전한 인간들에게 회한과 용서는 행복으로 가는 길이 된다. 최재서는 이 각본의 주제를 회한과 용서라고 보았다. 그는 이 각본에 남발되는 우연조차도 별다른 논증 없이 옹호하였다. "그것은 다만 우연이라고 부르기엔 너무도 필연적이다."[15] 최재서의 태도는 일단 칭찬하기로 마음먹고서 무슨 잘못을 저질러도 아이를 나무라지 않는 어머니를 닮았다. 우연이 필연이고 필연이 우연이 된다. 개념들 전체가 뒤죽박죽으로 엉켜버리고 만 것이다.

『이척보척』의 제목은 정의의 이념인 균형을 가리킨다. 안젤로는 정의를 범법자의 처벌로 여기고 발각되지 않은 죄는 처벌할 필요가 없다고 생각한다. 국왕 빈센티오는 심판하는 사람에게 공정한 마음과 심판받는 사람의 사정에 공감하는 마음이 있어야 한다고 생각한다. 이자벨라는 하느님 앞에서 모두 죄인이므로 인간이 인간을 심판할 수 없다고 생각한다. 이자벨라는 목숨을 건지기 위해서 누이에게 정조를 팔라고 애걸하는 클로디오의 요청을 거절한다. 최재서

15) 같은 책, p. 86.

는 정조를 버리라는 오빠의 요청을 거절했다고 하여 이자벨라를 불완전한 인간으로 규정하였다. "빈센티오가 다른 인물들과 비교해서 월등히 높은 질서에 속하는 것은 그가 공감과 사랑의 마음을 갖기 때문이다. 그러한 표준에 비추어볼 때에 안젤로가 가장 타락한 인간임은 말할 필요도 없지만, 성녀처럼 보이는 이자벨라까지도 지극히 불완전한 인간이 되고 만다."[16] 오빠의 목숨을 건지기 위해서는 모든 여자가 당연히 몸을 팔아야 하며 그것을 거부하는 여자는 불완전한 인간이라는, 이러한 독단적 단정이 어떻게 성립될 수 있을까?

최재서는 『햄릿』 『오셀로』 『맥베스』 『리어 왕』 등 비극의 세계에서 도덕적 질서를 읽어내었다. 『햄릿』에는 물리적 파괴의 이미지가 아니라 화학적 부식의 이미지가 나타난다. 클로디어스의 악은 햄릿 왕의 육체를 부식하는 동시에 덴마크의 궁정 전체를 부패시킨다. 햄릿은 항상 열렬한 투지로 적에 대항한다. 왕비의 타락을 공격하다가 커튼 뒤에 숨어 있던 폴로니어스를 찌르고 그가 클로디어스가 아님을 알고 나서 아무것도 아닌 것처럼 왕비에 대한 공격으로 돌아가는 것을 보면 햄릿이 어느 정도 냉철한 사람인가를 알 수 있다. 그러나 셰익스피어의 각본 가운데 햄릿처럼 말이 많은 주인공은 없다. 외부에서 침입한 악으로 말미암아 상상이 과도하게 발효해서 그의 충동들은 행동으로 발전하지 못한다. 5막 2장의 검술 시합 장면에서 햄릿은 비로소 클로디어스와 맞선다. 햄릿은 레어티즈를 용서하고 어머니에게 고별을 고하고 친구의 순사(殉死)를 저지

16) 같은 책, p. 93.

하고 후계자를 지명함으로써 왕국의 질서를 회복한다. "이 뒤는 침묵뿐"이라는 마지막 문장 속에 화해와 귀의의 정신이 함축되어 있다. 『오셀로』에는 악이 다른 비극들에서처럼 막연하지 않고 명확하게 인물로 형상화되어 있다. 이아고의 독이 오셀로의 정신을 변질시키는 과정이 마치 시험관 속에서 화학약품이 변화를 일으키는 과정처럼 진행된다. 악의 공세는 상승일로를 걷다가 마지막 5막 3장에 이르러 파탄을 일으킨다. 최재서는 오셀로의 자결을 인간성의 승리라고 해석했는데, 도덕적 질서에 억지로 맞추어 부회한 해석이라 하겠다.

『오셀로』는 행동의 단계가 반동의 단계에 비해서 월등히 길지만, 『맥베스』는 그와 반대로 반동의 단계가 행동의 단계에 비해서 월등히 길다. 이 각본에서 악의 유혹은 필연적이다. 세 마녀와 부인의 유혹을 설명하면서 최재서는 영달을 위하여 남편에게 부정을 강요하는 아내가 어느 시대건 없었겠느냐고 질문한다. 최재서에 의하면 유기체의 행복에 적합한 것이 선이며 그 반대가 악이다. 그것은 유기체에 대한 음식과 독의 관계와 같다. 병균이 침노할 때 백혈구는 병균이 퍼지는 것을 막는다. 이 투쟁에서 생명이 승리하면 병균은 사멸하지만 침노당한 조직체의 일부도 사멸한다. 그것은 수술에서 부패한 부위와 더불어 건강한 조직체의 일부도 제거되는 것과 같다. 최재서는 "악의 공격에 대해서 도덕적 질서가 반동하는 것은 우리가 운동 뒤에 피로를 느끼고 음식물을 섭취한 뒤에 포만(飽滿)을 느끼는 것처럼 자연적"[17]이라고 하였다. 그는 사회를 자연과 동

17) 같은 책, p. 123.

일시하였다. 자연에는 비약이 없지만 사회에는 모든 것이 비약이고 평탄한 진보가 있을 수 없다는 당연한 사실을 그는 인식하지 못하였다. 최재서는 『맥베스』에서 외면적인 왕국의 질서보다 내면적인 정신의 질서를 더 중요하게 다루었다. 맥베스는 스코틀랜드를 위협하는 병근이 되어 있지만 그 자신은 그 사실을 자각하지 못한다. 그는 고립되어 허무와 염세에 빠진다. 죽음이 찾아왔을 때 그는 도리어 그것을 반긴다. 유혹에 빠져 죄를 짓고 번민하는 모양은 연민을 일으키고 도덕적 질서의 반동에 의한 벌의 필연성은 공포를 일으킨다. "도덕적 질서는 포괄적이기 때문에 선과 악이 다 그 속에 포함된다. 악이 아무리 비인간적이라 할지라도 그것은 전체적인 질서의 밖에 있지 않고, 그 안에 있다. 그러니까 악이 질서에 공격을 가하여 그 일부를 파괴하는 일은 그 자체를 공격하여 파괴하는 일이다. 악이 자멸함은 필연이다."[18] 또다시 사회 질서와 자연 질서가 두루뭉수리로 뒤섞인다. 이러한 질서관은 자연과학과 사회과학의 구분까지도 없애버리고 말 것이다.

『리어 왕』을 최재서는 "융통성 없는 독선"[19]의 비극으로 규정하였다. "일단 질서가 깨지면 그것이 연쇄적으로 반응하여 결국 도덕 질서 전체가 경풍(驚風)을 일으키는 과정을 그는 세밀하게 또 끝까지 상상해보았다. 그 도중에 인간적인 동정이나 정의감에 위반되는 사태가 나타난다 할지라도 그는 일체 불고하고 발악(發惡)을 그 마지막까지 추구했다."[20] 두 딸이 자멸하고 아버지가 발광하는 것은

---

18) 같은 책, p. 99.

19) 같은 책, p. 127.

20) 같은 책, p. 128.

악이 질서에 공격을 가하여 경풍을 일으킴으로써 악이 고립화하여 시들어버리는 동시에 선도 그 반동에 휩쓸려 들어간다는 도덕적 원리를 구현하는 것이다. 리어는 광인이고 글로스터는 맹인이다. 그들의 행동은 이성을 결여했다. 그러나 그들은 마지막에 지혜의 세계에 도달한다. 고너릴, 리간, 에드먼드의 행동은 현실적이나 그들의 말로는 비참한 죽음이다. 에드거는 박해받으면서도 신앙을 지키고, 코딜리아는 죽으면서도 절망하지 않는다. 각본의 마지막에서 코딜리아는 "최선의 의도에서 시작한 일이 최악의 결과로 끝났다는 것은/우리가 처음으로 당하는 일이 아닙니다We are not the first/Who, with best meaning, have incurred the worst"라고 말한다. 셰익스피어의 각본 가운데 코딜리아는 가장 말이 없는 주인공이다. 그녀의 대사는 1백여 행에 지나지 않는다. 여기서 최재서의 과장벽이 다시 발동하여 그는 코딜리아의 죽음에서 예수의 죽음을 연상한다. 아름다운 영혼의 존재 자체가 성패를 떠나 우리에게 위안을 준다는 것이다. 인간은 자주 실패하여 비극을 체험하지만 그는 다시 일어나서 완전한 인간성이란 목표를 향하여 걸어간다는 것이 최재서의 신념이었다. 그는 셰익스피어의 비극을 인간 완성에 대한 열정의 소산으로 보았다. 그는 전기적 증거에 근거하지 않은 채 "이러한 비극을 쓸 수 있는 작가는 완성에 대한 열정을 가진 사람일 것이 분명하다"[21]고 단언하였다.

최재서는 『줄리어스 시저』 『안토니와 클레오파트라』 『코리올레이너스』 등 로마극의 세계를 초월적 질서로 규정하였다. 로마극들

21) 같은 책, p. 116.

은 고귀한 인물의 비참한 죽음에 관한 이야기이지만, 죽음으로 끝나지 않고 죽음 저편에 있는 초월적 세계를 그려낸다고 보고, 최재서는 브루터스가 옹호하는 자유, 안토니가 구현하는 사랑, 코리올레이너스가 견지하는 명예를 초월적 질서에 속하는 것으로 해석하였다. 자유를 정치적 질서로, 사랑을 도덕적 질서로, 명예를 사회적 질서로 해석해서는 안 되는 이유를 이해하기 어렵지만, 초월적 질서라는 말에서 우리는 거꾸로 자유와 사랑과 명예가 현실에서는 지켜질 수 없는 가치라는 최재서의 비관주의를 읽을 수 있다. 브루터스는 자신의 이상주의로 인해서 현실을 파악하지 못했고 안토니는 사랑 때문에 의무를 소홀히 했고 코리올레이너스는 자존심으로 말미암아 민중을 무시했다. 그들은 현실 사회의 투쟁에서 패하지만, 현실을 초월해서 절대적인 가치의 세계로 올라간다는 것이 최재서의 해석이다. 자유와 사랑과 명예가 어째서 절대적 가치인가에 대해서는 여전히 아무런 설명이 없다.

브루터스는 로마 시민의 자유를 지키기 위하여 시저의 독재를 막으려 한다. 시저를 제거한 후에도 그는 민중의 지지를 구하거나 민중을 선동하려 하지 않는다. 그에게 죽음은 이념을 현실에서 해방하여 영원으로 승화하는 수단이다. 코리올레이너스에게 군인의 명예는 절대적 가치이다. 그는 물질적 보수를 받으려 하지 않고 친구들의 칭찬도 받으려 하지 않는다. 그에게는 공로 자체가 보수이다. 그의 어머니 볼럼니아가 원로원에 그의 집정직을 요구했으나, 평민계급이 시기하고 귀족계급이 방관하여 그는 시민의 인준을 받지 못하고 도리어 민중에게 폭언을 토하다가 추방된다. 그는 볼스키군의 장수 오피디어스 진영으로 도피처를 구한다. 그는 볼럼니아의 설득을 받고 볼스키와 로마의 화해를 주선한다. 오피디어스는 그를 볼스키군의 배반자로 몰아 살해한다. 코리올레이너스는 무정견한 평민계급과 무책임한 귀족계급의 희생이 되어 목숨을 잃는다. 그러나 그는 자신의 명예를 상대적 현실을 초월하는 절대적 가치로 고수한다.

클레오파트라와 안토니의 현실적 사랑은 완전하지도 않고 진실하지도 않다. 안토니는 아내 풀비아가 반란에 연루되어 죽은 후에 정치적 목적을 위해 옥타비아누스의 누이 옥타비아와 재혼한다. 타협과 분열이 반복되는 정치 현실을 헤쳐나가면서도 안토니는 사랑에 충실하기 위하여 모든 것을 버린다. 클레오파트라도 그녀의 표면적인 변덕에도 불구하고 안토니를 사랑하고 그를 따라 죽는다. 현실을 멸시하는 안토니가 리얼리스트 옥타비아누스에게 패배하는 것은 필연적인 귀결이다. 이 작품에서 죽음은 어둡고 괴로운 것이 아니라 밝고 아름다운 것으로 그려져 있다. 사랑은 죽음을 통하여 시간적 질서로부터 무시간적 질서로 승화한다. 최재서는 "나는 불과 공기입니다. 그 밖의 요소들은/천한 인생에 죄다 주고 갑니다I am fire and air; my other elements/I give to baser life"라는 클레오파트라의 말을 "사람이 죽으면 육체는 분해하여 원소들로 환원하지만 사랑—자유로운 영혼—은 불처럼 천상으로 올라간다"[22]고 해석하였다. 최재서는 물질에 대한 정신의 우위를 믿는 유심론자였고 관념론자였다. "초월적 질서는 이념적이며 절대적이며 영원하기 때문에 생명 세계에서는 실현될 수 없다. 그렇다고 해서 그

22) 같은 책, p. 186.

것이 순전히 비현실적이라고만도 생각할 수 없다. 그 주인공들이 목숨을 가지고 지킨바 자유, 정의, 사랑, 개인의 존엄성과 명예 등은 항상 인간의 마음을 찾아와 그를 앞으로 충동하는 힘이기 때문이다."[23]

최재서는 『심벨린』『겨울 이야기』『태풍』 등 로맨스극의 세계에서 자연적 질서를 읽어내었다. 그는 이 각본들에서 탄생-성장-노쇠-사망-재생의 율동적 변화를 찾아내고 그가 세신(歲神)이라고 부르는 자연의 창조력을 발견하였다. 『심벨린』은 추방자들이 재회하는 이야기이다. 심벨린이 거두어 기른 고아 포스튜머스는 왕비의 방해로 아내 이모젠과 헤어졌다가 시의(侍醫) 코닐리어스의 고백으로 왕비의 음모가 폭로되어 다시 만난다. 동료의 중상으로 추방된 벨라리어스는 이탈리아에 망명했다가 신원되고, 아버지에게 추방되어 20년 동안 산속에서 지낸 두 왕자 폴리도어(귀데리어스)와 캐드월(아비라거스)도 귀국한다. 피해자가 가해자를 용서함으로써 진정한 화해가 성취된다. 이 모든 과정은 겨울에 시들었던 풀이 이듬해 봄에 소생하는 것처럼 자연적이고 창조적이다. 낭만적 희극에서는 인간이 분규를 해결하지만 로맨스극에서는 자연이 분규를 해결한다. 인간은 자연 즉 본능에 자신을 맡길 뿐이다. "우연이란 인간의 지력으로 이해할 수 없는 자연의 깊은 창조적 충동을 가리키는 명칭인 것이다. 자연적 충동을 따라가는 이모젠이 항상 인자한 자연의 손에 인도를 받는다는 것은 당연하다."[24] 두 청년은 산속에서

23) 같은 책, p. 191.

24) 같은 책, p. 208.

자랐지만 왕자처럼 처신한다. 그들의 본능이 그렇게 하도록 충동했기 때문이다. 셰익스피어의 이러한 시각을 비판 없이 수용하는 최재서는 양반은 양반이고 쌍놈은 쌍놈이라는 신분제도를 자연스러운 제도라고 생각하는 것인가?

『겨울 이야기』는 레온티즈의 이유 없는 질투로 말미암아 아들이 죽고 아내가 기절하고 딸이 쫓겨나는 이야기이다. 레온티즈는 그의 어린 아들을 남의 자식이라고 주장하며 모자를 화형에 처하라고 명령한다. 버림받은 딸이 보헤미아에서 아버지가 원수라고 생각하는 폴릭세네스의 아들 플로리젤과 결혼하여 그들의 아버지들을 화해시킨다. 폴릭세네스는 자연을 개량하기 위하여 잡목 뿌리에 고상한 나뭇가지를 접붙이기도 한다고 말하고서도 정작 양치기의 딸로 나오는 페르디타와 플로리젤 왕자의 결혼에는 반대한다. 페르디타 자신도 잡종에는 찬성하지 않는다. 아버지의 반대에도 불구하고 두 사람은 결혼하지만, 페르디타가 레온티즈의 딸이므로 그것은 왕자와 공주의 결혼이 된다. 어머니의 조상이 딸의 눈물을 받아 살아난다는 트릭에 의하여 헤르미오네도 부활한다.

『태풍』에서 프로스페로는 동생 알론조에 의하여 밀란에서 추방된 지 12년 만에 복수의 기회를 얻었으나 그의 딸 미란다와 퍼디난드의 사랑을 보고 모든 적들과 화해한다. 미란다와 퍼디난드가 사랑의 시선을 교환하는 것을 보는 순간에 프로스페로의 복수심은 소멸한다. 복수심이 소멸하는 과정은 겨울 나무가 봄 나무로 변화하는 것처럼 자연적이고 필연적이다. 『태풍』은 장소가 섬으로 국한되고 시간이 세 시간 내외로 한정되고 행동이 미란다의 연애사건으로 통일되어 있다. 『태풍』은 처음부터 끝까지 프로스페로의 마술로 운영되는 극이다. 프로스페로의 마술은 시코락스의 마술과 구별된다. 시코락스는 악령을 부리는 아프리카의 마녀이다. 시코락스의 아들 캘리반은 무지와 음란과 악의로 뭉쳐진 괴물이다. 최재서의 지성은 이 장면에서 셰익스피어의 인종차별주의를 인식하지 못할 정도로 우둔하다.

그는 그 대신에 에어리얼의 해방과 프로스페로의 은퇴에서 셰익스피어의 의도를 발견하였다. 『태풍』은 셰익스피어의 마지막 작품이고 이 각본을 쓰는 동안에 그는 은퇴를 계획하였다는 것이 최재서의 해석이다. 작품 분석에 증명되지 않은 작가의 전기를 느닷없이 끌어들이는 것은 문학을 질서의 체험으로 보는 문학관을 위반하는 것이다.

3.

나는 최재서의 『셰익스피어 예술론』을 검토한 후에 연구 태도와 용어 사용과 현실 인식의 문제점을 지적하는 것이 장래의 연구를 위해서 필요하다고 판단하였다.

첫째로 지적할 것은 연구 태도의 문제이다. 이 책은 문제를 제기하고 논증을 통해 문제를 해결하는 논문의 일반적 관례와는 반대로 결론을 먼저 제시하고 자료에서 그 결론을 확인하는 방향으로 논술된다. 많은 부분에서 최재서는 논증보다 예찬을 앞세우는데 이것은 적절한 연구 태도가 아니다. "자연 자체처럼 무한히 풍부한 예술적 정신"이라는 예찬이나 "세계에 유례가 없는 환상적이면서도 즐거운 희극"과 같은 평가는 연구서의 신빙성을 훼손하는 결과가 될 것이다. 코딜리아의 죽음을 예수의 죽음과 비교하는 것도 상황에 부합하지 않는 평가라고 할 수 있을 것이고, 『끝이 좋으면 모두 좋아』에 남발되는 우연을 별다른 논증 없이 옹호하는 것도 무책임한 과대평가라고 할 수 있을 것이다. 흥미를 조직화하여 쾌락을 주는 것이 문학의 목적이라는 자의적인 규정을 전제로 하여 고통감은 문학에 허용되지 않는다고 한 것은 증명을 거친 판단이라고 할 수 없으며, 산문이 많이 나온다고 하여 『헨리 4세』를 리얼리스틱하다고 평가한 것도 운문은 로맨틱하고 산문은 리얼리스틱하다는 명제가 증명되지 않은 이상 타당한 논증이라고 할 수 없다. 『햄릿』과 같은 비극을 쓸 수 있는 작가는 인간성의 완성을 향한 열정을 가진 사람임이 분명하다는 단언이나 에어리얼의 해방과 프로스페로의 은퇴를 귀향하는 셰익스피어의 심정과 연관 짓는 판단은 증명되지 않은 작가의 전기를 작품 분석에 끌어들이는 것으로서 문학을 질서의 체험으로 보겠다는 연구의 전제와 어긋난다.

둘째로 지적할 것은 용어 사용의 문제이다. 최재서는 작가의 의도와 작품의 효과를 연결하는 작품 체험의 단계를 거친 이후에야 실지분석이 가능하다고 보고 구조, 성격, 플롯, 운동을 실지분석의 네 영역이라고 규정하였다. 성격과 플롯은 이해하기 쉬운 개념이지만, 구조와 플롯과 운동이 어떻게 구별되는 개념인지에 대해서는 이렇다 할 설명이 없다.

그는 이념과 전통을 동일한 의미로 사용하였다. 그에 의하면 "전통이란 이념으로써 형성되는 질서이다". 이념은 현실의 짝이 되는 개념이다. 현실을 구성하는 사건들은 공간 안에 한정적으로 존재하는 것이지만, 이념은 어디에나 있고 아무 데도 없는 것이다. 이념은 현실에 존재하지 않는 것이므로 비현실적인 것이지만, 그것을 통하여 현실을 이해할 수 있는 것이므로 전형적인 것이다. 그러므로 우리는 이념을 비현실적 전형이라고 규정할 수 있다. 최재서의 의도로 미루어 추측해본다면 문학의 이념은 아마 질서라고 해야 할 듯한데, 문학의 본질은 가치 있는 체험의 기록이고 문학의 기능은 쾌락이라고 하였으니 가치 있는 체험인 쾌락이 곧 질서의 체험이므로 본질과 기능과 이념이 교차구분의 오류를 범하게 된다.

최재서는 자유와 사랑과 명예를 초월적 질서라고 하였다. 자유를 정치적 질서로, 사랑을 도덕적 질서로, 명예를 사회적 질서로 보면 안 되는 이유가 어디에 있는지 알 수 없다. 자유와 사랑과 명예가 어째서 절대적 가치가 되는가에 대해서 최재서는 아무런 설명도 하지 않았다. 초월적 질서라는 말에서 우리가 느끼는 것은 자유와 사랑과 명예가 현실에서는 지켜질 수 없는 가치라는 최재서의 비관주의이다.

셋째로 지적할 것은 현실 인식의 문제이다. 최재서는 도덕적 질서에 대하여 논하면서 선과 악을 음식과 독에 비유하였다. 그는 사회를 자연과 동일시하였다. 자연에는 비약이 없지만, 사회에는 모든 것이 비약이고 평탄한 진보가 있을 수 없다는 당연한 사실을 그는 인식하지 못하였다. 이러한 질서관은 자연과학과 사회과학의 구분까지도 없애버리고 말 것이다. 최재서는 필요에 따라 연구자의 생각 대신에 셰익스피어의 시각을 전면에 내세우고, 또 어떤 경우에는 셰익스피어의 생각 대신에 현대적 해석을 전면에 내세우는 자의적이고 편의적인 진술이 적지 않다. 중세적 인과응보를 질서의 이념으로 해석하면서도 해석자가 중세적 이념에 동의하고 있는지 어떤지에 대해서는 분명한 태도를 취하고 있지 않다. 『심벨린』과 『겨울 이야기』의 해석에서 최재서는 자연의 질서에 의하여 왕자는 왕자가 되고 공주는 공주가 된다는 셰익스피어의 시각을 비판 없이 수용하면서 중세적 신분 질서를 자연스러운 제도라고 할 수 있는가 라는 질문을 제기하지는 않았다. 또한 『이척보척』에서 목숨을 건지기 위하여 누이의 정조를 희생하려 하는 클로디오의 요청을 거절한 이자벨라를 불완전한 인간으로 간주하였는데, 그렇다면 최재서는 가족을 위해서는 정조를 지키지 않아야 한다고 생각하는 것인가?

자작 해설의 한계

1. 김동리의 자작 해설

김동리는 「무녀도」를 자신의 대표작으로 생각하고 여러 차례 그 작품에 대하여 언급하였다. 그는 「무녀도」를 괴테의 『파우스트』보다 더 훌륭한 작품으로 평가하였다. 그는 1958년에 「무녀도」를 해설하면서 "모화가 파우스트와 대체될 새로운 세기의 인간상이란 것을 아무도 모를 것이다. 그러나 백 년만 두고 봐라! 모든 것이 증명될 것이다! 역사가 증명해줄 것이다"[1]라고 말했다. 「무녀도」는 『조선중앙일보』에서 발행한 잡지 『중앙』의 1936년 5월호에 처음 발표되었고 그 후 1947년에 발간한 창작집 『무녀도』(을유문화사)에서 상당한 부분이 개정되었으며 1963년에 발간된 창작집 『등신불』(정음사)에서 다시 "무녀도는 검으스레한 묵화의 일종이었다" "아

1) 김동리, 『창작의 과정과 방법—「무녀도」 편』, 『신문예』 1958년 11월호, p. 10.

직 몸이 완쾌하지 못한 낭이는 여윈 손에 『신약전서』 한 권만 쥐고 가만히 그 자리에 누워 있었다"라는 두 문장이 삭제되어 현재와 같은 형태로 고정되었다. 김동리는 1978년에 「무녀도」를 장편으로 개작한 『을화』(문학사상사)를 발표하였는데 무속에 대한 작가의 주석이 늘어났을 뿐, 사건의 전개에 새로운 면이 없고 마지막 굿의 삭제로 결말의 밀도가 낮아져서 산만하고 평범한 작품이 되었다. 욱이에 해당하는 영술이만 죽는 『을화』의 구성은 모화만 죽는 1936년판 「무녀도」의 구성과 대조된다. 영술이가 죽자 을화는 마을을 떠나고 월이도 아버지의 집으로 간다. 1936년판의 사건 전개는 다음과 같다.

① 열서너 살에 절에 들어간 욱이는 열아홉 살에 우연한 서슬로 분이 치받쳐 승려 하나를 돌로 쳐 죽인다.
② 감옥살이를 하다 감형이 되어 풀려나온 욱이가 낭이를 임신시킨다.
③ 모화는 낭이의 아이를 신령님의 아이라고 주장하고 해산하는 날 낭이가 말을 할 수 있게 될 것이라고 예언한다.
④ 아이는 유산되고 낭이의 입도 열리지 않는다.
⑤ 예기소의 굿판에서 모화가 죽는다. 욱이는 어디로 떠나고 낭이는 외할머니가 와서 돌본다.

1936년판의 욱이는 기독교인이 아니다. 모화는 욱이가 아니라 기독교와 대결한다. 예수가 하느님의 아들이라면 자신은 하느님의 딸이고 처녀 마리아가 아이를 낳았다면 자기의 딸 낭이도 처녀로서 아이를 낳지 못할 것이 없다는 것이 모화의 대결의식이다. "천상천하에 짝 없이 떠다니는 신령님이 있습니이다. 이 신령님은 종종 여인네가 잠자는 틈에 꿈으로 태어와 몸을 섞읍너이다. 그러므로 늘 방성을 못 보고 덧없이 세월을 보내던 부인네가 여러 해 용왕님께 공을 들이면 문득 몸이 일게 됩니다. 그것은 모두 꿈 중에 그 신령님을 느껴 잉태되는 것입너이다"[2] "예수 귀신이 진짠가 신령님이 진짠가 두고 보지"[3] 하는 모화의 대결의식을 김동리도 어느 정도 공유하고 있다. 하느님을 반대하는 근대가 끝나고 하느님과 더불어 사는 시대가 오는데 기독교의 초자연적 신은 너무 높아서 사람과 함께 살기 어려우므로 새로운 시대에는 모든 사람이 무속의 자연적 신을 모시게 되리라는 것이 김동리의 생각이다. 김동리가 「무녀도」에 대하여 본격적으로 해설한 최초의 글은 『문장』 1940년 5월호에 실린 「신세대의 정신」이었다.

모화는 제 딸을 구하기 겸 예수교에 대항하여 딸의 사건을 두고 어떤 이적을 선약(宣約)했으나 종국 실패한다. 이 실패란 모화에게 정신적으로나 현실적으로나 전면적 패배를 의미하게 된다. 여기서 이 작품은 클라이맥스로 들어가 모화의 마지막 굿이다. 어떤 물에 빠져 죽은 여인의 영혼을 건지려 모화는 넋대로 물을 저으며 시나위 가락에 맞추어 청승에 자지러진 무사(巫辭)를 읊으며, 또 그 가락에 맞추어 몸의 율동(춤)을 지니고서 점점 물속으로 들어가다 문득 모

2) 김동리, 「무녀도」, 『중앙』 1936년 5월호, p. 44.
3) 같은 글, p. 101.

화의 몸뚱이는 그 목소리와 함께 물속에 잠겨버린다. 이러한 간단한 서술로서는 모화의 마지막 승리(구원)를 이해하기 힘들 것이다. 여기 시나위가락이란 내가 위에서 말한 '선(仙)' 이념의 율동적 표현이요 이때 모화가 시나위가락의 춤을 추며 노래를 부른다 함은 그의 전 생명이 시나위가락이란 율동으로 화함이요 그것의 율동화란 곧 자연의 율동으로 귀화합일한다는 뜻이다. 이리하여 동양정신의 한 상징으로 취한 모화의 성격은 표면으로는 서양정신의 한 대표로서 취한 예수교에 패배함이 되나 다시 그 본질적 세계에서 유구한 승리를 갖게 된다는 것이다.[4]

김동리는 유한한 인간이 무한한 자연에 귀의하는 것을 선(仙)의 이념이라고 하였다. 그에 의하면 모화는 선의 영감으로 인하여 인간과 자연 사이의 장벽이 무너진 경지에 있다. 모화란 새 인간형은 김동리가 인간의 개성과 생명의 구경을 추구하여 얻은 한 개의 도달점이었다. 김동리는 모화에 대하여 그녀가 "이 시대 이 현실에서 별반 의의를 가지지 못함은 내 자신 잘 알고 있으나 그러나 (그녀의 경지는) 인간이 개성과 생명의 구경(究竟)을 추구하여 영원히 넘겨보군 할 그러한 한 개의 길이라고 나는 믿는다"[5]고 말하였다. 천상과 지상, 무한과 유한, 정신과 물질, 종교와 과학 중에서 중세는 뒤엣것을 몰랐고 근대는 앞엣것을 배제하였다. 근대의 실증주의는 제한된 평면에서 더 갈 데가 없이 되어버렸다는 것이 김동리의

---

4) 「신세대의 정신—문단 신생면(新生面)의 성격, 사명, 기타」, pp. 91~92.

5) 같은 글, p. 92.

근대 비판이다. "우리는 우리에게 부여된 우리의 공통된 운명을 발견하고 이것의 전개에 지향하지 않으면 안 된다. 우리가 이 사실을 수행하지 않는 한 우리는 영원히 천지의 파편에 그칠 따름이요 우리가 천지의 분신임을 체험할 수 없는 것이며 이 체험을 갖지 않는 한 우리의 생은 천지에 동화될 수 없기 때문이다. 그리고 우리는 우리에게 부여된 우리의 이 공통된 운명을 발견하고 이것의 타개에 노력하는 것, 이것이 곧 구경적 삶이라 부르며 또 문학하는 것이라 이르는 것이다."[6] 그러므로 김동리는 비과학적이고 초자연적인 현상도 얼마든지 문학 속에 들어올 수 있다고 생각한다. 그에게는 실증적이냐 몽환적이냐 하는 것은 문학의 문제가 되지 않는다. 김동리는 개성의 진실이 들어 있고 세계의 율려와 생명의 맥박이 통할 수 있는 작품을 '훌륭한 리얼리즘'[7]이라고 정의한다. "본래 문자로 표현하게 마련인 것이 문학일진대 어느 문장이 문자 아닌 것이 있으랴마는 먼저 사상이 있어 그것의 표현으로 문자를 빌리는 것이 떳떳한 문학이요 사상일 거지, 이것은 문자에서 인스피레이션을 얻어가지고는 온갖 희한한 말씀들을 막 연역해내니 이건 사상도 문학도 아니요 문자병이라 이름 지을 것이다."[8] 일종의 신체적 사고를 강조하는 이러한 문학관이 잘못된 것은 아니겠으나 모화를 새 인간형으로 보거나 사상을 가진 인물로 보아서는 「무녀도」의 구조가 균형 있게 해명되지 않는다는 점에서 김동리의 자작 해설은 한계를

6) 김동리, 「문학하는 것에 대한 사견(私見)」, 『김동리 전집』 제7권, 민음사, 1997, p. 73.
7) 김동리, 「나의 소설수업」, 『문장』 1940년 3월호, p. 174.
8) 김동리, 「문자우상(文字偶像)—우상론 노트의 일절(一節)」, 『조광(朝光)』 1939년 4월호, p. 305.

가지고 있다.

나는 「무녀도」의 주제를 이념의 승리로 규정한 자작 해설에 대하여 작품의 구조에 근거하여 그것의 한계를 지적하고 이 작품의 주제가 예술의 승리에 있다는 결론을 도출하고자 한다.

2. 모화: 무녀 어머니

모화는 경주읍에서 성 밖으로 10여 리 떨어져 있는 마을에 살았다. 역말촌 또는 잡성촌이라고 불리는 마을이었다. 모화와 그녀의 딸 낭이는 마을 사람들과 별다른 교섭 없이 외톨이로 살았다. 굿을 청하러 오는 사람들이 가끔 들를 뿐이었다. 모화는 어느 하루도 살림이라고 살고 있는 날이 없었다. 그녀는 굿을 할 때 이외에는 대개 주막에 가 있었다. 여름 저녁에는 낭이가 좋아하는 복숭아를 들고 돌아왔다.

> 모화는 사람을 볼 때마다 늘 수줍은 듯 어깨를 비틀며 절을 했다. 어린애를 보고도 부들부들 떨며 두려워했다. 때로는 개나 돼지에게도 아양을 부렸다. 그녀의 눈에는 때때로 모든 것이 귀신으로만 비친다는 것이었다. 그것은 사람뿐이 아니라 돼지 고양이 개구리 지렁이 고기 나비 감나무 살구나무 부지깽이 항아리 섬돌 짚신 대추나무 가시 제비 구름 바람 불 밥 연 바가지 다래끼 솥 숟가락 호롱불…… 이러한 모든 것이 그녀와 서로 보고 부르고 말하고 미워하고 시기하고 성내고 할 수 있는 이웃 사람같이 생각되곤 하였다.[9]

그는 지금까지 이 경주 고을 일원을 중심으로 수백 번의 푸닥거리와 굿을 하고 수백 수천 명의 병을 고쳐왔지만 아직 한 번도 자기가 하는 굿이나 푸닥거리에 신령님의 감응을 의심한다든가 걱정해 본 적은 없었다. 더구나 누구의 객귀에 물밥을 내주는 것쯤은 목마른 사람에게 물 한 그릇을 떠주는 것만큼이나 당연하고 손쉬운 일로만 여겨왔다. 모화 자신만이 그렇게 생각할 뿐 아니라 굿을 청하는 사람, 객귀가 들린 사람 쪽에서도 그와 같이 믿고 있는 편이기도 했다. (86)

그러니까 모화는 무당이라고 천대를 받으면서도 그녀 자신의 안정된 세계에서 편안하게 살아왔다고 할 수 있다. 모화는 무당이면서 동시에 두 아이의 어머니였다. 무당이기만 한 여자나 어머니이기만 한 여자는 갈등의 내용을 일원화할 수 있으므로 비교적 쉽게 자기의 상황을 파악할 수 있을 것이다. 무당이면서 어머니인 경우에도 반벙어리인 낭이와 둘이서 살 때처럼 한 사람이 모든 일을 주도할 경우에는 갈등을 축소할 수 있다. 그러나 어머니와 아들이 서로 상대방의 믿음을 인정하지 않을 경우에는 수습할 수 없는 상황이 초래될 것이다. 이것은 반드시 무당이라서 생기는 갈등이 아니다. 전근대 지향의 아버지와 근대 지향의 아들 사이의 갈등은 우리가 과거에 겪은 것이고 민족주의자 아버지와 신자유주의자 아들

---

9) 김동리, 「무녀도」, 『김동리 전집』 제1권, 민음사, 1997, p. 82. 이하 이 책의 인용은 본문 안에 페이지만 밝힘.

의 갈등은 우리가 현재 목격하고 있는 것이다. 절에 다니는 어머니와 교회에 나가는 딸의 갈등도 적지 않을 것이다. 갈등을 해결하려면 서로 상대방의 믿음을 인정하거나 어느 한쪽이 굴복하여 다른 쪽을 따르거나 해야 한다. 욱이는 귀신이 지피기 전에 어떤 남자와의 사이에 생긴 모화의 아들이다. 아홉 살 되던 해 아는 사람의 주선으로 어느 절로 보낸 욱이가 10년 만에 예수교인이 되어서 나타났다. 욱이는 열다섯 살에 절에서 나와 유랑하다가 열여섯 살 되던 해 겨울에 평양에서 이 장로의 소개로 현 목사의 도움을 받게 되었다. 우리는 여기서 모화가 왜 무당이 됐는가를 짐작할 수 있다. 처녀로서 애를 뱄다는 것은 견디기 어려운 심적 외상(外傷)이 되었을 것이다. 대부분의 사람들은 병들거나 적응하거나 중에서 하나를 선택한다. 모화가 무당이 된 것도 병드는 대신에 선택한 것일 터이지만 무당을 병이라고 볼 수도 있으므로 모화는 병이 곧 적응이 되는 예외적인 경우라고 할 수도 있을 것이다. 모화는 동물적이고 본능적인 모성애로 낭이와 욱이를 대한다. 낭이는 모화가 사 들고 오는 과일을 마치 짐승의 새끼가 어미에게 달려들어 젖을 빨듯이 받아먹으며 모화는 10년 만에 돌아온 욱이를 어미새가 날개로 새끼를 감싸듯이 품에 안는다.

> 낭이는 어릴 때 나들이에서 돌아오는 어미의 품에 뛰어들어 젖을 빨듯 어미의 수건에 싸인 복숭아를 받아먹는 것이었다. (81)

> 모화는 장에서 돌아와 처음 욱이를 보았을 때, 그 푸른 얼굴에 난데없는 공포의 빛이 서리며 곧 어디로 달아날 것같이 한참 동안 어

깨를 뒤틀고 허둥거리다 말고 별안간 그 후리후리한 키에 긴 두 팔을 벌려 흡사 무슨 큰 새가 저희 새끼를 품듯 뛰어들어 욱이를 안았다. (83)

두번째 집을 나갔던 욱이는 다시 얼굴에 미소를 띠며 그녀들 어미 딸 앞에 나타났다. 모화는 그때 마침 굿 나갈 때 신을 새 신발을 신어보고 있었는데 욱이가 오는 것을 보자 그 후리후리한 허리에 긴 팔을 벌려 흡사 큰 새가 알을 품듯, 그의 상반신을 얼싸안고 울기 시작했다. 이번엔 아무 푸념도 없이 오랫동안 욱이의 목을 안은 채 울기만 하는 것이었다. (92)

모화가 욱이를 안는 모습은 동일하였지만 두 포옹 사이에는 갈등의 요인이 개입되어 있다. 욱이가 모화의 무당 일에 반대하였기 때문에 모화는 아들을 단순한 본능만으로 대할 수 없게 된 것이었다. 욱이가 다시 집을 나간 후 모화는 자식을 잃을지 모르겠다는 불안을 느낀다. 무식하고 가난한 대로 자기의 어머니 속에서 어떤 절대적인 것, 어떤 최고의 것을 발견하여 간직하는 것이 한국인의 전통이었다. 아들의 그러한 믿음에 근거하여 어머니는 자신의 세계를 편안하게 느꼈고 아들을 우주의 중심으로 즐겨 인정하였다. 인간의 모성애는 동물적인 본능이면서 동시에 재산이나 권력 같은 외면적인 요인들과는 별개의 공간에서 최고인 여자가 우주의 중심이 되는 아들을 대하는 내면적인 사건이었다. 기독교를 믿는 아들의 무속에 대한 불신은 이러한 전통적 모자 관계를 파괴한다.

"오마니 어디 갔다 오시나요?"

"저 박급창 댁에 객귀를 물려주고 온다."

"오마니가 물리면 귀신이 물러나갑데까?"

"물러나갔기 사람이 살아났지."

"오마니, 그런 것은 하나님께 죄가 됩네다." (86)

욱이의 반대는 모화의 존재의 핵심을 훼손하는 것이었다. 조선시대 5백 년간 선비들이 중과 무당을 천시하였으나 불교와 무속은 서로 의지하여 탄압을 견뎠으며 양반들이 어떻게 생각했건 대부분의 농민과 양반 부녀자 들은 무속을 버리지 않았다. 무속은 한국 민속의 자연스러운 일부분이었다. 마을에 조그만 교회당이 서고 신자들이 늘어가면서 "무당과 판수를 믿는 것은 절대적 한 분밖에 안 계시는 거룩거룩하신 하나님 아버지께 죄가 됩니다"(96, 98)라는 말을 모화에게 대놓고 하는 사람도 생겼다. 사람들은 "두 눈이 파랗고 콧대가 칼날 같은 미국 선교사를 보는 것은 원숭이 구경보다도 더 재미나다고들 하였다"(96). 기도를 드려서 병을 고친다는 부흥사가 왔다. 신유(神癒)는 신약성경에도 여러 번 나오는 기독교 교리의 일부로서 무속의 치유와 비교될 수 있는 현상이라고 할 수 있다. 태초 이래 인간의 신체 구조가 크게 바뀌지 않았으므로 질병의 종류에도 큰 변화는 없다고 보아야 할 것이다. 그러므로 한약과 양약에는 정도의 차이가 있을 뿐 그것을 과학과 비과학으로 나눌 수 있는 것은 아니다. 그러나 기독교의 신유spiritual healing와 무속의 치유는 죄의식guilt complex을 파괴하여 질병을 낫게 하는 것이 불가능하다고 할 수는 없다고 하더라도 종교와 미신의 경계에서 일어나는 사건이라고 할 수 있을 것이다.

> 여자들의 월숫병 대하증쯤은 대개 죄씻음을 받을 수 있었고 그 밖에도 소경이 눈을 뜨고 앉은뱅이가 걷고 귀머거리가 듣고 벙어리가 말하고 반신불수와 지랄병까지 저희 믿음 여하에 따라 모두 죄씻음을 받을 수 있다는 것이었다. 여자들의 은가락지 금반지가 나날이 수를 다투어 강단 위에 내걸리게 된다. 기부금이 쏟아진다. 이리 되면 모화의 굿 구경에 견줄 나위가 아니라고 하였다. (97)

모화는 겉으로는 "양국 놈들이 요술단을 꾸며 왔어"(97)라고 비웃었지만 내심으로는 초조하였다. 특히 아들 욱이가 그들 편을 드는 것이 야속하였다. 욱이는 모화가 무당을 그만두고 낭이가 말을 할 수 있게 해달라고 늘 기도하였다. 욱이는 현 목사와 이 장로에게 경주에 교회가 필요하다는 편지를 보내어 대구 노회에 간청하도록 하는 한편 대구의 교인들에게 연락하여 도움을 요청하였다. 단순히 과학의 시각에서 본다면 낭이를 말하게 해달라는 욱이의 기도나 아들에게서 예수 귀신을 떠나게 해달라는 모화의 굿이나 모두 비과학적인 미신에 속하는 행위라고 규정할 수 있을 것이다. 기독교의 신유와 무속의 치유는 약을 쓰지 않는 치료 방법이라는 점에서 정신분석과 통한다고 할 수 있으나 정신분석은 자료에서 출발하는 경험적 방법을 사용하고 기독교와 무속은 직관에서 출발하는 신비적 방법을 사용한다는 점에서 구별된다.

모화에게는 오래된 것이 편한 것이고 새로운 것이 낯선 것이었는데 욱이에게는 새로운 것이 편한 것이고 오래된 것이 낯선 것이었다. 욱이에게 모화의 집은 사람의 거처가 아니라 도깨비집에 지나지 않았다.

> 그 명랑한 찬송가 소리와 풍금 소리와 성경 읽는 소리와 모여 앉아 기도를 올리고 빛난 음식을 향해 즐겁게 웃음 웃는 얼굴들 대신에 군데군데 헐려가는 쓸쓸한 돌담과 기와 버섯이 퍼렇게 뻗어 오른 묵은 기와집과 엉킨 잡초 속에 꾸물거리는 개구리 지렁이들과 그 속에서 무당 귀신과 귀머거리 귀신이 들린 어미 딸 두 여인을 보았을 때 그는 흡사 자기 자신이 무서운 도깨비굴에 홀려 든 것이나 아닌가 하고 의심이 들 지경이었다. (90)

> 그것은 한 머리 찌그러져가는 묵은 기와집으로 지붕 위에는 기와 버섯이 퍼렇게 뻗어 올라 역한 흙냄새를 풍기고 집 주위는 앙상한 돌담이 군데군데 헐린 채 옛 성처럼 꼬불꼬불 에워싸고 있었다. 이 돌담이 에워싼 안의 공지같이 넓은 마당에는 수채가 막힌 채 빗물이 고이는 대로 일 년 내 시퍼런 물이끼가 뒤덮여 늘쟁이 명아주 강아지풀 그리고 이름도 모를 여러 가지 잡풀들이 사람의 키도 묻힐 만큼 거멓게 엉키어 있었다. 그 아래로 뱀같이 길게 늘어진 지렁이와 두꺼비같이 늙은 개구리들이 구물거리고 움칠거리며 항시 밤이 들기만 기다릴 뿐으로 이미 수십 년 혹은 수백 년 전에 벌써 사람의 자취와는 인연이 끊어진 도깨비굴 같기만 했다. (79)

모화의 집에 대한 이 묘사는 감정의 분위기를 만들어내는 데 초점을 모으고 있는데 이러한 감정이 작가의 주석인지 욱이의 시각인지, 아니면 마을 사람들의 일반적인 분위기인지 분명하지 않다. 모화와 낭이가 자기들이 살고 있는 집을 도깨비집이라고 느끼지는 않았을 것이다. 동네 사람들도 오래 그들 사이에 있어왔기 때문에 이미 풍경의 일부가 되어 있는 그 집을 사람의 자취와 인연이 끊어진 집이라고 보지는 않았을 것이다. 그렇게 느꼈다면 모화에게 굿을 부탁하러 오지도 않았을 것이다. 그렇다면 이 묘사는 욱이와 욱이처럼 서양 사람들의 집을 경험한 적이 있는 기독교인들의 시각일 것이다. 그런데 김동리는 소설의 이 부분에서 왜 모화의 집을 기독교인의 시각으로 묘사해놓은 것일까. 여기서 김동리는 무속을 무너져가는 낡은 세계에 속하는 것으로 묘사하였는데, 이 묘사는 모화를 파우스트보다 더 보편적인 인간상이라고 한 자작 해설과 어긋난다. 이 부분의 묘사는 중립적이고 비개입적인 묘사라고 할 수 없다. 인물 시각과 섞여 있는 작가의 주석 어디에도 이 집의 분위기 묘사에 반대한다는 흔적이 나타나 있지 않다.

모화는 욱이를 제 편으로 돌려놓으려고 온갖 노력을 다한다. 욱이에게 잡귀가 들렸다고 생각한 모화는 신주상 위의 냉수 그릇을 들어 물을 머금고 욱이의 낯과 온몸에 확 뿜으며 "엇쇠 귀신아 물러서라" 하고 외쳤다. 욱이는 어리둥절해서 모화의 푸념하는 양을 바라보고 있다가 고개를 수그려 잠깐 기도를 올리고 나서 일어나 잠자코 밖으로 나갔다. 욱이의 태도는 모화를 점점 더 초조하게 하였다. 긴 한숨을 내쉬기도 하고 낭이에게 욱이가 언제 온다고 하더냐고 따져 묻기도 하고 욱이 밥상을 차려놓지 않았다고 낭이에게 화를 내기도 하였다. 욱이가 다시 돌아온 날 "모화는 웬일인지 욱이가 방에 들어간 뒤에도 오랫동안 툇마루에 걸터앉은 채 고개를 떨어뜨리고 무엇을 골똘히 생각하고 있는 꼴이었다. 긴 한숨과 함께 얼굴을 든 그녀는 무슨 생각으론지 도로 방으로 들어가더니 낭이의 그림을 이것저것 뒤져보는 것이었다”(92). 이것은 최후의 결전을 각오하는 자세였다. 모화는 잠든 욱이의 품에서 성경책을 꺼내 불사르고 탄 재 위에 소금을 뿌리며 살풀이를 한다. 잠에서 깬 욱이는 부엌문을 박차고 들어가 모화를 말리려다 모화가 휘두르는 식칼에 찔린다.

> 욱이는 모화의 칼날을 왼쪽 귓전에 느끼며 그의 겨드랑이 밑을 돌아 소반 위에 차려놓은 냉수 그릇을 들어 모화의 낯에다 그릇째 끼얹었다. 이 서슬에 접시의 불이 기울어져 봉창에 붙었다. 욱이는 봉창에서 방 안으로 붙어 들어가는 불길을 잡으려고 부뚜막 위로 뛰어올랐다. 그러자 물그릇을 뒤집어쓰고 분노에 타는 모화는 욱이의 뒤를 쫓아 칼을 두르며 부뚜막으로 뛰어올랐다. 봉창에서 방 안으로 붙어 들어가는 불길을 덮쳐 끄는 순간, 뒷등허리가 찌르르하여 획 몸을 돌이키려 할 때 이미 피투성이가 된 그의 몸은 허옇게 이를 악물고 웃음 웃는 모화의 품속에 안겨 있었다. (95)

욱이는 머리와 목덜미와 등허리 세 군데에 상처를 입었다. 현 목사가 찾아와 건네준 성경을 안고 욱이는 숨을 거둔다. 모화도 욱이도 조금만 더 깊이 생각해보았다면 책은 종이에 불과하다는 것을 알았을 터인데 성경을 둘러싸고 벌이는 이들의 갈등은 모화도 큰 무당이 아니고 욱이도 진실한 기독교 신자가 아니라는 사실을 알려줄 뿐이다. 성경이 일점일획도 틀리지 않았다고 하는 말이 맞다고 하더라도 그것은 히브리어 구약이나 희랍어 신약에 해당되는 말이지 오역투성이 국역 성경에 해당되는 말이 아닐 것이다. 간음한 여자를 포용한 예수가 무당을 배척했을 것 같지는 않고 오래전에 불교와 화해한 무속이 새삼스럽게 기독교를 배제했을 것 같지도 않다. 맥아더를 모시는 무당이 있는데, 예수를 모시는 무당이 왜 없겠는가? 모화에게 예수는 서역에서 와 자기 아들을 빼앗아 잡아먹는 굶주린 귀신이다. 욱이의 편협한 기독교 신앙이 모화를 기독교의 적으로 만든 것이다.

> 너 이제 보아하니 서역 십만 리 굶주리던 잡귀신하,
> 여기는 영주 비루봉 상상봉헤
> 깎아질린 돌 벼랑헤, 쉰 길 청수헤, 엄나무 발에
> 너희 올 곳이 아니니다.
> 바른손헤 칼을 들고 왼손헤 불을 들고
> 엇쇠 서역 잡귀신하 썩 물러서라. (94)

욱이가 드러눕게 되자 모화는 무당 일을 전폐하고 아들의 간호에 전념한다. 무당을 그만두고 어머니로만 살기로 한 것이다. 처음에 모화는 자기에게 익숙한 세계를 지키기 위해 새롭고 낯선 기독교를 배척하고 성경을 태우고 그러한 행동을 제지하는 아들을 칼로 찔렀다. 모화가 성경을 태운 것은 아들에게 붙은 예수 귀신을 쫓아내면 아들이 잘될 것이라고 판단하고 한 것이지 아들과 싸우려고 한 것은 아니었다. 그러나 그것은 아들을 해롭게 한 결과가 되었으며 아들이 쓰러짐과 동시에 모화 속의 무당이 배후로 물러나고 모화 속

의 어머니가 전면으로 나오게 되었다. 낭이와는 어머니이면서 무당으로서 잘 살았는데 이제 욱이와는 어머니이거나 무당이거나 둘 중의 하나로서 살 수밖에 없게 된 것이다. 모화는 무당으로서 욱이와 갈라서거나 어머니로서 욱이와 함께 살거나 둘 중의 하나를 선택하지 않을 수 없게 되었다. 그 이유는 그들이 작은 무당이고 미숙한 기독교인이라는 데 있을 것이다.

모화는 욱이의 병간호에 남은 힘을 다하여 그가 원하는 것이 있으면 낮과 밤을 헤아리지 않고 뛰어갔다. 가끔 욱이를 일으켜 앉혀서 자기의 품에 안아도 주었다. 물론 약도 쓰고 굿도 하고 주문도 외웠다. 그러나 욱이의 병은 낫지 않았다.

모화도 욱이의 병간호에 열중한 뒤부터 굿에는 그만큼 신명이 풀린 듯하였다. 누가 굿을 청하러 와도 아들의 병을 핑계로 대개 거절을 했다. 그러자 모화의 굿이나 푸닥거리의 반응이 이전과 같이 신령치 않다고들 하는 사람이 하나둘씩 생기기도 했다. (95)

마을 사람을 위한 굿을 모두 그만두고 오직 어머니로서 아들의 치료에 전념하였으나 이미 무당이 아닌 여자의 굿이 아들에게 신통을 보일 리가 없었다. 아들을 위해 온갖 치성을 다 드렸으나 욱이는 성경책을 안고 숨을 거둔다. 아들을 찌르고 무당 일을 그만둔 모화는 이제 아들이 죽자 어머니 노릇도 할 수 없게 되었다. 남자와 사랑을 나눌 나이가 지났으므로 모화는 자기를 여자로 여길 수 없었다. 모화는 여자도 아니고 어머니도 아니고 무당도 아닌 무(無)가 되었다. 무는 죽음을 가리키는 여러 이름들 가운데 하나이다.

> "모화네 아들 죽고 섭섭해서 어쩌나?"
> 하면, 그녀는 다만
> "우리 아들은 예수 귀신이 잡아갔소."
> 하고 한숨을 내쉬곤 했다.
> 그녀는 굿을 나가지 않았다. (100)

사람들은 "아까운 모화 굿을 언제 또 볼꼬"(100) 하고 아쉬워했다. 읍내 어느 부잣집 며느리가 예기소에 몸을 던졌다. 모화는 비단옷 두 벌을 받고 오구굿을 하기로 했다. 모화는 김씨 부인의 평생 사연을 넋두리하다 전악들의 젓대, 피리, 해금에 맞추어 춤을 추었다. 그러나 밤중이 되어도 김씨 부인의 혼백이 건져지지 않았다. "작은 무당 하나가 초조한 낯빛으로 모화의 귀에 입을 바짝 대며 '여태 혼백을 못 건져서 어떡해?' 하였다"(102). 모화는 그때 이미 무당이 아니었다. 김씨의 혼백이 무당 아닌 여자의 초혼에 응하지 않는 것은 너무나 당연한 일이었다. "모화는 당연하다는 듯이 넋대를 잡고 물가로 들어섰다"(103). 모화는 넋대를 따라 점점 깊은 물속으로 들어갔다. 검은 물에 그녀의 허리가 잠기고 가슴이 잠기고 온몸이 아주 잠겨버렸다. "넋대만 물 위에 빙빙 돌다가 흘러내렸다"(104).

3. 낭이: 예술의 승리

우리는 이 소설의 제목에 대하여 숙고해볼 필요가 있다. 「무녀도」에서 무녀는 물론 모화라고 할 것이지만 무녀도를 그린 것은 낭이이므로 모화는 그림의 인물이고 낭이는 그림의 작자라고 해야 할 것이다. 그림은 다음과 같이 묘사되어 있다.

> 뒤에 물러 누운 어둑어둑한 산, 앞으로 폭이 널따랗게 흐르는 검은 강물, 산마루로 들판으로 검은 강물 위로 모두 쏟아져 내릴 듯한 파아란 별들, 바야흐로 숨이 고비에 찬 이슥한 밤중이다. 강가 모랫벌엔 큰 차일을 치고 차일 속엔 마을 여인들이 자욱이 앉아 무당의 시나위가락에 취해 있다. 그녀들의 얼굴 얼굴들은 분명히 슬픈 흥분과 새벽이 가까워온 듯한 피곤에 젖어 있다. 무당은 바야흐로 청승에 자지러져 뼈도 살도 없는 혼령으로 화한 듯 가벼이 쾌자 자락을 날리며 돌아간다…… (77)

낭이는 모화가 꿈에 용신님을 만나 복숭아 하나를 얻어먹고 꿈꾼 지 이레 만에 낳은 아이라 했다. 낭이는 잘 듣지 못하는 대신에 그림을 잘 그렸다. 간혹 굿을 청하러 오는 사람이 찾아와 방문을 열려고 하면 "낭이는 대개 혼자서 그림을 그리고 있다가 놀라 붓을 던지며 얼굴이 파랗게 질린 채 와들와들 떨곤 하는 것이었다"(80). 욱이가 절간으로 떠난 지 얼마 되지 않아 낭이는 3년이나 시름시름 앓더니 귀머거리가 되었다.

그 호리호리한 몸매와 종잇장같이 희고 매끄러운 얼굴에 빛나는 굵은 두 눈으로 온종일 말 한 마디 웃음 한 번 웃는 일 없이 방구석에 틀어박혀 앉은 채 욱이가 하는 양만 바라보고 있다가, 밤이 되어 처마 끝에 희부연 종이등불이 걸리고 하면 피에 주린 모기들이 미친 듯이 떼를 지어 울고 날아드는 마당 구석에서 낭이는 그 얼음같이 싸늘한 손과 입술로 욱이의 목덜미나 가슴팍으로 뛰어들곤 했다. 욱이는 문득문득 목덜미로 가슴팍으로 낭이의 차디찬 손과 입술을 느낄 적마다 깜짝깜짝 놀라곤 하였으나 그녀가 까무러칠 듯이 사지를 떨며 다시 뛰어들 제면 그도 당황히 낭이의 손을 쥐어주며 그 희부연 종이등불이 걸려 있는 처마 밑으로 이끌곤 했다. (90)

낭이가 얼마나 욱이를 좋아하는가를 알 수 있다. 그러나 김동리는 근친상간으로 전개했던 1936년 판본과 달리 전집 판본에서는 근친상간 직전에 사건을 중단하고 더 이상 나아가지 않았다. 기독교인이 된 욱이는 성적 욕망을 신앙으로 차단하고 낭이의 접근에서 성적인 내용을 차단하며 낭이는 성적인 욕망을 욱이로부터 전환하여 그림으로 옮겨놓았다. 욱이의 리비도는 종교에 부착되고 낭이의 리비도는 예술에 부착된다. 근친상간을 향한 욕망이 각각 종교와 예술로 승화되었다고 할 수 있다. 모화가 욱이의 마음을 돌리려고 혼자서 춤을 추면 낭이는 저도 모르게 어미를 따라 춤을 춘다.

모화는 혼자서 손을 비비고 절을 하고 일어나 춤을 추고 갖은 교태를 다 부리며 완연히 미친 것같이 날뛰었다. 낭이는 방에서 부엌으로 난 봉창 구멍에 손을 대고 숨소리를 죽여 오랫동안 어미의 날뛰는 양을 지켜보고 있다가 별안간 몸에 한기가 들며 아래턱이 달달 달 떨리기 시작하였다. 그녀는 미친 것처럼 뛰어 일어나며 저고리를 벗었다. 치마를 벗었다. 그리하여 어미는 부엌에서 딸은 방 안에서 한 장단 한 가락에 놀듯 어우러져 춤을 추곤 했다. 그러한 어느 새벽, 낭이는 (정신을 차리고 보니) 발가벗은 알몸뚱이로 방바닥에 쓰러져 있는 그녀 자신을 발견한 일도 있었다. (92)

낭이는 무당이 될 수 있는 기질을 타고난 여자이다. 그러나 그녀는 굿을 재미있어 하지만 굿하는 것보다 그림 그리는 것을 더 좋아한다. 예술가와 무당은 기질로 보아 공통되는 점이 많은 사람들일 것이다. 무당과 기생은 춤추고 노래하는 것이 직업이니 요즈음의 음악가에 가깝다고 하겠지만 기생은 서예를 하고 무당은 부적을 그리니 미술가라고 할 수 있는 면이 없는 것은 아니다. 그림은 낭이의 근친상간적 욕망을 승화시켜주었듯이 무당이 될 낭이의 팔자도 돌려놓았다고 할 수 있다. 낭이는 무녀가 되지 않고 무녀도(巫女圖)를 그렸다. 모화의 춤이 죽음을 넘어 무녀도로 보존된 것은 바로 종교에 대한 예술의 승리이다.

4. 자작 해설의 한계

「무녀도」의 주제를 무교와 기독교의 대립으로 설정한 것은 김동리 자신이었다. 그런데 김동리는 실증주의에 기반한 근대와 실증주의와 몽환주의를 포괄하는 새 시대의 대립을 우리 시대의 근본 문제로 규정하였다. 그렇다면 기독교는 무교와 같이 전근대에 속하는 사상일 터인데 무교는 신체적 사고가 되고 기독교는 신체적 사고가 못 되는 이유가 어디에 있을까? 물론 탈식민주의의 입장에서 기독교의 인종차별주의를 비판하는 것은 얼마든지 가능하다. 그러나 작품을 어떻게 읽더라도 우리는 「무녀도」에서 식민주의 비판을 끌어낼 수 없다. 나라를 뺏은 것은 일본인데 일본 사람은 나오지도 않고 미국인 선교사 현 목사는 별다른 결함이 없는 인물로 묘사되어 있다. 그는 한국인에게 너그럽고 특히 욱이를 미국으로 데리고 가려 한다. 기독교가 실증주의와 과학주의를 대표하는 사상이 아닌 이상 기독교와 무교의 대립은 김동리의 세계상(비록 유치한 것이기는 하지만 그것을 세계상이라고 부를 수 있다면)을 전달하지 못한다. 더욱 심각한 문제는 무교와 기독교의 대립으로 작품을 보면 「무녀도」의 세부가 파괴된다는 데 있다. 나는 기독교를 "어떤 낯선 것"으로 볼 때에만 「무녀도」의 구조가 균형 있게 분석된다는 사실을 해명해보고자 하였다. 김동리의 자작 해설을 아예 고려하지 않고 기독교의 교리를 주변적이고 부수적인 요인으로 무시하는 것이 작품 분석에 효과적이라는 가설을 논증하는 데 이 글의 목적이 있다.

이 소설의 제목은 무녀의 이야기가 아니라 무녀의 그림이다. 우리는 모화와 함께 모화를 그린 낭이에 대하여 주의를 기울이지 않으면 안 된다. 지금까지 어느 연구자도 낭이를 이 작품의 중요한 인물로 취급하지 않았다니 이해할 수 없는 일이라고 하지 않을 수 없다. 무녀로서도 실패하고 어머니로서도 실패한 모화의 춤을 예술로 승화시켜 영원히 살게 한 것은 낭이가 그린 그림의 힘이다. 모화의 춤이 죽음을 넘어 보존된 것은 예술의 승리를 의미한다. 모화의 내면에서 전개되는 믿음과 사랑의 드라마에 초점을 맞추어 「무녀도」를 분석함으로써 나는 모화를 선적(仙的) 이념의 구현자로 보는 자작 해설의 한계를 지적하고 주제를 종교에 대한 예술의 승리로 설정하여 이 작품의 의미를 새롭게 해명하고자 하였다.

문학으로의 초대

세상에는 '문학의 이론' 또는 '문학의 역사'라는 제목의 책들이, 그런 종류의 책들에 대한 서지 목록을 만드는 일조차도 쉽사리 엄두를 낼 수 없는 작업이 될 정도로 많다. 그런데 문제는 문학론과 문학사를 아무리 읽어도 그것들에서 문학을 배울 수 없다는 데 있다. 그 책들은 문학에 대한 지식을 가르쳐주기는 하나 문학하는 능력을 길러주지는 못한다. 칸트에 의하면 철학을 가르치는 철학 교수와 철학을 하는 철학자는 같은 종류의 인간이 아니다. 이 세상에는 개념으로 간단히 해결될 수 있는 문제가 하나도 없다. 현실은 무한하고 개념은 유한하기 때문이다. 현실을 이해하기 위해서는 개념이 필요하지만 어떠한 개념 체계도 밑으로 새어 나가고 위로 흘러넘치는 현실을 주워 담을 수 없다는 인식이 문학하기의 한 단초가 된다. 문학을 하는 것은 원리로 환원할 수 없는 완강한 사실들을 응시하는 일이다. 예나 이제나 문학의 근거는 사실성 Sachlichkeit에 있다. 문학사의 단계들을 설정해보는 것은 가능한 일이다. 예를 들어 19세기의 한국 문학은 재정 위기에 기인한 전국 규모의 민란과 민란을 거치면서 자라난 민속문화와 지역문화를 배경으로 삼아 전개되었고 동학에 이르러 결정적인 근대 지향을 보여주었다. 재정 위기→농민봉기→민속문화의 순서는 일본의 19세기 문학사에서도 동일하게 나타난다. 란가쿠(蘭學, Dutch Learning)가 일어나 근대를 전면서화(全面西化)의 방향으로 설정한 것이 한국과 다를 뿐이다. 한국이나 일본이나 중세가 붕괴하는 과정을 그 마지막 단계까지 철저하게 겪어냈다고 할 수 있다. 우리는 중세의 붕괴과정을 하나의 단계로 설정하여 실증적으로 기술할 수 있다. 그러나 한국 문학의 현 단계를 규정하는 일도 가능한 것일까? 현 단계란 말은 마치 과거가 자동적으로 한 계단 한 계단 진행하여 현재가 되는 듯한 착각을 일으킨다. 그것은 현실의 수많은 틈과 단절을 은폐하고 지금 여기 있는 사실의 특이성을 보지 못하게 한다. 시론을 읽고 시를 쓸 수 있는 사람은 아무도 없다. 문학사를 읽고 소설을 쓸 수 있는 사람도 없을 것이다.

정명환의 『젊은이를 위한 문학이야기』(현대문학, 2005)는 명작 감상도 아니고 지역별·국가별 문학사도 아니고 시론이나 소설론도 아니고 문예사조론도 아니다. 문학의 갈래와 흐름에 대하여 말하지 않는 문학이야기가 어떻게 가능할 것인가?

저자는 어린아이의 질문에서 문학이야기를 시작한다. '이것은 무엇인가?' 라는 어린아이의 질문은 '인생에 뜻이 있는가?' 라는 질문으로 바뀌고 다시 '어떻게 살아야 하는가?' 라는 질문으로 바뀐다. 기쁘거나 슬픈 인생의 고비마다 우리는 자신에게 질문을 던져본다. 특히 아는 사람의 죽음을 볼 때 그 질문은 절실하고 심각해진다.

어린아이들에게 문학은 재미있는 이야기이다. 그 이야기들 속에는 어떤 교훈이 들어 있다. 어른들의 문학도 교훈과 무관한 것은 아니다. 문학은 관습적이고 틀에 박힌 판박이 도덕에 대하여 그것이 피상적이고 거짓된 인식에서 비롯된 것이 아닐까 하는 의심을 자아내고 다른 각도에서 생각하기를 촉구한다. 이렇게 본다면 문학의 질문은 교훈이라기보다는 역교훈에 해당된다고 해야 할 것이다. 다르게 생각하는 사람들을 이해하고 스스로 다르게 생각해보면서 사실이 무엇인가를 탐구하는 회의주의가 문학의 바탕이 된다. 안이한 대답에 만족하지 않고 참된 것의 인식을 위하여 그 시대의 상식에 대하여 항상 새롭게 이의를 제기하는 것이 문학의 본질이다.

문학은 사람이 창작한 물건이다. 공허한 추측을 피하려면 문학을 만들어진 작품 또는 만들어질 작품으로 한정해야 한다. 인간은 무에서 유를 창조할 수 없다. 인간의 활동은 항상 주어진 소여를 가공하는 것이다. 인간은 자연에 의지하면서 자연에 변화를 가하고, 스스로 만든 제도에 의지하면서 제도에 변화를 가하며 나보다 앞서 살았거나 나와 함께 살고 있는 사람들에 의지하면서도 일방적으로 그들의 영향을 받기만 하지 않고 그들을 상호작용의 상대로 인식한다. 역사에는 자연, 인간에 의하여 만들어진 유형무형의 산물들, 인간 자신이라는 세 가지 소여가 있다. 역사란 인간이 세 가지 소여에 대하여 어떻게 작용해왔는가를 기록하는 것이다. 객관적 기록물을 만드는 데에 사가의 목적이 있겠지만 인간의 기록물이기 때문에 역사는 중요하다고 생각한 사건들을 선택하고 배열하는 기록자의 관점에 따라서 다르게 기록될 수밖에 없다. 나날의 삶에서 개인이 하는 행위도 이와 비슷하다. 존재하는 것은 무질서한 것들의 퇴적이다. 사물을 분간하고 식별하는 인간의 행위는 사물 자체의 본질을 파악하지 못한다. 사물 자체는 어디까지나 비밀로 남게 되는 것이다. 그러나 분화되지 않은 혼돈에 이름과 의미와 가치를 부여하는 것이 인간의 일상생활이라는 데는 변함이 없다. 인간은 사물을 혼돈 속에 내버려두지 않고 인간화하면서 산다. 사물을 거들떠보지도 않거나 의도에 따라 사물에 의미를 부여한다. 역사와 달리 개인의 이 인간화 작업에는 객관적 기준이 없다. 현실 그 자체는 그냥 거기에 뒤죽박죽 섞여 있는 모든 것이다. 인간이 현실이라고 생각하는 것은 현실에 가해진 해석이며 조작, 다시 말하면 만들어진 것이다. 사진에 나타난 현실은 현실 자체가 아니라 테두리를 한정하고 크기와 각도와 농도를 조절하여 만들어낸 현실이다. 아주 넓은 의미로 본다면 인간의 모든 행위가 창작 행위라고 할 수 있다. 그러나 문학이라는 구성물은 다른 구성물과 근본적인 차이를 드러낸다. 역사이건 사진 찍기이건 개인적 인식이건 간에 그런 구성물에는 실재하는 지시 대상이 존재하지만 문학에는 지시 대상이 작품의 외부에 존재하지 않는다. 춘향은 『춘향전』이라는 이야기책의 외부에서는 존재하지 못한다. 아무리 인간과 비슷하게 묘사되어 있다 하더라도 작중 인물에게는 주민등록번호가 없다. 이것은 역사소설에 나오는 인물의 경우에도 해당되는 이야기이다. 소설 『임꺽정』을 명종시대사의 자료로 사용할 역사가는 없을 것이기 때문이다. 입말이건 글말이건 언어활동은 발신자가 특정한 정보를 특정한 수신자에게 전달한다는 삼위일체의 관계를 기초로 삼고 있다. 그러나 문학에 담긴 메시지는 바람에 날리는 꽃가루와 같이 아무 데로나 퍼질 수 있는 메시지이고, 시간과 공간의 제한 없이 산재하는 독자들에 의하여 멋대로 해석되는 메시지이다. 그러므로 엄밀한 의미로 규정한다면 발신자인 작가는 작품의 임자가 될 수 없다. 작가는 작품을 만드는 사람이지만 작품에 담아 넣으려던 작가의 의도대로 작품의 의미를 해석하는 것은 불가능한 일이다. 김춘수는 「꽃」이라는 시에서 꽃의 관념 대신 꽃 자체에 대하여 말하고 싶어 했으나 결과로 나온 작품에 나타나는 것은 일상생활에서 벗어난 어떤 존재의 상징이다. 작가의 의도가 어떠했건 이청준의 「눈길」에 나타나는 어머니를 작가의 어머니와 동일시하면 작품의 의미가 극도로 축소된다. 이 이야기를 실화로 간주한다면 어머니로부터 달아나려는 아들이 어머니와 아내의 이야기를 엿듣고 닫았던 마음을 연다는 개방적 구성에 끝까지 내재하는 의문부호가 사라지기 때문이다. 창작물의 주인이 창작자의 의도인가 아니면 창작자의 의도를 벗어나는 창작물 자체의 의미인가 하는 질문은 의도나 의미를 어떻게 규정하느냐에 따라 대답이 달라질 수 있는 문제이다. 그러나 지은이를 알 수 없는 고려속요나 중세소설을 생각하면 구성자의 의도보다 구성물의 형식이나 의미에 무게를 두는 것이 좀더 온당한 견해라고 할 수 있다. 구성자의 의도보다 구성물의 의미에 무게를 더 실어줄 때 비로소 불신을 자발적으로 중단하면서 동시에 미학적 거리도 유지한다는, 어떻게 보면 서로 어긋나는 문학 수용의 조건이 충족될 수 있을 것이다.

발신자가 수신자에게 메시지를 전달하려면 무슨 이야기를 하려고 한다는 이야기의 맥락에 대하여 서로 양해하고 있어야 하고, 상호작용이 가능한 심리적 접촉을 유지하고 있어야 하며, 개념과 논리의 코드가 서로 맞아야 한다. 어떤 메시지는 감정을 전달하려 하고, 어떤 메시지는 명령하고 요청하려 하며, 어떤 메시지는 접촉을 확인하려 한다. 로만 야콥슨은 메시지 자체에 주목을 끌려는 경우에 언어의 시적 기능이 나타난다고 하고 그 예로서 아이젠하워의 선거 구호였던 "I like Ike"를 들었다. 여기서 like 속에는 I와 Ike가 다 들어 있다. '아이'라는 소리의 반복과 부드러운 유음이 군인 아이젠하워의 딱딱한 이미지를 완화해주고 거기에 친근감을 부여하였다. 이것은 언어의 시적 기능을 살린 정치 구호이다. 문학의 메시지는 일상적인 이해타산을 떠난 말놀이라는 점에서 이러한 정치 구호와 구별된다. 이 책의 저자는 놀이가 놀이로서 성립되기 위해서는 세 가지 요건을 갖추어야 한다고 보았다.

> 첫째로는 자발성, 둘째로는 일상생활로부터의 벗어남, 셋째로는 금전이나 사회적 명예와 같은 직접적 이익의 배제가 그것입니다. 그런 점에서 보면 직업 운동선수들은 놀이를 하는 것이 아니라, 오락 제공자로서의 생업에, 흔히 비정한 경쟁을 수반하는 생업에 종사하고 있는 것입니다.[1]

문학의 말놀이에는 규칙을 지키거나 만들면서 하는 말놀이가 있고 규칙으로부터의 해방을 실험하는 말놀이가 있다. 스스로 엄격한 규칙을 수용하면서 그 안으로 언어를 농축시키느냐, 혹은 규칙을 파괴하면서 언어의 해방을 시도하느냐, 또 혹은 그 중간 형태를 취하느냐 하는 것은 시인 각자가 선택할 문제이다. 그러나 형식과

---

1) 『젊은이를 위한 문학이야기』, pp. 144~45.

시상이 어떻든 간에 시는 말놀이를 통해서 우리가 일상적으로 쓰는 언어를 매만지고 뒤집고 또 뒤틀기도 하면서 그 힘과 가능성을 극대화시키고, 그럼으로써 우리에게 삶과 세계를 새롭게 보여주려고 한다. 말놀이에서는 일상 언어의 목적과 수단이 전도되어 기호내용보다 기호표현이 중요하게 된다. 만년의 사르트르도 내용 앞에서 사라지는 수학의 기호와 달리 작가의 말에는 그가 좌지우지할 수 없는 물질성이 있다고 말했다. 말의 물질성이 문학적 말놀이의 특징이라고 할 수 있다. 저자는 『이방인』의 한 장면을 예로 들어 말의 물질성을 설명하였다. 주인공 뫼르소가 어머니의 사망 소식을 듣고 양로원에 가서 장례식을 기다리는 장면에서 눈에 띄는 것은 순수 묘사라고 부를 만한 것들이다. 이 몇 구절에는 돌아가신 어머니에 대한 어떠한 감회도 없다. 뫼르소는 딴짓만 하고 딴생각만 하고 있다. 우리의 생각이나 의식이 조리 있게 진행되는 듯이 묘사하는 것이 사실에 어긋나기 때문이다. 인간의 현실에서 존재와 의식은 질서도 연관도 없이 연속된다. 만일 카뮈가 이 장면을 이유나 결과를 나타내는 긴 문장들로 처리했다면 기호표현이 존재의 두서없음이라는 주제를 죽이고 말았을 것이다. 말놀이가 단순히 즐거운 것만은 아니다. 작가들은 일상성에서 벗어난 자리에서 완강하게 고단한 말놀이를 추구해나간다. 놀이가 주는 기쁨은 결코 순수하기만 한 것이 아니다. 그것은 협동, 경쟁, 허세, 우월감, 잔혹성 등의 여러 동기와 떼어놓을 수 없는 기쁨이다. 도스토옙스키의 소설 『노름꾼』의 주인공 이바노비치는 돈을 따기 위해서가 아니라 위험에 대한 끔찍한 갈증에 사로잡혀서 도박을 한다고 말한다. 도박꾼을 도박판에 붙들어 매는 것은 돈을 겂으로써 우연과 위험이라는 시련에 맞서보겠다는 떨칠 수 없는 욕망이다. 도스토옙스키는 도박을 통해서 생명을 내건 놀이의 한 극점을 보여주었다. 프랑수아 라블레의 소설은 삶 자체를 카니발로 묘사하였다. 그의 인물들은 정신이 아니라 육체로만 존재하며, 먹고 마시고 놀고 웃고 소란을 떠는 것이 생업의 거의 전부처럼 되어 있는 듯이 보인다. 독자의 견지에서 볼 때 문학은 긴장을 풀지 않고 지적 놀이를 끝까지 이어가게 만드는 구성물이다. 그 구성물은 삶과 세계를 밝혀나가는 과정에서 부단히 의문이 유발되도록 꾸며져 있어야 한다. 오누이임을 알면서도 서로 고백하지 않고 헤어지는 「서편제」의 결말은 열린 결말의 좋은 예가 된다. 그들은 방황과 고행의 끝에서 용서를 발견하지만, 과정의 사실성이 문제의 중심에 있고 결말의 절망과 희망은 오히려 문제의 주변에 있다.

나는 이 책을 우리 시대의 문학가 일흔한 명이 말하는 『나는 왜 문학을 하는가』라는 책과 비교해보고 싶다.[2] '왜 문학을 하는가'라는 질문에 대하여 '쾌락'이라고 대답한 작가가 있는데 나같이 창작에는 손방인 사람에게도 '재미있어서' 글을 쓴다는 말이 가장 그럴듯하게 들린다. 오든도 '왜 시를 쓰느냐'는 질문에 '말을 귀담아들으면서 말을 따라다니기가 재미있어서'라고 대답했다. 쾌락 또는 즐거움을 명시적으로 거론한 문인은 두세 사람에 불과하지만, 혼자서도 할 수 있는 일이기 때문에 글을 쓴다는 말이나 글 쓸 때 자유로움을 느낀다는 말 속에는 '재미있어서'라는 의미가 함축되어 있다. 방해받지 않고 몇 날 며칠 방에 틀어박혀 있을 명분이 된다는

2) 강석경 외, 『나는 왜 문학을 하는가』, 한국일보 편, 열화당, 2004, p. 303 참조.

대답도 집에 있는 것이 그중 재미있다는 말을 다르게 표현한 것이다. 시인이나 작가 들은 단순하게 대답하는 것을 일부러 회피하는 사람들이다. 어떤 일을 해도 곧 싫증을 내게 되는데 그래도 글쓰기는 다른 일보다는 덜 지겹다든가, 더 좋아서가 아니라 덜 싫어서라는 대답은 '재미있어서'를 회의적으로 둘러말한 것이고, 글 쓰는 일 이외에는 아무것도 할 줄 아는 게 없어서 문학을 한다는 말도 결국은 글쓰기가 다른 일보다는 재미있다는 것을 바꿔서 말한 것이다. 떠들썩한 비평가들의 야단스러운 분석을 보면서 시인들은 받아들이기 어려운 야릇한 감정에 휩싸인다. 그는 그저 재미있어서 그렇게 썼을 뿐이기 때문이다. 의미라는 것은 원래 세상에 없었다. 인간과 사물이 그저 존재했을 뿐이다. 시로 무엇을 이룬다는 생각을 버리니 시가 되더라는 시인의 말이 그럴듯하다. 인간과 사물의 존재를 기록하려면 기록하는 사람의 마음이 열려 있어야 한다. 이 세상의 모든 사건을 자신의 전생(前生) 이야기로 보는 작가가 있다. 지하철에서 보는 얼굴을 하나의 상징으로 여기고 그 수수께끼를 풀고 싶은 욕망에 시달리는 작가가 있고, 생면부지의 여자가 식당 안에 끌고 들어오는 무언가를 기록하고 싶어서 여러 밤을 견디는 작가가 있다. 자기를 비우고 여는 작가의 머릿속에 아버지, 어머니, 친구들, 동네 사람들이 들어와 그 대신에 이야기를 써준다. 상처와 결핍, 실의와 절망, 불안과 당황, 부끄러움과 주눅 들을 이야기한 글들이 적지 않다. 학력별무에 대한 열등감, 말을 더듬는 데 대한 수치심 때문에 문학을 한다는 대답도 보인다. 자폐증과 우울증을 원인으로 제시한 시인도 있고, 어머니나 아내의 죽음을 이유로 든 작가도 있다. 책이라고는 『토정비결』 한 권밖에 없는 집에서 커서 책에 포한이 졌기 때문에 소설을 쓰게 되었다고 말한 작가도 있는데 돈 구경 못하고 자란 사람이 돈에 포한이 졌기 때문에 은행원이 되었다는 말처럼 황당한 이야기이다. 상처와 결핍은 모든 것의 이유가 될 수 있지만 또 어떤 것의 이유도 될 수 없다. 상처받지 않은 영혼은 없기 때문이다. 문학을 하는 것도 먹고살기 위해서 하는 일의 하나라는 점에서 상처와 결핍이 원인이 될 수는 있을 것이다. 그러나 상처와 결핍은 '무엇을 쓰는가'라는 질문의 대답으로는 적절할지 모르지만 '왜 쓰는가'라는 질문의 대답으로는 군색한 것 같다.

재미 다음으로 많이 나온 것이 버릇이 되어서 이제는 그만둘 수 없다는 대답이다. 무의식파라고 할까 맹목파라고 할까, 어쩌다 보니 저도 모르게 문학을 하게 되었다는 사람들이다. 그는 시인이 되고 싶었고 시인이 되었다. 내가 문학을 선택한 것이 아니라 문학이 나를 선택한 것이라는 거창한 선언도 있고, 보이지 않는 무엇이 나를 이리로 이끌었으니 내 것이라 믿었던 문학이 내 것이 아니었음을 알았으므로 내 마음대로 그만둘 수 있는 일이 아니라는 화려한 고백도 있다. 우는 장닭에게 시끄럽다고 하면 멀뚱하게 바라볼 뿐이듯이 제 신명 때문에 누가 뭐래도 쓰는 일을 계속할 수밖에 없다는 호기 어린 천기론(天機論)도 이미 버릇이 되었으니 내버려둬 달라는 하소연이라고 보아야 할 듯하다. 세상에 자기가 하는 일을 선택해서 하는 사람이 몇이나 되겠는가? 버릇이 되어서 문학을 한다는 대답 속에는 글쓰기의 고통이 들어 있다. 재미를 느끼는 사람은 많지만 재미있는 일을 버릇이 되도록 계속하는 사람은 많지 않다. 빠져나올 수 없는 중독이라는 말도 어딘가 즐거운 일만은 아니라는 어감을 풍긴다. 문학을 하는 데는 궂은일을 치러나가려는 의지가 필요하다. 야비하고 던적스러운 노동이라고 말한 작가도 결국 비슷한 내용을 전달하려고 한 것일 듯하다. 버릇 좀 고쳐줘야겠다는 말은 버릇이 좀처럼 고쳐지지 않는 것이기 때문에 욕이 되었을 것이다. 버릇이란 말 속에는 무언가 탐탁지 않다는 느낌이 들어 있는 듯하다. 버릇이 되어서 글을 쓴다는 것이 행복한 일만은 아닐 것이다. 재미있어서 시작한 일도 일단 버릇이 되면 괴로울 때가 많아질 것이기 때문이다. 글 쓰는 버릇을 가진 사람을 우리는 문인이라고 부른다. 쓰는 버릇은 이미 없어졌고 말놀이의 재미를 느꼈던 기억만 남아 있는 사람을 작가라고 하기는 어려운 노릇이다. 고통을 느끼는 사람보다 고통에 익숙해져버린 사람이 더 불행하다는 의미에서 문학을 하는 것은 사막에서 길을 잃고 맴도는 것과 비슷하다. 그것은 절대 고독의 독행(獨行)이다. 시인과 작가는 혼자서 글을 쓴다. 적어도 글을 쓸 때만큼은 그 글을 읽는 사람도 저 하나뿐이다. 나중에 백만 부가 팔린다 하더라도 근본적으로 글 쓰는 것은 혼자서 말하는 일이다. 문학성이란 특이성 이외에 다른 것이 될 수 없다. 문학이라고 하는 일은 군중에게 추파를 던지려고 해봐도 잘 되지 않는 직업이다. 글로 가득 찬 세상에서 글에 짓눌려 살고 있음에도 불구하고 그의 마음이 그의 말을 독백하기 시작할 때 그는 그 자신의 글을 세상에 더 보태는 만용을 저지르지 않을 수 없게 된다. 발언하지 않아도 되기 때문에, 중얼거리기만 해도 탓하는 사람이 없기 때문에 시를 쓴다는 고백이 절실하게 들리는 이유가 여기에 있다. 문학을 하는 것은 마음대로 되지 않는 사실의 준열성을 존중하는 것 이외에 다른 것이 될 수 없다. 그는 자기 속에서 꿈틀

거리는 속악한 욕망들의 사실성도 존중해주어야 한다. 불투명한 현실과 불투명한 상상이 충돌하는 현장에서 분류되지 않는 문학, 정의되지 않는 문학이 창작된다. 상상력은 현실을 먹이로 삼고자 하지만 현실은 좀처럼 상상력의 먹이가 되어주지 않는다. 해석을 거부하는 현실은 꿈쩍도 하지 않는다. 모든 것이 의심스럽고 특히 자신이 의심스럽지만 버릇이 되어서 써나갈 수밖에 없는 것은 지옥을 견디는 일이라고 해야 할 것이다. 그러나 기력이 소진될 때까지 견디며 한 편의 소설을 써내는 시간을 열흘 동안의 행복이라고 말한 작가도 있다. 『젊은이를 위한 문학이야기』에서는 문학을 뜻을 만드는 말놀이로 규정하였다. 문인들은 그 만듦의 놀이를 재미와 버릇으로 풀어내었다. 재미와 놀이는 거의 같은 말 같고 만듦과 버릇에도 비슷하지는 않지만 서로 통하는 것이 있는 것 같다. 문학에는 창작의 고통과 놀이의 기쁨이 공존한다. 문학에는 재미로 대표되는 놀이의 성격과 버릇으로 대표되는 노동의 성격이 공존한다.

문학을 하는 데는 재미와 버릇을 넘어서 문학에 매달리게 하는 신비가 있다. 문인들은 그것을 글맛이라고 하였다. 누구나 밥을 매일 먹지만 밥맛을 알고 밥을 먹는 사람은 드물다. 문체(文體)라는 한자어를 한자어 그대로 옮기면 글몸이 된다. 글의 몸됨, 몸의 글됨, 몸과 하나가 된 글이 글맛의 바탕이다. 글맛은 육화된 글에서밖에는 나오지 않는다. 재미있어서 쓰고 버릇이 되어서 쓰는 사람도 글의 맛을 제대로 내기는 어렵다. '몸의 문학화, 문학화된 몸'이란 말은 재미와 버릇을 넘어선 자의 기도이다. 그 기도는 극한을 향하고 있다. 문인들에게 글맛이란 문학을 하는 가장 궁극적인 이유이다. 글맛을 풍류라고 부른 시인이 있다. 그는 그것을 흰 그늘이라고도 부른다. 글맛을 삶의 가치라고 부른 작가가 있다. 그는 그것을 처형자의 줄에 서지 않겠다는 다짐이라고도 부른다. 그것은 이름 붙일 수 없는 것에 이름을 붙이려는 실험이고, 문자로는 다만 건드리고 지나갈 수밖에 없는, 항상 실패하고 항상 좌절하는 모험이다. 원어(原語)의 맛을 전하지 못하는 역어(譯語)의 슬픈 운명! 그러나 작가의 좌절을 통해서 다른 방식으로는 드러낼 수 없는 글의 맛이 우러난다. 작가는 돋보기를 든 추리소설의 탐정처럼 그의 밖에서 그의 속에 있는 바다, 그의 속에 있는 그/그녀를 읽어내려 한다.

만듦의 놀이보다 더 근본적인 차원을 해명한 데에 『젊은이를 위한 문학이야기』의 가치가 있다. 이 책의 저자에 의하면 글맛은 참과 구원의 욕망에서 나온다.

"문학은 다른 어떤 분야보다도 더 다양하게 그리고 더 깊이 참을 향해 가려는 정신 활동이다"라는 것이 이 책의 기본 전제이다. 참이 문제가 된다는 것은 인간이 궁극적인 참에 도달하지 못했다는 사실을 가리킨다. 참을 향한 왈가왈부의 계속이 인간의 숙명인 것이다. 문학이란 불완전한 인간이 완전을 향해서 하는 짓, 그러나 어디까지나 불완전한 짓이다. 과학 또한 뉴턴의 물리학이 아인슈타인의 물리학으로 바뀌고 가우스의 수학이 칸토어의 수학으로 바뀌는 것을 보면 완전을 향해서 하는 불완전한 짓이라고 해야 할 것이다. 알랭 바디우는 지식을 축적하는 것이 아니라 지식에 구멍을 내는 것이 과학이라고 하였다. 이기백 선생은 대학원 제자들을 지도할 때 당신이 쓴 『한국사신론』과 조금이라도 다른 내용이 들어 있는 논문만 제출할 수 있도록 허용하였다. 알려진 것을 그대로 받아들이지 않는다는 점에서 과학과 문학은 동일하다. 문학을 통하여 우리는 우리가 가지고 있는 관념과 신념을 확인하는 대신에 의심하고 부정하고 그것들에서 벗어난다. 문학의 이러한 이의 제기는 우리로 하여금 참을 향하여 더 많이 생각하게 한다. 과학적 지식은 비개별적이고 문학적 체험은 개별적이다. 문학은 우리가 당연하다고 받아들여온 것을 이상한 것으로 만든다. 우리가 알아온 모든 것이 사실은 겉껍데기라는 정신적 이방인으로서의 의심이 문학의 출발점이다. 이방인의 눈으로 보면 낯익었던 사람이나 사물들이 야릇하게 보이고 혹은 낯익은 것 밑에서 미처 몰랐던 야릇한 것이 보인다. 문학이란 기존의 관념이나 관습이라는 따뜻한 이불을 벗어던지고 참을 향한 낯설게 하기의 작업에 동참하는 것이다. 문학을 하는 것은 이방인이 되어서 세상을 낯설게 보고 낯설게 만드는 것이다. 사르트르의 『구토』는 낯익은 세계에 낯설고 기분 나쁜 세계가 들어앉아 낯익은 세계를 잡아먹는 과정의 기록이다. 나와의 조응이 전혀 없는 곤죽 같은 사물들, 아무런 존재 이유 없이 온통 세상을 뒤덮고 있는 크고 작은 괴물들 앞에서 주인공은 절망에 빠진다. 이 소설을 읽은 독자는 스스로 자기 자신에게 묻게 된다. "정말로 자신의 존재를 비롯하여 이 세상에는 뜻이 없고, 이 세상에 산다는 것은 헛된 관념에 속아 산다는 것인가? 만일 그것이 참이라면 그 끔찍한 참 앞에서 구원은 없는 것일까?" 이렇게 참을 탐구하는 기법을 낯설게 하기라고 하고 이렇게 참을 탐구하는 정신을 리얼리즘이라고 한다.

나는 현실탐구의 정신으로서의 리얼리즘을 훌륭한 작품의 가장 중요한 척도의 하나로 삼아왔고 앞으로도 그 규준을 끝끝내 지켜나 가려고 한다는 나의 입장을 다시 한번 강조해두려고 합니다.[3)]

이청준의 「서편제」는 한국 사람이라면 누구나 알고 있을 만한 장소와 시간을 배경으로 삼아서 시작된다. 이청준은 전라남도 보성읍 부근이라는 실재하는 지역을 배경으로 선정하여 그럴듯하다는 인상을 확보하고 독자가 기존 관념에 따라 품고 있는 현실관에서 낯선 이야기를 끌어내려고 한다. 「서편제」가 우리의 기존 지식을 소설의 밑바탕으로 삼는 것은 우리를 그런 것들로부터 서서히 떨어뜨려놓기 위한 역설적 술책이다. 리얼리즘 소설은 야릇하고 참된 것이 마치 일상생활에서 어느 틈에 슬그머니 일어나는 것처럼 만든다. 우리는 우리가 익히 알 만한 현실과 대하고 있다고 생각하는 중에 어느 틈엔가 낯선 상황으로 들어선다. 현실의 환상에 끌려서 독자는 화자와 함께 그의 과거로의 여행에 동참하고, 그의 현재의 삶의 의미를 찾아 헤맨다. 그러고는 마침내 자신과 세계에 대해서 용서를 베풀려는 화자의 심정을 나누어 가진다. 이 지점에 이르면 독자는 이미 일상적 현실에서는 실재하지 않는 낯선 경지와 대면하고, 새로운 삶의 진실을 만났다고 자각하게 된다. 「서편제」의 기본적 리얼리즘과 달리 아예 처음부터 엉뚱한 이미지나 언어로 독자를 어리둥절하게 만드는 제2의 리얼리즘이 있다. 제2의 리얼리즘은 상식과는 등을 진 야릇한 은유, 알쏭달쏭한 상징, 초월적 존재에 대한 직관, 절망의 나락으로의 유혹 같은 것을 보여준다. 로브그리

3) 정명환, 같은 책, p. 97.

예의 『질투』는 분명히 일상적 세계에서 일어날 수 있는 일을 적고 있으면서도 그 언어는 처음부터 낯설다. 우리는 책을 열자마자 엉뚱하게도 한 테라스의 기둥이 만드는 그림자의 각도에 관한 화자의 세밀한 관찰의 기록과 만난다. 이 소설에는 질투하는 남자의 심리도, 내력도 언급되어 있지 않다. 이 소설은 질투가 가져오는 사건들이 아니라 질투 자체의 현상학이다. 질투의 연원은 마음에 있는 것이 아니라 눈에 보이는 것에 있다. 눈앞에 있는 사물과 인간, 눈앞에서 벌어지는 일, 눈앞에 나타나는 영상을 집요하게 응시하는 것, 바로 그것이 질투의 핵을 이룬다.

『젊은이를 위한 문학이야기』는 구원을 향한 욕망으로 끝난다. 문학을 넓은 의미에서 '곤경에서 벗어나기' '더 좋은 경지를 찾기' 혹은 '행복의 추구'와 연관 지어보자는 것이다. 문학에 나날의 메마름을 견디게 하는 힘이 있다는 것은 누구도 부인할 수 없는 사실이다. 그러나 구원의 희망은 문학에 죽음을 견디게 하는 힘이 있는가라는 궁극적인 질문과 관련되는 문제이다. 저자는 구원을 향한 욕망이 무엇인지에 대하여 논증하지 않고 직접 문학 작품들을 예로 들어 설명하였다. 현재를 규정하는 인간 조건과 사회 상황을 척도로 하여 그것들을 넘어설 수 있는 구체적 가능성을 찾아보자는 것이다. 문학은 생로병사의 인간 조건에 매여서 구원을 찾으려는 사람들의 탐색이면서 빈곤, 독재, 침략 등의 사회 상황에 얽혀서 해결을 찾으려는 사람들의 모색이다. 제도와 문화도 사회 상황의 일부가 된다. 저자는 먼저 『맥베스』와 『파우스트』를 비교하였다. 맥베스는 그 자신이 악의 가해자인 동시에 피해자라는 이중으로 처참한 모습을 보여준다. 『맥베스』는 악이 우리들 속에 잠자고 있는 일종의 휴화산이며 그것이 일단 폭발하면 걷잡을 수 없는 숙명처럼 우리를 몰고 가서 스스로 악의 희생자가 되게 한다는 것을 직선적으로 보여준다. 의지나 이성으로는 통제할 수 없이 인간을 파멸로 몰고 가는 파토스가 존재한다는 사실을 『맥베스』처럼 분명하게 보여주는 작품은 많지 않다. 『파우스트』는 수많은 방황과 과오에도 불구하고 자아에서 벗어나 구원받는 정신을 보여준다. 그레트헨의 어머니와 오빠가 그로 인해 죽고 그레트헨이 낳은 아이 또한 죽지만 파우스트는 죽음의 자리에서 '저만 앎'을 초월한다. 자연은 인간으로 하여금 행동 없는 향락이 아니라 계속적인 창조에의 길로 나아가게 한다는 믿음에서 그는 다른 사람들을 위하여 해안의 황무지를 개척한다. 인간은 노력하는 한에는 헤매는 존재이지만 또 노력하는 한에는 구원받을 수 있는 존재라는 『파우스트』의 희망은 『맥베스』의 절망과 정반대 쪽 극한에 위치한다. 사회 상황의 문제를 해결하려는 시도도 문학의 주제가 될 수 있다. 그리고 우리는 그러한 작품 속에서 인간 조건에서 벗어나려는 시도를 읽을 수도 있다. 1927년의 상해혁명을 배경으로 하는 앙드레 말로의 『인간 조건』은 장개석의 군대에 의하여 진압되고 학살되는 혁명가들의 상황을 보여준다. 그들은 곧 기관차의 화통에 쓰레기처럼 생화장을 당할 찰나에 처해 있다. 카토프는 지니고 있던 청산가리를 쪼개서 두 동지에게 나눠주고 자진해서 치욕적인 죽음을 당한다. 죽음에 당면했기 때문에 죽음을 초월할 수 있었던 이 우애는 극한상황에서 인간이 자신의 삶에 의미를 부여할 수 있는 절대 가치가 될 수 있다. 카토프는 죽음의 순간에 역설적인 구원을 얻은 것이다. 카프카의 『성』에서 주인공 K는 구원을 위하여 끈질기게 행동한다. 이 소설은 접근할 수 없어 보이는 성에 접근하려는 시도의 연속을 내용으로 삼는다. 측량기사로서의 일을 해달라는 요청을 받은 그는 임지인 마을에 정착하기 위하여 성의 당국자를 찾아간다. 정착의 권리를 얻기 위한 그의 악착스러운 시도는 번번이 장애에 부딪혀 좌절된다. 그러다가 하루는 호텔에서 그에게 호감을 표시하는 한 관리를 만나는데, 지친 K는 면담 중에 졸아서 그의 이야기를 못 듣고 만다. 소설의 이야기는 여기서 툭 끊어진다. 『성』은 희망을 잃지 않고 투쟁하던 한 인간이 결국은 좌절하고 만다는 이야기이지만 또 반대로 그를 거부하는 세계에 어떻게든 끼어들기 위하여 포기하지 않고 완강하게 계속해서 투쟁하는 이야기이기도 하다. 이 소설은 누구도 지워버릴 수 없는 상흔의 기록이다. 문학은 아무런 기약도 없는 구원을 추구하는 행위, 우리의 앞길에 예비되어 있는 것이 무엇인지 확신할 수 없으면서도 난처한 인간 조건과 불행한 사회 상황에 대처하려는 행위이다. 문학이란 삶의 의미/무의미와 가치/무가치에 대한 성찰이다.

저자는 참을 향한 욕망과 구원을 향한 욕망이 결여된 상태를 탈혼(奪魂)이라고 부르고 탈혼에 대하여 이의를 제기하는 것이 문학의 시급한 과제라고 생각한다. 혼을 빼앗긴 사람의 글에서는 문인들 모두가 바라는 글맛도 생기지 않을 것이다. 문학의 시발점은 객관적 지식이 아니라 개인적인 체험이다. '나는 왜 살아야 하고 삶에는 무슨 뜻이 있는가?'라는 질문 속에 문학의 원초적 존재 이유가 들어 있다. 문학 작품을 읽는 행위는 남들이 보여주는 이질적인 삶 앞에서 나 자신을 활짝 여는 행위이며, 부단한 이의 제기와 자기 개혁의 행위이다. 섣부른 주석이나 어설픈 평가를 다는 대신에 저자의 말을 직접 인용하여 마무리로 삼는 것이 나을 것 같다.

모순이 없는 인생이란 원래 있을 수 없는 것이며, 모순은 우리를 좌절시키기도 하지만 새로운 삶의 창조의 근원이 되기도 합니다. 나는 내가 지금까지 해온 문학이야기가 여러분이 인간으로 남기 위하여 모순을 지녀나가고 또 욕심 같아서는 그것을 극복해나가는 데 조금이라도 도움이 된다면 더 바랄 나위가 없겠습니다.[4)]

---

4) 같은 책, pp. 247~48.

시조와 현대시

1.

동아시아의 대표적인 정형시는 당시(唐詩)이다. 운율이 한국이나 일본의 정형시들보다 더 정돈된 체계를 가지고 있기 때문이다. 어느 언어든지 율격은 강약, 고저, 장단과 음절 수로 구성된다. 강약 체계를 바탕으로 하는 프랑스어 시에도 한 행을 12음절로 한정하는 음수율이 있다. 당시의 두 반행(半行)은 각각 두 개의 음보로 구성되고 네 개의 음보들에는 각각 두 음절, 두 음절, 한 음절, 두 음절 또는 두 음절, 두 음절, 두 음절, 한 음절이 배정된다. 반행은 양 음보와 음 음보 또는 음 음보와 양 음보로 구성되고, 양 음보는 양 음절, 음 음보는 음 음절로 구성된다. 당시의 율격은 한 음절 음보가 셋째 음보냐 넷째 음보냐에 따라 최종적으로 '양양음음/음양양' '음음양양/양음음' '양양음음/양양음' '음음양양/음음양'의 네 가지 율격 형식이 형성된다. 여기에 3-5-7행에는 운을 달지 말아야 하고 2-4-6-8행에는 읍 음절 운이 와야 한다는 규칙이 더해지면 당시의 시행 구조가 완성된다.

일리노이 대학 언어학과 교수 김진우는 당시의 운율에 준하여 시조의 율격 체계를 구성해보았다. 첫째 줄과 둘째 줄에는 강한 반행이 앞에 오고 약한 반행이 뒤에 오는데 셋째 줄에는 약한 반행이 앞에 오고 강한 반행이 뒤에 오며, 첫째 줄과 둘째 줄의 4음보는 '약강약강'이 되고 셋째 줄의 4음보는 '강약강약'이 된다는 것이다. 약 음보의 음절 수가 3음절 또는 4음절보다 많거나 적은 경우가 흔하므로 시조를 엄격한 정형시로 보기 어렵다는 것과 문장이 동사로 종결되는 한국어의 특성상 운을 만들기 어려우므로 율격 구성 자체를 변화시켜 종지법을 마련했다는 것이 김진우의 흥미로운 해석이다.

율격론의 관점에서 볼 때 하이쿠는 5음절, 7음절, 5음절로 구성되는 3음보 1행시이다. 운율 분석이 불가능하다고 할 정도로 율격이 단순하기 때문에 하이쿠는 계절어와 결속어를 분석하는 문체론과 수사학 연구로 수행되어왔다. 더 이상 축소할 수 없을 정도로 단순한 시 형식에 근거하여 하이쿠는 산문에는 통하지 않고 시에만 통하는 시의 수사학을 개발하였다. 반드시 하이쿠의 형식을 따를 필요는 없다 하더라도 한 줄 시 쓰기는 시 교육에 매우 효과적인 방법이 된다. 학생들에게 한 편의 시를 써 오라고 하면 대체로 시 모양의 짧은 수필을 써 온다. 그러나 한 줄 시를 써 오라고 하면 학생들은 산문에 쓰이지 않는 시적인 비유를 만들어보려고 고심한다. 학생뿐 아니라 선생에게도 '한 줄 시 쓰기'를 연습하는 것은 시를 시답게 가르치는 데 도움이 된다. 『동인시화(東人詩話)』에서 서

거정은 강일용의 시 한 줄을 시의 눈이 살아 있는 시다운 시의 표준으로 제시하였다. “飛割碧山腰(날아서 푸른 산의 허리를 자른다)”는 「백로」라는 시의 한 줄에서 ‘자를 할(割)’ 자가 시를 시로 만드는 시의 눈이 된다는 것이다. 옛사람들은 시에서 좋은 행만 뽑아서 선집에 싣기도 하였다. 『전당시(全唐詩)』에는 신라인 김입지의 2행 연구 일곱 개가 시제와 함께 실려 있다. 4행시인 당시는 기승전결의 구조이고 3행시인 시조는 시중종(始中終)의 구조이며 1행시인 하이쿠는 지속이 아니라 순간을 제시하는 초시간적 구조이다. 장경렬은 시조의 셋째 줄이 한시로 번역될 때 두 줄로 늘어난다는 점에 착목하여 시조를 기승전결의 구조로 보았다. 시조와 하이쿠를 비교하는 장경렬의 『꽃잎과 나비, 그 경계에서』(서정시학, 2017)는 완결된 1행시라는 하이쿠의 독특한 수사학에 관심을 불러일으켜서 한 줄 시 쓰기를 연습하게 할 수 있는 좋은 시론서이다. 심층의 1행이 표층에서 3행으로 나타날 수 있기 때문에 장경렬처럼 하이쿠를 3행시로 읽는 것도 율격론으로 볼 때 충분히 가능한 율독 방법이라고 할 수 있다.

장경렬의 이 연구서는 “음절 수를 구속 여건으로 삼는 짤막한 정형시는 한국과 일본에만 있다”는 전제하에 시조와 하이쿠를 비교하고 있어 흥미롭다. 시조와 하이쿠를 둘 다 3행시로 볼 경우에 시조의 각 행은 하이쿠보다 두 배 내지 세 배의 음절 수를 가지고 있다. 기승전결의 구성이 아니기 때문에 하이쿠에는 이야기를 담을 수 없다. 장경렬 교수는 평시조와 연시조와 사설시조의 변모 과정을 확대 지향이라고 규정하고 와카와 렌가와 하이쿠의 변모 과정을 축소 지향이라고 규정하는데, 흥미로운 시각이라고는 하겠으나 다른 시각들에 대해서도 고려해볼 필요가 있을 것이다. 변안열(1334~1390)의 사설시조와 나옹화상 혜근(1320~1376)의 가사로 미루어볼 때 평시조와 사설시조와 가사는 공존하던 양식들로서 다 같이 독특한 종지법을 가지고 있는 4·4조 형식이라는 점에서 그것들을 단형시조, 중형시조, 장형시조라고 부를 수도 있고 단형가사, 중형가사, 장형가사라고 부를 수도 있을 것이며, 연시조의 경우에는 시조마다 종지법을 사용한 이황의 「도산육곡」과 마지막 제40수의 시조에만 종지법을 사용한 윤선도의 「어부사시사」를 비교해볼 때 단시조의 확대라기보다는 역시 단시조와 연시조의 공존이라고 보는 것이 근리하다는 시각이 가능할 것이기 때문이다. 하이쿠만큼은 아니라고 해도 와카 역시 지금도 왕성하게 창작되고 있다는 점에서 와카와 하이쿠도 공존하는 양식이라고 할 수 있을 것이며, 와카도 5-7-5-7-7 형식과 5-7-7-5-7-7 형식 이외에 5-7구를 세 개 이상 반복하다가 7음구로 맺는 형식이 있는 것을 보면 단가에서 장가로 확대되는 경향은 와카 안에도 있었다는 시각 또한 가능하다고 할 것이다.

그러나 이 책의 주제는 시조와 하이쿠의 율격이나 주변 환경에 있지 않고, 이야기를 가지고 있는 시조와 이야기를 담을 수 없는 하이쿠를 대조하는 데 있다. 시조는 구체적이고 현실적인 시간의 흐름 속에서 희로애락에 젖어 살아가는 현세적 인간의 삶을 다루는 데 반해서 하이쿠는 지속되는 시간을 초월해서 존재하는 순간을 다룬다. 시대 또는 현실에 대한 고려가 시조를 이해하는 필요조건이 되는 데 반하여 이미지를 직관하는 초월적 시선이 하이쿠를 이해하는 필요조건이 된다. 하이쿠는 시간 또는 장소를 암시하는 이미지와 찰나적인 순간을 직관하는 이미지의 병치 또는 중첩이다. 하이쿠는 두 개의 시상이 병치되거나 중첩되어 형성되는 시 형식이다. 시간이나 장소에 대한 암시가 담긴 시상과 각성의 순간을 암시하는 시상이 상호작용을 통하여 서로 다른 쪽을 강화하거나 심화한다. 시조가 경험적 현실을 담는 양식이라면 하이쿠는 초월적 직관을 담는 양식이다. 다시 말하면 시조의 핵심은 경험세계를 드러내는 우의에 있고 하이쿠의 핵심은 초월세계를 드러내는 상징에 있다. 장경렬은 하이쿠의 계절어와 결속어를, 초월세계를 언어로 드러내는 장치들로 파악한다. "찰나적인 세계 인식이 찰나적인 것임을 파악하기 위해서는 그것이 찰나적인 것임을 인식하게 하는 판단기준"(105)이 필요하다. 아무리 찰나적인 것이라 해도 인간의 인식은 절대적인 초월 공간에서 수행될 수 있는 것이 아니기 때문이다. "일반적으로 하이쿠의 시적 소재가 되는 것은 자연 속에 자연의 일부로 존재하는 사물이다. 인간의 마음이 소재가 될 때도 있지만 그것도 한 포기 풀이나 한 그루의 나무처럼 자연의 일부로 존재하는 초연한 마음이다"(123). 시조와 하이쿠의 형식을 하나의 바위라고 하면 그 바위에 난 틈새로 우의 또는 상징이 스며들게 만드는 사람이 시인이라고 장경렬은 생각한다.

율격이 미리 결정되어 있기 때문에 시조나 하이쿠를 짓는 사람은 율격에 신경을 쓰지 않고 오직 예사롭지 않은 표현을 만드는 데만 공을 들이면 된다. 4음보 3행시 또는 3음보 1행시라는 율격의 형식이 시인의 수고를 많이 덜어주는 것이다. 시를 읽다 보면 우리가 보통 사용하는 문장 속에는 잘 나타나지 않는 유난스러운 표현이 눈에 띄게 마련이다. 문장의 구문 자체가 이상하거나 어색한 것은 전혀 아님에도 불구하고 일상생활에서 주고받는 문장 속에서는 함께 나타나지 않는 낱말들이 서로 자연스럽게 관계를 맺고 있는 모습을 보게 된다. 그러한 표현에는 대체로 이미지가 들어 있다. 이미지는 서로 겯고 트는 두 문맥의 상호 침투이다. 이미지에는 둘 이상의 시상들이 관련되는데 그것들은 폭과 깊이, 부피와 운동을 지니고 있는 문맥들이다. 시상들에는 핵심이 되는 낱말이 있을 수 있으나 그 핵심이 되는 낱말은 전자장 비슷한 물결무늬를 그리면서 파동을 일으킨다. 이러한 둘 이상의 문맥이 시상을 주고받음으로써 보통의 독자가 예상하지 못했던 새로운 방식의 이미지를 형성하는 것이다. 캄캄하고 기나긴 동짓달 밤의 가운데를 잘라 봄바람으로 지은 이불 속에 넣었다가 님과 함께 그 이불을 덮고 자겠다는 황진이의 이미지는 얼마나 놀라운가? 그 밤은 봄바람처럼 포근하고 동짓달 밤처럼 길어서 아무리 오래 껴안고 있어도 아침이 오지 않을 것이다. 우리는 사물들이 존재한다는 그 순수한 사실을 잊어버리고 사물들을 연모로 사용한다. 마치 인간만이 존재하고 사물들은 인간의 도구로서 인간존재에 부속되어 있는 것처럼 행동하는 것이다. 사람들은 연장과 도구를 부리고 쓰다가 지쳐서 모두 불안하고 무거운 마음으로 방황하고 있다. 재벌에서 거지까지 불안은 인간의 운명이 되었다. 그러나 우리의 이 천박한 시대에도 항상 미지의 사물을 새롭게 보는 어린애들에게는 산다는 것이 놀라운 사건이 된다. 시를 쓰는 일은 어린애의 눈으로 세상을 보는 유희이면서 동시에 어른의 손으로 글을 쓰는 노동이다. 그러므로 시에서 정말로 중요한 것은 시어의 세공자가 되는 것이 아니라 어린애다움을 전취하는 것이다. 시조건 하이쿠건 좋은 시라면 그것은 읽는 사람의 마음에 파고들어 외고 싶다는 느낌을 일으킬 것이다. 좋은 시조와 좋은 하이쿠를 고를 수 있는 감수성을 훈련하려면 먼저 시조와 하이쿠의 고유한 특성을 이해해야 한다. 장경렬은 시조의 양식적 고유성을 우의에서 찾고 하이쿠의 양식적 고유성을 상징에서 찾는다.

마쓰오 바쇼의 바위가 초월적이고 절대적인 자연에 대한 상징으로서의 바위라면 이호우의 바위는 현세적인 인간사의 아픔을 견디는 의지에 대한 우의로서의 바위이다. 음식과 식물을 다루는 경우에도 바쇼의 하이쿠는 초월세계를 암시하는 벚꽃과 벚나무 아래서 먹는 음식을 병치하여 인간과 자연, 내재와 초월, 있음과 없음의 경계를 무화하며, 이종문의 시조는 그 맛이 그 맛인 묵 맛과 그런대로 그만인 나뭇잎 맛을 대조하여 느티나무 잎사귀가 묵사발 안으로 떨어지는 시골 마을의 소박한 운치를 심화한다. 구름과 꽃잎의 자리를 바꾸어 만든 두 수의 하이쿠에서 요사 부손은 산이 구름을 삼켜 꽃잎을 토해낸다고 또는 산이 꽃잎을 삼켜 구름을 토해낸다고 말한다. 삼킴과 토함은 생성과 소멸을 암시하고 생성과 소멸은 세상의 덧없음을 암시한다. 결국 그가 드러낼 듯 감추고 감출 듯 드러내는 것은 무상할수록 더욱 아름다운 또는 아름다울수록 더욱 무상한 실재이다. 민병도의 시조 「안개」는 산을 감싸는 안개를 먹이를 삼키는 굶주린 짐승에 비유한다. 안개는 물소리에 굴복하여 산을 도로 뱉어낸다. 산을 먹는 안개가 물소리는 삼키지 못한다는 데 악이 통째로는 삼키지 못하는 인간의 근원적인 선에 대한 우의가 들어 있다. 죽은 사람의 얼굴과 달을 병치시킨 하이쿠에서 아카마쓰 게이코는 달빛처럼 평온한 망자의 표정에서 순간적인 깨달음을 얻는다. 말없이 떠가다 나뭇가지에 걸린 달의 움직임을 묘사한 시조「달과 나무」에서 정완영은 피곤에 지쳐 헤매는 사람에게 마침내 쉴 자리를 찾아준다. 달은 원래부터 둥근 것이 아니라 나뭇가지에 걸려야 비로소 둥글어진다는 말에는 인간의 공허는 부처님을 만나야 채워진다는 뜻이 내포되어 있다. 달은 방황하는 인간이고 나뭇가지는 부처님의 말씀이다. 벼룩에 물린 자국조차 젊은이의 피부에 난 것은 사랑스럽게 보인다는 고바야시 잇사의 하이쿠에는 벼룩에 물린 자국과 젊음의 아름다움이 중첩되어 있으며 젊음의 아름다움도 사라지고 벼룩에 물린 자국도 없어지지만, 아름다움에 대한 순간적인 깨달음은 영원과 통한다는 상징이 들어 있다. 벌어진 석류 열매에서 터져 나오는 붉은 알갱이를, 투박한 겉모습 밖으로 드러나는 시인의 감출 수 없는 진심에 비유하는 조운의 시조「석류」에는 자신의 속살을 먹는 새나 사람에게 석류가 하는 말을 빌려서 진실의 가치를 전달하는 우의가 들어 있다. 아라키다 모리타케는 나비를 벚꽃이라고 착각하고 이정보의 시조에 나오는 거미는 배꽃을 나비라고 착각한다. 떨어지던 꽃잎이 가지로 돌아가는 줄 알고 깜짝 놀라 보니 나비였다는 모리타케의 하이쿠는 꽃과 나비의 경계가 무화됐다 회복됐다 하는 순간에 대한 직관을 보여주며, 거미줄에 걸린 배꽃을 나비로 착각하고 먹으러 가는 거미를 그리는 이정보의 시조는 미와 탐욕의 경계를 강조하고 제 갈 길을 가지 못한 채 함정에 빠지는 무력한 인간의 운명을 보여준다. 눈과 달과 꽃의 이미지들을 설월화라는 하나의 이미지로 통합하는 작품은 동아시아에 두루 나타난다. 설월화라는 한 송이 꽃이 있다면 그것은 아마도 매화가 될 것이다. 같은 매화가 하이쿠에서는 순수한 미 자체의 상징으로 제시되는데 시조에서는 지사의 지조를 암시하는 우의로 제시

된다. 바쇼의 하이쿠에서 꿈을 보는 눈은 무사들의 야망을 보는 육안과 야망의 덧없음을 보는 심안이 중첩되는 겹눈이다. 바쇼는 겹눈으로 인간의 운명을 투시한다. 원천석의 시조에서도 망한 나라의 수도 개성을 바라보는 눈은 성세에 대한 기억과 덧없이 멸망한 5백년 고려 왕업에 대한 환멸이 중첩되는 겹눈이다. 원천석은 겹눈으로 왕조의 흥망을 직시한다. 어느 시에서나 "흔적은 무언가가 아직 남아 있음을 암시하는 동시에 있던 것이 사라져 없음을 암시하는 표현이라는 점에서 특히 주목을 요한다. 다시 말해 흔적은 있음과 없음을 동시에 지시하는 말로, 이런 의미에서 볼 때 무언가가 있음을 암시하는 동시에 아무것도 없음을 암시"(293)한다. 어느 시에서나 시인은 있는 것 또는 보이는 것에서 없는 것 또는 보이지 않는 것에 눈길을 준다. 시인은 없음에서 있음을 보고 있음에서 없음을 보는 사람이다. 장경렬 교수의 이러한 시각에서 본다면 우의와 상징의 차이는 생각만큼 그렇게 큰 것이 아닐지도 모른다.

장경렬에 따르면 시를 읽는 일은 감성과 비효율을 끌어안은 채 구불구불 이어지다가 때로 끊기기도 하는 산길을 걷는 일과 같다. 시를 읽는 것은 정감을 수단으로 하여 본성을 대상과 공유하는 것이다. 정감은 영혼의 전체로 퍼져나가 시를 읽는 사람의 주관성을 객관적 지향성의 상태로 변형하고 사물의 특수한 양상을 영혼과 본성을 공유하는 상태로 변형한다. 산문에서는 대상이 주관의 간섭을 뚫고 파악되지만 시에서는 사물들이 주관을 통하여 주관과 더불어 파악된다. 시에서 사물들은 개념화할 수 없는 것으로 나타나지만, 서로 접촉하고 공감하면서 존재의 풍요성과 개방성을 드러낸다. 좋은 시조와 좋은 하이쿠를 읽으면서 우의와 상징의 차이에 대해 이해하게 되는 것이 이 책을 읽는 하나의 보람이라면 그 시들과 속내 이야기를 주고받는 저자의 유희를 따라가는 것은 이 책을 읽는 또 하나의 보람이다. 이 책은 시를 가지고 노는 것이 어떠한 것인가를 우리에게 보여준다. 시를 읽는 일이 하루의 중요한 몫을 차지하는 사람의 살아가는 모습을 보는 것 자체가 재미있는 놀이가 될 수 있다. 나는 이 책의 진정한 가치는 시의 재미를 배우는 데 있다고 생각한다. 이 책을 읽는 사람은 누구나 좋은 시에 공감하는 감수성 자체가 희귀한 예외가 되고 있다는 것이 슬픈 일이라는 사실을 깨닫게 될 것이다.

2.

시를 읽기 전에 자기가 읽을 시를 반 이상 이해하게 하고, 시를 쓰기 전에 자기가 쓸 시를 반 이상 써주는 시의 문법을 가지고 있는 사람들이 있다. 황현산의 비평은 이런 사람들의 반대편에 서 있다. 황현산은 의지할 토대가 없는 시적 프롤레타리아트의 편이다. 말의 프롤레타리아인 김이듬에게는 육체 이외에 다른 생산수단이 없다. 김이듬은 욕망에 대한 허기밖에 가진 것이 없다. "이 욕망하려는 욕망이 육체의 감각에 날을 세우고, 이 날선 감각들은 그의 욕망을 무참하게 잘랐던 낡은 상처들이 다시 피를 흘리게 한다"(『잘 표현된 불행』, 문예중앙, 2012, p. 526). 황현산은 "내가 지금 쓰고 있는 것이 시인가?"라고 질문할 줄 모르는 시인을 믿지 않는다. 황현산 자신이 이 질문을 끊임없이 제기하고 있는 평론가이기 때문에 황현산론을 쓰는 것은 쉬운 일이 아니다. 황현산에게 중요한 것은 글 전체가 아니라 언제나 한 문장이다. 어느 날 갑자기 창문을 넘어 날아들어온 새처럼 그의 손은 한 센텐스를 만든다. 그 센텐스 하나가 그의 글의 운명을 결정한다. 그 센텐스를 지지하거나 그 센텐스에 반발하는 새 센텐스가 나오고 그다음 센텐스가 산고를 거쳐 탄생한다. 황현산은 언제나 센텐스 하나에 모든 것을 건다. 그러므로 센텐스와 센텐스 사이에는 언제나 비약이 있다. 자연에는 비약이 없지만 역사를 만드는 것은 비약, 즉 인간의 결단이다. 황현산은 자기가 쓰는 글이 어디로 가서 어디에서 끝날지를 알지 못한다. 그가 쓰는 한 문장 한 문장이 결단이고 모험이기 때문이다.

일찍이 벤야민이 그러했듯이 황현산은 번역가이면서 비평가이다. 어떤 때는 번역을 하고 어떤 때는 비평을 하는 것이 아니라 그에게는 번역이 곧 비평이고 비평이 곧 번역이다. 언젠가 내가 그에게 참선을 같이하자고 권한 적이 있었는데 그는 자기에게는 번역이 참선이라는 이유로 거절하였다. 그런데 그의 번역론은 그의 비평론만큼이나 파악하기 어렵다. 그는 모든 말들을 낯익은 말로 반죽해버리는 방식으로 원문을 왜곡하는 번역에 반대한다. 잘 읽히는 번역에 대한 뿌리 깊은 의심은 그가 나에게 전염시켜놓은 균들 가운데 하나이다. 우리는 이 균을 다른 사람에게도 퍼뜨리려고 했지만 퍼뜨리기 전에 우리가 고립되었다. 황현산은 황병승의 시집에서 타지 사람의 언어를 끝내 지키지 못하고 주류 문화에 항복한 번역에 대한 경멸을 발견한다. 황병승은 "자기들의 언어를 오해되는 모국어로 바꾸기보다 이해되지 않는 타지 사람의 언어로 남겨두는 편이 더 낫다고 생각한다"(531). 동성애자, 인디밴드 멤버, 전과자, 자폐아, 사랑에 미친 여자 들의 언어에는 배척된 자들의 떠돌이 의식이 들어 있다. 황병승의 시를 읽으면서 황현산은 한 언어의 맥락과 육질 속에 아우라를 지니는 어떤 것을 다른 언어로 해방시키는 번역가가 되고 싶어 한다. 황현산의 비평에는 언어를 깊이 파고들어가면 다른 언어와 통할 수 있는 인류 언어의 보편적 내면 공간에 도달할 수 있다는 믿음이 내재한다. 비평가에게 정말로 필요한 것은 타지 사람들의 언어에 내재하는 이 낯설음을 자기 안에 끌어안을 수 있는 용기이다. 타지 사람들의 언어를 투명하고 충실하게 번역하는 것은 자기 언어에 내장된 낯선 잠재력을 현동화시키는 것이다. 황현산이 보기에 황병승의 시집에 등장하는 시코쿠들도 자기들의 시도와 열정을 어떤 방식으로든 번역하려는 욕망을 드러내거나 감추고 있다. 시에 등장하는 시코쿠들은 언더그라운드에 거주하는 타지인이지만 시인 황병승은 의사번역자로서 타지와 내지의 틈새에 거주하는 중개인이다. 황현산은 이 틈새에 거주하면서 동시에 두 문화에 개입하는 것이 번역가의 사명이고 비평가의 사명이라고 생각한다.

시인과 비평가는 꿈과 현실의 중개자이기도 하다. 황현산은 이수명의 「물구나무선 카페」〔『왜가리는 왜가리놀이를 한다』(개정판), 문학과지성사, 2015〕를 꿈의 형식으로 구성된 침묵의 언어라고 해석한다. 화자를 알아보아야 할 사람이 그를 알아보지 못하고 낯익었던 사물들이 낯설게 움직이는 이 시에서 모든 것들은 그의 의도에 어긋나는 방식으로 존재한다. 그의 말을 집어삼키고 그를 외면하는 사물들 때문에 그는 끝내 자신이 무엇을 하려고 하는지 알지 못한다. 그러나 황현산이 보기에 이 시에는 꿈을 받아 적은 것이라고 할 수 없는 문장이 들어 있다. "어둠이 흰 앞치마를 두르고 있었다"는 꿈을 묘사한 문장이 아니다. 이수명은 꿈과 검열을 시의 재료로 사용하여 꿈의 시나리오를 만든다. 그는 꿈을 배치하듯 검열을 배치한다. 그는 검열을 통과한 꿈의 말을 기록하는 대신에 숨겨진 꿈과 나타난 꿈과 그 사이에 개입하는 검열이 세 주인공으로 등장하는 시나리오를 기록한다. 검열은 나타난 꿈의 일부이며 숨겨진 꿈과 나타난 꿈의 중개자이다. "시는 사고의 자유를 '꿈꾸는' 언어이며, 탈주에 성공한 사고가 누리는 꿈속의 언어이다. 그러나 시는 또 한편으로 그 꿈의 진실을 묻기 위해 자기 검열을 하는 언어이기도 하다"(437). 사고의 조건이 되는 언어에는 이미 고정되어 있는 틀이 있다. 우리는 언어의 틀 속에 있는 사고의 조각들을 조합하며 생활한다. 사회는 그 조합의 수를 미리 한정한다. 황현산에게 시는 이 조건의 제한을 넘어서려는 모험이다. 황현산은 이수명의 시집 『고양이 비디오를 보는 고양이』(문학과지성사, 2004)에서 시나리오로 제작된 꿈들이 보여주는 현실 연관성에 주목한다. 꿈이 꿈을 붙잡고 꿈과 꿈이 겹쳐지지만 결코 합쳐지지는 않으며, 문명의 폐허를 비판하기 위하여 동원된 악몽의 풍경이 그 자체로 파편화되어 꿈 내용에 대응하는 현실 속에 꿈이 그대로 묻어 있다. 꿈과 현실의 이 파편화된 대응을 벤야민은 알레고리라고 하였다. 벤야민은 보들레르의 알레고리를 현실 연관성이 없어도 자율적으로 존립할 수 있는 상징과 구별하였다.

이런저런 환상적 기법을 미리 알아서 장치해두는 것처럼 보이는 김근의 시에도 현실이 환상으로 변주되는 자리에 이 시대의 불행에 대한 불행한 의식이 있으며 그 불행에 대한 인식의 결핍을 촉진하는 문화적 양태가 있다. 시의 환상적 효과를 위해 김근은 서사적 문맥에서 인과의 고리를 제거하였다. 황현산이 보기에 김근의 시에서는 기억과 희망의 끈이 끊어진 의식이 시간을 차단하고 모든 소를 회색으로 만드는 어스름이 공간을 차단한다. 시공의식의 상실을 시공초월로 둔갑시키면 판타지가 출현한다. "기억상실을 조장하는 문화의 판타지는 폐품의 철학이다"(515). 판타지의 시를 쓰려는 시인은 그가 문화적으로 강요된 판타지에 갇혀 있다는 사실을 인식하는 데서 시작해야 한다. 기억상실은 언어상실로 이어지고 역사적 체험을 제거한 판타지의 형식은 뿌리 없는 신자유주의의 시장문화로 이어진다. 판타지의 임무는 현실의 얼굴을 발견하는 데 있다는 것이 황현산의 진단이다.

김록은 우리 시대의 시 쓰기를 "병자들 대신 엄살이나 부리고 난봉꾼 대신 객기나 부리는 한심하고 게을러빠진 노동"(469)이라고 진단했다. 황현산은 이러한 현상이 반드시 시인들의 잘못에 기인하는 것이라고 할 수는 없다고 시인들을 변호한다. 발견해야 할 땅이 모두 발견된 이 시대에는 단조롭고 초라한 이 세상의 연장이 아닌 장소는 이미 아무 데도 남아 있지 않다. 이제 시인이 할 수 있는 것은 제 존재 속에 또 하나의 존재가 숨 쉬는 것을 각성하고 그 존재로 살기 위해 시련을 무릅쓰는 것밖에 없다. 그러한 각성이 매혹이고 기적이라 할지라도 각성되는 존재는 항상 소외된 존재이다. "소외는 글쓰기의 결과일 뿐 아니라 그 기원이기도 하다. 그 존재가 소외되지 않았더라면 그 목소리는 각성될 수도, 발견될 수도 없었을 것이다"(465). 김록은 마왕이라는 말로 육체의 착란을 기획하고 그 착란의 논리를 이해하려고 한다. 황현산은 김록에게 실제의 삶과 마음속의 삶을 통합하는 이미지를 시 쓰기의 목표로 해야 할 것이라고 충고한다. 한쪽에는 시간이 없는 에너지만 존재하고 다른 한쪽에는 늘어진 시간만이 존재하는 것이 한국 시가 당면한 문제라는 것이 황현산의 진단이다.

고통의 큰 뿌리와 작은 뿌리에 엉켜 있는 언어가 읽는 사람을 매혹하는 이문숙의 시에 대하여 황현산은 그 매혹이 어둡고 침울한 시간 속에서 어둠과 침울을 거슬러 일어서는 역설의 시간에 연유한다고 분석한다. 이문숙의 시에서는 그 기적마저 허수룩하다. 희망이랄 것도 없을 허수룩한 희망에 거의 모든 것을 걸어놓는 모험이 이문숙의 매혹이라는 것이다. 그의 시에는 단호한 결단도, 기괴한 선동도, 환상적인 탈선도 없다. 그는 말을 모나게 비틀지 않으며 그 의미를 신비롭게 굴절시키지 않는다. "이문숙의 시에 어떤 '기교'가 있다면, 하고 싶은 말을 잠시 또는 영원히 묻어버리는 정도가 그 전부라고 할 수도 있을 것이다"(596). 죽음 이후에도 제 몸에 구멍을 뚫어야 할 고통은 남는다는 황현산의 해석으로 미루어볼 때 역설의 시간은 부활의 시간이기도 하다.

이경림의 시에서도 죽음은 일상의 비루한 흔적을 지우고 인색한 칸막이를 해체한다. 죽음의 빛 속에서 드러나는 낯선 시간 속의 삶은 이 세상의 삶과 따로 있는 관념이 아니라 이 세상의 삶과 동행하는 패럴렐 리얼리티이다. 그에게는 죽음이 삶을 끝낸 다음에 오는 것이 아니다. 이경림은 말하는 사람 자신이면서, 그를 포함한 우리들이며, 우리들의 생명이 의지하는 이 세상을 이녁이라고 부른다. 이녁은 "나뉘는 듯 나뉘지 않는 어떤 것에서 어떤 것으로 일어나 그 모든 것의 안팎을 넘나든다"(638). 그에게는 죽음까지도 삶을 끝낸 다음에 오는 것이 아니다. 부활이란 타나토스가 에로스를 삼키지 못하리라는 믿음이다. 타나토스가 아무리 강하다 하더라도 그것은 어디까지나 에로스에 봉사하는 에로스의 단짝이라는 믿음을 상실할 때 죽음은 글자 그대로 지옥이 될 것이다. 황현산은 사고의 고공비행을 경멸한다. 하늘 높이 날아가 지구가 지구본만 하게 보일 때 비로소 시가 완성된다고 가르치는 시인들은 중력을 알지 못하기 때문에 그렇게 말하는 것일 뿐이다. 황현산은 우리 시가 더 많은 중력을 감당해야 한다고 생각한다.

김성규는 우리가 불행이라고 부르는 것들의 편에 서서 그것들이 저 자신을 낱낱이 보고하는 방식으로 그것들에 대해 말한다. 아름다운 말로 노래하지 못할 나무나 집이 없는 것처럼 그렇게 하지 못할 불행도 없다는 것이 황현산의 생각이다. "불행도 세상에 존재하는 다른 모든 것들과 마찬가지로 선율 높은 박자와 민첩하고 명민한 문장의 시를 얻을 권리가 있다"(605). 김성규는 불행의 비정함을 완화하거나 위로하려고 하지 않는다. 불행은 인식이 아니라 살아내야 할 운명이기 때문이다. 내용 없는 희망은 불행을 위하여 아무것도 할 수 없다. "그는 오히려 불행한 일들을 잊게 될까 봐 겁내는 사람처럼 시를 쓴다"(606). 김성규는 아이러니와 몽환의 수사학을 통하여 불행을 더욱 가혹하게 드러내며, 당신들의 행복은 불행이라고 우리에게 말한다. 그럴 수 없는 것이 거기서 그럴 수 있는 것이 되는 이 현실이 불행의 묘사에 꿈의 형식을 부여한다. 황현산은 이 불행의 묵시록 뒤편에 비치는 행복의 얼굴을 그려내고 싶어 한다. 인간은 행복이 제 본모습을 알게 될 날이 절대로 오지 않는다고 단언할 수 있을 만큼 전능한 존재가 아니기 때문이다.

이문재가 그의 시집 『마음의 오지』에 작가 후기로 붙인 「미래와의 불화」를 황현산은 1990년대 이후 우리 시가 전개해온 노력을 그 절망의 핵심에서 정리한 보고서라고 높이 평가한다. 지금까지 미래는 현실과 불화하는 자들의 피난처였다. 그러나 거대한 것들이 더욱 거대해지기만 하는 마케팅 사회에서 우리를 강박하고 있는 미래는 국제금융자본의 그물망에 갇혀 있다. 한쪽에서는 국가가 다른 한쪽에서는 대중이 자국의 독점자본을 포위하고 미국의 핵산업을 견제하자는 1960년대의 기획은 폐기된 지 오래다. 인권사상은 실종되고 기술철학만 남아 있는 것이 우리의 현실이다. 황현산은 절망하는 사람들에게 여전히 희망은 있다고 말한다. "서두르지 말라. 시간이 많이 남아 있기 때문이 아니라 이미 늦었기 때문이다. 너무나 작게 남은 이 시간을 허비할 수는 없다"(401). 보들레르는 『벌거벗은 내 마음』에서 "진정한 문명은 가스나 증기나 회전무대에 있는 것이 아니다. 그것은 원죄의 자국이 감소되는 데 있다"고 말했다. '시란 무엇인가'라는 질문에 대해서는 대답하기를 극도로 회피하는 황현산이 현실 연관성의 상실에 대해서는 분명한 목소리로 그러면 안 된다고 결연하게 대답한다. 그에게서 단호한 부정의 목소리를 듣는 것은 50년 동안 그와 같이 문학을 공부한 내 귀에도 신선한 충격이었다. 그리고 곰곰이 돌아보니 그 목소리는 50년 동안 한 번도 변한 적이 없었다.

분석의 철학

정과리의 시론집 『네안데르탈인의 귀향』(문학과지성사, 2008)은 김수영, 황동규, 정현종, 오규원, 고은의 시에 대한 평론을 모아놓은 책이다. 자기 문체를 확립하려 할 때 시인들은 대체로 언어의 길과 현실의 길 가운데 한 방향을 선택하여 자기 세계를 구축한다. 김수영과 고은은 현실파 시인이고 황동규와 정현종과 오규원은 예술파 시인이라고 할 수 있으므로 다섯 시인을 고른 것은 균형 있는 안배라고 하겠다. 김수영과 고은이 언어에 대해 고민하지 않은 것도 아니고 황동규와 정현종이 현실에 대해 고심하지 않은 것도 아니므로 현실파와 예술파라는 분류에는 적합하지 않은 점이 많다. 실험을 의식하지 않은 사회시가 없듯이 사회를 의식하지 않은 실험시도 없을 것이다. 그러므로 정과리는 언어분석과 철학적 분석을 병용하여 황동규와 정현종의 현실 인식을 분석하고 김수영과 고은의 언어 의식을 분석함으로써 범속한 분류의 오류를 정정하고자 한다. 앞으로 이러한 방법을 이상화와 임화와 이용악의 계보에도 적용해주었으면 하는 희망을 전해보고 싶다. 신경림은 이상화-이용악의 계보에 넣을 수 있고 고은은 이상화-임화의 계보에 넣을 수 있다. 정과리는 황동규와 정현종과 오규원의 독자적 고유성을 강조하고 있으나, 황동규의 미당 학교, 창비 학교라는 명명에서 보듯이 긍정적이든 부정적이든 서정주-김춘수 계보와 김수영-신동엽 계보에 대하여 어떠한 관련성도 가지고 있지 않은 시인은 없을 것이다. 한국 현대시의 단계론으로 본다면 한용운·김소월·이상화의 1단계, 정지용·백석·이상의 2단계, 서정주·신동엽·김춘수·김수영의 3단계에 이어 이 책에서 다룬 시인들은 4단계에 해당될 터인데, 전 단계와 어떠한 맥락에서 연관되어 있는지가 해명되어야 이 시인들의 시사적 위상이 정위될 수 있을 것이다. 네안데르탈인을 제목으로 삼은 의도가 있을 것 같다. 정과리는 스티븐 미슨의 말을 인용하고 있다.

> 언어를 몰랐던 네안데르탈인들은 그들의 두뇌를 어떤 정교한 통화 체계를 위해 사용하였다. 그 통화 체계의 성격은 비분할적이면서 조절할 수 있었고 태가 여럿이었으면서 음악적이고 그리고 모방적이었다.

우리는 3천 년의 역사시대 안에 갇혀서 그 바깥을 내다볼 줄 모르고 살아왔다. 숲을 없애고 마을을 내고 농촌을 파괴하고 도시를 건설하는 것 이외에 다르게 사는 방식을 상상도 하지 못하고 살아온 것이다. 그러나 시란 것은 역사시대에 기록된 것이라 할지라도 그 안에 역사 이전 단계의 기억을 보존하고 있다. 현대인의 정서와 본능에는 석기시대 사람과 통하는 면이 있을 것이기 때문이다. 「콩쥐팥쥐」와 「신데렐라」에서 보듯이 동화와 민담에는 세계적으로 구조적 유사성이 있다. 빙하기 말기에 인류의 생활은 지구 어디서나 동일하였고 그 생활에서 나온 이야기도 동일하였다. 이제 기계의 발달로 인해서 인류의 생활은 다시 동일한 구조로 편입되기 시작하였다. 석기시대의 감수성이 다시 요구되는 시대가 올지도 모른다. 설령 그런 시대가 오지 않을지라도 시인은 시대의 촌민으로서 기계에 거슬러서 석기시대의 상상력을 훈련해야 할 것이다. 기계시대에 인간은 하나의 기능으로 축소되고 기계가 요구하는 능력과 자질과 성향을 갖추지 못하면 폐기되는 부품이 된다. 기계가 작동하는 데 필요하지 않은 능력과 자질은 생활의 방해물로 취급된다. 기계시대에 사물의 운동은 의식적이고 의지적인 활동이 되고 인간의 행동은 사물의 활동을 대행하는 기계운동이 된다. 사물의 운동이 인간의 의식과 의지를 매개로 하여 자신을 표현한다. 사물은 인격화되고 인간은 사물화되는 것이다. 인간의 개별성과 특수성과 우연성은 완전히 제거되고, 인간은 고전역학의 양(量)들처럼 수학적으로 계산할 수 있는 분량이 된다. 기계시대는 모든 것을 실용성에 예속시키는 비속한 금융주의를 일반화시킨다. 물질에 군림하는 기술의 왕국을 위하여 일하는 것만이 유일한 삶의 자극이 된다. 흥분과 쾌락과 휴식은 망각되고 조잡한 호기심과 전반적인 무감동만 남아 있게 된다.

거의 10년 전에 나온 시론집 『무덤 속의 마젤란』(1999)에서 죽음에 대하여 정밀하게 분석해보았던 저자는 이번 평론집에서 시의 언어 형식에 대하여 치밀한 분석을 시도하였다. 저자는 시의 언어를 분석하는 데 그치지 않고 분석의 철학적 배경에 대해서도 집요한 탐구의 궤적을 보여준 데에 이 평론집의 특색이 있다. 시를 쓰는 것은 단어를 사용하는 것이 아니고 사물들의 내면적 존재와 인간들의 내면적 존재 사이의 상호작용을 기록하는 것이다. 언어를 자세하게 분석해놓은 평론집은 많이 있었지만 분석의 철학적 근거를 미세하게 추적한 평론집은 거의 없었다. 사르트르가 죽은 후 5년이 지난 후에 나온 『변증법적 이성비판』 제2권(1885)의 앞에는 권투 시합을 분석한 부분이 있다. 권투 시합의 분석이 집렬(集列)과 집단의 분석을 거쳐 계급투쟁과 사회구조의 분석에 이르는 이 부분에서 사르트르는 전체화(全體化)란 곧 미시화(微視化)라는 사실을 자세하게 보여주었다. 사회주의에 대한 믿음의 동요를 단적으로 드러낸 이 책은 매력 있는 내용이 아니라 흥미 있는 분석 때문에 읽히는 책의 실례로서 기억될 것이다. 정과리의 이 책도 지금까지 시에 대하여 씌어진 글들 가운데 가장 엄밀하다고 할 만한 분석을 포함하고 있는 평론집의 하나로 기억될 듯하다.

김수영의 「풀」은 풀과 비와 날과 바람이란 네 개의 명사가 '나부낀다' '눕는다' '일어난다' '운다' '웃는다'란 다섯 개의 동사 그리고 '흐리다'란 하나의 형용사와 엇걸리며 단순하게 반복되고 있다. 다만 이 시에서는 바람과 동풍, 풀과 풀뿌리와 같은 유의어를 사용하고 '드디어' '다시' '빨리' '먼저' '늦게' 등의 부사와 '까지' '보다' 등의 토를 다양하게 활용하여 단순한 반복이 아닌 듯한 인상을 주고 있다. 풀을 민중이라고 보는 해석은 시의 문맥과 맞지 않는다. 풀은 바람에 나부끼지만, 풀을 나부끼게 하는 바람 또한 울고 웃고 눕고 일어나는 행동을 풀과 함께 반복하고 있다. 풀은 바람보다 빨리 울고 빨리 눕기도 하고 바람보다 늦게 울고 늦게 눕기도 한다. 풀이 바람보다 먼저 일어난다는 것은 특별한 의미의 표현이 아니라 사실의 객관적인 진술로 보아야 한다. 풀은 발목까지 눕고 발밑까지 눕고 드디어 풀뿌리가 눕는다. 화자는 풀밭 가운데서 날과 바람과 풀을 관찰하여 그것을 객관적으로 기술하고 있다. 발목과 발밑이란 말로 화자의 위치를 알 수 있다. 정과리는 눕다/일어서다, 울다/웃다 같은 대립의 교차와 반복 밑에 숨은 발목과 발밑에 주목하여 화자가 발목으로 시 안에 자신을 드러내고 있으며 바람과 풀의 오묘한 밀고 당김을 체감하는 사람의 존재로부터 화자 개입을 특징으로 하는 김수영 시의 일반적 특징이 이 시에서도 여전히 나타난다는 사실을 지적하였다.

황동규의 시에서 바람은 인식을 갱신하는 동력이 된다. 삭막하고 광포한 바람은 고통의 근원이 되지만, 동시에 그것은 고통을 직시하게 함으로써 의식을 깨어나게 하며 존재의 새로움을 인식하게 한다. 바람에 자신을 맡김으로써 시의 화자 자신이 바람이 될 때도 있다. 그러므로 황동규의 시에서 바람은 근원, 과정, 지향, 죽음, 각성, 고통, 인식, 자신, 타자 등을 포섭하는 존재이면서 실재하는 부재로 작용하고 있다. 그러나 실재하는 부재를 살 수 있는 사람은 없으므로 황동규의 시에는 불가피하게 의미론적 단절이 발생한다. 황동규는 그 단절을 가리거나 메우거나 건너뛰려고 하지 않는다. 정과리에 의하면 황동규의 시에는 통사론적 유사성은 있으나 유사성의 은유라고 할 만한 것은 거의 없고 다만 단절을 보여주는 내적 환유가 은유의 효과를 내고 있을 뿐이다. 황동규에게 시와 삶은 안으로 펼쳐서 오래 삭히는 바람이다. 사랑과 법을 동력으로 삼아 황동규는 그가 본 모든 것을 마음의 공간에 간직한다. 그 공간은 시대의 혼란에서 시를 구원해낼 만큼 강력하다. 그는 이 땅의 구석구석을 눈여겨보고 이름 없는 사람들의 이야기를 귀담아듣는다. 안주를 거부하고 시대를 거슬러 나아가는 것, 변화를 타고 흐르는 바람이 되는 것, 브레히트의 서사극에 맞서는 서정극을 완성하는 것, 이런 꿈들 위에 황동규는 시의 공간을 구축하고 있다. 시인이 성숙하면 성숙할수록 직관의 수준이 사물의 밀도 속으로 그만큼 더 깊이 가라앉는다. 이전에는 시를 만들 수 있을 만큼 감동을 받았던 자리에서 무감동으로 얼어붙는 일이 발생한다. 그는 더 깊이 파고 내려가야 한다. 그래서 시작을 사정없고 가차 없고 냉혹한 작업이라고 하는 것이다. 황동규에게 사랑과 법은 고통스러운 모험의 동력이다. 야곱이 천사와 씨름을 벌인 끝에 절름거리게 된 것처럼 시인은 절름발이로 세상을 편력할 수밖에 없다.

정현종의 시는 교술이면서 유희이다. 정과리는 정현종의 시를 깨달음의 놀이라고 규정한다. 정현종의 시에는 크고 막연한 절망과 작고 단단한 희망이 공존한다. 비린내는 향기와 공존하고 상처는 꿈과 공존한다. 그의 시에는 비극적 세계관이 흐르고 있으나, 절망적 현실에 숨 쉴 구멍을 내는 유희의 가능성이 언제나 남아 있다. 정현종에게 시는 자유의 춤이고 율동의 방법이다. 현실에서 시인이 받는 것은 상처뿐이지만, 그 상처는 화석이 되고 화석은 그림자가 되어 마음에 스며든다. 시인은 화석이 된 자신의 그림자 속으로 빠져들어가면서 "스며라 그림자!"라고 외친다. 회복의 가능성을 찾을 수 없는 현실의 나락 속에도 신명을 발견할 수 있는 틈은 남아 있다. 그 틈을 정현종은 세상의 심장이라고 부른다. 정현종은 생명과 환경의 상호작용에 유의하여 현실의 동태를 파악하려고 한다. 환경이란 둥그렇게 원환을 이루고 있는 공간이고 생명은 공간의 영향을 받으면서 공간에 작용을 가하는 주체이다. 그러나 생명을 문명의 대체개념으로 보면 차이를 무시하는 집합적 통일체가 된다. 정현종에게 생명은 차이를 보존하는 작은 숨결이다. 현대 문명의 숨가쁨에서 벗어나 숨쉬기를 가능하게 하는 어떤 사이를 마련하는 것이 생명의 유일한 요청이다. 정현종에게 생명은 죽음과 공존하는 유한한 개체이고 찬란하나 덧없는 숨결이다. 정현종에게는 시를 쓰는 것보다 시를 태어나게 하는 힘과 신호 들의 소용돌이 속에 침잠하는 것이 더 중요하다. 그의 욕망은 정신의 순수한 창조력을 해방하는 방향으로 흐른다. 그가 한국인의 무의식 속에 살아 있는 기층언어에 집착하는 것도 관념보다 경험을 우위에 두는 삶의 태도에 기인한다. 관념을 떠나서 경험에 철저하게 집중하는 능력은 시인의 근본 자질이다.

정과리는 황동규와 정현종에게 나타나는 사물 인식의 차이를 지적한다. 황동규는 오든처럼 사랑과 법을 척도로 삼아 사물을 파악하는데, 정현종은 개념 없이 개념 이전의 사물을 직접 경험한다. 시는 사유의 기록이 아니라 경험의 기록이다. 시인은 본성을 함께 하는 경험에 의하여 실재와 관계한다. 비개념적이고 공본성적(共本性的)인 인식만이 실재의 섬광을 발견할 수 있다. 정현종은 강인한 내면의 힘으로 실재의 어떤 평가할 수 없는 양상을 포착하려는 정신의 전투를 지속하고 있다.

"시인이 꿈을 꾸고 우리가 시를 통해서 꿈꾼다. 그것이 우리의 현실적인 결핍과 패배를 보상해주며 충족시킨다. 결핍 또는 패배가 꿈을 꾼다"라는 정현종의 말을 해석하면서 정과리는 그 말을 "주체 S는 결핍과 패배의 자리에 X를 충족시킨다"라는 문장으로 바꿔보고 주어를 시인 또는 시로 바꿔본다.

① 시인은 결핍과 패배의 자리에 시를 충족시킨다.

② 시는 결핍과 패배의 자리에 Ø를 충족시킨다.

그리고 목적어가 분명하지 않은 ②를 "시는 결핍과 패배의 자리에서 충족한다"라는 문장으로 바꾸어 그 문장으로부터 시의 구조적 자기 지시성과 목적 없는 합목적성을 도출한다. 그러나 정현종의 말에서 현실적인 결핍과 패배를 충족시켜주는 것은 '꿈'이므로 주어를 시인 또는 시로 본 것은 문장의 바른 변형이라고 할 수 없다. 문제는 "결핍 또는 패배가 꿈을 꾼다"는 정현종의 세번째 문장을 여격/대격이 주격으로 바뀌는 것이 부당하니 다른 이름으로 불러야 할 것이라는 제언이다. 존재론적 결여가 미래를 향해 움직이게 하는 욕망의 동력이 된다는 것은 이해하기 어려운 말이 아니므로 구태여 다른 말로 표현해야 할 이유는 없으나, 결핍과 패배를 사르트르의 잉여와 같은 것으로 보면 어떠냐는 제언에는 일리가 있다. 의식과 사물의 연관이 풀어질 수 없다는 것을 의식에 지향성이 있기 때문에 의식은 혼자 있을 수 없다고 말한다. 의식이 의식의 대상이 될 수도 있지만 대상을 지향하지 않는 의식은 존재할 수 없다. 질재와 질료는 물질적인 것이지만 그것들을 재료로 삼아 의미체를 구성하는 의미 작용의 지향성은 비물질적인 것이다. 의식과 사물(즉자) 사이에는 습관과 문화가 개입되어 있기 때문에 우리는 그런 이데올로기의 도움을 받아 안심하고 사물을 사용하고 있다. 그러나 어느 날 습관과 문화의 더께가 벗겨지면 사물은 괴물로 변하여 의식을 짓누르게 된다는 사르트르의 생각은 문학적 인식론이 될 수 있다. 찐득찐득한 것, 쩍쩍 달라붙는 것, 입맛 떨어뜨리는 것, 메스꺼운 것, 구역질 나는 것을 회피하면 시에는 이데올로기에 맞는 단맛만 남게 된다.

오규원은 주체의 유일무이한 경험을 언어에 담으려고 하였는데 그것은 비유를 거부하는 세계적 조류와 일치하는 시작 태도였다. 정과리는 세계를 있는 그대로 제시하는 방식이 곧 환유적 태도라고 본 오규원의 견해에 내재하는 문제점에 대하여 검토한다. 정과리에 의하면 오규원의 시론은 세 개의 문장으로 요약할 수 있다.

① 존재는 주관에 의해 통어되는 것이 아니다.
② 존재는 끊임없이 변화한다.
③ 존재는 주관의 갱신을 추동한다.

그러므로 주관은 오직 존재에 호응하는 것 이외에 다른 일을 할 수 없다. 주관에 의한 의미화는 존재를 살해하는 결과를 초래한다. 그러나 대상은 스스로 현존한다는 문장과 대상에 호응한다는 문장 사이에는 모순이 개재한다. 호응이란 대상을 출현하게 하는 주관의 의지를 전제할 것이기 때문이다. 직관이란 매개 없는 직접 인식이고 풀이되지 않는 앎이라고 하더라도 직관의 장소는 주관일 수밖에 없다. 정과리는 순수하게 보는 자의 침묵을 지탱하는 어떤 보편적 목소리가 있다는 데리다의 말을 인용하여 오규원의 모순을 지적한다. 현상학은 의식의 내부에서 우유(偶有)적인 것들을 배제하고 본유(本有)적인 것들만 가지고 의미체를 구성하려고 하지만, 의미 작용에는 세계가 부재하는 가운데서도 계속 자기에게 현전하는 목소리가 정신적 신체geistige Leiblichkeit로서 개입한다. 뜻을 지니지 않는 말이라 하더라도 의미 작용은 개입하는 것이다. 주관의 내면적 사건을 구성하는 '현존한다'는 원형동사의 옆에 현존의 형식으로서 의미의 총체성을 복원하는 목소리가 있다. 미리 실현된 의미가 의미 작용과 의미체의 지향성을 약화시킨다. 의식은 무엇에 대한 의식이라고 할 때 의식과 무엇 사이에 그 둘 이외의 목소리가 있다면 의식과 무엇의 지향성은 어떤 식으로든 방해를 받게 될 것이다. 모든 기호는 무엇에 대한 기호이다. 그러나 모든 기호가 기호로 표현되는 어떤 의미를 가지는 것은 아니다. 언어 이전, 표현 이전의 의미층이 있고 선언어적이고 선표현적인 의미층의 현존을 독해하는 것이 환원이 할 일이다. 분석은 주석이나 해석이 아니라 독해이다. 그러므로 오규원의 날이미지론은 환유론이라기보다 현상학적 존재론으로 보아야 한다. 그것은 주관이 구성하는 작업의 결과로 주관에 의하여 구성된 사건이다.

날이미지란 실현태로 드러나지 않은 의미이고 날이미지의 발견은 청사진이 없는 기획(프로제)이다. 오규원의 시에는 상징이 없다. 상징은 존재의 비만이기 때문이다. 그러나 정과리가 보기에 순수 관찰자나 순수 묘사자는 존재할 수 없는 가상이다. 존재를 묘사한다는 것은 존재에 참여하고 존재를 분유(分有)하는 것이다. 존재 이전이 없는 존재는 없다. 초월적 목소리가 경험적 존재 이전에 들려오는 것이다. 의미화와 비유화를 거부하고 존재 자체를 직접 묘사하려고 하면 존재가 아니라 무에 직면한다. 사실은 사실에 머물러 있지 않고 진실로 이동하고, 진실은 진실에 머물러 있지 않고 진리로 초월하기 때문이다. 메를로 퐁티의 말대로 객관세계에는 시간이 들어설 자리가 없다. 그러나 의미 작용과 의미체의 지향성에는 시간이 내재한다. 시간은 존재의 관계이다. 우리는 존재에서 '이다'와 '되다'를 구별할 수 없다. 정과리는 오규원의 시 「허공과 구멍」을 'p면 q다' 'p면 q가 된다' 'p면 q는 p가 된다' 'q는 r이 된다'는 문장들의 다양한 변형으로 분석한다.

> 새는 새의 속도이다
> 지붕에 앉은 새는 새의 끝이 된다
> 새의 끝은 허공이다
> 허공은 지붕이 된다

그렇다면 오규원의 시를 규정하고 있는 의미소는 동일성이 아니라 이질성이다. 시간이 주관의 구성적 참여를 가능하게 하므로 오규원의 시는 이질화의 연쇄가 되고 서로 어긋나는 방식으로 귀환하는 이탈적 이행이 구조에 동적 긴장을 조성한다. 언어는 투명한 중립자가 아니라 시의 무대에 구성적으로 참여하는 개입자이다. 날이미지론은 의미화를 배제한 아무것도 아닌 존재들만이 이행이 가능하다는 사실을 말하고 있다. 정과리는 오규원의 생각에 공감하면서도 유사한 문장의 반복이 타성적 집렬성의 악무한(惡無限)으로 전락할 수 있다는 우려를 표한다.

고은의 시는 민족의 삶을 재현하는 사회시이다. 『문의마을에 가서』 이후 민족이라는 단어는 고은 시의 핵심 어휘로 등장하였다. 신동엽의 시에는 민족이란 말이 거의 안 나온다. 정과리는 신동엽의 무정부주의와 신경림의 민중주의와 고은의 민족주의를 변별하여 대조한다. 민족주의란 근본적으로 도덕적인 사상이다. 도덕적 사상이라고 해서 윤리학 체계를 필요로 하는 것은 아니다. 그것은 결국 '어떻게 살 것인가'라는 질문을 근본 문제로 여기고 사색하겠다는 넓은 의미로 이해되어야 한다. 심안에 떠오르는 자연과 사회의 이미지들에서 기쁨과 슬픔을 느끼고 그것을 감동적인 사상으로 표현하는 것은 시의 오래된 유산이라고 할 수 있다. 다만 그것은 자아와 현재에 국한되지 않고 인류의 운명과 세계의 미래를 포섭할 수 있는 폭과 깊이를 확보해야 한다. 목적을 가진 시라고 해서 나쁘게 볼 이유는 전혀 없다. 정과리는 민족주의를 하나의 사상으로 인정하고 오규원의 사물시를 읽는 것과 동일한 방법으로 고은의 사회시를 분석한다.

「문의마을에 가서」의 1969년, 1974년, 1983년, 2002년 판본들을 대조함으로써 정과리는 중요한 변화가 1974년에 이루어졌다는 사실을 지적한다. 1974년에 고은은 민족을 발견하였고 그 이후에 현실을 명료하게 파악할 수 있게 되었으며 동시에 자아의 위상을 고양시킬 수 있게 되었다. 자아는 민족의 미래를 예언하고 민족이 할 일을 민족에게 명령하는 존재로 격상하였다. 고은은 민족을 드높임으로써 자아를 드높일 수 있게 된 것이다. 고은의 자아는 현실을 규정하는 존재가 되었다. 민족과 자아는 고은의 시에 on/off 방식으로 교체하여 등장한다. 민족이 전경에 나오면 자아는 배경으로 물러나고, 자아가 전경에 나오면 민족이 배경으로 물러난다. 그러나 자아는 배경에 있더라도 현실의 규정자라는 동격의 위상을 보존한다. 산문 「문의마을에 가서」에서 고은은 “시는 민족의 시다. 그러나 궁극적으로 자기 자신의 시인 것이다”라고 말했다. 결국 고은의 시에 등장하는 민족은 ‘민족+x’이고 그 x는 바로 고은의 자아이다. 인간적 자기를 작게 하고 오직 사물만을 응시하려고 하는 것이 고정된 자아를 내세우는 것보다 현실의 파괴적인 위력의 맹위를 기록하는 데 더 적합하다. 사물들은 포착하려 하면 할수록 시인으로부터 그만큼 더 빠르게 도망치고, 사물의 양상은 더없이 은밀하며 사물의 의미는 무한히 다양하기 때문이다. 규정할 수 없는 주체가 아니라 규정할 수 있는 자아가 민족의 짝이 되면서 고은의 시는 현실을 정태적인 것으로 고정시키게 되었고 존재와 당위를 구별하지 못하게 되었다는 것이 고은의 시적 변모에 대한 정과리의 비판적 분석이다.

재현의 철학

겪은 일을 하나도 빼지 않고 이야기한다면 그것은 끝없이 지루한 이야기가 될 것이다. 우리의 일상생활은 시작도 없고 종결도 없이 반복되기 때문이다. 시작과 끝이 있는 일을 경험하는 것은 좋은 이야깃거리가 된다. 산에 올라갔다가 길을 잃어 고생 끝에 겨우 산을 내려온 사람은 오르고 헤매고 내리고 하는 시작-중간-끝이 갖추어진 이야기를 할 수 있다. 우리가 기억하는 것은 반복되는 일이 아니라 시작과 끝이 있는 예외적인 사건들이다. 첫사랑을 기억하는 것도 만남과 헤어짐이 시작과 끝을 형성하고 있기 때문이고 성격의 차이건 빈부의 차이건 제삼자의 방해건 그들을 헤어지게 한 원인이 평생토록 상처로 남아 그들의 남은 생애에 영향을 미치고 있기 때문이다.

『기억의 몽타주』(류동민, 한겨레출판, 2013)의 주인공 류동민에게 '서울, 1988년 여름'은 예외적인 사건으로 기억되는 해이다. 서울올림픽이 열리던 그해 그는 스물네 살이었고 서울대학교 대학원

경제학과 석사과정 2학년 학생이었다. 서울 근교 위성도시의 아파트가 은행으로 넘어가고 쉰을 갓 넘은 아버지가 돌아가셨다. 사귀던 여자가 전화로 결별을 제안했고 그는 헤어질 수밖에 없는 상황과 그 상황을 강제하는 구조를 받아들였다. 구조를 거스를 때 개인이 겪을 것은 좌절밖에 없으리라 생각하고 대부분의 개인은 주어진 구조를 체념하고 받아들인다. 1987년 민주화의 영향으로 사회과학 출판은 전례 없는 전성기를 맞이하고 있었다. 그는 1986년에 분신한 이재호와 김세진, 1987년에 최루탄에 맞아 죽은 이한열을 기억하고 있었다. 그는 생계를 위하여 중고생 과외와 독일어 번역을 하게 되었다. 파업 중이던 구로공단 어느 공장에 우유와 빵을 사 들고 갔다가 사복경찰들에게 구타를 당하고 노학연대투쟁에 참가하여 폭력을 행사한 혐의로 징역을 살고 나온 뒤 사회과학 출판사의 편집장이 된 그의 1년 선배가 주선해준 번역거리를 맡았다. 그 선배는 먼 훗날 한의사가 되었다. 합정동에 있는 그 출판사에서 그는 선배가 윤 마담이라고 부르는 나이 많은 여직원에게 편집을 배웠다. 그의 독일어 실력은 단어들을 사전에서 찾은 다음, 그것들을 한국어로 문장이 되도록 조립하는 수준이었다. 문장을 만들고 보면 어떤 때는 단어가 남았고 어떤 때는 단어가 모자랐다.

1988년 여름에 그는 서울에서 처음과 중간과 끝이 있는 예외적인 사건을 경험하였다. 그것은 남한에서 처음으로 완역되는 『자본론』 제2권, 제3권의 교정 작업에 참가한 것이었다. 『자본론』 제1권은 1987년에 이미 출간되어 있었다. 학부에서 독문학을 전공하고 대학원 경제학과에 진학한 박 선배와 지하철 2호선 충정로역 근처의 작업실에서 아침 9시에서 저녁 6시까지 원고지를 들여다보는 일을 했다. 교정 작업팀에는 개량한복 비슷한 옷을 입은 남자 한 명과 대학에서 독문학을 전공한 여자 한 명이 더 있었다. 방의 칸막이 저쪽 편에는 미학과를 나오고 아동도서를 기획하는 소설가와 여자 한 명이 출퇴근을 함께 하고 있었다. 오역은 전자오락 갤러그에서 전진하고 회전하고 후진하며 공격해오는 파리 모양의 외계인처럼 꾸역꾸역 나타났다. 원고에는 '잉여가치'가 '여분의 가치'라고 번역되어 있었다. 영어본을 거의 기계적으로 옮겨놓은 초벌 번역을 독일어본과 대조하여 고치는 것이 작업실에서 그가 맡은 임무였다. 박 선배는 꼼꼼하게 한 줄 한 줄 대조하였고 잠자리 안경의 여자는 대학입시 수험생 같은 자세로 꼼짝도 않고 원고지를 들여다보았다. 개량한복은 일본어판을 들고 앉아 교정을 보았다. 그도 파리 떼들의 공격을 감당할 수 없게 되자 무기를 디츠Dietz판 동독제에서 오쓰키쇼텐(大月書店)판 일본제로 바꾸고 말았다. 역사학을 전공하는 박사과정 학생과 철학과 대학원생이 작업팀에 추가되었다. 그 무렵에 그는 1억 원 가까운 채무가 상속되었다는 통지문을 받았다. 출판사의 편집장이 하루에 한 번 작업실에 들렀는데 후에 성공한 출판인이 된 장발의 그 편집장은 그에게 좋은 인상을 주지 못하였다. 소설가는 그에게 성적 억압이 한국 사회의 문제라고 말했고 그는 그 말에 반대했다. 개량한복은 국회의원을 내지 못한 민중의 당에 대해 이야기했다. 이왕 성공할 수 없다면 노동자계급을 대변하는 게 낫다는 주장이었다. 그는 공산당의 합법화가 민주주의의 완성이 된다는 말로 동의를 표시했다. 그는 김일성을 인정하는 날이 한국 민주주의가 완성되는 날이라고 말하고 싶었지만 그것이 그 자신의 생각인지 확신할 수 없어서 그렇게 말하지 않았다. 개량한복은 철학도에게 사람 중심의 주체사상이 외계 생명체에게도 통할 수 있느냐고 질문했고 철학도는 주체사상과 외계인의 관계에 대하여 진지하게 설명했다. 입영통지서를 받고 사장실 소파에 진을 치고 체불임금의 지급을 요구했으나 작업실을 그만둘 때까지 그는 사장을 만나지 못했다. 화요일과 금요일에는 압구정동에 가서 중학생 제자의 선생님 노릇을 하였다. 미국에서 공부하다 방학이 되어 귀국한 친구와 이태원 뒷골목의 작은 술집에서 국산 양주 한 병을 마시고 20만 원짜리 계산서를 받았다. 웨이터에게 시카고의 체이스맨해튼 은행 카드가 한국에서 지불수단이 될 수 있다는 사실을 절망적으로 반복 설명하다 새벽녘에야 겨우 골목을 빠져나올 수 있었다. 작업실에 들어가 『자본론』을 베고 누워 옛 여자와 키스하는 꿈을 꾸고 일어나 동네 목욕탕을 찾았다. 탈의실 평상에 앉아 담배를 피우다 대충 비벼 끈 꽁초를 휴지통에 던져 넣고 욕탕에는 들어가지도 않고 나오는데 때 미는 남자가 불이 붙은 휴지통에 물을 부으면서 그를 향해 육두문자를 내뱉었다. 박 선배의 노력 덕에 원래 받기로 한 만큼은 아니었으나 제법 큰 금액의 돈이 입영 직전 그에게 전달되었다.

4주 동안의 훈련을 마치고 그는 후암동에 있는 국방부 산하 조달본부의 행정병으로 근무했다. 토요일이면 20년째 군속 잡역부로 일하는 최 씨와 난지도에 가서 한 주일 동안 수거한 쓰레기를 버렸다. 난지도에 들끓는 파리 떼가 작업실의 파리 떼를 생각나게 했다. 조달본부로 걸어 들어가면서 그는 늘 그녀에게 소소한 일상을 이야기하곤 하였다. 그것은 이미 존재하지 않는 그 무엇에 대한 그리움이었다. 출퇴근할 때 그는 『마르크스와 민족문제』라는 일본어

책을 들고 다녔다. 그때의 느낌은 담뱃갑에 마리화나를 넣고 다니는 사람들이 느끼는 아슬아슬함과 비슷했다. 그에게 방위병과 지식인의 거리는 충정로 교정실과 압구정동 과외 선생의 거리와 같았다. 여섯 달 동안의 방위병 복무를 마치고 1989년 학교로 돌아가 『자본론』의 한 장을 해석하는 논문을 쓰고 석사학위를 받았다. 바로 그해에 『자본론』 제2권이 나왔고 다음 해에 제3권이 나와 남한에서 처음으로 『자본론』이 완간되었다(북한에서는 1966년에 『자본론』이 완간되었다). 이제 『자본론』을 읽었다는 것만으로 누릴 수 있었던 권위는 사라지게 되었다. 저자는 이 책의 제1부를 이렇게 끝낸다. "이제 비로소 우리는 『자본론』을 객관적인 풍경으로 바라볼 수 있게 된 것일까?" 그해 여름으로부터 10년 후에 그는 지방의 국립대학에 취직하여 마르크스 경제학을 가르치는 교수가 되었고 합정동 출판사는 직원들에 의하여 악덕 자본의 좌익 상업주의로 매도되어 해체되었다.

저자는 일상생활의 물질적 기초를 해명하는 방법을 언어학과 인류학에서 찾는다. 그는 언어의 한계가 생각의 한계라는 비트겐슈타인의 명제에 동의한다. 우리는 어떤 일을 겪고 나서 겪은 것을 말한다. 삶의 사건은 언어로 재현된다. 사건과 언어는 일치할 때보다 불일치할 때가 더 많다. 나타냄은 있음을 제대로 드러내지 못하는 경우가 많은 것이다. 상징과 은유는 기표의 부족을 처리하는 방법이다. 상징은 하나의 기표에 둘 이상의 기의가 겹쳐지는 응축이고 은유는 정확하지 않으나 가장 비슷한 기표를 선택하는 체념이다. 재현은 욕망이 편집한 이야기이다. 그러므로 어떻게 편집되는가를 따져보아야 한다. 무사무욕은 신기루이다. 자신을 과시하고자 하고 칭송과 영예를 받고자 하고 물질적 이익을 얻고자 하는 욕망 때문에 재현은 현실의 불완전한 묘사가 될 수밖에 없다. 재현의 한계를 인식할 때에만 우리는 현실에 대하여 일관된 태도를 유지할 수 있다. 총체성을 주장하는 폭력적 재현은 억압적 권력의 내재적 계기가 될 가능성을 가지고 있다. 우리가 지향해야 할 새로운 사회의 인간 유형은 마땅히 이러이러해야 한다고 규정하는 순간 그 규정에 맞지 않는 인간은 교정되어야 할 관리 대상으로 전락한다. 내 이야기 속에서 남은 수동적 역할밖에 할 수 없다. 그러나 보는 것과 말하는 것과 듣는 것은 상호 주체성을 전제하기 때문에, 유아론의 함정에 빠지지 않으려면 내가 이야기할 때 나는 내가 말하고 있는 것과 함께 내 이야기에 말해지지 않은 것에도 주의를 기울여야 한다. 나의 말할 권리는 나의 말이 남에게 들릴 수 있게 될 권리를 의미한다. 그러므로 남의 말할 권리는 그의 말이 나에게 들릴 수 있게 될 권리가 될 것이다. 프로이트는 비록 꿈 이야기에 거짓말이 들어 있다고 하더라도 무의식이 꿈의 질료를 편집하는 과정을 분석하면 꿈을 이야기하는 사람의 진실을 이해할 수 있다고 말하였다. 수학적 모형을 설정하여 인과관계를 분석하는 연구의 경우에도 경제학 이야기의 구성에 개입되는 선별과 왜곡의 과정을 통하여 연구자의 편향에 대하여 이해해야 모형의 본질을 분명하게 파악할 수 있게 된다. 사회 시스템으로부터 이익을 얻는 이와 그렇지 못한 이 사이에 현존하는 적대 관계들에 직면하여 경제학은 어느 한쪽 편을 들 수밖에 없을 것이기 때문이다.

저자는 책의 제2부에서 그의 이야기가 편집되는 과정을 스스로 보여준다. 그는 자신의 이야기에 대하여 이야기하는 재현의 철학자가 된다. 재현은 말하고 싶은 것과 말하고 싶지 않은 것, 믿고 싶은 것과 믿고 싶지 않은 것의 투쟁 가운데서 태어난다. 우선 저자는 이야기에 개입되는 크고 작은 허구들을 보여준다. 그가 헤어지기로 결심하고 헤어진 뒤에도 끊임없이 그리워하는 여자는 가공의 인물이다. 그녀는 구체화되지 않은 채 그의 머릿속에서만 등장하는 익명의 존재로서 끊임없이 다가가려 하나 다가갈 수 없는 최초의 실체에 대한 그리움을 대표한다. 그녀는 안락, 평판, 일자리, 정치적 욕망 등의 메타포가 되기도 하고 어떤 상황을 강제하는 구조의 메타포가 되기도 한다. 지어낸 것은 아니지만 시간과 공간을 바꾸는 것도 허구라고 할 수 있다. 성적 억압 이야기는 1994년경의 마광수 사건을 1988년으로 바꾼 것이고 민중의 당 이야기는 2000년경에 김수영의 시에서 얻은 생각을 1988년에 생각한 것으로 바꾼 것이다. 1988년의 그와 2000년의 그 그리고 2000년의 그에 의하여 수정된 1988년의 그와 1988년의 수정된 그에 의하여 수정된 2000년의 그는 서로 다르게 생각하는 사람들이다. 이야기에는 행동이나 경험을 멋지게 포장하여 합리화하려는 욕망과 반대로 행동이나 경험을 감추거나 속이려는 욕망이 개입하기도 한다. 장발의 편집장에 대한 부정적 묘사는 현재의 관점에서 편집된 과거의 기억이다. 사회과학과는 무관한 분야의 전도유망한 출판인이 되었다는 사실이 임금이 체불되었을 때 느낀 불만을 강화한 결과가 부정적 이미지로 나타나게 되었을 것이다. 그 편집장의 입장이라면 말하고 싶은 이야기가 따로 있을 것임에 틀림없다. 합정동 출판사의 또 다른 편집장의 경우에는 부정적인 이미지가 보이지 않는다. 번역료가 제대로 지급되었다는 점과 독일어 번역이 중고생 과외보다 대학원생의 자존심을 세우는 데 도움이 되었다는 점이 긍정적 묘사에 영향을 미쳤을 것이다. 출판사 여직원 윤 마담의 웃음소리가 맑고 밝게 기억되는 것도 같은 이유에서라고 할 수 있다. 열악한 작업환경과 형편없는 원고 상태도 충정로 출판사의 편집장에 대한 부정적 인상에 일정하게 작용했을 것이다. 그에게 아름다운 세계로 기억되는 합정동 출판사가 그 회사의 직원들에게 악덕 자본의 좌익 상업주의로 기억될 수 있다는 것도 기억 투쟁의 다층성을 보여준다. 부모나 친척의 이야기를 반복하여 들으면서 아이는 그들의 이야기를 자신의 기억으로 구성한다. 그들이 아이에게 우호적인 사람들이기 때문에 그 기억은 아이의 머릿속에 좋은 의미로 보존된다. 우리는 자신의 기억에 남아 있는 몇 가지 조각들을 사후적으로 주어진 논리에 꿰어 맞추려 하기 마련이다. 시간이 지나면 어떤 기억은 강화되고 어떤 기억은 망각된다. 그는 당시 많은 대화를 나눈 개량한복의 이름을 망각했다. 이재호와 김세진이 분신한 1986년 4월 28일에 '독산문강독'을 들었다는 것은 어느 쪽에도 속하지 않은 상태로나마 그때 그곳에서 사건을 직시하고 있었다는 것을 두 기억의 연결을 통하여 말하는 일종의 현장존재증명이다. 이태원 술집에서 바가지를 쓰고 목욕탕 때밀이에게 욕을 먹은 기억을 연결하는 것은 돈 때문이 아니라 모멸당한 자의식 때문에 작업실을 떠날 수밖에 없었다고 말하려는 일종의 기억 오려 붙이기이다. 교정 작업을 맡은 이유는 귀를 의심할 정도로 많은 보수와 『자본론』이라는 듣기만 해도 설레던 이름 때문이었다. 이름이 나가지 않으므로 불법에 대해서도 오역에 대해서도 책임이 면제되어, 위험한 일을 하지만 감당할 수 있는 범위 안에서 안전하게 할 수 있다는 것은 일종의 현장부재증명이다.

편집 과정을 잘 들여다보면 재현의 물질적 근거가 보인다. 재현의 철학은 재현의 물질적 근거를 인식한다는 점에서 유물론이다. 물질적 근거를 보지 못하는 관념론은 독단적이고 직접적일 수밖에 없다. 관념론은 복잡한 것을 가장 단순한 여러 요소들로 환원한다. 관념론은 먹고사는 일상에 매달리게 하고 그 어떤 사건에도 헌신하지 못하게 한다. 반민주적 국수주의와 정치적·문화적 파시즘의 배후에는 총체화되고 획일화된 관념의 재현이 작용하고 있다. 사건들의 트라우마를 견디는 힘은 여가otium에서 나온다. 전 인류가 여가를 상실하고 일negotium에 침몰당하고 있는 것이 우리 시대의 현실이다. 유물론은 비판과 매개를 특징으로 한다. 그러나 매개의 발생은 그 무엇에 의해서도 미리 증명될 수 없다. 갈등의 내부에서 구체적으로 작용하는 매개는 실천의 특수한 경우로 나타난다. 매개를 통하여 유물론은 개념적 형식주의를 해체한다. 지금 여기서 일어나는 특수한 사건들은 모두 우발적 사건들이므로 유물론의 매개된 상호성은 추상적 보편이 아니라 개별성을 보존하는 구체적 보편을 지향한다.

비루하고 누추한 이 현실의 누더기 속에서 한 세대의 젊은 사람들이 『자본론』을 금기로부터 해방시켰고 『자본론』을 읽을 수 있게 함으로써 『자본론』을 비신화화하였다. 시간, 수단, 지식의 희소성 때문에 우리는 언제나 깊은 무지 속에서 헤맨다. 사태는 저절로 결정될 수도 있을 것이나 우리는 미래를 모르기 때문에 지금 여기서 결정할 수밖에 없다. 우리는 불충분함, 불완전함, 실수들 속에서 현실을 이해하므로 우리의 결정은 가능한 최선의 해결과 닮아 있지 않다. 모순의 극복 방안을 선험적으로 아는 길은 없다. 그러나 비루하고 누추한 시도들에 공동 개인, 공동 행동, 공동 실천, 공동 목표가 잠재되어 있다. 뉴라이트, 식민지근대화론, 신자유주의, 종교적 광신 등으로 흩어져나갔지만 『자본론』을 번역한 세대는 시대의 공시적 인식 공간을 공유한다. 수천 조각의 레고들을 수백 개로 모으고 다시 수십 개로 모아보면 구멍투성이의 논리적 궁지에도 불구하고 그 무엇인가 설명할 수 없는 진정성이 그 안에서 희미하게 떠오른다. 저자는 자신을 포함한 그들 세대가 할 일이 물질적 근거에서 너무 멀리 떠나지 않으면서 비판적이고 매개적인 사유를 완강하게 보존하는 재현의 철학에 있다고 확신하는 듯하다.

2부

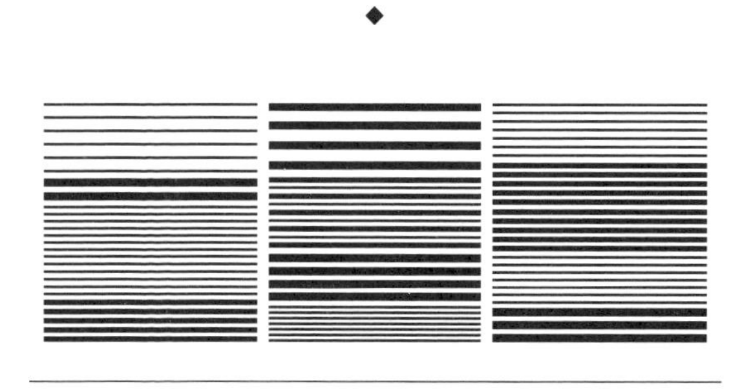

보편사와 민족사

1.

김창숙(金昌淑)은 「유림묘문(柳林墓文)」에서 신채호를 하나의 극한으로 설정하고 20세기 전반기 한국 정신사의 지형을 그려놓았다.

어떤 사람이 유림에게 물었다. "이승만은 어떤 사람인가?" 그는 침을 뱉으며 대답했다. "이 종놈을 죽이지 않으면 나라가 망한다." "김구는 어떤 사람인가?" "백범은 내 친구다. 이야기가 통하는 사람이다." "안창호는 어떤 사람인가?" "도산은 평안도 5백 년에 최고 인물이다. 이 사람이 아니었다면 우리는 모두 이를 검게 칠하는 왜놈이 되었을 것이다." "신채호는 어떤 사람인가?" "단재는 내 스승이다. 세상 최고의 선비다."

有人問於君曰 "李承晩何如人?" 君大唾之曰, "不去此奴, 國必亡於此奴也." "金九何如人?" 君曰 "白凡吾友也. 可與言天下事也." "安昌浩何如人?" 君曰 "島山西韓五百年一人, 微斯人, 吾庶幾乎漆齒矣." "申采浩何如人?" 君曰 "丹齋天下士, 寔吾師也."[1]

여기에서 김창숙이 유림의 입을 빌려 밝히고자 한 것은 개별 인물의 평가가 아니라 한국 근대정신사의 지형학이었다. 김창숙은 신채호를 극한에 놓고 그를 척도로 삼아 그와의 거리를 측정함으로써 다른 사상가들의 위치를 배정하였다. 신채호는 민족주의에서 탈민족주의로 관점을 전환한 사상가였다. 『조선상고사』 총론에서 신채호는 자기 학문의 단초가 역사에 있다고 술회하였다. 역사를 아와 비아의 투쟁으로 규정한 그의 시대 인식은 진화론의 영향을 받아, 도태되지 않고 생존할 수 있는 능력을 중시하였다. 신채호는 한국 역사에서 가장 중요한 사건을 김부식과 묘청의 대립에서 찾았다. 낭가(郎家)의 전통을 지키고 중국과 투쟁하려던 묘청이 중국을 따라 섬기려던 김부식에게 진 것이 한국 역사를 생존 능력이 쇠퇴하는 역사로 만들고 말았다는 해석이다. 신채호는 아와 비아의 투쟁을 한국과 중국의 투쟁 또는 한국과 일본의 투쟁으로 파악하였고 끝내는 전 세계의 민중과 제국주의 세력의 투쟁으로 이해하였다. 그가 연개소문을 높이 평가한 것도 왕을 바꾸고 독재를 하더라도 그냥 앉아서 일본에게 당하지는 말았어야 한다는 역사 이해에 근거한 판단이었다.

신채호는 1907년에 「이태리건국삼걸전」, 1908년에 「을지문덕

---

1) 김창숙, 『심산유고(心山遺稿)』, 국사편찬위원회, 1973, p. 262. 고대(古代) 일본인은 이를 검게 칠하였다.

전」「이순신전」「근금(近今) 국문소설 저자의 주의(注意)」, 1909년에 「최도통전」, 1916년에 「꿈하늘」「유화전」「백세 노승의 미인담(美人談)」「일목대왕(一目大王)의 철퇴」「박상희(朴象羲)」「이괄」「철마 코를 내리치다」, 1923년에 「조선혁명선언」, 1925년에 「낭객(浪客)의 신년 만필」, 1928년에 「용과 용의 대격전」「선언」 등의 작품을 썼다. 그의 마지막 작품인 「선언」은 한국, 중국, 일본, 인도, 베트남, 대만의 무정부주의 동방연맹을 위해 작성한 것이다.

신채호가 공개적으로 무장투쟁을 내세운 것은 1910년의 청도(青島) 회의에서였으나 성균관에서 조소앙과 함께 항일 성토문을 작성하여 이하영(李夏榮)을 규탄하던 1902년에 이미 그는 일본의 침략을 막을 수 있는 유일한 방법이 전쟁임을 인식하고 있었다. 일한합병조약은 결국 고종의 항복문서이고, 전쟁을 원하는 2천만 민중의 의사에 반한 고종의 항복은 무효이기 때문에 항일전쟁은 계속되어야 한다는 것이 신채호의 논리였다. 「꿈하늘」에서 신채호는 매국역적, 현실도피자, 순응주의자, 분파주의자, 사대주의자들을 지옥에 떨어뜨렸다. 신채호는 미국의 눈치를 살피는 이승만의 외교론에 반대하였고 적의 점령지 안에서의 산업과 교육을 중시하는 안창호의 준비론에 반대하였다. 총독부의 승인을 받아 운영되는 산업과 교육은 항일전쟁보다 대일타협으로 흐르기 쉬우며, 미국이 일본과 달리 한국을 침략하지 않으리라는 보장이 없고, 침략하지 않는다 하더라도 한국을 도와줄 이유가 없다는 것이 그 반대의 논리였다. 그는 일정한 규모의 군대를 조직할 때까지 투쟁을 연기하자는 데에도 반대하였다. 만주에 주둔한 관동군 60만과 대항하는 군대를 조직한다는 것은 불가능한 일이라고 판단했기 때문이다. 그러나 그는

『아리랑』의 주인공 김산처럼 중국 공산당에 가입하거나 김일성처럼 동북항일연군에 들어갈 수 없었다. 더 오래 살았더라도 소련으로 넘어가지 않았을 것이다. 일체의 의존과 예속을 거부하는 그의 원칙은 결국 그때그때 가능한 모든 폭력을 동원하는 테러리즘에 귀착되었다. 1931년의 만주사변 이전 신채호가 체포되던 1928년 무렵에 이미 만주의 관동군사령부와 일종의 특무정보단체인 만철조사국의 활동으로 소단위 무장세력이 항일전쟁을 계속할 수 있는 방법은 사실상 개별적이고 즉각적인 암살과 파괴밖에 없었다. 이러한 경우에 테러리즘을 부정하는 것은 일제에 대한 투항을 긍정하는 결과가 된다.

신채호는 1921년에서 1923년 사이에 북경대학 도서관장이었던 리다자오(李大釗)의 도움으로 북경대학 도서관에서 『자본론』을 읽었다.[2] 그는 "국가 흥망이란 일조(一朝)의 돌발이 아니라는 것을 비로소 알았으니 도연명과 같이 비록 얼른 '오늘의 옳음'을 감히 자신할 수는 없다 하더라도 거백옥(蘧伯玉)과 같이 '전날의 그름'은 자인합니다"[3]라는 말로써 『자본론』을 읽은 느낌을 리다자오에게 토로하였다. 『자본론』의 영향으로 신채호는 나라 잃은 시대의 다른 어떤 사상가보다도 구체적인 경제 현상을 깊이 통찰할 수 있었다. "한강의 철교가 현실이 아니냐? 인천의 미두가 현실이 아니냐? 경제의 공황이 현실이 아니냐? 상공 각계의 소조(蕭條)가 현실이 아니냐? 다수 농민의 서북간도 이주가 현실이 아니냐?"[4]

---

2) 김병민, 『신채호 문학연구』, 아침, 1989, p. 29.

3) 같은 책, p. 29. 리다자오에게 보낸 이 편지는 북한의 인민대학습당(人民大學習堂)본 전집에만 수록되어 있으므로 부득이 김병민의 책에서 재인용할 수밖에 없었다.

신채호는 국제적 연대를 내세우며 일본의 사회주의자들을 추종하는 지식인들의 합법적 문화운동을 통렬하게 비판하였다. "통감 이토 히로부미, 군사령관 하세가와 요시미치가 가타야마 센, 사카이 도시히코로 변했을 뿐이니 변한 것은 그 명사뿐이요 정신은 의구(依舊)하다."[5] 일본의 정치적 압박과 경제적 수탈의 구조 안에서 한국 사람은 "염세절망의 타락자가 되거나 그렇지 않으면 음모사건의 명칭하에" "갖은 악형을 다 당하고 죽거나 종신 불구의 폐질자"[6]가 될 뿐이다. 신채호는 내정독립과 자치참정의 환상을 폭로하고 외교와 준비의 미몽을 분쇄하였다. "강도 일본이 정치, 경제 양 방면으로 구박(驅迫)을 주어 경제가 날로 곤란하고 생산기관이 전부 박탈되어 의식의 방책도 단절되는 때에, 무엇으로 어떻게 실업을 발전시키며 교육을 확장하며 더구나 어디서 얼마나 군인을 양성하며 양성한들 일본 전투력의 백분지일의 비교라도 되게 할 수 있느냐? 실로 일장의 잠꼬대가 될 뿐이로다."[7] 신채호는 이승만의 외교론과 안창호의 준비론에 반대하고 민중직접혁명론을 주장하였다. 민중의 직접혁명이 한번 일어나기만 하면 그것은 낭떠러지에 도달하기 전에 정지하지 않는다고 믿었기 때문에 신채호는 직접혁명의 계기로서 폭력에 우선권을 부여하였다.

1929년 2월 12일 자 『동아일보』에는 대만, 중국, 인도, 베트남, 한국의 무정부주의연맹을 조직하여 활동하던 신채호가 상해에서

---

4) 신채호, 『단재 신채호 전집』(개정판) 하, 형설출판사, 1977, p. 21.

5) 같은 책, p. 29.

6) 같은 책, p. 36.

7) 같은 책, p. 40.

대만으로 건너가려다가 일경에게 체포되어 치안유지법 위반, 유가증권 위조행사, 사기, 살인 및 시체유기로 처벌되었다는 공판 기록이 게재되어 있다. 신채호는 제국주의와 계급투쟁이 근대의 본질적 문제 상황임을 파악하고 있었고, 무엇보다 그는 근대를 대중의 수량이 움직이는 사회로 이해함으로써 대중의 개념을 정치의 범주로 파악한 한국 최초의 사상가가 되었다. 신채호는 일본어를 모르는 2천만 민중을 직접혁명의 주체이며 항일무장세력의 거대한 잠재력으로 규정하였다(1940년에 일본어를 아는 한국인은 3백만 명 정도였을 것으로 추정된다).

2.

신채호는 민족주의에서 시작하여 무정부주의라는 탈민족주의에 도달하였다. 무정부주의의 한계에 대해서는 그것대로 비판해야 하겠지만, 우리는 그의 역정이 민족주의에서 탈민족주의로의 여정이었다는 사실에 유의해야 한다. 민족주의란 자본주의의 토대 위에 성립된 근대의 산물로서 역사적 실재가 아니라는 데 이의를 제기하기는 아마 어려울 것이다. 우리는 국가를 통합하려고 하거나 분리하려고 할 때 민족이란 단어를 사용한다. 모든 사람은 국적을 가지고 있다. 사람들은 세금을 내거나 조세에 항거할 때 자기가 속해 있는 국가의 존재를 분명하게 인식한다. 어떤 사람들이 국적을 거북하다고 느낄 때 민족이란 단어를 사용하는데, 민족이란 단어에는 그러한 거북함을 합리화해주는 감정적 에너지가 포함되어 있기 때문이다. 민족은 대체로 국가보다 크거나 국가보다 작은 정치적 공동체이다. 한국인이 일본 국적을 가지고 있을 때 한국인에게 민족은 국가보다 작은 공동체였으나 한국인이 한국 국적을 가지고 있을 때 한국인에게 민족은 국가보다 큰 공동체이다.

중국은 다민족 다언어 국가이다. 그러나 진나라 이후 중국은 정치의 목적을 천하일통(天下一統)에 두고 있다. 티베트와 신장과 내몽골의 분리 독립을 초래할 염려가 있으므로 중국은 자유선거를 허용하지 않는다. 여러 민족을 하나로 모으는 천하일통 사상이 중국 민족주의의 내용이라고 할 수 있다.

다민족 단일언어 국가인 미국에서 여러 민족을 하나로 모으는 힘은 아메리카 넘버원이라는 믿음이다. 미국 원주민이건 유럽계 미국인이건 아프리카계 미국인이건 한국계 미국인이건 미국 국적을 가진 사람이면 모두 미국이 최고라고 믿는 것이 미국 민족주의의 내용이다. 미국 민족주의는 영국 청교도들이 자유를 찾아서 미국에 왔다는 신화를 만들어냈다. 볼테르에 의하면 18세기 영국은 종교의 자유가 세계에서 가장 많은 나라였다. 아서 밀러의 『세일럼의 마녀들』에서 보듯이 그 무렵 종교적으로 세계에서 가장 폐쇄적인 나라가 미국이었다. 그렇다면 청교도들은 신앙의 자유가 아니라 신앙의 독재를 목적으로 미국으로 건너갔다고 해석해야 할 것이다.

러시아 민족주의는 정교에 뿌리를 두고 있다. 도스토옙스키는 『악령』에서 "한 국민이 과학과 이지를 기초로 해서 건설된 적은 한 번도 없었다"고 하고 국가의 건설에 실제로 필요한 것은 하느님을 찾는 마음뿐이라고 하였다. "그 하느님은 반드시 러시아의 하느님이 아니면 안 된다. 여러 민족이 하나의 하느님을 모신 적은 이제까지 없었다. 민족은 항상 자신의 하느님을 모셔야 한다. 여러 하느님들이 하나가 되면 하느님들뿐 아니라 민족들도 사멸한다." 도스토옙스키는 현대의 안티크리스트를 가톨릭이라고 보고 자유도 없고 책임도 없고 개성도 없는 혼란의 원인이 로마 가톨릭에 있다고 하였다. 가톨릭과 프로테스탄트는 예수의 사랑에 의존하지 않고 과학 지식으로 조직을 만들어 세상을 통치하려고 한다. 러시아의 구원은 정교를 믿는 민중의 손에 달려 있다는 것이 도스토옙스키의 신념이었다. 러시아의 민중들만이 아직도 하느님을 믿고 감격의 눈물을 흘릴 줄 알며, 가난하면 가난할수록 사랑의 진리를 더욱더 찬란하게 실현하기 때문이라는 것이다.

일본 민족주의는 천황의 계보가 2천 년 동안 끊이지 않고 이어져 내려왔다는 사실을 중요한 상징으로 삼고 그 주위에 감정적 에너지를 배치하고 있다. 18세기의 모토오리 노리나가(本居宣長, 1730~1801) 때부터이니 유럽에 비교해도 상당히 이른 시기에 민족주의가 이론화되었다고 할 만하다. 일본은 국가의 경계와 민족의 경계가 일치한다는 점에서 특이한 민족국가이다. 전쟁의 책임을 인정하면 천황에게 책임이 돌아갈 염려가 있기 때문에 일본인은 침략의 사실을 부정한다. 다행인지 불행인지 모르겠으나 한국인의 민족감정은 국가와 민족이 일치하는 일본을 범례로 하여 형성되었다. 이것이 바로 나라 잃은 시대의 배달겨레 이론이다. 나라 잃은 시대의 민족주의는 광복 직후 안호상의 '한백성주의〔一民主義〕'로 철학적 체계화가 시도되기도 하였다. 그의 『민족의 부르짖음—시베리아 바람이냐 아메리카 바람이냐』(문화당, 1948) 같은 책은 통일 한국의 이정표를 설정하는 데 참고해볼 만한 내용을 담고 있다.

미국의 세계 지배는 분명히 미국 민족주의의 산물일 텐데 미국화를 약소국들이 세계화라고 부르는 것은 지독한 아이러니이다. 미국은 거대한 부와 거대한 빈곤을 동시에 가지고 있는 나라이다. 이라크를 침공하자마자 시아Shiah파 지역과 수니Sunni파 지역과 쿠르드Kurd족 지역을 분리하여 쿠르드 지역의 유전을 차지할 정도로 강력한 나라이면서 동시에 국내의 재정 위기를 제어하지 못할 정도로 무력하기도 한 나라가 미국이다.

베네딕트 앤더슨Benedict Anderson은 고전언어의 붕괴와 자본주의의 발달을 민족감정이 나타나게 된 원인으로 제시하였다. 한문과 아랍어와 라틴어가 붕괴되자 다언어 공동체가 분열되었고, 자본주의가 발달되자 왕국이 몰락하였다. 출판자본주의가 인간 언어의 다양성을 인정하고 각 지방의 언어를 출판언어로 이용한 데서 국어가 생겨나기 시작했고 시간·공간·지위의 순례 여행을 용이하게 하는 행정단위가 여행의 중심지별로 조직된 데서 조국이 생겨나기 시작했다. 신성한 고전언어가 붕괴된 자리에 수학이 새로운 보편언어로 자리 잡았고 문화적 영역과 지리적 영역이 확대됨으로써 사회생활의 가능한 형식들에 대한 인간의 개념도 다양하게 확장되었다. 신성한 고전언어에 의하여 통합되었던 종교 공동체는 복수의 영토로 나누어졌다. 북아메리카에서는 1691년에서 1820년 사이에 2,120종의 신문이 발간되었고 그 가운데 461종이 10년 이상 지속되었다.[8] 사용하는 사람이 많건 적건 간에 모든 언어가 세속적인 것이라면 근대과학이 사물을 연구하듯이 좋은 언어와 나쁜 언어

8) Benedict Anderson, *Imagined Communities*, London: Verso, 1991, p. 61.

가 있는 것은 아니다. 모든 날씨가 다 같이 연구할 가치를 지니고 있듯이 모든 언어가 다 같이 연구할 가치를 지니고 있다. 사전편찬가, 문법학자, 문헌학자, 민속학자, 출판업자 들이 출판 시장에 인쇄된 상품을 내놓았고 대중은 그 상품을 소비하였다. 하인을 거느린 주부들과 학교에 다니는 자녀들이 출판 상품을 소비하는 독서계급이 되었고 이러한 독서계급이 인도네시아/라틴아메리카의 독자들이 되었다. 유산지식층의 인쇄된 지식이 '우리 됨'을 만들어낸 것이다. 임지에서 임지로의 행정적 순례와 학교에서 학교로의 교육적 순례가 제한된 행정단위 안에서 수행되었다. 세속적인 순례 여행이 우리라는 의식을 창출하여 제국주의 국가의 국가 주도 민족주의와 제국주의에 반대하는 식민지 민족주의가 전개되었다. 인도 출신의 시카고 대학 동아시아학과 교수인 프라센지트 두아라Prasenjit Duara는 『주권과 순수성*Sovereignty and Authenticity*』(Lanham: Rowman and Littlefield, 2003)에서 중국과 일본의 근대화 전략이 충돌하는 만주국을 대상으로 하여 자본, 지방 세력, 민족주의, 제국주의, 초국가적 문화 이데올로기들이 의미의 자원을 이용하려고 경쟁하는 양상을 면밀하게 분석하였다. 베르톨루치Bertolucci의 「마지막 황제」와는 반대로 유교적 전통과 근대화의 목표와 토착 세계를 통합하려던 만주국의 실험은 만주국이 소멸한 후에도 한·중·일에서 계속해서 추구되었다는 것이다.

원형적 민족주의 또는 태초 이래의 민족주의라는 환상을 파괴한 데에 탈민족주의의 의의가 있다. 김홍규는 탈민족주의를 "기억 없는 단절적 근대주의"라고 규정하였다.[9] 나는 탈민족주의의 비신화화Entmythologisierung에 찬성하지만 기억 없는 단절에는 찬성하지 않는다. 근대를 하나의 체계로 분석할 수 있다면 전근대도 하나의 체계로 분석할 수 있어야 한다.

근대는 기계가 양식만큼 필요한 시대이다. 그러므로 기계를 생산하는 중공업은 근대사회의 중심부를 차지하게 된다. 경공업은 돈을 주고 중공업으로부터 기계를 구입하며 중공업은 기계를 팔아 얻은 돈으로 임금을 지급한다. 경공업이 구입하는 기계의 가치와 중공업이 지급하는 임금의 가치 사이에는 일정한 균형이 형성되어 있어야 한다. 그러나 자본과 노동의 비율로 나타나는 기술 수준이 수시로 변화하며 생산능률도 기술 수준의 변화에 따라 수시로 변화하기 때문에 경공업 부문의 기계와 중공업 부문의 임금 사이에는 어쩔 수 없이 어긋남이 있을 수밖에 없다. 근대란 바로 이러한 괴리의 체계이다.

이에 반해서 전근대는 기술 수준이 고정되어 있기 때문에 인구가 늘고 세금이 오르면 언젠가는 붕괴하게 되어 있는 체계이다. 그러나 전근대는 전근대대로 그 나름의 균형을 유지하고 있었다. 혈족을 중심으로 노예를 사용하여 대규모의 농지를 경작하던 고대의 직접경리가 소농과 전주가 소출을 반씩 나누는 간접경리로 바뀐 것은 농민의 위치가 예속적인 지위에서 독립적인 지위로 발전한 것이라고 볼 수 있다. 유럽의 가톨릭처럼 동아시아의 성리학도 종법으로 상하 귀천을 구분하는 한편 도덕규범으로 전주의 횡포를 제한하여 체제 유지에 기여하였다. 1862년의 임술민란 전후의 사태만 보고 전근대의 취약성을 논하는 것은 균형 있는 시각이라고 할 수 없다.

---

9) 김흥규, 『근대의 특권화를 넘어서』, 창비, p. 80.

한국의 전근대는 임진왜란과 병자호란을 겪고도 유지될 만큼 견고한 체계였다. 생산능률이 저하되어 재정 위기에 이어 민란이 일어나고 민속예술과 민간 종교가 나타난 것은 전근대 동요기의 일반적 특징이다. 한글과 동학을 만든 것 하나만으로도 한국의 전근대는 제 할 일을 충실하게 완수했다고 할 수 있다. 한글은 컴퓨터에 적합한 문자 체계이고 동학은 근대의 노동자 운동이 준거할 수 있는 토착적 평등주의이다.

한국 역사도 이제 민족주의에 입각한 민족사에서 벗어나, 민족주의와 탈민족주의를 함께 고려하는 보편사의 시각으로 기술해야 할 단계에 와 있다. 전근대와 근대를 보편적인 관점에서 공평하게 체계적으로 분석하는 방법이 모색되어야 하며 전근대와 근대 사이에 있는 실국시대를 독자적 구조로 분석하는 발견의 방법이 탐구되어야 한다. 총독부 관보를 분석하여 한국인 관리 전체의 명단을 작성해야 하고 납세 기록을 분석하여 납세액에 따른 한국인의 계급 구성을 해명해야 한다. 외국인 노동자들과 외국인 신부들을 이웃으로 사귀면서 한국의 대중은 지금 민족주의라는 고정된 의미 체계에서 벗어나고 있는 것은 아닐까? 그러나 어떠한 보편사도 민족사에 내재하는 가치를 보편적 시각으로 해석하는 역사가 되지 않으면 안 될 것이다.

심산 김창숙은 대구 경찰서에서 고문을 받아 다리가 부러졌다. 혹독하게 고문을 받으면서 "너희들이 고문으로 사정을 알고자 하느냐? 나는 죽는 한이 있더라도 허튼소리를 하지 않을 것이다"라고 하고 종이와 붓을 달라 하여 시 한 수를 지었다.[10)]

籌謀光復十年間	광복을 도모한 지 십 년 동안
性命身家摠不關	목숨과 집안은 도시 상관 않았네.
磊落平生如白日	떳떳한 평생이 청천백일 같은데
何須刑訊苦多端	어쩌자고 고문은 이다지 극심한고

일인 고등과장 나루토미 분고(成富文五)가 "내가 비록 일인이지만 선생의 대의에 절하지 않을 수 없습니다" 하고 이후로 고문을 완화하였다. 일인 검사가 최남선의 글 「일선동조동근론(日鮮同祖同根論)」을 보여주자 또 시를 지어 의사를 전했다.[11]

在昔宣言獨立辰	옛날 독립을 선언하던 날
義聲雷動六洲隣	의로운 소리가 여섯 대륙에 벼락 치듯 울렸는데
餓狗還爲元植吠	굶주린 개가 되어 도리어 역적 민원식을 위하여 짖어대니
梁家匕首豈無人	어찌 양 씨네 집 비수, 잡을 사람 없겠느냐.

도쿄 데코쿠(帝國) 호텔에서 친일파 민원식이 양근환(梁槿煥) 지사의 칼에 찔려 죽었다. 양 씨네 집에 비수가 한 자루만이 아니고 역적을 토벌하려는 사람 또한 한두 사람이 아닌 것을 지적한 시이다. 요즈음의 신우파new right처럼 일본의 침략이 한국의 근대화에 기여한 것인 듯이 기술하는 것은 민족사의 시각에서 오류가 될 뿐

---

10) 김창숙, 같은 책, p. 349.

11) 같은 책, p. 355.

아니라 보편사의 시각에서 보더라도 오류가 된다. 일본 경제에 예속되어 이에 기여한 몫으로만 측정될 수 있는 수치로 식민지 한국의 경제를 평가한다는 것은 일종의 코미디이다. 보편사는 민족주의와 탈민족주의에 내재하는 신화를 벗겨내고 세계에 두루 통하는 보편적 가치를 해명하려는 연구의 방법이라고 할 수 있다. 실국시대의 독립운동은 국제적이고 보편적인 행동이었다. 침략이 불의이고 나라를 찾으려는 투쟁이 정의라는 보편적 진리를 부정하고 정의와 불의를 혼동하는 것은 보편사가 아니라 폐쇄적 파시즘이다. 전근대보다 근대를 일방적으로 높이 평가하고 약소국보다 강대국을 일방적으로 높이는 것이 파시스트들의 특징이다. 그들의 말을 듣다 보면 세상에는 미국만 있어야 하고 부자만 살아야 한다고 주장하는 것 같다.

민족주의를 내세워 일본을 무조건 미워하는 것은 폐쇄적 민족주의이다. 실국시대를 경험한 사람들은 친일을 최소한도로 한정하였다. 실국시대를 경험하지 않은 사람들이 친일을 최대한도로 확대하여 규정하는 것은 늦게 태어난 자의 횡포이고 진정성이 결여된 무병신음(無病呻吟)이다. 보편사는 민족주의와 탈민족주의 사이에서 추상적인 기준을 설정하지 않고 그때그때 집단적 주체의 구체적인 상처에 충실하게 근거하여 민족주의와 탈민족주의의 신화를 파괴하는 우리의 이야기를 구성하는 것이다. 예수도 비신화하는 시대에 민족주의의 신화를 그대로 유지하는 것은 코미디이고 신우파라는 새로운 신화를 만드는 것은 또 하나의 코미디이다. 이성원(李誠元)은 성경의 바벨탑 설화에서 신우파 파시즘 비판을 읽어내었다. 파시스트들은 하늘에 닿는 탑을 쌓으려 하고 하느님과 대등하게 되려고 한다. 영어를 공용어로 하여 영어로 세계를 통일하려고 하는 것도 그들의 공통점이다. 하느님은 그들의 의도를 간파하고 그들에게 서로 다른 말을 쓰도록 한다. "바벨탑이 상징하는 것은 세계를 하나의 제국으로 묶어 모든 사람들로 하여금 하나의 언어를 사용하게 강요하는 단일성의 지향이다. 하느님은 그것을 원치 않았다."[12] 보편사가 극도로 경계해야 할 것은 민족주의와 탈민족주의의 신화를 파괴하려던 본래의 의도를 망각하고 또 하나의 신화를 만들어내는 것이다.

---

12) 이성원, 「민족주의, 민족문학, 세계문학」, 『현대비평과 이론』 30호, 한신문화사, 2008, p. 45.

한국 시의 과잉과 결여
—현대시사를 조망하며

김창숙은 무정부주의자 유림(1894~1961)의 묘문에서 안창호와 신채호를 한국 근대정신사의 두 축으로 설정하였다. 그는 상해에서 돌아와 수유리의 단칸방에 세 들어 살면서 식사는 주로 산역(山役)하는 데 가서 해결하였다.

> 어떤 사람이 그에게 물었다. "당신이 독립운동을 했다고 하는데 안창호는 어떤 사람이오?" 그가 대답했다. "도산은 평안도 5백 년에 첫째가는 사람이다. 그가 아니었으면 우리가 일본인이 되어 이를 검게 칠할 뻔했다." "신채호는 어떤 사람이오?" "단재는 천하의 선비로서 나의 스승이다."[1)]

---

1) 김창숙, 『심산유고』, 국사편찬위원회, 1973, p. 262. 고대 일본인은 이를 검게 칠하였다.

신채호는 제국주의와 계급투쟁이 근대의 본질적 문제 상황임을 파악하고 있었고, 무엇보다 그는 근대를 대중의 수량이 움직이는 사회로 이해하였다.

> 민중은 우리 혁명의 대본영이다.
> 폭력은 우리 혁명의 유일 무기이다.
> 우리는 민중 속에 가서 민중과 휴수하여
> 부절하는 폭력으로써
> 강도 일본의 통치를 타도하고
> 우리 생활에 불합리한 일체 제도를 개조하여
> 인류로써 인류를 압박치 못하며
> 사회로써 사회를 박삭(剝削)치 못하는
> 이상적 조선을 건설할지니라.[2]

근대사회에서 문학의 직능은 개인이 자발적으로 걸려드는 의식 형태의 그릇된 인식을 폭로하는 데 있다. 작가들은 현실을 묘사하는 형식적 장치들을 고안하고 있는데, 그러한 형식적 장치들의 이화작용 즉 비동화작용이 의식 형태의 동화작용에 의하여 습관화된 지각 양식을 약화시킴으로써 정치적 각성을 일으킨다. 정상적인 사회에서는 의식 형태의 폭로가 작가의 명백한 목적이 될 수 있다. 그러나 나라 잃은 시대에 일본에게 점령당한 지역에서 친일의 의식 형태를 폭로하라는 요구는 작가에게 망명과 죽음 가운데 하나를 선

2) 신채호, 『단재 신채호 전집』(개정판) 하, 형설출판사, 1977, p. 46.

택하라는 요구 이외에 다른 것이 될 수 없었다. 실국시대의 작가들은 신채호의 무투론(武鬪論)을 일단 괄호에 묶어놓고 창작하는 방법을 선택하였다. 소월의 시 「인종(忍從)」은 안창호의 준비론을 대변하는 실력 양성 선언이다.

"나아가 싸호라"가 우리에게 있을 법한 노랜가.
부질없는 선동은 우리에게 독이다. 우리는 어버이 없는 아기어든.
한갓 술에 취한 스라림의 되지 못할 억지요, 제가 저를 상하는 몸부림이다.

그러하다고, 하마한들, 어버이 없는 우리 고아(孤兒)들
"오레와 가와라노 가레 스스끼"지 마라!
이러한 노래 부를소냐, 안즉 우리는 우리 조선(祖先)의 노래 있고야.
거지 맘은 아니 가졌다.

다만 모든 치욕(恥辱)을 참으라, 굶어 죽지 않는다.
인종(忍從)은 가장 덕(德)이다.
최선(最善)의 반항(反抗)이다.
힘을 기를 뿐.[3)]

3) 1926년 7월 28일부터 1927년 3월 14일까지 동아일보 평안북도 구성 지국을 경영한 소월은 구독자 대장에 18수의 시를 적어놓았는데, 「인종」은 그 가운데 한 편이다. 인용한 본문은 내가 해독한 것이다. "오레와 가와라노 가레 스스끼"는 "이 몸은 강기슭의 시든 갈대"라는 뜻으로, 유행가 「센도코우타(船頭小唄)」의 첫 행이다.

소월은 1920년에 시를 발표하기 시작하였는데, 그의 대표작은 모두 1922년에서 1925년 사이에 발표되었다. 그 시들의 운율은 단순한 율격의 미묘한 변주로 실현된다. 소월 시에 자주 나타나는 7·5조 3음보의 율격이 일본에서 들어온 율격이라는 견해는 오류다. "여름 하나니" "맹갈아시니" "앉앳더시니" "바람에 아니 뮐새" "님금하 알아쇼셔" "세존 일 살보리니" 같은 5음절 음보와 7음절 음보는 『용비어천가』와 『월인천강지곡』에도 자주 보이기 때문이다. 5-7-5, 17음절을 표준으로 하는 하이쿠에서 12음절이 율격 단위가 되고 그것이 3음보로 율독되는 경우는 전혀 없다. "사뿐히 즈려 밟고 가시옵소서"라는 단순 문장 하나에도 미묘한 뜻겹침이 들어 있다. 가는 남자는 사뿐히 밟지만 밟히는 꽃은 마구 즈려 밟힌다. 꽃에게는 사뿐히 밟히는 것이 곧 죽음이 되는 것이다. 사랑과 죽음을 두 축으로 움직이던 소월의 시는 『진달래꽃』의 간행 이후에 길과 돈을 두 축으로 움직이는 시로 변모한다. 「옷과 밥과 자유」에서 소월은 옷과 밥과 자유가 없는 실국시대를 비판하였다.

소월과 동갑인 지용이 『진달래꽃』(1925)의 세계를 정련하여 시의 작품 가치를 강조하였다면 소월의 동향 후배인 백석은 『진달래꽃』 이후의 세계를 정련하여 시의 생활 가치를 강조하였다. 소월, 지용, 백석을 세 꼭짓점으로 하는 삼각형은 실국시대 한국 시의 주류가 된다. 정지용 시의 특색은 절제된 언어로 이미지를 형성하면서 감정을 배제하고 "꽃도/귀향 사는 곳"같이 한두 개의 날카로운 비유를 적절하게 구사하는 데 있다. 「구성동」의 이 부분을 읽는 사람은 누구나 꽃과 귀향살이가 서로 관계하면서 이미지를 만들고 있는 표현에 주의할 것이다. 백석의 시는 생활 가치를 바탕으로 삼는다. 그는 나라 잃은 시대에도 마치 자연처럼 완강하게 지속되고 있는 생활을 기록하였다. 표준어가 인위적인 언어라면 방언은 자연에 가까운 언어이다. 방언은 민들레나 들메꽃처럼 거기에 그냥 존재한다. 백석의 시 「오리 망아지 토끼」에는 아버지와 아들이 등장한다. 오리를 잡으러 논에 들어간 아버지가 빨리 오지 않자 기다리다가 부아가 난 아들은 아버지의 신과 버선과 대님을 개울에 던져버린다. 어미 따라 지나가는 망아지를 달라고 아들이 보채면 아버지는 큰 소리로 "망아지야 오너라"라고 외쳐준다. 산토끼를 잡으려고 아버지와 아들이 토끼 구멍을 막아서면 토끼는 아들의 다리 사이로 도망을 쳐버린다. 이 세 장면은 나라 잃은 시대에도 아버지와 아들의 사랑은 변할 수 없다는 사실을 말해준다.

소월계의 위상을 실국시대 한국 시의 주류로 설정한다면, 소월 시의 명백한 율격과 유사성의 비유에 대하여 율격이 배후에 유령처럼 숨어 있고 이미지를 주는 말과 이미지를 받는 말이 구별되지 않는 이상의 시를 실국시대 한국 시의 비주류로 설정할 수 있다. 처녀작 「이상한 가역반응」에서 이상은 임의의 반지름의 원과 과거분사의 시제를 연결해놓았다. 과거분사는 독립해서 사용할 수 없는 형식동사의 형태이고 수학에서 원도 삼각형, 사각형과 독립해서 존재할 수 없는 형태이다. 이상의 초기 일문시에는 숫자의 어미의 활용, 숫자의 성태, 숫자의 질환이란 표현도 보인다. 이상은 치료해도 낫지 않는 병을 참회해도 없어지지 않는 죄에 비유하였고 나라 잃은 시대의 서울을 사멸하는 가나안에 비유하였다. 「가외가전」의 도시는 입에서 시작하여 항문에 이르는 장기들의 알레고리이다. 인간의 내장과 같이 오물로 가득 찬 도시에서 먹지 않으면 살 수 없는 입술이 화폐의 스캔들을 일으킨다. 실국시대 한국 시에 한정한다면 우리는 소월계의 과잉, 이상계의 결여를 지적할 수 있을 것이다.

광복 이후 한국 사회는 자본-노동비율과 노동생산능률을 높여서 기술 수준을 향상시키면서 대중운동과 정치행동을 북돋아 인권 수준을 향상시키는 것이 중요한 문제로 제기되는 역사적 단계로 들어섰다. 국가의 연구 투자가 증대하면 대학연구소인지 국가연구소인지 명확하게 구분할 수 없는 경우가 많이 발생할 것이고 대용량 정보가 확산되면 정보의 독점이 불가능해져서 개인 지식인지 공유 지식인지 명확하게 구분할 수 없는 경우가 많이 발생할 것이나 우파의 기술 통치와 좌파의 인권 정치가 대립을 그만두지는 않을 것이다. 사상사의 계보로 본다면 현대의 기술철학은 안창호의 준비론에 소급되고 현대의 인권사상은 신채호의 무투론(武鬪論)에 소급된다. 단재와 이상의 복권은 광복 이후 한국 문학의 일대 사건이라고 할 수 있다. 이상의 시에 정치를 도입한 김수영과 소월의 시에 정치를 도입한 신동엽에게서 무투론의 압력을 찾아볼 수 있기 때문이다. 김수영과 신동엽이 생활 가치를 중시했다면 이상의 시에 시학을 도입한 김춘수와 한국어의 가능성, 특히 운율의 가능성을 정지용보다 더 철저하게 탐색한 서정주는 작품 가치를 중시했다고 할 수 있다. 광복 이후 소월과 이상은 한국 시의 두 축을 형성하게 되었다. 이제는 누구도 한국 시에서 소월계의 과잉과 이상계의 결여를 말할 수 없을 정도로 한국 현대시에는 열린 문학과 닫힌 문학이 공존한다.

폴커 클로츠는 연극사를 기술하는 수단으로 닫힌 연극과 열린 연극이라는 이상형을 구성하였다.

닫힌 연극과 열린 연극이라는 개념 장치는 닫힌 연극과 열린 연극의 다양한 혼합형을 서술할 수 있는 이해의 수단을 제공한다. 이것은 문학의 역사적 연구를 위한 수단이 된다. 어떠한 시대에 두 개의 기본 경향 중 어느 하나가 자주 나타난다면 그것은 그들의 세계상에 비추어 무엇을 뜻하는가?[4]

닫힌 연극의 사건들은 하나의 뚜렷한 중심선을 따라 진행된다. 부차적인 사건 진행은 이 중심선을 보조할 뿐이며 결코 자율성을 갖지 못한다. 사건들은 직선적이고 연속적인 질서로 조직된다. 모든 사건들은 앞서 일어난 사건으로부터 논리적으로 유도된다. 시간과 공간은 사건 전개의 테두리에 불과하며, 연극 안에서 적극적인 작용력을 발휘하지 못한다. 그러나 닫힌 연극에서는 소도구들이 상징적인 암시의 효과를 내며, 장식품이나 귀중품 들도 세심하게 정선되어 있다. 닫힌 연극의 인물들은 입상처럼 서 있다가 중요한 순간에만 움직이고 다시 입상처럼 굳어진다. 인물들은 일정한 역할에 의하여 자신을 드러낸다. 때로는 자신을 3인칭으로 언급하면서 일정한 역할 뒤에 얼굴을 숨긴다. 닫힌 연극에서는 부분들 상호 간에, 그리고 부분과 전체의 사이에 기하학적 대칭과 비례가 존재한

4) Volker Klotz, *Geschlossene und offene Form im Drama*, Carl Hanser Verlag: München, 1969, pp. 15~16.

다. 장들의 건축학적 구도 위에 막이 형성되고, 막들의 건축학적 구도 위에 연극이 형성된다. 닫힌 연극은 이 세상을 언어로 남김없이 표현할 수 있다고 믿는다. 언어가 파악할 수 없는 것은 닫힌 연극에 존재하지 않는다. 인물들은 자기 주위에 잘 짜인 말의 건물을 세우고 있다. 함축성 있는 어구를 교환하면서 서로 상대방의 핵심어를 받아들일 수 있게 되는 것이다. 적대자들도 결코 무질서하게 싸우지 않는다. 건축학적 설계가 문장의 수준까지 나타나는 것이다.

열린 연극에서는 여러 개의 사건들이 동시에 진행된다. 사건의 진행은 직선운동이 아니라 점형(點形)의 사건들이 어지럽게 배열된 회전운동이다. 목표보다 진행 자체가 더 중요하기 때문에 긴장이 종막이 아니라 과정 자체에 있다. 열린 연극의 사건 진행은 수많은 관점들에 의하여 분산된다. 열린 연극의 시간과 공간은 다양할 뿐 아니라 사건에 적극적으로 작용할 수 있는 힘을 가지고 있다. 겨드랑이의 악취까지도 공간의 일부가 되어 인물들의 생활을 적극적으로 규정한다. 닫힌 연극의 입장에서 판단한다면 열린 연극의 인물들은 미완성품이다. 그들은 정신적으로나 신체적으로나 미숙하고 취약하며 때로는 병을 앓기도 한다. 인물들은 명확한 판단이 아니라 모호한 예감에 의하여 친구도 될 수 있고 적도 될 수 있는 세계와 대립하고 있다. 장의 순서는 인과관계를 따르지 않고 비약적인 연상에 의존하므로 장과 장 사이에는 반드시 비약이 있다. 열린 연극의 세포는 막이 아니라 장이다. 막이 분리되어 있지 않은 경우가 많고 막이 구분되어 있는 경우라도 막은 중간 결산이 아니라 진행 과정의 한 정류장이다. 상호 분리되어 있는 장들이 독자적인 태도로 서로 다른 관점을 드러낸다. 고립된 장들을 묶어주는 구도는 반복과 대조이다. 열린 연극의 인물들은 언어를 지배하지 못한다. 문장은 부분들의 병렬에 의하여 끊임없이 단절되며, 문장의 성분들은 논리적으로 관계되어 있지 않고 무의식적 연상에 의해 관계되어 있다. 열린 연극의 특색은 다성적이고 다층적인 언어에 있다. 열린 연극에서는 독백과 대화가 엄밀하게 구분되지 않는다.

클로츠의 이상형들은 조금만 변형한다면 연극사 서술에만 아니라 시사 기술에도 유용하게 사용할 수 있는 개념 장치들이다. 닫힌 형식과 열린 형식을 함께 고려하는 것은 소월계의 시와 이상계의 시가 공존하는 한국 시의 현 단계를 이해하는 데 도움이 될 것이다. 그러나 닫힌 형식과 열린 형식만으로는 한국 시의 과잉과 결여에 대하여 판단하기 어렵기 때문에 작품 가치와 생활 가치를 또 하나의 분류 기준으로 설정할 필요가 있다. 한국 시를 생활 가치를 추구하는 닫힌 형식, 작품 가치를 추구하는 닫힌 형식, 생활 가치를 추구하는 열린 형식, 작품 가치를 추구하는 열린 형식으로 분류하여 그것들을 각각 소월 좌파와 소월 우파, 이상 좌파와 이상 우파라고 명명해본다면, 현재 한국 시에 상대적으로 결여되어 있는 소성(素性)을 판단하는 데 도움이 될 수 있을 것이다.

	생활 가치	작품 가치
닫힌 형식	신동엽	서정주
열린 형식	김수영	김춘수

발터 벤야민은 고대 그리스 비극과 이탈리아 르네상스 연극의 특

성을 상징이라고 하고, 17세기 독일 바로크 비애극의 특성을 알레고리라고 하였다. 그에 의하면 고대 비극의 대상은 신화이고 바로크 비애극의 대상은 역사이다. 르네상스 화가들이 높은 하늘을 그렸다면 바로크 화가들은 하늘이야 햇빛이 나건 구름이 끼건 상관하지 않고 지상만 바라보았다. 17세기 독일 비애극에서는 르네상스 드라마처럼 윤곽이 뚜렷한 행위를 볼 수 없다.

> 상징이 자연의 변용된 표정을 구원의 빛 속에서 순간적으로 드러낸다면 알레고리는 역사의 죽은 표정을 응고된 원풍경으로 눈앞에 펼쳐놓는다. 때를 놓친 것, 고통으로 신음하는 것, 실패한 것에는 역사가 새겨져 있다. 이 모든 것들의 표정과 이 모든 것들의 잔해는 애초부터 역사에 속하는 것이다. 표현의 상징적인 자유, 형태의 고전적인 조화, 인간적인 이상 같은 것이 알레고리에는 결여되어 있다.[5)]

르네상스 인문주의는 상징적 총체성을 숭배했고 바로크 비애극은 알레고리의 파편성을 중시했다. 바로크 비애극은 부서진 잔해로서, 그리고 조각난 파편으로서 구상되었다. 와해되어 버려져 있는 폐허가 바로크적 창작의 가장 중요한 재료이다. "인격적인 것보다는 사물적인 것이 우선하고, 총체적인 것보다는 단편적인 것이 우선한다는 점에서 알레고리는 상징의 대극을 이룬다."[6)] 벤야민은 파리라는 폐허에서 파편 조각들을 넝마주이처럼 긁어모은 보

---

5) Walter Benjamin, *Ursprung des deutschen Trauerspiels, Gesammelte Schriften* Bd. Ⅰ/1, Suhrkamp: Frankfurt a. M., 1974, p. 343.

6) 같은 책, p. 362.

들레르의 시를 알레고리로 해석하였다. 그는 자기가 속한 사회에서 편안함을 느끼지 못한 거리 산보자였다. 그는 대도시와 함께 변해가는 매음의 얼굴을 그렸고, 기계장치에 적응되어 단지 자동적으로만 자신을 표현하는 군중 속에서 경험하는 불안과 적의와 전율을 기록하였다. 벤야민은 1859년부터 시작한 오스만의 도시정비계획을 19세기 프랑스의 중요한 사건으로 기술하였다. 1830년 7월 혁명기에 4천 개 이상의 바리케이드가 도시의 사방에 고랑을 형성했다. 바리케이드를 쌓을 수 없도록 길을 넓히고 빈민들의 가옥을 거리 뒤편으로 밀어 넣어 안 보이게 하는 것이 오스만 계획의 목표였다. 시장이라는 미로에서 상품과 도박과 매음의 흐름을 따라가면서 보들레르는 부르주아로부터 떨어져 나와 떠도는 대도시의 아파치들을 현대의 영웅으로 묘사하였다. 행인에 주목하면서 동시에 경찰의 감시도 살피는 보들레르의 창녀들은 대도시의 맹수들이다. 벤야민은 보들레르 자신에게서 제2제정의 무투론자(武鬪論者) 블랑키와 통하는 영웅적인 마음가짐을 읽어낸다.

> 알레고리적 직관은 19세기에는 더 이상, 하나의 양식을 형성했던 17세기의 직관이 아니었다. [……] 19세기의 알레고리가 양식으로 발전할 수 있는 힘을 지니지 못한 반면에 17세기의 알레고리는 상투적인 반복의 위험을 지니고 있었다. 상투적인 반복은 알레고리의 파괴적인 성격, 즉 파편적인 것을 강조하는 알레고리의 특성을 손상시킨다.[7]

---

7) Walter Benjamin, *Zentralpak, Gesammelte Schriften* Bd. Ⅰ/2, Suhrkamp:

벤야민의 알레고리 개념에 따르면, 『삼국유사』의 신화 체계에 근거한 서정주의 시는 물론이고 인도주의적 이상주의에 바탕을 둔 신동엽의 시도 상징의 공간이라고 볼 수 있으며,

계수나무 한 나무
토끼 한 마리
돛단배에 실려 인도양을 가고 있다.
석류꽃이 만발하고, 마주 보면 슬픔도
금은의 소리를 낸다.
멀리 덧없이 멀리
명왕성까지 갔다가 오는
금은의 소리를 낸다.

—「보름달」 전문

이런 김춘수의 시도 상징의 세계로 볼 수 있다. 김수영의 시 가운데도 「사랑의 변주곡」 계열의 시들은 지옥의 알레고리라고 하기보다는 천상의 상징에 가깝다고 해야 할 듯하다. 그러나 전체적으로 판단할 때 만대에 통하는 시를 경멸하고 연대Jahreszahle에 얼굴을 주는 일에 몰두한 김수영은 시를 통해서 시대를 읽게 하고 시대를 통해서 시를 읽게 하는 알레고리의 시인이라고 할 수 있다.

소월 좌파, 소월 우파, 이상 좌파, 이상 우파 가운데 이상 좌파

Frankfurt a, M., 1974, p. 690.

시들의 일부만 알레고리로 해석할 수 있다는 점에서, 그리고 이상 계열의 시인은 많아졌지만 대부분의 시인들이 유아론Solipsismus에 갇혀서 욕망의 운동이 시대의 동력과 충돌하는 지점을 찾아내지 못하고 있다는 점에서, 현대시사를 조망할 때 상징의 과잉, 알레고리의 결여를 현 단계 한국 시의 문제로 지적할 수 있다.

지용 시의 대극(對極) 모티프에 관하여

국민의 노래가 된 「향수」는 언제 읽어도 배울 것이 있는 시이다. 이 시는 고향의 지형을 소개하는 것으로 이야기를 시작한다. 넓은 벌판이 있고 작은 개천이 하나 그 벌판 동쪽 끝으로 흘러 나간다. 바다는 아마도 벌판의 서쪽에 있을 터이니 벌을 빠져나간 개천은 돌고 돌아 어디에선가는 서쪽 바다로 흘러들 것이다. 개천은 이 벌판 근처에서 일어난 옛이야기를 끊임없이 주절거리고 있다. 질화로에 피워놓았던 불이 다 사위어 차단한 방에서 아버지가 짚베개를 돋아 괴고 주무신다. 방은 춥고 밖은 밤바람 소리로 요란하여 아버지는 깊이 주무시지 못한다. 시인은 이 벌판에서 뛰놀며 자랐다. 우거진 풀을 헤치며 놀다가 이슬에 옷을 적시던 일을 생각하고는 집에 가만히 있지 않고 벌판을 헤매고 다닌 것은 이곳 아닌 어떤 곳을 그리워했기 때문이었으리라고 추측해본다. 하늘에 화살을 쏘고 풀 속에 떨어진 화살을 찾으러 다니는 것이 결국은 시인의 운명이었다. 시인이 지금 교토에 와 있는 것도 파란 하늘에 쏜 화살을 찾아온 것이고 교토에서 고향에 돌아가고 싶어 하는 것도 파란 하늘에 화살을 쏘고 있는 것이다. 고향에는 귀밑머리 날리는 누이와 사철 발 벗은 아내가 살고 있다. 버선을 빨기 싫고 양말을 꿰매기 싫어서 외출할 일이 없으면 여자들은 흔히 맨발에 신을 신었다. 겨울에는 아마 버선을 신었겠지만 시의 배경은 가을이라고 할 수 있으니 꽤 쌀쌀한데도 맨발로 다녔다는 뜻으로 보아야 할 것이다. 누이의 머리는 밤바다의 물결과 같다. 그 바다는 전설을 말해주는 바다이다. 이러한 비유로 누이는 전설에 나오는 작은 선녀가 된다. 아내는 아무렇지도 않고 예쁠 것도 없는 여자이지만 그것이 오히려 아내의 전형이 된다. 끝으로 동네 사람들이 등장한다. 지붕은 초라하고 등불은 희미하고 울고 가는 까마귀도 힘이 없다. 서리 병아리가 힘이 없으므로 서리 까마귀도 힘이 없을 것이다. 밤하늘에는 이름 모를 별들이 알 수 없는 모래성을 향하여 움직이고 있다. 'ㄱ'곡용을 하는 고어 '섯다'에는 '성기다'라는 뜻과 '섞이다'라는 뜻이 있는데 나는 '섞일 잡(雜)'으로 보고 잡초를 연상하게 하는 잡성(雜星), 즉 이름 모를 별이라고 해석한다. 어렸을 적에 그리던 파란 하늘이 꿈을 말한다면 여기 동네 사람들이 돌아앉아 도란거리는 지붕 위를 지나가는 별이 향하는 모래성은 나라 잃은 시대에 농민들의 고단한 생활을 암시한다. 춥고 초라하고 고단한 고향일지언정 「향수」의 고향은 한없는 그리움의 대상이다. 「향수」만큼 유명하고 광복 직후부터 노래로 불린 「고향」은 「향수」와 달리 고향에 돌아와서 느끼는 환멸을 이야기하는 시이다. 고향에 돌아와서 시인은 그곳이 객지에서 늘 그리워하던 고향과 많이 다르다는 것을 느낀다. 시의 배경은 늦은 봄이다. 꿩이 알을 품고 뻐꾸기가 제철에 우는 것은 예전과 같은데 시인의 마음은 고향에서 편안하지 않다. 그의 마음은 다시 먼 항구를 향하고 교토의 거리를 향한다. 시인에게는 교토도 서울도 고향도 모두 타향이다. 시인은 메끝에 홀로 오른다. 고향에 돌아와서 왜 홀로 산에 오르는가? 시인의 마음을 받아주고 시인과 말이 통하는 사람이 고향에 없기 때문이다. 흰 점이 박힌 산꽃은 어릴 때처럼 다정하게 시인을 반기지만 시인이 따서 부는 풀피리는 어릴 때와 같은 소리를 내지 않는다. 그 소리는 같겠지만 시인은 이미 그 소리에 흥취를 느끼지 못한다. 그의 마음은 구름처럼 항구를 떠돌고 그의 입술은 풀피리를 즐기지 못할 만큼 메말라 있다. 시인은 고향의 하늘이 높푸른 것을 보고 한탄한다. 산천은 의구한데 인사는 황폐하게 된 것을 한탄하는 것이다. 「향수」와 「고향」은 추구와 환멸이라는 대극을 보여준다.

『정지용 시집』과 『백록담』에는 일본을 배경으로 하는 시들이 들어 있다. 그 시들에 깔려 있는 기조는 아름다움이다. 우리가 지금 일본에 가서 느끼듯이 지용도 일본에 가서 자연의 아름다움과 사람들의 친절함에 감동을 받았을 것이다. 지용은 일본에 대한 자신의 인상을 폴 클로델의 시구를 인용하여 표현하였다.

> 멀리멀리 나— 따끝으로서 오기는 초뢰사(初瀨寺)의 백모란 그중 일점 담홍빛을 보기 위하야.[1]

---

1) 정지용, 『원본 정지용 시집』, 이숭원 주해, 깊은샘, 2003, p. 206. 이하 이 책의 인용은 본문 안에 페이지만 밝힘.

나라현 사쿠라이시 하쓰세에 399계단으로 유명한 하쓰세데라가 있다. 나라현을 관통하는 하쓰세(初瀨)강에서 받은 이름이다. 『겐지이야기』에도 나오는 오래된 절인데 요즘은 하세데라(長谷寺)라고 한다. 클로델을 번역한 사람이 그 절의 장구한 역사를 나타내기 위하여 하세데라 대신에 하쓰세데라라고 썼을 것이다. 일본에 처음 가서 지용은 모란 한 떨기 만나기 위하여 멀리서 왔다고 한 클로델의 시구를 절실하게 느낄 수 있었을 것이다. 「슬픈 기차」에서 시인은 기차를 타고 세토(瀨戶)내해를 지나간다. 기차는 봄날 마도로스 파이프처럼 연기를 뿜으며 여름 소가 걷듯이 느릿느릿 출발하여 배추꽃 핀 비탈길을 헐레벌떡 지나서 세토내해에 와서는 산이 뛰어오고 숲이 불려가고 배들이 나비처럼 날아가듯이 달려간다. 슬픈 마음이 풍경을 따라 가벼워져서 차창에 기대어 잠이 들려고 하는데 앞에 앉은 연상의 R이 나지막하게 자장가를 불러준다. 시인은 자기가 사랑을 알 만큼 자랐다는 것을 보여줄 셈으로 차창에 입김을 불고 좋아하는 사람의 이름(아마도 R의 이름)을 써보며 밀감을 까먹는다. 시인은 이룰 수 없는 사랑 때문에 슬퍼하는 듯하다. 대숲 사이에는 동백꽃이 피고 마당에는 병아리가 놀고 지붕에는 햇살이 밝다. 이러한 풍경에서 시인은 사랑의 어지러움을 느낀다. 노래가 끝나지 않아 가볍게 떨고 있는 누나다운 R의 입술에 밀감을 까 넣어준다. 시인과 R 사이에 연정이 펴져가고 입술과 입술 사이에 관능이 전달되지만 시인의 감정은 기차의 리듬에 맞춰 절도를 지킨다. 그들은 키스를 하는 대신에 밀감을 나누어 먹는다. 「기차」도 관부연락선을 타려고 시모노세키로 가는 도중에 일어난 이야기이다. 할머니 한 분이 규슈의 가고시마까지 가면서 내내 울음을 그치지 않는다. 그 모습이 눈에 어른거려 시인은 잠들지 못한다. 시인도 이가 아파서 고향으로 가는 중이다. 아픔은 일본인과 한국인을 차별하지 않는다. 기차도 두 사람의 아픔을 같이 앓으며 이를 악물고 배추꽃 사이를 달린다. 「조약돌」에서 시인은 "비 날리는 이국 거리를/탄식하며 헤매"(68)는 자신의 혼을 도글도글 구르는 조약돌과 같다고 한다. 「가모가와」에서도 시인은 수박 냄새 풍겨오는 여름 저녁에 오렌지를 씹으며 나그네 시름에 잠긴다. 그런데 교토 한복판을 흐르는 가모가와(鴨川)의 풍경이 예사롭지 않다. 여뀌 우거진 보금자리에서 뜸부기는 남편 잃은 여자처럼 울고 제비는 비를 맞으며 날아간다. 차가운 사람이 찬 모래를 쥐어짜듯이 실연당한 나의 마음을 쥐어짜 부스러뜨린다. 시냇물도 이별이 서러워 목이 멘다.

「카페 프란스」는 교토에 있는 카페를 시의 제목으로 삼은 시이다. 실내에 심은 종려나무가 있고 사면에 유리를 끼운 등이 있는 카페는 일본에서도 새로운 풍물이었을 것이다. 이슬비가 내리는 밤에 흐늘흐늘하는 가로등 불빛을 받으며 두 청년이 카페로 들어선다. 한 사람은 러시아풍 저고리를 입었고 다른 한 사람은 나비넥타이를 매었다. 한 사람의 머리는 엇나간 생각만 하는 찌그러진 능금이고 다른 한 사람의 심장은 잘못된 사랑에 병든 벌레 먹은 장미이다(이것은 블레이크의 시 "The Sick Rose"에서 빌려 온 이미지이다. 이 시에서 한밤에 날아다니는 벌레가 은밀한 사랑으로 여자의 생명을 파괴한다). 잘못된 사랑의 대상이 된 여자를 그들은 튤립이라고 부른다. 튤립은 사라사 커튼 밑에서 졸고 있다(우리말에 갱사라는 단어가 없으니 更紗는 사라사라고 읽어야 할 것이다. 또 지용 시에 나오는 *柘榴*는 일본어 '자쿠로'이므로 *石榴*라고 고쳐 써야 할 것이다. 지용

은 한국어로 석류라고 발음하면서 일본에서 배운 대로 일본어로 표기한 것이다. 지용은 blanket를 '블랑키트'라고 적기도 하고 일본어 ケット를 따라 '케트'로 적기도 하였다. 우리는 지용 시를 읽을 때 지용에게는 일본어가 모국어만큼 익숙하였다는 사실을 고려해야 한다). 그들은 카페에 먼저 와 있는 친구와 인사를 주고받는다. 영문학을 공부하는 그들을 친구가 앵무새라고 부른다. 벌레 먹은 장미라고 불린 청년이 자리에 앉아 1인칭으로 독백을 늘어놓는다. 실내에는 튤립이라는 여자가 기르는 이국종 강아지 한 마리가 돌아다니고 있다. 그는 술에 취하여 튤립에게 자작의 아들이라고 거짓말을 한 적이 있는 듯하다. 술에 취한 청년들이 흔히 하는 수작이다. 그는 자작의 아들인 것은 고사하고 나라도 집도 없는 사람이라고 고백하고, 졸고 있는 여자 대신에 그 여자의 강아지에게 위안을 청해본다. 술집 여자이지만 일본인이므로 자신보다는 낫다는 이러한 열등감 또한 당시의 청년들이 겪었음 직한 체험이다. 두 시집에 실리지 않은 시 「파충류동물」은 기차를 파충류인 뱀에 비유하고 승객을 뱀의 장부에 비유한 시이다. 기차는 큰 소리를 지르며 연기와 불을 뱉어내는 괴상하고 거창하고 굉장한 뱀이다. 그 뱀은 붉은 흙과 잡초와 거기 묻힌 백골을 짓밟으면서 달려간다. 기차에는 일본 사람들 이외에 중국 사람과 혁명으로 쫓겨난 우크라이나 여자와 동정을 바친 여자에게 차인 내가 타고 있다. 여자는 제 나라에서 쫓겨나 슬프고 나는 여자에게 차여서 슬프다. 나는 나를 뱀의 염통에, 여자를 뱀의 쓸개에 비정한다. 감정에 연관된 장부라고 생각했기 때문일 것이다. 나는 중국 사람을 대장, 일본 사람을 소장에 비정한다. 기차로 걸어 들어오는 그들의 키에 따라 서로 다른 소화기관에 비유한

것일 터인데 염통과 쓸개에 비해 대장과 소장 같은 소화기관에는 깨끗하지 않다는 느낌이 들어 있다.

> 저 기—드란 짱골라는 대장
> 뒤처젓는 왜놈은 소장.
> 「이이! 저 다리털 좀 보아!」 (323)

일본 사람은 털이 많아 보기 싫다는 시의 이 부분이 「백록담」의 모색을 해석하는 데 도움이 된다.

> 첫 새끼를 낳노라고 암소가 몹시 혼이 났다. 얼결에 산길 백 리를 돌아 서귀포로 달어났다. 물도 마르기 전에 어미를 여흰 송아지는 움매— 움매— 울었다. 말을 보고도 등산객을 보고도 마고 매어 달렸다. 우리 새끼들도 모색이 다른 어미한틔 맡길 것을 나는 울었다. (196)

한국 사람과 일본 사람은 모색(毛色)이 같으므로 모색을 글자 그대로 풀면 서양문화에 젖어 고유의 전통을 망각하게 될 아이들을 염려하는 것이 된다. 그러나 일본 사람의 보기 싫은 털과 연관 지어 해석하면 일본 사람 밑에서 자랄 아이들을 걱정하는 것이 될 수 있다. 1926년에 발표한 시와 1939년에 발표한 시가 서로 통한다는 것에서 우리는 지용 시의 변모를 말하는 것이 그다지 중요하지 않다는 사실을 짐작해볼 수 있다. 지용은 일본의 아름다움을 부정하지 않았으며 동시에 자신이 나라 잃은 시대에 살고 있다는 것을 잊지 않았다. 지용의 일본 시편은 미와 추의 대극을 보여준다.

지용의 두 시집에는 여성을 대상으로 한 시들이 많이 나온다. 지용 시에 나오는 여자는 무엇보다 먼저 영적인 존재이다. 「슬픈 우상」의 주인공은 시인에게 올림피아산의 여신과 같은 존재이다. 그는 이오니아 바닷가에서 그녀를 우러러보며 그녀에게 찬미의 노래를 바친다. 그녀의 눈은 호수와 같다. 그는 그 호수에 잠기는 금성이 되고 싶어 한다. 그녀의 단정한 입술을 생각하며 그는 예절을 가다듬고 고산식물의 냄새에 싸인 산정의 눈보다 흰 코, 이마와 뺨, 그리고 언제나 듣는 자세로 열려 있는 그녀의 귀를 보며 자신의 어쩔 수 없는 고독을 확인한다. 그녀는 끝내 입을 열지 않을 것이기 때문이다. 그녀를 사랑하지만 그녀의 사랑을 받지 못하는 그의 세계는 그녀가 사는 올림피아산에서 떨어져 나온 빈 껍질에 지나지 않는다. 그녀의 인정을 받지 못한 채 내가 머무르는 이오니아 바닷가는 그녀의 침묵으로 인하여 죽음처럼 고요하다. 그녀의 심장은 생명의 불이면서 사랑의 집이다. 그녀의 폐와 간과 담은 신선하고 화려하고 요염하고 심각하다. 그 이외에 그녀의 몸에는 신비한 강과 미묘한 두 언덕이 있다. 그는 지금 명철한 비애 속에서 잠들어 있는 그녀의 위치와 주위를 돌아보며 새삼 그녀의 아름다움에 감탄한다. 그는 자신을 그녀를 지키는 삽살개라고 생각하고 그녀의 영혼이 이 완미한 육체에서 떨어져 나와 독립할 어느 아침이 오리라는 예감에 두려워 떨다가 사랑과 고독과 정진으로 단련된 그녀의 영혼이 그가 우러르기에는 너무나 고귀한 존재라는 사실을 인정하고 스스로 이오니아 바닷가를 떠난다. 「파라솔」의 주인공은 시인의 애인이 아니고 시인이 자주 가는 잡지사에 갓 들어온 젊은 여자이다. 바다처럼 푸른 그녀는 뺨이 자주 달아오르지만 눈물을 참을 줄 안다. 그녀는 윤전기 앞에서 바쁘게 일한다. 그녀는 벅찬 일을 처리해나가는 능력도 가지고 있다. 그녀에게서는 연잎 냄새가 난다. 피곤한 몸으로 귀가하여 램프에 갓을 씌우고 도어를 잠근다. 학생 시절 마지막 무대에선 백조처럼 흥청거린 적도 있고 비프스테이크 같은 것도 잘 먹는다. 붉은 장미는 애인에게 바칠 생각으로 피하고 대개 흰 나리꽃으로 선사한다. 무엇을 비는지 어떻게 자는지 알 수 없지만 시인은 세상과 그녀를 흑과 백 또는 짐승과 새알에 비유한다. 그녀는 구겨지는 것과 젖는 것을 싫어한다. 파라솔이 펼치기 위하여 접혀 있듯이 그녀도 겉으로 접히면서 실력을 쌓아 솜씨를 발휘할 날을 준비하고 있다. 지용 시에는 여자들이 육체적 존재로 등장하기도 한다. 「향수」의 아내는 “아무러치도 않고 여쁠 것도 없는”(58) 여자이고 『백록담』의 「별」에 나오는 아내는 “별에서 치면 지저분한 보금자리”(253)에서 남편 옆에 누워 자는 여자이다. 「호랑나븨」의 주인공은 영적인 존재가 아니라 육적인 존재라고 할 수 있는 여자이다. 규슈 후쿠오카현 하카타 태생의 수수한 과부가 강원도 회양군과 고성군의 어름에 있는 영 위에 매점을 차렸다. 금강산을 보러 오는 일본인 관광객을 상대로 한 매점일 것이다. 얼굴이 유난히 희어서 그녀는 부근에 사는 사람들의 뇌리에 인상 깊게 기억되고 있었다. 조선인 화가가 화구를 메고 산에 들어갔다가 날씨가 험하고 눈이 내리자 그 매점에 묵게 되었다. 그날부터 삼동 내내 매점의 덧문과 속문이 닫혔다. 매점 밖에는 눈이 처마에 닿도록 쌓이고 매점 안 캔버스에는 구름과 폭포와 하늘이 그려졌다. 봄이 오는 어느 날 그들의 연애가 비린내를 풍기기 시작했고 끝내 그

비린내가 석간신문에 옮겨졌다. 집으로 가려는 남자와 붙드는 여자는 결국 함께 죽기로 결정하였다. 죽은 화가에 대해서는 아는 사람이 아무도 없었다. 육적인 존재에게 사랑과 죽음은 송홧가루가 날리고 뻐꾸기가 울고 고사리가 말리고 호랑나비가 청산을 넘는 것과 똑같이 자연스러운 현상이다. 지용의 여성 시편은 영과 육의 대극을 보여준다.

바다 시편의 주관/객관과 산수 시편의 성/속을 포함하여 지용의 시는 복합적인 대극 모티프들을 보여준다. 미와 추, 영과 육의 대극을 고려하지 않고 지용 시의 특징을 미와 영으로 규정하는 것은 무책임한 인상비평이 될 염려가 있다. 음이 없으면 양도 없고 물이 없으면 뭍도 없다. 조화는 어떤 최초의 불일치에 근거하지 않을 수 없다. 빛과 어두움, 차가움과 뜨거움, 메마름과 축축함은 공존하는 대극들이다. 인간의 정신은 고정된 형태를 가지고 있지 않다. 그것은 숭고와 그로테스크, 타락과 구원, 순결과 방탕, 참여와 도피의 대극 사이에서 동요하는 역동적 에너지이다. 지용이 좋아했던 『시경』과 마찬가지로 지용의 시도 간단히 요약할 수 없는 복합성의 시학에 바탕을 두고 있으므로 그 복합성을 해명하는 작업이 앞으로 지용 연구의 과제가 되어야 할 것이다.

이상 시의 문학사적 위상

1. 시조와 현대시

미래의 시에 대해서는 알 수 없기 때문에 시에 대하여 이야기할 때 우리가 척도로 삼는 것은 과거의 시에 대한 우리의 기억이다. '3구 6명'으로 규정되는 향가, 3음보의 고려속요, 4음보의 시조와 가사, 그리고 3음보와 4음보가 섞여 있는 현대시에 대한 잡다한 인상이 시의 개념을 결정하고 있는 것이다. '시란 무엇인가?'라는 질문을 받을 때 우리의 머릿속에 떠오르는 기억상은 우선 줄을 바꿔가며 쓴 글이라는 것이다. 시의 한 줄은 일정한 의미의 단위이면서 동시에 일정한 호흡의 단위이다. 한 편의 시를 다 외우고 있는 사람은 많지 않지만, 대부분의 사람들은 두어 줄의 시행을 머릿속에 떠올릴 수 있다. 일부러 현대시처럼 공행을 두어가면서 적어본다면 향가는 대체로 3연으로 나뉜다.

생사의 갈림길은 여기 있으매 머뭇거리고
나는 갑니다 말도 못 이르고 간 것이냐

어느 가을 이른 바람에 여기저기 떨어질 잎처럼
한 가지에 나고서도 가는 곳 모르는구나

아아 아미타불 계신 곳에서 만날 것 믿고
나 길 닦으며 기다리겠다.[1)]

이 「죽은 누이를 그리며」에서 보듯이 향가의 의미 구조는 3연 6행으로 짜여 있다. 3구 6명이란 바로 3연 6행의 구성 방법을 가리키는 것이었다. 신라시대에는 아직 음보에 대한 규정은 없었던 듯하다.

정월/나릿/물은
어져/녹져/하논대

와 같은 3음보와

남산에/자리 보아/옥산을/베여 누어
금수산/니불 안해/사향각시를/안아 누어

1) 김인환, 『한국고대시가론』, 고려대출판부, 2007, p. 72.

와 같은 4음보가 섞여 있는 것으로 미루어 음보의 규칙이 하나의 형식으로 정착되어 있었던 것 같지는 않다. 우리 시의 율격은 시조에 이르러 본격적으로 자리를 잡았다. 3천 수 이상의 시조를 낭송해본 결과 그 첫째 행과 둘째 행에서는 앞의 반행을 강하게 읽고 뒤의 반행을 약하게 읽는 것이 자연스럽게 들렸으며, 행을 구성하는 네 개의 음보들은 약강약강으로 읽는 것이 자연스럽게 들렸다. 그런데 셋째 행에서는 이러한 율격 구조가 완전히 역전되어 약한 반행이 먼저 오고 강한 반행이 뒤에 오며 음보들은 강약강약으로 읽혔다.[2] 많은 사람들이 인정하고 있듯이 시조 율격의 특징은 독특한 종지법에 있다. 셋째 행의 율격이 첫째, 둘째 행의 율격과 반대로 구성되어 있다는 것이 시조의 종지법이 보여주는 특별한 성격인 것이다. 한 음보 한 박자로 진행되던 율격이 셋째 행의 둘째 음보에 와서 반 박자가 늘어나 한 박자 반이 되는 것도 시조의 고유한 종지법이라고 할 수 있다. 윤선도는 종지법을 사용해야 할 경우와 사용하지 않아야 할 경우를 엄격하게 구별하였다. 그는 「오우가」에서 부분의 자립성을 강조하여 여섯 수의 시조 하나하나에 종지법을 사용하였으나 「어부사시사」에서는 제40수에만 종지법을 사용하였다. 제1수부터 제39수까지는 작품 전체의 비자립적 구성단위임을 강조하기 위하여 종지법을 피한 것이다.

시조의 율격이 4음보라면 현대시의 율격은 3음보와 4음보가 섞여 있는 혼합 음보이다. 심층에서 볼 때에 3음보와 4음보의 혼합

2) 김진우, 「시조의 운율 구조의 새 고찰」, 『한글』 173·174 합병호, 한글학회, 1981, p. 320.

형태가 현대시 율격의 기조가 된다. 표층에서 본다면 말소리의 흐름을 시적 직관에 맞추기 위한 고려가 규칙으로 환원할 수 없을 만큼 다양한 변조를 낳고 있기는 하지만, 민요의 3음보 율격과 시조의 4음보 율격이 여전히 현대시의 음악적 의미 안에 배후의 유령으로 작용하고 있다고 보아도 무방하다. 행과 연을 구분하지 않은 조지훈의 「봉황수」는 표층으로 보면 줄글처럼 보이지만 실제로 율독해보면 3음보 기조에 4음보 행 석 줄과 2음보 행 두 줄이 섞여 있는 심층 율격을 드러내고 있다.[3)]

벌레 먹은/두리기둥/빛 낡은 단청//풍경소리/날러간/추녀 끝에는//산새도/비둘기도/둥주리를/마구 쳤다//큰 나라/섬기다/거미줄 친/옥좌 위엔//여의주/희롱하는/쌍룡 대신에//두 마리/봉황새를/틀어 올렸다//어느 땐들/봉황이/울었으랴만//푸르른/하늘 밑//추석을/밟고 가는/나의 그림자//패옥/소리도/없었다//품석/옆에서/정일품,/종구품//어느 줄에도/나의/몸 둘 곳은//바이/없었다//눈물이/속된 줄을/모를 양이면//봉황새야/구천에/호곡하리라//

한시에서는 비유를 시의 눈이라고 하여 율격과 함께 시를 시로서 성립하게 하는 시의 본유 개념으로 간주해왔다. 고려 예종 때 시인 강일용은 여러 번 비를 맞으며 천수사 남쪽 계곡에 가서 백로를 본 후에 "飛割碧山腰(날아서 푸른 산의 허리를 자른다)"란 시구를 얻고 말하기를 "오늘에야 고인이 도달하지 못한 곳에 이르렀다"고 했

3) 김인환, 『문학교육론』, 평민사, 1979, p. 80.

다.[4] 하나의 시 행을 시 전체의 중심으로 만드는 주제적 비유를 시의 눈이라고 한다. 강일용의 시구에서 '자를 할(割)' 자가 바로 시의 눈이라고 할 수 있다. 그러므로 장식적 비유는 시의 눈이 되지 못한다.

> 동짓달 기나긴 밤을 한허리를 베어내어
> 춘풍 이불 안에 서리서리 넣었다가
> 얼온 님 오신 날 밤이어드란 굽이굽이 펴리라

황진이의 이 시조에서 "베어내어"란 단어는 님과의 포옹이라는 사랑의 테마에 기여하기 때문에 시의 눈이 될 수 있다. 백로가 날아 산의 허리를 두 동강으로 자르듯이 황진이의 에로스는 겨울밤의 한복판을 두 조각으로 자른다. 시에서는 물론이고 일상어에서도 좋은 비유는 힘을 가지고 있다. 음식점에서 갈비를 먹다가 어떤 사람이 주인에게 "이 고기가 구두창 같아요"라고 말할 때 이 비유에는 힘이 들어 있다. 고기가 질기다고 항의한다면 참고 먹으라고 할 수 있을 것이지만 구두창이라고 하면 참고 먹으라고 할 수 없을 것이기 때문이다.

시조의 비유가 유사성의 비유라면 현대시의 비유는 상호작용의 비유이다. 현대시는 유사성의 비유를 상호작용의 비유로 확대함으로써 비유의 영역을 개방하였다. 유사성의 비유가 이미지를 주는 말이 이미지를 받는 말에 작용하여 의미의 전환을 일으키는 비유라

---

4) 김춘동, 『운정산고』, 고대민족문화연구소, 1987, p. 200.

면, 상호작용의 비유는 이미지를 주는 말이 이미지를 받는 말에 작용하여 의미 전환을 일으킬 뿐 아니라 이미지를 받는 말이 이미지를 주는 말에 작용하여 의미 전환을 일으키는 비유이다. 의미 자질들의 상호 침투와 상호 조명이 이중의 의미 전환을 일으키는 비유를 상호작용의 비유라고 한다. y가 지니는 일련의 연상이 x에 작용하여 x의 의미가 선택되고 강조되고 억제됨과 동시에 x가 지니는 일련의 연상도 y에 작용하여 y의 의미가 선택되고 강조되고 억제된다. 요컨대 x와 y가 함께 비유의 문맥을 결정하면서 새로운 의미 작용에 참가하는 것이다. 현대시의 표준형이 보편적이라는 사실을 예증하는 시로는 예이츠의 짧은 시 「조용한 처녀Maid Quiet」가 적절할 것 같다.

팥빛 모자 까닥이며
조용한 처녀 어디 가나
별들을 깨운 바람이
내 핏속에 불고 있네
그녀 가려고 일어설 때
내 어찌 태연할 수 있으랴
번개를 부르는 소리
이제 내 가슴에 파고드네
Where has Maid Quiet gone to,
Nodding her russet hood?
The winds that awakened the stars
Are blowing through my blood.

O how could I be so calm
When she rose up to depart?
Now words that called up the lightning
Are hurtling through my heart.[5]

한 행에 세 개의 악센트가 있는 3음보 율격에 둘째 줄과 넷째 줄, 여섯째 줄과 여덟째 줄의 각운으로 운율, 즉 운과 율격이 갖추어진 시라고 할 만하다. 이야기는 단순하기 그지없다. 어린 여자아이 하나가 늙은 시인의 앞을 지나간다. 조금 전에 그 아이는 시인이 볼 수 있는 곳에 앉아 있었다. 그것이 전부이다. 그 이외에는 아무 일도 일어나지 않았다. 시인은 폭발하지 않도록 조심조심 침묵 속에서 자기 몸의 생명력을 보듬고 있는 소녀를 우주의 중심으로 묘사한다. 소녀의 현존 자체가 우주적 사건이다. 그녀로 인해서 비로소 여태까지 따로 놀던 별과 바람과 피가 서로 통하여 작용하게 된다. 이 시가 조명하는 상호작용의 비유는 유사성의 비유로 번역되지 않는다. 상호작용에 의하여 서로 다른 단어의 의미를 전환시키는 바람과 별과 피는 "마치 바람이 별들을 깨웠던 것처럼 그와 같이……"라는 형식의 문장 속에 자리를 잡지 못한다. 어느 것이 이미지를 주는 말이고 어느 것이 이미지를 받는 말인지 구별할 수 없기 때문이다. 김수영이 「미역국」이란 시에서 말하는 예술파 시인이란 대체로 현대시의 표준형을 지키는 시인들을 가리키는 듯하다.

5) W. B. Yeats, *The Collected Works* vol. Ⅰ, Stratford-on-Avon: Shakespeare Head Press, p. 33.

김수영은 예술파 시와 그 자신의 시를 구별하였다.

자칭 예술파 시인들이 아무리 우리의 능변을
욕해도—이것이
환희인 걸 어떻게 하랴[6)]

혼합 음보의 율격과 상호작용의 비유라는 현대시의 격률은 정지용과 서정주에게서 볼 수 있는 것과 마찬가지로 신동엽과 신경림에게서도 볼 수 있다. 시조의 인력을 받고 있는 그들의 시에는 실험시와 대조되는 격률과 격조가 있다. 김수영의 시에서는 시조의 인력을 느끼기 어렵고 이상의 시에서는 시조의 인력을 전혀 느낄 수 없다. 김수영과 이상의 시는 시조의 자장 바깥에 있다. 시조의 자장 외부에 있다는 점에서 이상의 시를 실험시라고 할 수 있다. 그러나 예술파와 실험파로 나누면 신동엽의 시를 설명하기 어렵다. 나는 서정주-신동엽-김춘수-김수영의 시를 각각 예술파-현실파-형식파-실험파로 명명하는 것이 현대시를 이해하는 데 도움이 된다고 생각한다.

이상의 시에 대해서는 그것이 시로서 성립되지 않는다는 견해가 널리 퍼져 있다. 현대시의 표준 형태와 다르기 때문에 이상의 시를 처음 읽는 사람은 특별하다는 인상을 받게 되고 이상을 대표적인 난해 시인으로 치부하게 된다. 그러나 시를 뜯어 읽어보면 이상의 시 가운데 내용을 짐작하기 어려울 정도로 난해한 시는 많지 않다.

---

6) 김수영, 『김수영 육필시고 전집』, 이영준 편, 민음사, 2009, p. 388.

난해시라면 이상의 시보다는 김춘수의 시를 예로 드는 것이 더 적합할 것이다. 운율이 없기 때문에 시가 아니라 산문이라는 평가는 정확한 이해라고 할 수 있다. 시조는 운이 아니라 율격으로 종지법을 표현한다는 점에서 세계에 유례를 찾을 수 없는 시 형식이다. 한국 현대시의 형식은 시조와의 거리를 척도로 삼아 규정된다. 김소월의 시보다 서정주의 시가, 서정주의 시보다 유치환의 시가 시조에서 더 먼 곳에 있다. 이상의 시는 시조에서 더 이상 나아갈 수 없을 정도로 멀리 떨어져 있다. 그보다 더 나아가면 시가 되지 않는 곳에 있다고 말할 수 있을 것이다. 이상의 시는 시와 비시(非詩)의 경계에 있기 때문에 한국의 현대시는 어떠한 경우에도 이상의 시를 넘어서 더 먼 곳으로 갈 수 없다. 그보다 더 나아가면 의미 없는 헛소리가 되고 말 것이다. 좋은 시냐 나쁜 시냐 하는 문제를 떠나 시조의 형식을 극한까지 파괴해보았다는 것은 한국 현대시의 좌표를 설정하는 데 기여하는 일이 된다. 두 사람의 이상은 필요 없다고 하겠지만 한 사람의 이상은 없으면 만들어내기라도 해야 할 정도로 한국 현대시사에 필수 불가결한 존재라고 할 만하다. 극한을 아는 것이 중용을 취하는 데 도움이 되기 때문이다. 실험파 시가 성공하려면 이상보다는 시조 쪽으로 조금 물러서야 한다는 교훈을 터득하기 위해서라도 우리는 이상을 읽어야 한다. 김구용도 김수영도 이 교훈을 충분하게 체득한 것 같지 않다.

2. 수학과 시

이상(1910~1937)은 1926년에 5년제 보성 고등보통학교를 졸업한 뒤 경성 고등공업학교 건축과에 입학하였고 고등공업학교를 졸업하던 1929년에 조선총독부 내무국 건축과 엔지니어가 되었다. 그는 1933년, 스물세 살 때 폐병에 걸렸고 1934년에서 1937년 사이에 대부분의 중요한 시들을 썼다. 그러나 그의 시를 그의 시답게 규정하는 특징들은 1931년과 1932년에 지은 일문시들에도 나타나 있다. 그는 『조선과 건축』이란 일본어 잡지에 스물여덟 편(1931년 7월에 「이상한 가역반응」이 포함된 여섯 편, 같은 해 8월에 「조감도」라는 표제로 여덟 편, 같은 해 10월에 「3차각 설계도」라는 표제로 일곱 편, 1932년 7월에 「건축무한6면각체」라는 표제로 일곱 편)의 일문시를 발표하였다.

공업학교 출신답게 이상은 과학에 대하여 흥미를 지니고 있었다. 처녀작 「이상한 가역반응」의 모두에는

임의의 반경의 원(과거분사의 시세)

원내의 1점과 원외의 1점을 결부한 직선[7)]

---

7) 임종국, 『이상 전집』, 문성사 1966, p. 246. 이하 이 책의 인용은 본문 안에 페이지만 밝힘.

번역문만 공개되어 있는 유고의 판본 문제가 심각한 형편이나 구조 형식이 아니라 문학사적 위상을 다루는 이 글에서는 내용 분석의 편의를 위하여 한자를 한글로 바꾸고 띄어쓰기를 하여 번역시를 인용함.

이라는 두 행이 나온다. 원과 과거분사를 병치한 표현에 수학을 일종의 언어로 수용한 이상의 과학 이해가 드러나 있다. $x=e^y$를 $y=\ln x$로 변형하고 $11.5=10^{1.0607}$을 $1.0607=\log 11.5$로 변형하는 바꿔 쓰기는 능동태를 수동태로 변형하고 직접화법을 간접화법으로 변형하는 바꿔 쓰기와 동일하다. 수학에서는 어느 한 단어도 어느 한 문장도 고립되어 나타나지 않는다. 수학에서 존재는 관계이고 있음은 걸려 있음이다. 수학이란 결국 서로 연결되어 있는 존재들 사이의 관계들을 대응시키는 작업이다.

$$e^x = 1 + \frac{x}{1!} + \frac{x^2}{2!} + \frac{x^3}{3!} \cdots$$

$$\cos x = 1 - \frac{x^2}{2!} + \frac{x^4}{4!} - \frac{x^6}{6!} \cdots$$

$$\sin x = x - \frac{x^3}{3!} + \frac{x^5}{5!} - \frac{x^7}{7!} \cdots$$

$$e^{ix} = 1 + ix + \frac{i^2x^2}{2!} + \frac{i^3x^3}{3!} \cdots = \cos x + i \sin x$$

과거분사는 독립해서는 사용되지 않는 동사의 한 형태이다. 그것은 존재동사나 소유동사와 함께 수동이나 완료의 의미를 나타낸다. 원도 과거분사처럼 독자적인 의미를 가지고 있지 않다. 원은 선을 만나야 비로소 의미를 형성한다. 곡선상의 임의의 점에서 축 위의 초점에 그은 선과 곡선 밖의 준선에 수직으로 그은 선의 비는 일정하다. 타원은 1보다 작고 쌍곡선은 1보다 크고 포물선은 1이다. 원

안에 반지름(=1)을 빗변으로 하는 삼각형을 그리면 원주에 닿는 꼭짓점의 좌표(x, y) 가운데 y는 사인이 되고 x는 코사인이 된다.

「선에 관한 각서」에서 1 2 3 또는 1 2 3 4 5 6 7 8 9 0을 가로세로로 늘어놓아본다든지 4의 모양을 사방으로 돌려놓아본다든지 하는 것이 다 숫자들이 고립되어 존재하는 것이 아니라는 생각을 나타내는 방법이라고 볼 수 있다. 숫자들이 사람처럼 살아서 서로 연관되어 운동하고 있기 때문에 수학은 현상과 본질의 차이를 명료하게 보여준다.

$\sin(30° + 60°)$는
$\sin 30° + \sin 60°$가 아니고
$\sin 30° \times \cos 60° + \cos 30° \times \sin 60°$이다.

이상은 실용적인 계산을 천하게 여기고 수에서 조건과 패턴을 찾으려 하였다. 그는 "숫자를 대수적인 것으로 하는 것에서 숫자를 숫자적으로 하는 것에서 숫자를 숫자인 것으로 하는 것"으로 옮겨가는 데 흥미를 지니고 있었다. 그가 알고 싶었던 것은 "숫자의 성질"과 "숫자의 성태"(261)와 "숫자의 어미의 활용"(161)과 "1 2 3 4 5 6 7 8 9 0의 질환"(261), 다시 말하면 정수론과 집합론이었다. 1932년 『조선과 건축』에 일문으로 발표하고 다시 1934년 7월 28일자 『조선중앙일보』에 국문으로 발표한 「진단 0:1」 또는 「오감도 시제4호」는 이상이 책임 의사로서 수의 질환을 진단한 진료 기록이다. 이 시에서 숫자들은 환자가 되어 의사 이상의 진찰을 받는다. 1 2 3 4 5 6 7 8 9 0이 가로세로로 늘어선 사이사이에 개입되는 검은 점들은 수의 관계 패턴을 방해하는 불연속성을 보여준다. 이상이 결핵을 앓고 있듯이 수학은 불연속함수라는 병을 앓고 있다. 움직이는 수학, 움직이는 과학을 보며 이상은 전율하였다.

> 고요하게 나를 전자의 양자로 하라 〔……〕
> 봉건시대는 눈물이 날 만큼 그리워진다 〔……〕
> 운동에의 절망에 의한 탄생 (255)
> 사람은 절망하라 사람은 탄생하라 사람은 탄생하라 사람은 절망하라 (257)

구름처럼 엉겨서 움직이고 있는 전자에 비하면 무게와 위치를 측정할 수 있다는 점에서 양자는 안정성을 보인다. 그러나 이상이 보기에 유클리드가 사망해버린 현대는 척도를 잃어버린 시대일 수밖에 없다. "유클리드의 초점은 도처에서 인문의 뇌수를 마른 풀과 같이 소각"(257)하였으나 기하학의 정신이 하나의 척도가 되어 17세기의 과학혁명과 18세기의 산업혁명을 수행하였다. 「선에 관한 각서 5」에는 기하학의 붕괴가 자본주의의 동요를 일으킬 가능성이 암시되어 있다.

> 미래로 달아나서 과거를 본다. 과거로 달아나서 미래를 보는가. 미래로 달아나는 것은 과거로 달아나는 것과 동일한 것도 아니고 미래로 달아나는 것이 과거로 달아나는 것이다. 확대하는 우주를 우려하는 자여, 과거에 살으라, 광선보다도 빠르게 미래로 달아나라.

사람은 다시 한번 나를 맞이한다. 사람은 더 젊은 나에게 적어도 상봉한다. 사람은 세 번 나를 맞이한다. 사람은 젊은 나에게 적어도 상봉한다. 사람은 적의하게 기다리라. 그리고 파우스트를 즐겨라. 메피스토는 나에게 있는 것도 아니고 나이다.

속도를 조절하는 날에 사람은 나를 모은다. 무수한 나는 말하지 아니한다. 무수한 과거를 경청하는 현재를 과거로 하는 것은 불원간 이다. 자꾸만 반복되는 과거, 무수한 과거를 경청하는 무수한 과거, 현재는 오직 과거만을 인쇄하고 과거는 현재와 일치하는 것은 그것들의 복수의 경우에도 구별될 수 없는 것이다. (258)

초속 10만 킬로미터로 달리는 물체 위에서 그 물체의 진행 방향으로 빛을 비추면, 지상의 고정된 관측소에서 볼 때 그 빛은 마치 초속 20만 킬로미터로 움직이는 것처럼 보이고 고정된 관측소에서 1초가 흐르는 동안 2/3초가 흐르는 것처럼 관측된다. 초속 30만 킬로미터로 달리는 물체 위에서 빛을 비추면 지상의 고정된 관측소에서 볼 때 그 빛은 초속 0킬로미터로 움직이는 것처럼 보이고 움직이지 않는 관측소에서 1초가 흐르는 동안 0초가 흐르는 것처럼 관측된다. 그렇다면 물체가 빛보다 더 빠르게 달리는 경우에 그 물체는 시간을 거슬러 과거로 가게 될 것이다. 그러나 어떤 물체가 광속을 넘어서면 그 물체의 질량이 무한대로 증가하기 때문에 질량이 없는 빛 이외에는 초속 30만 킬로미터로 움직일 수 없다. 아인슈타인은 로렌츠 변환 공식과 마이컬슨-몰리의 실험을 결합하여 우주에 두루 통하는 보편적 척도를 개발하였다. 상대성이론의 수학을 이해하고 있었지만 이상은 미래로 가는 것이 과거로 가는 것이고 나라는 것이 서로 다른 시간들에 의하여 무수한 나로 분열된 것이라는 극한의 사고실험을 가정하고 발전과 낙후, 진보와 보수, 성공과 실패를 구별하는 근거에 대하여 이의를 제기했다.

「22년」은 인간의 신체 구조를 물질 형태로 기술한 작품이다. 몸과 성을 생물학이 아니라 물질과학(물리학과 화학)의 시각으로 기술하면서 이상은 버마재비를 잡으려다 자기가 죽을 것도 모르고 있는 『장자』의 큰 까치 이야기에서 "날개가 커도 날지 못하고 눈이 커도 보지 못한다"[8]는 문장을 인용하였다. 하느님은 작고 뚱뚱하지만 날 수도 있고 볼 수도 있다. 나는 크고 날씬하지만 날지도 못하고 보지도 못한다. 나는 전후좌우 어느 쪽도 제대로 살피지 못하고 종종 이익에 사로잡혀 넘어져 다치곤 한다. 오장육부를 포함한 인간의 육체는 "침수된 축사"(217)처럼 수분과 피로 가득 차 있다. 오줌을 누면서 머리에 스치는 연상의 그물을 자유직접화법으로 기록한 「L'URINE(뤼린)」은 산으로 바다로 섬으로 하늘로, 해수욕장에 내리는 비로, 달걸이를 하는 여자로 발화되지 않은 의식류를 따라가본 작품이다. 이상의 무의식 속에 흑인 마리아와 노동자들의 사보타주가 들어 있다는 사실은 그의 시대를 이해하는 데 참고할 만한 사항이 될 수 있을 것이다. 얼굴이 검은 마리아는 아마도 기독교에서 온 이미지가 아니라 장 콕토의 『흑인 오르페』에서 온 이미지일 것이다. 「저팔씨의 출발」에서 且8(저팔)은 남성 생식기의 형태를 묘사한 그림이다. 且는 음경이고 8은 고환이다. 且 자는 '또

8) 王先謙, 『莊子集解』 外篇 「山木」, 臺北: 東大圖書股份有限公司, 1974, p. 181.

차' '성 저'라고 읽으므로 이 시에서는 '저팔씨'라고 읽어야 한다(팔이 八이 아니라 8로 적혔다는 점에 비추어 나는 저팔을 구본웅의 具로 해석하는 데 찬성하지 않는다). 脖頸背方(배꼽과 목이 반대쪽을 향한다)은 같은 쪽을 향해야 할 것들이 다른 쪽을 보는 것처럼 부자연스러운 짓을 하고 있다는 자기 풍자가 아닐까?(배꼽과 목이 등 쪽에 있다는 번역도 오역은 아니다). "사람의 숙명적 발광은 곤봉을 내어미는 것이어라"와 두 번이나 반복되는 "지구를 굴착하라"를 성적인 함의로 보는 것이 자연스러울 듯하고, 이상이 "輪不輾地(바퀴가 땅을 구르지 않는다)"라고 쓴 輪不蹍地(윤부전지)도 『장자』「천하」편에 바퀴의 일부분만 잠시 땅에 닿을 뿐이므로 바퀴가 땅을 밟는다고 할 수 없다는 궤변으로 인용되어 있으니 부분에 통하는 것이 전체에도 통하는 것은 아니듯이 한 사람의 수음은 두 사람의 성교가 될 수는 없다는 의미로 해석하는 것이 근리할 듯하다.

> 사실 저8씨는 자발적으로 발광하였다. 어느덧 저8씨의 온실에는 은화식물이 꽃을 피우고 있었다. 눈물에 젖은 감광지가 태양에 마주쳐서 희스무레하게 빛을 내었다. (272)

이상은 유방을 "조를 가득 넣은 밀가루 포대"에 비유하고 성교를 "운동장의 파열과 균열"(249)에 비유하였다. 생물을 물질에 비유하는 것은 처녀를 창녀에 비유하는 것과 통한다. "창녀보다도 더 정숙한 처녀를 원하고 있었다"(250)는 문장은 창녀처럼 관계할 수 있는 처녀를 의미하며 더 나아가서 물질처럼 조작할 수 있는 생물을 의미한다. 「홍행물 천사」의 "여자는 대담하게 NU(뉘)가 되었다. 汗孔(한공)은 한공마다 형극이 되었다. 여자는 노래 부른다는 것이 찢어지는 소리로 울었다. 북극은 종소리에 전율하였다"(230). 벗은 여자의 몸 땀구멍에서 가시가 돋아나고 소름 끼치는 노랫소리와 만물을 얼어붙게 만드는 차가운 종소리가 울려 퍼지는 공간은 역시 생물이 배제된 장소이다. 여자가 불러들인 "홍도깨비 청도깨비"들은 "水腫(수종) 든 펭귄"(231)처럼 퉁퉁 부은 모습으로 여자 앞에서 뒤뚱거린다. 「광녀의 고백」에 나오는 S玉(에스옥) 양은 마녀처럼 웃으면서 섹스의 과정을 냉철하게 계산한다.

> 彈力剛氣(탄력강기)에 찬 온갖 표적은 모두 무용이 되고 웃음은 산산히 부서진다. 웃는다. 파랗게 웃는다. 바늘 鐵橋(철교)와 같이 웃는다. (229)

> 여자는 불꽃 탄환이 벌거숭이인 채 달리고 있는 것을 본다. …… 발광하는 파도는 백지의 花瓣(화판)을 준다. (230)

이상은 AMOUREUSE(아무뢰즈)를 삼각형(247, 248)으로 표시하고 자신을 사각형(262)이나 역삼각형(247, 248)으로 표시하였다. 사각형은 곤봉의 형태이고 역삼각형은 삽의 형태일 것이다. 그들은 절름발이처럼 보조가 맞지 않는다. 그들은 BOITTEUX(부아퇴)거나 BOITTEUSE(부아퇴즈)이다. 삼각형과 역삼각형은 병렬 관계를 형성하지 못한다. 국문시에서도 이상은 부부를 서로 "부축할 수 없는 절름발이"(236)로 묘사하였다. 나는 크고 아내는 작으며 나는 왼쪽 다리를 절고 아내는 오른쪽 다리를 전다. "안해는 외출에서 돌아오면 방에 들어서기 전에 세수를 한다. 닮아온 여러 벌 표정을 벗어버리려는 추행이다"(263). "너는 어찌하여 네 소행을 지도에 없는 지리에 두고 화판 떨어진 줄거리 모양으로 향료와 암호만을 휴대하고 돌아왔음이냐". 그는 다른 남자들의 "지문이 그득한"(238) 아내의 몸을 믿지 못하고 아내의 반지가 몸에 닿으면 바늘에 찔린 것처럼 고통스러워한다. 그는 "신부의 생애를 침식하는 내 음삼한 손찌거미"(267)를 아내에게 가하기도 한다.

3. 물리학에서 병리학으로

「1931년」이란 시에 나오는 "나의 폐가 맹장염을 앓았다"(279)는 구절을 통해서 이상이 스물한 살에 결핵에 감염되었다는 사실을 알 수 있다. 스물세 살에 그는 "두 번씩이나 각혈을"(275) 하였다. 불치의 병을 앓는 사람은 다시는 병들기 전과 같이 세상을 보지 못한다. 이상의 시각은 물리학적 관점으로부터 병리학적 관점으로 전환하였다. 이상은 국문시의 주제를 개인의 병리학에서 도시의 병리학으로 확대하였다.

입안에 짠맛이 돈다. 혈관으로 淋漓(임리)한 墨痕(묵흔)이 몰려들어왔나 보다. 참회로 벗어놓은 내 구긴 피부는 백지로 도로 오고 붓 지나간 자리에 피가 아롱져 맺혔다. 방대한 묵흔의 奔流(분류)는 온갖 合音(합음)이리니 분간할 길이 없고 다문 입안에 그득 찬 序言(서언)이 캄캄하다. 생각하는 무력이 이윽고 입을 빼겨 젖히지 못하니

> 심판받으려야 진술할 길이 없고 溺愛(익애)에 잠기면 버언져 멸형하여버린 典故(전고)만이 죄업이 되어 이 생리 속에 영원히 기절하려나 보다. (267)

이 시의 제목인 "내부"는 병에 걸린 신체의 내부이면서 동시에 죄 지은 정신의 내부이다. 치료해도 낫지 않는 병은 참회해도 없앨 수 없는 죄와 같다. 이상은 "죄를 내어버리고 싶다. 죄를 내어던지고 싶다"(275)고 호소한다. 그는 자신을 "久遠謫居(구원적거)"의 땅에 "식수되어 다시는 기동할 수 없는"(219) 한 그루 나무에 비유한다. 그의 병과 죄를 이해해줄 수 있는 사람은 이 세상에 하나도 없다. 그는 "문을 열려고, 안 열리는 문을 열려고" 문고리에 매달려보지만 그의 가족은 "봉한 창호 어디라도 한 군데 터놓아"(253) 주려고 하지 않는다. 「내부」의 기조가 되는 것은 압도적인 무력감이다. "기침은 사념 위에 그냥 주저앉아서 떠든다. 기가 탁 막힌다"(254). 생각도 할 수 없게 하고 말도 할 수 없게 하는 기침을 "떠든다"는 말 아닌 다른 단어로 표현하기는 어려울 것이다. 이상은 무력한 속에서도 무력감에 압도당하지 않고 무력감을 응시하고 적절한 단어를 선택하였다. "의과대학 허전한 마당에 우뚝 서서 나는 필사로 禁制(금제)를 앓는다. 논문에 출석한 억울한 촉루에는 천고에 씨명이 없는 법이다"(263). 그는 거울에 비친 자신의 수염에서 "찢어진 벽지의 죽어가는 나비"(221)를 본다. 벽지가 찢어지면 벽지에 그려진 나비도 죽는다. 이상은 다시 한번 자신을 물질에 비유한다. 그는 종이 나비이고 그의 죽음은 종이가 찢어지는 것에 지나지 않는다. 그의 물질적 상상력은 죽음의 허무를 응시할 수 있을 정도로 강인하였다.

죽음의 응시에서 응시하는 나는 원상이 되고 응시되는 나는 모상이 된다. 1933년 10월에 발표한 「거울」에서 원상과 모상은 서로 악수를 나누지 못하고 서로 상대방의 말을 알아듣지도 못한다. 원상은 "나는 거울 속의 나를 근심하고 진찰할 수 없으니 퍽 섭섭하오"(235)라고 탄식한다. 1934년 8월에 발표한 「오감도 시 제15호」에서 원상은 "거울 속의 나를 무서워하며 떨고 있다"(223). 원상과 모상은 단순한 차이가 아니라 불화를 보인다. 원상과 모상의 사이에는 "두 사람을 봉쇄한 거대한 죄"(224)가 있다. 1936년 5월에 발표한 「명경」에서 모상은 거울 속으로 들어가려는 원상의 시도를 거절한다. 책의 페이지에는 앞면과 뒷면이 있지만 거울에는 넘겨서 읽을 수 있는 후면이 없다. 원상의 피곤한 세상은 모상의 조용한 세상과 영원히 격리되어 있다.

서울은 도쿄를 따라가고 도쿄는 뉴욕을 따라가는 도시의 병리학을 이상은 "ELEVATOR FOR AMERICA"라고 명명하였다. 도시 사람들은 "개미집에 모여서 콘크리트를 먹고 산다". 빌딩은 "신문 배달부의 무리"(273)를 토해내고 백화점 옥상에는 체펠린(1838~1917)이 만든 애드벌룬이 떠 있다.

> 마르세이유의 봄에 解纜(해람)한 코티 향수가 맞이한 동양의 가을
> 쾌청의 공중에 鵬遊(붕유)하는 Z伯號(제트백호), 회충양약이라고 씌어져 있다
> 옥상정원, 원숭이를 흉내내고 있는 마드무아젤 (269)

이 시의 제목인 "AU MAGASIN DE NOUVEAUTÉS(오 마가쟁 드 누보테)"는 19세기 파리의 유행품점이다. 20세기에 들어서 아케이드가 없어지고 상점가가 백화점으로 통합되자 마가쟁 드 누보테는 GRAND MAGASIN(그랑 마가쟁)으로 바뀌었다. 대중이 이용하는 백화점이 아니라 소수를 위한 명품점이라는 풍자가 제목 속에 들어 있다.

이상의 도시 인식은 「오감도 시 제1호」에 잘 나타나 있다. 13인의 아이들이 뛰어다닐 만큼 큰 도로는 도시 공간을 전제한다. 도로를 질주하는 아이들은 서로 다른 아이들을 무서워하고 있다. 열세 명의 아이들 하나하나가 무서워하는 아이이고 또 동시에 무섭게 하는 아이이다. 그들은 자기 입으로 무섭다고 말한다.

> 길은 막다른 골목이 적당하오 〔……〕
> 길은 뚫린 골목이라도 적당하오 〔……〕
> 13인의 아해가 도로로 질주하지 않아도 좋소 (215)

개별성이 무력하게 된 도시에서 모든 사람이 세상을 무서워하는 아이로 생존하고 있다. 아이들이 편안하게 자라는 세상을 꿈도 꾸지 못하게 하는 악몽 같은 시대이다. 만인전쟁의 일반적 공포 이외에 "다른 사정"(215)은 문제가 되지 않는다는 판단이 위에 인용한 시행들에 나타나 있다. 공포는 한길STREET과 골목BYSTREET, 막힌 길BLIND ALLEY과 뚫린 길OPEN ALLEY의 차이를 가린다. 도로와 골목을 객관적 환경과 주관적 상황에 대응해볼 수도 있을지 모른다. 「街外街傳(가외가전)」에는 입에서 시작하여 항문에 이르는 신체의 기관들과 도시 공간의 부분 영역들을 대응한 알레고리가 들어 있다. 인간의 내장처럼 지저분한 것들이 가득 차 있는 도시에서 "먹어야 사는 입술"이 "화폐의 스캔달"(239)을 일으킨다.

도시를 지배하는 것은 예수가 아니라 알 카포네이다. 카포네는 예수가 설교하는 감람산을 통째로 떠 옮기고 네온사인으로 장식한 교회 입구에서 입장권을 판다. "카포네가 PRESENT(프레장)으로 보내준 프록코트를 기독은 최후까지 거절하고 말았다." 보기 좋은 카포네의 화폐와 보기 흉한 예수의 화폐는 다 같이 "돈이라는 자격에서는 일보도 벗어나지 못하고 있다"(225).

이상은 식민지 특권층의 계몽적 자유주의를 경멸하였으나 사회주의를 좋아하지도 않았다. "로자 룩셈부르크의 목상을 닮은 막내누이"(275)를 특별히 사랑한 것을 보면 그가 로자 룩셈부르크에게 관심을 가지고 있었고 그녀가 죽은 후에는 그녀의 목상에도 흥미를 가지고 있었다는 것을 알 수 있다. 그러나 "지구의 위에 곤두섰다는 이유로 나는 제3 국제당원들에게 뭇매를 맞았다"(280)는 문장을 보면 그에게는 인터내셔널에 참여할 의사가 없었다는 것을 알 수 있다.

> 그 밑에서 늙은 의원과 늙은 교수가 번차례로 강연한다
> 「무엇이 무엇과 와야만 되느냐」
> 이들의 상판은 개개 이들의 선배 상판을 닮았다
> 烏有(오유)된 역 구내에 화물차가 우뚝하다 (245)

이상은 나라 잃은 시대의 서울에서 "사멸의 가나안"을 보았다.

"도시의 붕락은 아— 風說(풍설)보다 빠르다"(245), "여기는 어느 나라의 데드마스크다"(268). 죽기 직전에 이상은 도쿄에서 김기림에게 편지를 보냈다. "나는 참 도쿄가 이 따위 비속 그것과 같은 代物(시로모노)인 줄은 그래도 몰랐소. 그래도 뭐이 있겠거니 했더니 과연 속 빈 강정 그것이오"(206). 나라 잃은 시대에 서울만이 아니라 도쿄 자체가 폐허라는 것을 인식한 시인으로는 오직 이상이 있었을 뿐이다.

한국 문학과 민주주의

1.

1960년대까지 한국 사회는 나폴레옹 3세 시절의 프랑스처럼 농민과 노동자와 자본가의 어느 한쪽도 주도권을 잡을 수 없는 제 세력의 교차 상태에 근거한 시저식 독재 체제로 통치되고 있었다. 중공업이 없던 시대에 자본가와 중간계급의 행태는 차별적 속성을 드러내지 못하였다.

이 시대를 대표하는 시인 신동엽(1930~1969)의 시에 대하여 김준오는 대화적 성격과 대조적 이미지, 직설적 어조와 비유적 문채(文彩) 등의 형식적 특성이 거시적 상상력과 전경인(全耕人) 사상이란 내용적 특성과 상응한다는 사실을 해명하였다.

> 반봉건, 반외세의 참여시를 생산한 신동엽의 모습은 오 척 단구임에도 불구하고 우리의 눈에는 언제나 거인처럼 느껴진다. 이것은 그

의 시 세계에 나타나는 거시적 관점 때문만은 아니다. 그는 우리의 왜소해진 모습을 비춰주는 거울로 지금 여기에 서 있다. 그는 시사적 긍지에 앞서 인간적 긍지를 갖게 하는 시인으로 현존한다.[1)]

나는 한국의 현대시를 소월과 이상을 중심으로 삼아 소월 좌파와 소월 우파, 이상 좌파와 이상 우파로 구분하고 신동엽을 소월 좌파의 대표 시인으로 규정하였다. 신동엽은 한국의 현대시를 역사감각파, 순수서정파, 현대감각파, 언어세공파로 구분하였다. 신동엽의 관심은 역사감각을 향하고 있었다. "언어가 민족의 꽃이며 그 민족의 공동체적 상황을 역사감각으로 감수받은 언어가 즉 시라고 할 때, 오늘처럼 조국과 민족이 그리고 인간이 굶주리고 학대받고 외침(外侵)되어 울부짖고 있을 때, 어떻게 해서 찡그림 속의 살 아픈 언어가 아니 나올 수 있을 것인가."[2)] 그는 순수서정파와 현대감각파를 향토시와 콜라시라고 부르며 경멸했지만 현대시에서 발레리, 예이츠 등의 순수서정과 엘리엇, 네루다, 엘뤼아르 등의 현대감각을 무시할 수는 없는 일이다. 구태여 구분한다면 보들레르도 현대감각파라고 할 수 있을 것이다. 신동엽 자신도 서정주와 김수영의 시에 향토시나 콜라시로만 볼 수 없는 면이 있다는 것을 인정하였다.

몇몇의 비평가는 S씨에게 신라의 하늘을 노래하는 것은 현대에 대

---

1) 김준오, 「저자의 말」, 『신동엽』, 건국대출판부, 1997, p. 5.
2) 신동엽, 『신동엽 전집』(증보 4판), 창작과비평사, 1989, p. 379. 이하 이 책의 인용은 본문 안에 페이지만 밝힘.

한 반역이어니 오늘의 전쟁, 오늘의 기계문명을 노래해보라고 거의 강요하다시피 대들었지만, 그것은 마치 계룡산 산중에서 칠십 평생을 보낸 상투 튼 할아버지에게 "당신도 현대에 살고 있으니 미국식으로 '째즈' 음악에 취미를 붙여보시오"라고 요구하는 것과 별 다름이 없는 무리한 강매였었던 것이다. 내 생각으론 S씨는 S씨대로의 사회적·역사적 영토색이 칠해진 사상성이 그분의 체질 속을 흐르고 있을 것이기 때문에, 이미 장년기를 넘어선 그분에게 자기 천성 이외의 어떤 음색을 요구한다는 것은 옳지 못한 일이다. 아마 세상의 '모더니스트'들이 총동원하여 비평의 화살이 아니라 더 가혹한 폭력을 앞장세워 본다 할지라도 그분에게 시도(詩道)상의 가면무도는 기대할 수 없을 것이다.[3)]

천재 시인 김수영. 그의 육성이 왕성하게 울려 퍼지던 1950년대부터 1968년 6월까지의 근 20년간, 아시아의 한반도는 오직 그의 목소리에 의해 쓸쓸함을 면할 수 있었다. 그는 말장난을 미워했다. 말장난은 부패한 소비성 문화 위에 기생하는 기생벌레라고 생각했다. 그는 기존 질서에 아첨하는 문화를 꾸짖었다. 창조만이 본질이라고 굳게 믿었다. 그래서 육성으로, 아랫배에서부터 울려나오는 그 거칠고 육중한 육성으로, 피와 살을 내갈겼다. 그의 육성이 묻어 떨어지는 곳에 사상의 꽃이 피었다. 예지의 칼날이 번득였다. 그리고 태백의 지맥 속에서 솟는 싱싱한 분수가 무지개를 그었다.[4)]

---

3) 같은 책, p. 374.

4) 같은 책, p. 389.

신동엽은 김춘수로 대표되는 언어세공파를 싫어하였다. 서양시의 문법미학을 모방하는 맹목기능자들이라고 생각했기 때문이었다. 신동엽에게 시의 언어는 어디까지나 정신을 전달하는 수단이었다. 그가 평생토록 일관되게 추구한 시정신은 민주주의였다. 시민민주주의와 민중민주주의, 다시 말하면 자유민주주의와 사회평등주의를 구별하고 이윤율과 복지기금을 측정하기 위해서는 계급의식의 형성 과정을 분석해야 하겠지만, 한국 사회에서 계급의식을 말할 수 있게 된 것은 1970년 11월 13일의 전태일 사건 이후라고 보아야 할 것이다. 이날의 『동아일보』 기사에 의하면 인천 미가(米價)가 한 가마(80킬로그램)당 8천 원이었는데, 평화시장의 급여 수준은 월 3~4천 원 정도였다. 1960년대로 한정한다면 민주주의는 보편적 계몽주의로 남한 사회에 작용하였다. 민주주의의 바탕이 되는 계몽주의는 해방 후 10여 년 동안 사회 전반에 확산되어 있었다. 당시에 고등학교 1학년 교과서로 가장 많이 채택되던 『정치와 사회』(일조각, 1962)에서 유진오는 민주주의를 세 가지 원칙으로 정의하였다.

① 의견의 차이를 용인한다.
② 타협하고 양보한다.
③ 다수결을 따른다.

당시에 문교부 번역도서의 한 권으로 나와 대학생들에게 많이 읽히던 어니스트 바커의 『민주주의론』(김상협 옮김, 문교부, 1960)의

서문에는 민주주의가 "선을 추구하는 사람들의 의사소통 과정"이라고 정의되어 있었다. 선을 추구한다는 것은 멀리는 완전성을 추구한다는 것이며 가깝게는 더 좋은 생활을 추구한다는 것이다. 완전성의 추구는 좋은 삶과 나쁜 삶의 차이를 전제하는데, 좋은 삶과 나쁜 삶을 구별하려면 먼저 현실의 구조를 총체적으로 인지해야 한다. 그러므로 선에는 가능성과 생성 변화의 개념이 포함되어 있다고 할 수 있다. 민주주의가 추구하는 공동선은 이성적 질서를 요구하며 이성적 질서는 법률을 강제할 수 있는 국가를 요구한다. 국가는 질서를 유지하는 권력기관이면서 동시에 공동선을 실현하는 도구 장치이다(국가가 지배계급을 응집하여 자본주의를 보호하는 도구 장치라는 생각은 1990년대 이후에 일반화되었다). 이러한 계몽주의가 『사상계』를 통하여 전 국민의 상식이 되었고 함석헌의 전통적 도덕주의가 계몽의 불에 기름을 더했다. 이용희의 『정치와 정치사상』(일조각, 1958)은 시민계급의 욕구와 노동계급의 욕구가 자유민주주의와 사회평등주의로 분화될 수밖에 없다는 사실을 알려주었다. 신동엽이 1960년대에 노래한 민주주의는 지금 읽어도 낡았다는 느낌이 들지 않는다.

스칸디나비아라든가 뭐라구 하는 고장에서는 아름다운 석양 대통령이라고 하는 직업을 가진 아저씨가 꽃 리본 단 딸아이의 손 이끌고 백화점 거리 칫솔 사러 나오신단다. 탄광 퇴근하는 광부들의 작업복 뒷주머니마다엔 기름 묻은 책 하이덱거 럿셀 헤밍웨이 장자 휴가 여행 떠나는 국무총리 서울역 삼등대합실 매표구 앞을 뙤약볕 흡쓰며 줄지어 서 있을 때 그걸 본 서울역장 기쁘시겠오라는 인사 한

마디 남길 뿐 평화스러이 자기 사무실 문 열고 들어가더란다. 남해에서 북강까지 넘실대는 물결 동해에서 서해까지 팔랑대는 꽃밭 땅에서 하늘로 치솟는 무지개빛 분수 이름은 잊었지만 뭐라군가 불리우는 그 중립국에선 하나에서 백까지가 다 대학 나온 농민들 추럭을 두 대씩이나 가지고 대리석 별장에서 산다지만 대통령 이름은 잘 몰라도 새 이름 꽃 이름 지휘자 이름 극작가 이름은 훤하더란다. 애당초 어느 쪽 패거리에도 총 쏘는 야만엔 가담치 않기로 작정한 그 지성 그래서 어린이들은 사람 죽이는 시늉을 아니하고도 아름다운 놀이 꽃동산처럼 풍요로운 나라, 억만금을 준대도 싫었다. 자기네 포도밭은 사람 상처 내는 미사일 기지도 땡크 기지도 들어올 수 없소 끝끝내 사나이 나라 배짱 지킨 국민들, 반도의 달밤 무너진 성터 가의 입맞춤이며 푸짐한 타작 소리 춤 사색뿐 하늘로 가는 길가엔 황토빛 노을 물든 석양 대통령이라고 하는 직함을 가진 신사가 자전거 꽁무니에 막걸리병을 싣고 삼십 리 시골길 시인의 집을 놀러 가더란다.

—「산문시 1」 전문[5]

계몽주의적 이성이 선거와 투표의 규칙을 위반한 정권을 심판하였다. 도덕적인 수사를 제거하고 나면 민주주의는 대중의 수량에 의존하는 정치제도이다. 성질·관계·양상 같은 수량 이외의 범주들은 고려의 대상에서 제외된다. 이승만 시절에도 정권은 암묵적인 수량을 전제하고 대중은 명시적 수량을 전제하였다는 차이는 있으

5) 같은 책, p. 83.

나 양쪽이 모두 대중의 수량을 근거로 내세웠다. 다음 정권에서는 아예 규칙 자체를 불공정하게 바꾸어 규칙에 대한 이의를 법으로 억압하였다. 대중의 수량이라는 범주를 인정하지 않는 정권은 예외 없이 온갖 정치적 반동과 결탁하게 된다. 관료제도는 관료주의로 경화되고 군사제도는 군사주의로 타락한다. 민주주의가 사회 혼란의 원인이 되는 경우도 있을 것이다. 그러나 모든 혼란에는 창조성이 내재한다. 1960년대에서 1980년대 사이에 혼란을 두려워하여 민주주의에 반대한 정권은 사회의 창조성 자체를 말살하였다. 신동엽은 한국 근대사의 중심선을 민주주의에 두었다.

1894년 3월
우리는
우리의, 가슴 처음
만져보고, 그 힘에
놀라,
몸뚱이, 알맹이채 발라,
내던졌느니라.
많은 피 흘렸느니라.

1919년 3월
우리는
우리 가슴 성장하고 있음 증명하기 위하여
팔을 걷고, 얼굴
닦아보았느니라.

덜 많은 피 흘렸느니라.

1960년 4월
우리는
우리 넘치는 가슴덩이 흔들어
우리의 역사밭
쟁취했느니라.
적은 피 보았느니라.
왜였을까, 그리고 놓쳤느니라.

그러나 이제 오리라,
갈고 다듬은 우리들의
푸담한 슬기와 자비가
피 한 방울 흘리지 않고
우리 세상 쟁취해서
반도 하늘 높이 나부낄 평화,
낙지발에 빼앗김 없이,

—「금강」 후화(後話) 2 부분[6]

제임스 프레이저의 『황금가지』에 따르면 태초 이래 인류의 가장 큰 숙제는 신의 죽음과 부활, 다시 말하면 최고 집권자의 교체였다. 늙은 왕은 죽어야 하고, 죽어서 젊은 왕으로 소생해야 했다. 애

6) 같은 책, pp. 301~02.

급 사람들은 겨울마다 흙으로 만든 오시리스와 아도니스의 허수아비를 깨어서 밭에 뿌리고 봄이 오면 그 신들의 시체에서 싹이 튼다고 믿었다. 부여에서도 가뭄이 들면 왕을 죽여 그 시체를 잘게 나누어 밭에 묻었다. 최고 집권자의 정상적인 교체와 사람을 죽이는 대신 표를 죽이는 보통선거는 우주의 질서를 보존하는 하나의 방법이었다. 선거가 제대로 치러질 수 없게 된 유신 체제는 사실상 내전의 시작이었다. 표의 죽음이 왕의 죽음을 상징적으로 대체할 수 없게 되자 실제로 왕이 살해되었다. 사표의 수량으로 승부를 결정할 수 없을 때, 대중은 다른 대안이 없으므로 폭력에 의존할 수밖에 없었다. 광주 학살은 유신 체제의 연장선에 놓여 있는, 유신 체제의 한 귀결이었다.

그러나 보통선거가 일단 일상의 관행이 되자마자 그것은 선을 추구하는 사람들의 목표가 아니라 이익을 추구하는 사람들의 의사를 결정하는 경로가 되었다. 유권자의 과반수가 투표하고 투표한 사람의 과반수가 찬성하여 대표자를 뽑은 경우에 그 선거는 유권자의 4분의 3을 사표로 만든다. 25퍼센트가 찬성한 사람이 전체를 대표할 수 있다는 것은 다른 방법이 없으므로 용인할 수밖에 없다고 하더라도 불만의 여지를 포함하고 있다고 하지 않을 수 없다. 한국에서 선거와 투표는 비용과 수익의 척도에 따라 계산되는 교환 행위가 되었다. 후보 득표수와 정당 득표수, 정당 후보수와 정당 의석수는 모두 시장의 가격기구에 의해 결정된다. 총투표수와 총의석수의 관계도 수요와 공급의 관계에 대응한다. 정당이 독점적일 수도 있고 복점적일 수도 있고 과점적일 수도 있는 시장에 후보자들을 공급한다. 시장에 공급된 후보자들은 이번에는 표의 수요자들이 된다. 후보자들은 비용의 지출을 승리할 수 있는 최소한도의 득표 수준으로 낮추려 하고, 유권자들은 자기들의 표가 그들에게 가져다주는 이득을 조금이라도 더 높이려 한다. 말하자면 선거란 득표를 극대화하려는 후보자들과 효용을 극대화하려는 유권자들 사이에서 거래되는 표 매매가 된 것이다. 선거란 사람을 죽이는 대신에 표를 죽이는 내전의 한 형식이므로 이익의 추구가 일반화된 현실에서 차떼기 선거를 피할 길은 아마 없을 것이다. 1960년대에서 1980년대 사이의 30년 동안에 한국의 민주주의는 선의 추구로부터 이익의 추구로 바뀌었다. 어떤 의미에서는 이러한 변화를 정상화라고 부를 수도 있을지 모른다.

2.

1950년대에 남한에서 마르크스주의는 완전히 소멸하였고 케인스주의는 아직 일반적으로 보급되지 않았다. 당시의 경제학 개론들은 일본어책에서 발췌하여 마르크스주의와 케인스주의를 서투르게 취사선택한 내용으로 되어 있었다. 오역투성이였지만 1956년에 케인스의 『일반이론』(김두희 옮김, 민중서관)이 번역되면서 1960년대부터 신고전파의 한계분석 경제학이 대학의 경제학 강의를 독점하기 시작하였다. 그러나 그 무렵에도 청계천 고서점 여기저기에 띄엄띄엄 남아 있던 마르크스의 『자본론』(전석담 옮김, 서울출판사, 1947~48)이나 엥겔스의 『반뒤링론』(전원배 옮김, 대성출판사, 1948) 등을 몰래 뒤적이면서 혼자 힘으로 남한의 현실을 주류 경제학과 다르게 분석해보려고 하던 대학생들이 있었다. 1960년대의 남한에는 방직 공장과 고무신 공장 이외에 이렇다 할 공장이 없었다. 일본과의 국교를 정상화한 대가로 돈을 받아 사회간접자본에 대한 투자를 시작했으나 당시의 학생들이 지적했듯이 일본이 독도 영유를 주장해도 당당하게 반박하지 못하는 굴욕적인 대일 관계를 만들어내고 말았다. 학생들과 교수들이 한일협정을 반대하던 1964년에 한국의 대중은 제국주의를 주제로 삼기 시작하였다.

순이가 빨아준 와이샤쯔를 입고
어제 의정부 떠난 백인 병사는
오늘 밤, 사해(死海)가의
이스라엘 선술집서,
주인집 가난한 처녀에게
팁을 주고.

아시아와 유우럽
이곳저곳에서
탱크 부대는 지금
밥을 짓고 있을 것이다.

—「풍경」 부분[7]

남한은 경공업부터 건설하였고 북한은 중공업부터 건설하였다.

7) 같은 책, p. 13.

남한에서 중화학 공장들이 가동되어 수익을 내기 시작한 1980년대 초까지 북한의 1인당 국민소득은 늘 남한을 앞질렀다. 노동자·농민·도시 빈민의 시각에서 북한의 주체사상을 수용한 학생운동 그룹이 형성된 것도 이 무렵이었다. 중공업은 막대한 투자를 필요로 하며 공장이 건설되어 가동될 때까지 긴 시간이 소요된다. 동원 가능한 저축을 모두 중공업에 투자하고 그것이 가동되기를 기다리는 동안에 남한 사회는 극심한 불경기에 휩싸였다. 부마항쟁과 1980년의 광주를 겪고 나서도 군사정권이 유지된 것은 중공업이 그때 가서야 이익을 내기 시작했기 때문이었다. 남한 사회는 어찌되었든 중공업과 경공업이 서로 기계와 돈을 주고받는 산업 체계를 형성하게 되었다. 중공업은 경공업에 기계를 팔아 받은 돈으로 임금을 지급하고 경공업은 중공업에 돈을 치르고 산 기계를 돌려 제품을 만든다. 제철, 조선, 자동차, 전자 등 수출을 주도하는 산업도 어느 정도 자리를 잡았다. 반면에 북한은 중공업을 남한보다 먼저 건설하였으나 경공업에 투자를 하지 않았으므로 1980년대에 이르러서도 중공업과 경공업이 서로 주고받을 수 있는 산업 체계를 형성하지 못했다. 경공업이 지체되므로 돈이 돌지 않아 30년 동안에 중공업은 고철이 되다시피 하였다. 경공업이 취약하면 자연히 암시장이 확대된다. 암시장이 공식시장을 포위하여 공식시장이 무력해지면 결국 산업 체계가 붕괴될 것이다. 북한으로서는 암시장을 공식시장으로 인정하고 경공업을 일으키는 것 이외에 선택의 길이 없게 되었다. 이데올로기에 대한 비판을 자제하고 교류와 왕래도 급격하게 확대하지 않으면서 북한이 중국 경제를 통하여 세계 경제에 편입되어 중공업과 경공업의 재생산 체계가 북한 안에 자리 잡을 수 있을 때까지 기다리는 것이 북한을 돕고 통일로 가는 방법이 될 것이다.

1970년대에 한국이 중공업 중심의 근대사회가 되고 도시화율이 급격히 증대하자 자본-노동비율capital-labor ration과 생산능률지수가 사회문제의 핵심에 등장하게 되었다. 황석영의 「객지」와 조세희의 『난장이가 쏘아올린 작은 공』이 나온 것이 이 무렵이다. 이제 남한의 시민들은 추상적인 보편도덕의 문제가 아니라 구체적인 계급투쟁의 문제에 직면하게 되었다. 계급투쟁에 대하여 남한의 시민들이 보여준 태도는 상당한 정도로 관대한 것이었다고 평가할 만하다. 자본-노동비율은 어느 일정한 시기의 기술 수준을 나타내는 동시에 그 시기의 좌파-우파 비율을 나타낸다. 자본-노동비율이란 자본과 노동력이 결합하여 상품을 생산하는 과정에서 다량의 노동력에 대하여 다량의 생산수단이 나타내는 비례관계의 지수이다. 특히 상품으로 전환되는 과정에서 노동력과 비교하여 생산수단이 증가하는 정도를 나타내는 지수를 자본의 유기적 구성이라고 한다. 노동자 1인이 사용하는 기계의 양이 증가하면 기술 수준이 변화하고 그에 따라 기계를 소유한 자본가와 기계를 사용하는 노동자의 계급투쟁도 변화한다. 자본가와 노동자에게 계급투쟁은 일상생활의 한 조건이다. 노동자는 단결하여 실질임금을 높이려고 하고 경영 간부들은 노동자의 요구를 제한하여 이윤율을 높이려고 한다. 사회변혁을 내세우는 지식인은 계급투쟁을 사실보다 과장하고, 노사화합을 내세우는 정치가는 계급투쟁을 사실보다 축소한다. 저임금에 의존하던 시대로부터 기술혁신에 의존하는 시대로 전환하지 않으면 사회의 유지조차 곤란하게 된다는 사실을 남한 사회는 IMF

를 거치면서 힘들게 학습하였다. 계급투쟁 또한 쉽게 원리로 환원할 수 없는 사실이므로 자의적인 판단을 피해야 한다는 것을 배우는 데에도 많은 시간이 걸렸다.

자본-노동비율은 경영 간부에게 기술혁신의 지표가 되고 노동자에게 계급투쟁의 지표가 된다. 또한 자본가의 독단이나 노동자의 독단이 통하지 않는다는 의미에서 자본-노동비율은 관계의 범주이다. 노동생산능률은 노동자 1인당 생산량의 변화이다. 마르크스는 생산능률지수를 잉여가치율rate of surplus value이라고 하였다. 생산성의 변화는 물론 통계수치로 표시할 수 있는 것이지만, 생산량 또는 1인당 판매고의 변화는 노동환경의 작업 분위기에 좌우된다. 공장이든 사무실이든 사람들이 일에 보람을 느낄 수 있으면 그곳에서 일하는 사람들의 생산능률은 증대된다. 노동자들이 "이곳을 버리고 어디로 가랴"라고 말하게 하는 일터는 좋은 직장이라고 할 만하다. 노동생산능률의 증대는 이윤율 증가의 전제가 된다. 이윤율이 계속해서 하락하면 회사가 쓰러지고 나라가 무너진다. 중세 사회는 기술이 정체된 채 조세만 증가하여 멸망하였고 구소련은 기술혁신이 가능하였으나 노동생산능률이 계속해서 하락하여 멸망하였다. 그러므로 측정할 수 있는 자본-노동비율보다 측정할 수 없는 작업 분위기가 더 중요하다고 할 수 있다. 1980년대에 들어서면 한국 사회도 여러 하위 체계가 상대적 자율성을 발휘하게 되었다. 군부건 재벌이건 어느 한 집단이 사회 전체를 통제하기 어려울 정도로 사회 구성이 복잡하게 된 것이다.

경제의 과정이란 소득이 투자로 변형되었다가 소비를 매개로 하여 소득으로 돌아오고, 소득이 소비로 변형되었다가 투자를 매개로

하여 소득으로 돌아오는 순환 과정이다. 그런데 기계와 임금과 이윤의 상호작용이 바로 생산 활동이므로, 경제의 과정을 이윤의 일부가 추가 기계와 추가 임금으로 변형되어 생산의 확대를 형성하는 사건으로 기술할 수도 있다. 이렇게 보면 투자란 추가 기계와 추가 임금 이외의 다른 것이 아니며, 소비란 임금과 추가 임금 이외의 다른 것이 아니다. 노동자의 임금만이 아니라 이윤 중에서 자본가의 소비에 충당되는 부분도 소비에 속하지만 그것은 노동자의 임금만큼 중요한 역할을 담당하지 못한다. 결국 경제의 과정은 투자와 소비에 의하여 결정되고 투자와 소비는 그것들의 공통 요소인 추가 임금에 의하여 결정된다. 중공업과 경공업이 기계와 화폐를 주고받는 경우에 중공업 부문은 경공업 부문에게 기계를 팔고 경공업 부문은 중공업 부문에게서 기계를 산다. 경공업이 중공업으로부터 받은 기계와 중공업이 경공업으로부터 받은 화폐(중공업 부문의 임금과 이윤)가 균형을 이루어야 산업 체계의 재생산 과정이 안정을 이룬다. 그러나 기술 수준이 끊임없이 변화하므로 중공업 부문과 경공업 부문이 주고받는 관계가 조화로운 체계를 형성하기 어려우며 그것들의 균형 상태를 미리 예측하는 것은 불가능하다. 잉여가치가 발생하기 이전의 자본-노동비율과 잉여가치가 발생한 이후의 자본-노동비율이 동일한 시기에 섞여 있기 때문에 중공업 부문과 경공업 부문의 균형 조건에는 항상 어긋남이 있다. 여기에 가공자본fictitious capital이 폭발적으로 증가하여 상업보다 금융이 커지고 투자보다 투기가 커지면 불균형은 공황이 아니면 조정할 수 없는 한계에 이를 것이다.

어느 개인이나 어느 집단이 아무리 노력하더라도 근대사회의 이 어긋난 사개를 바로잡을 수는 없다. 이 어긋남은 근대사회의 운명적 조건이다. 누구도 조정할 수 없는 경기의 상승과 하강에 직면하여 모든 사람이 부도와 실업의 불안에 시달릴 수밖에 없다. 동요와 위기를 일상생활의 한 과정으로 겪음으로써 시민들은 두려움 속에서 신중하게 행동하지 않을 수 없다. 교통으로, 보건으로, 교육으로, 여성으로 확대되는 대중운동이 국가권력과 독점자본의 균질 효과에 맞서 끊임없이 차이를 생산해냄으로써 사회의 복지기금을 증가시킬 수 있으나, 복지기금의 증가는 이윤율이 떨어지는 경향을 가속화하기 쉽다. 이익의 자유로운 추구를 허용하는 사회의 규칙이 약자들의 이익을 훼손할 때 공동선을 지키기 위하여 강자들의 거짓 합리성에 대해 투쟁해야 한다. 그러나 파이를 그대로 둔 채 이렇게 저렇게 나누는 방법만 바꾼다면 구소련처럼 강자와 약자가 공멸하게 될 것이다. 1960년대에서 1980년대에 이르는 30년 동안에 한국의 시민들은 이윤율의 상승이 사회의 기본 전제라는 잔인한 운명을 인식하게 되었다. 의료문제도, 교육문제도, 주택문제도 사회운동을 통하여 어느 정도 해결할 수 있다는 사실을 경험하였으나, 다른 한편으로 파이를 크게 하지 않으면 어떠한 사회문제도 해결할 수 없다는 사실도 경험하였다.

3.

1960년대에서 1980년대에 이르는 사이에 국가자본주의의 이데올로기는 세계자본주의의 이데올로기로 변화하였다. 이데올로기는 모든 현상에 답을 제공할 수 있는 전체 지향을 특징으로 한다. 이데올로기는 진정한 물음을 용납하지 않는다. 이데올로기는 선험적 대답의 한계를 발견하게 하는 문제 제기의 가능성을 차단한다. 1960년대에서 1980년대까지 한국의 대중은 잊어버릴 수도 없고 벗어날 수도 없는 문제를 가지고 있었으나 민주화가 성취되자마자 대중은 문제를 밀어내고 문제를 모른 체하기 시작하였다. 신동엽은 1960년대에 이미 이러한 사태를 예견하였다.

> 불성실한 시대에 살면서
> 우리들은,
> 비지 먹은 돼지처럼
> 눈은 반쯤 감고, 오늘을
> 맹물 속에서 떠 산다.
>
> 도둑질
> 약탈, 정권만능
> 노동착취,
> 부정이 분수없이 자유로운
> 버려진 시대
>
> 반도의
> 등을 덮은 철조망
> 논밭 위 심어놓은 타국의 기지.

그걸 보고도
우리들은, 꿀 먹은 벙어리
눈은 반쯤 감고, 월급의
행복에 젖어
하루를
산다.

—「금강」 13장 부분[8)]

한국 사회는 전쟁 이후에 프티부르주아로 시작한 사회였다. 한국에는 부르주아가 애초에 없었다. 전통적인 예절과 교양은 붕괴되었고 시민 사회의 예절과 교양은 확립되지 않은 상태에서 시민들은 타자에 대한 불신과 두려움 때문에 모든 것을 남과 비교하고 자기의 이익이 남보다 더 나을 수도 있었다는 분노와 후회에 휩싸여 있었다. 경제적 토대가 없는 중개업이 성행하여 시민들의 삶이 중개인의 사생활처럼 변하였고 비생산적 직업들이 위확장증적으로 팽창하여 시민들의 사적 영역은 거래의 대상이 모호한 상업의 형태로 변하였다. 사회 전반에 걸쳐서 생산이 판매에 종속되는 현상이 심화된 것이다. 화폐가치가 사물의 척도가 됨에 따라 인간의 관계 구조도 고객과 고객의 관계로 변화하였다. 서로 상대방을 고객으로 친절하게 대하지만 실제로는 대체 가능하고 어떻게 되어도 상관없는 객체로 취급하였다. 인간관계는 주면 반드시 되받아야 하고 되도록 받는 것보다 덜 주려고 해야 하는 거래 관계가 되었다. 무력

8) 같은 책, p. 183.

하고 고독한 개인이 차가운 익명의 시장에서 추상적 노동시간으로 환원되었다. 부를 획득한 사람은 자신을 객관 정신의 체현자이며 보편 원칙의 구현자라고 착각하였다. 그러나 비합리적 체계의 불안정한 변이 속에서 부는 우연의 일시적 선물에 지나지 않는다. 대자본은 연봉을 조정하기만 하면 어떤 인간이라도 다른 어떤 인간과 교환할 수 있다고 생각하였다. 돈에 대한 고려는 사적이고 은밀한 영역에까지 그 흔적을 남겼다. 경영 간부의 사업 정신이 노동계급의 의식에까지 침투하여 보편적 모델로 작용하였다. 기술 수준이 높아질수록 노동자의 주관적인 계급 소속감은 점점 더 흐려졌다. 노동계급의 궁핍화는 완화되었으나 모든 계급이 스스로 사고하지 못하는 프롤레타리아가 되었다. 여기서는 실업자들도 여가를 무서워하는 일 중독자들이다.

투자와 투기를 구별할 수 없으므로 삶과 도박도 구별할 수 없게 되었다. 불완전 경쟁 시장은 자유의 환상만 퍼뜨릴 뿐, 유통과 분배를 왜곡하는 비합리성을 포함하고 있다. 자유는 구체적인 선택의 여지로 존재하지 않고 다만 자유에 대한 말로 나타날 뿐이다. 시장에서는 대기업의 활동만이 자유로웠으나, 대기업도 강대국의 환경 제약에 순응하지 않을 수 없었다. 세계화의 이데올로기는 부분적 이익을 보편적 이익으로 정당화하려는 노력조차 보여주지 않았다. 가계 부채와 국가 부채의 증대로 장기 침체가 예상되는데도 의미 없는 투기에 헌신하는 사람들은 목적 없는 열정 자체에서 삶의 보람을 찾고 있다. 신동엽은 「시인정신론」에서 이러한 사회를 차수성(次數性) 세계라고 하였다. 본래 차수는 지수를 보태어 나온 수를 가리키는 수학 용어이지만 신동엽은 차수성 세계를 차례와 순서가 인간의 운수를 결정하는 세계라는 의미로 사용하였다. 『장자』「추수」에 나오는 차수(差數)는 차이의 이치라는 뜻이므로 차수(次數)를 차례의 이치라는 뜻으로 볼 수도 있다. 힘 있는 자에게 붙어서 줄을 잘 서야 성공하고 미국에 빨리 갔다 와야 출세하는 경쟁 사회가 바로 차수성 세계이다. "모든 것은 상품화해가고 있다. 이러한 광기성은 시공의 경과와 함께 배가, 득세하여 세계를 대대적으로 변혁시킬 것이다. 세계는 맹목기능자의 천지로 변하고 말았다. 눈도 코도 귀도 없이 이들 맹목기능자는 인정과 주인과 자신을 때려눕혔고 핸들 없는 자동차같이 앞뒤로 쏘다니며 부수고 살라 먹고 눈깔 땡깜을 하고 있다. 하다 지치면 뚱딴지같이 의미 없는 물건을 만들어도 보고 울고불고하고 있는 것이다"(368). 차수성 세계를 자세히 관찰하면 차수성 세계의 모순이 극복되고 대립이 통일되어 이룩되는 원수성(原數性) 세계의 모습이 그려진다. 그러므로 원수성 세계는 과거이면서 미래이다. 다시 말하면 인류의 오래된 미래라고 할 수 있다. 신동엽은 이 오래된 미래를 현재 속에 실현하는 일을 시인의 사명이라고 규정하고 원수성을 살려내는 시인들의 작업 공간을 귀수성(歸數性) 세계라고 하였다. "차수성 세계가 건축해놓은 기성관념을 철저히 파괴하는 정신혁명을 수행해놓지 않고서는 그의 이야기와 그의 정신이 대지 위에 깊숙이 기록될 순 없을 것이다. 지상에 얽혀 있는 모든 국경선은 그의 주위에서 걷혀져 나갈 것이다. 그는 인간의 모든 원초적 가능성과 귀수적 가능성을 한 몸에 지닌 전경인임으로 해서 고도에 외로이 흘러 떨어져 살아가는 한이 있더라도 문명기구 속의 부속품들처럼 곤경에 빠지진 않을 것이다"(372~73).

창작은 다르게 생각하는 사람들의 자유를 지키는 일이다. 수량의 범주가 지배하는 사회에서 질적 차이를 보존하는 것은 자유의 실천이 된다. 사람들은 자신의 차이를 인정해달라고 요구하지만 다른 사람의 차이를 참지 못한다. 특정한 방향의 발전만 허용하는 사회에서 다른 방향을 지향하는 것은 자신을 자신의 바깥으로 나갈 수 있게 함으로써 자신을 변화하게 하는 것이다. 자기의 자유만 주장하던 나는 파괴되고 타인의 자유를 존중하는 내가 탄생한다. 차이에는 언제나 파괴의 두려움과 탄생의 기쁨이 있다. 신동엽은 차수성 세계를 껍데기라고 불렀다.

껍데기는 가라.
사월도 알맹이만 남고
껍데기는 가라.

껍데기는 가라.
동학년 곰나루의, 그 아우성만 살고
껍데기는 가라.

그리하여, 다시
껍데기는 가라.
이곳에선, 두 가슴과 그곳까지 내논
아사달과 아사녀가
중립의 초례청 앞에 서서
부끄럼 빛내며

맞절할지니

껍데기는 가라.
한라에서 백두까지
향그러운 흙가슴만 남고
그, 모오든 쇠붙이는 가라.

—「껍데기는 가라」 전문[9)]

1894년의 동학농민운동과 1960년의 4·19혁명은 다 같이 귀수성 세계에서 일어난 사건들이었다. 여기서 중립은 바로 통일이고 평화이다. 신동엽은 남과 북의 정치적 통일보다 껍데기는 버리고 속알, 알몸, 알맹이로 사는 것이 더 중요하다고 말한다. 알맹이란 무엇인가. 그것은 가난한 사람들의 아주 작은 소원들 속에 들어 있는 가장 보편적인 미래이다. 세계시장을 지배하는 기술을 개발하겠다는 재벌들의 소원은 과거에 갇혀 있다. 기술혁신을 결정하는 요인이 과거의 경쟁 체제이기 때문이다. 전쟁이 그치기를 바라고, 아이가 학교 가는 날을 기다리고, 다친 아이가 병원 갈 수 있는 세상을 희망하는 아프가니스탄 여자들의 소원 속에는 다른 미래에 대한 꿈이 들어 있다. 그 꿈이야말로 오래된 미래이다. 그러므로 신동엽은 차수성 세계의 부정을 노래하는 시 「아니오」에서

세계의

9) 같은 책, p. 67.

지붕 혼자 바람 마시며

차마, 옷 입은 도시 계집 사랑했을리야[10)]

라고 단언했다. 자기가 서 있는 자리를 세계의 지붕이라고 말하는 것은 자기가 있는 곳이 거룩한 곳이라는 역사 인식을 표현한 것이다. 세계의 온갖 문제들이 집약되어 있는 곳에서 알몸으로 국제적 차별과 억압을 폐지할 해방의 바람을 마시고 있는 사람들은 옷 입은 도시 여자를 외면할 수밖에 없다. 옷은 본질이 아니라 장식이고 있음이 아니라 나타남이기 때문이다. 알맹이는 도시 여자들의 부화한 꾸밈을 버릴 때 비로소 실천할 수 있는 역사적 현재의 가능성이다. 알맹이는 껍데기를 몰아낸 후에야 비로소 나타난다. 나와 역사가 하나 되는 이 가능성을 한국 사람들은 오래전부터 얼이라고 불러왔다. 것과 얼은 구별되지만 또한 분리할 수 없이 얽혀 있다. 얼은 구심운동을 하고, 것은 원심운동을 한다. 얼은 총체성을 통일성으로 구성하고, 것은 통일성을 총체성으로 분화한다. 한국어로 얼은 속알이 되기도 하고 길이 되기도 한다. 한국인의 사유 체계에서 존재의 의미는 얼을 향할 때에만 드러난다. 신동엽이 믿은 알맹이 민주주의는 얼을 지키려는 "몸부림"(258)에 근거한다. 껍데기란 무엇인가? 그것은 알맹이를 더럽히는 무의미한 파편들의 더미이다. 그 파편 조각들은 공간 속에 존재하나 의미 있는 공간을 형성하지 못하고, 시간 속에서 운동하나 의미 있는 시간을 형성하지 못한다. 말하자면 그것들은 진리와 무관하다. 알맹이는 껍데기를 제

10) 같은 책, p. 31.

거하고 해체하여 진리를 드러낸다. 알맹이는 내면적인 존재이면서 동시에 보편적인 존재이다. 얼의 보편성 때문에 '나는 누구인가'라는 질문은 '나는 어디에 있는가'라는 질문과 통하게 되며 다시 '그대들은 어디에 있는가'라는 질문과 통하게 된다. 타인에 대한 관심으로 인해서 알맹이는 우리로 하여금 언제나 새롭게 보편적인 사랑을 발견하게 하는 힘이 된다. 두 존재가 사랑에 근거하여 개별성을 교환할 때 그들은 중단 없는 변화 속에서 서로 상대방에 의하여 재창조된다. 우리는 신동엽의 시에 등장하는 아사녀와 아사달을 여자와 남자로 볼 수 있고 남한과 북한으로 볼 수도 있다. 신동엽은 단순한 민주제도가 아니라 민주주의의 철학이 필요하다고 생각했다. 우리말로는 문학과 역사와 철학이 모두 이야기이다. 내가 겪은 이야기는 수필이 되고 우리가 겪은 이야기는 역사가 되며 지어낸 이야기는 소설이 된다. 철학은 이야기의 이야기이다. 역사에 대하여 이야기하면 역사철학이 되는 것이다. 의미의 보편성에서 역사철학은 역사보다 한 단계 심화된 차원에서 움직인다. 안중근 의사는 역사적 사명을 자각하고 이토 히로부미를 죽인 후에 자신의 실천철학을 「동양평화론」으로 제시하였다. 우리는 안중근 의사를 신동엽이 말하는 알맹이 민주주의의 전형으로 삼을 수 있다. 한국의 민주주의에 필요한 것은 대중으로 하여금 안중근 의사와 같은 행동의 강도를 체득하게 할 수 있는 민주주의 철학이다. 신동엽은 민주주의의 역사와 철학을 「금강」이란 노래로 통일하였다. 한국의 민주주의가 필요로 하는 것은 지금 여기서 항상 새롭게 쇄신되는 우리 시대의 「금강」이다.

3부

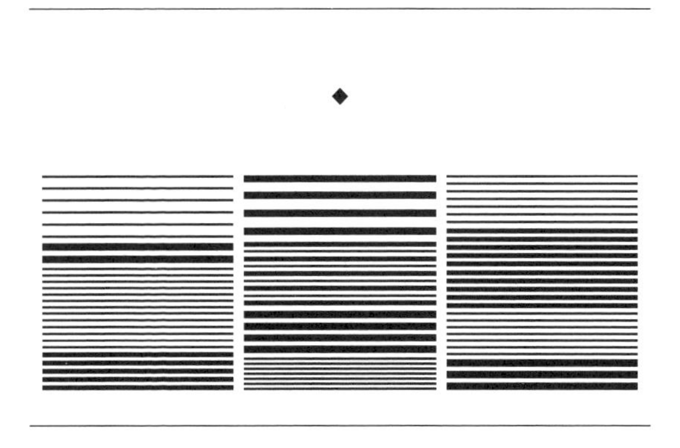

시로 읽는 시론

—신달자 시집 『종이』

한 권의 시집을 읽을 때 우리가 먼저 유의해야 할 일은 시집 전체의 주제와 연관된 구조적 이미지를 찾아내는 것이다. 라이트모티프Leitmotiv를 파악해야 악곡 전체의 짜임새가 드러나듯이 주제적 이미지와의 관계 아래 개별 작품들의 자리를 적절하게 배치할 수 있을 때 우리는 한 권의 시집을 읽었다고 말할 수 있다. 신달자의 시집 『종이』(민음사, 2011)는 들머리에 있는 「시인의 말」에서 시인 스스로 그 구조적 이미지를 먼저 밝혀놓고 시작한다는 점에서 독자의 수고를 많이 덜어주고 있다고 할 수 있다. 그러나 주제를 알고 들어간다고 해서 개별 작품의 배치를 쉽게 알 수 있는 것이 아니라는 데 이 시집의 특색이 있고 또 이 시집을 읽는 재미가 있다. 시인이 이 시집에서 탐구하고자 하는 주제는 종이의 이미지이다. 시인은 사물표상과 단어표상을 함께 다룬다. 파피루스, 점토, 나뭇잎, 댓조각, 비단, 동물가죽 등에서 시작하여 종이의 발명과 전파에 이르는 역사를 추적하면서 시인은 페이퍼 로드가 채륜과 고선지와 아부 무슬림 같은 사람들의 희생 위에 개척된 영혼의 길이라는 사실을 확인한다. 그 길에서 희생된 사람들은 영웅들만이 아니다. 16세기 네덜란드에서는 노예와 포로와 처형된 죄수들의 피부로 책을 만들었다. 기생의 치마에 시를 적어 여체의 구석구석까지 먹이 배어들게 하던 선비들의 도도한 정신에도 그 나름의 절실함이 있었을 것이다. 한지에는 세상이 뱉어내는 것을 다 안아 들이는 허공의 질감이 있다. 이제 우뭇가사리 같은 해초로 만드는 종이가 나온다. 화학약품이 제거된 자연 그대로의 질감을 시인은 낮게 가라앉은 그대의 자연성, 애틋하고 은근한 그대의 성품, 새롭고 예리한 그대의 정신에 비유한다. 새로운 인간이 새로운 종이와 사는 세상을 머릿속에 그려보는 것이다. 종이의 이미지는 사물표상을 넘어 확대된다. 인생은 글이 적혀 있는 종이이다. 사람들은 그 종이에 글을 쓰고 짓고 다시 쓴다. 실제로 인생과 글이 하나라는 사실을 증명한 사람이 있다. 도서관 사서로, 국립도서관장으로 일생을 오로지 책이 되어 살다가 눈을 잃고 어둠을 파내며 글자 속을 여행하면서 책의 성을 쌓은 호르헤 루이스 보르헤스가 바로 그이다. 심안까지 닫혔어도 그의 책은 커져가기만 한다. 시인에게 보르헤스의 책은 어린 갈망을 채워주는 어머니의 젖 같은 글이 적혀 있는 종이이다. 더 나아가서 시인은 세상을 커다란 도서관이라고 생각하고 자연을 커다란 종이라고 생각한다. 가을 하늘은 하느님의 종이이고, 여름 나뭇잎은 너무 진해서 붓을 밀어내는 진초록 종이이고, 파도는 아무리 구겨놓아도 다시 일어서고야 마는 푸른 종이이다. 눈은 지상의 검은 종이 대신 시인에게 증여되는, 용서를 배우지 못한 자는 손댈 수 없는 순은의 종이이다. 시인은 목련에서 생의 시 한 줄

녹여 묻어두고 싶은 종이를 보며, 가을 들에서 극도로 예민해진 종이 한 장의 고요를 느낀다. 시인에게 산청 율매마을의 연못은 지리산이란 두루마리 그림에 찍은 낙관이 된다. 갯벌, 갈대, 습지, 흑두루미, 큰고니, 노랑부리저어새, 검은머리갈매기—이 모든 것들이 시인이 읽어야 할 글자들이다. 시인은 자연의 부름에 대하여 그것이 비록 희미한 것이라 하더라도 정성을 다하여 공들여 응답하고자 하는 마음으로 살아왔다. 그것이 수많은 선배 시인들이 걸어온 길이라 할지라도 시인에게 자신의 작업은 항상 미지의 땅으로 들어가는 여행이다. 시는 연역적 체계의 침대에 묶어놓을 수 있는 물건이 아니기 때문이다. 시인은 자연의 글자를 심안으로 다시 조명하고 새롭게 읽지 않으면 안 된다. 글자를 가장 잘 조명할 수 있는 자리를 찾지 못한 시인은 불편한 자리를 피하고자 하는 불안에 시달린다. 이 불안이 시인을 자신과의 전쟁 상태로 몰아넣기 때문에 시인은 자기의 자리를 찾기 위해 자기에게 이의를 제기하지 않을 수 없다. 시인에게는 자기 탐구를 위해 자리를 바꿀 수 있는 빈자리가 필요하다. 시인은 「주름」이란 시에서 이 공백을 절간을 짓고 싶은 계곡이라고 부른다. 모든 걸 내준 사람의 얼굴에 깊게 파인 주름은 깊은 계곡과 같다. 그곳에 지어놓은 절은 물살에도 바람에도 떠내려가지 않는다. 그러나 법칙과 수치로 사고하며 통계에 굴복하는 현실은 빈자리를 허용하지 않는다. 기술에 지배되는 현실은 '예'나 '아니요'로 대답할 수 있는 질문만 질문으로 인정한다. 개인은 자신을 자신의 카드와 혼동하며 생활한다. 한 사람은 전달하고 다른 한 사람은 수용하는 통신 장비의 소통은 엄밀하게 말해서 소통이라고 할 수 없다. 장비와 장비의 관계에는 본질적인 것이 결여되어 있다. 한 사람은 다른 사람의 말을 듣고 있지만 그 다른 사람의 말을 알아듣지 못한다. 그것은 질료적인 교환이고 소통이 없는 거래이다. 물질을 배제하면 교환이 실현되는 시장이 남는다. 지폐를 가지고 가서 필요한 물건과 바꾸면 모든 일이 종결된다. 아무도 더 이상의 관계를 원하지 않는다. 시인은 종이가, 교환 가치가 절대 가치로 작용하는 마케팅 사회의 부적이 될 수 있다고 믿는다.

접속에서 접속으로
뜨거워지는
어지러운 피로에 떨어지면
흰 종이 한 장 꺼내
네 정신으로
네 이름자를 힘차게 눌러 써 보아라

—「부적」 부분

시인은 "클릭 하나로 세상 잡것들과 어울리는 저 사각의 마법"(「은신처」)을 믿지 않는다. 비밀번호로, 지문으로, 음성으로 열리는 문보다 사람의 목소리와 사람의 손으로 반기는 문이, 아니 그것보다 "아예 정강이 밑까지만 가린, 밤낮 열어두는" 정 깊은 사립문이 인간을 인간답게 살게 하는 데 더 적합하다는 것이 시인의 믿음이다. 시인은 작은 여백까지 차지하고 인간의 본질을 갉아먹는 현란한 문명에 이의를 제기한다. 시는 "마음 상한 사람들의 마지막 종이 같은 위안"(「섬」)으로서 기술 지배로부터 떨어져 있는 섬을 만드는 작업이다. 기술 지배에 굴복하면 생명의 원천이 고갈된다. 도구성은 인간으로 하여금 자신의 고유한 실재에 대하여 불성실하게 한다. 감탄하지 못하는 사람은 잠들어 있는 사람이고 맥 빠진 존재이다. 시인은 자동차도 전기도 수도도 학교도 없이 사는 펜실베이니아 랭커스터 지방의 아미시족에서 찾아 헤매던 하느님의 깨끗한 종이 한 장을 발견한다. 시인은 그 마을을 있는 그대로 놓아두고 싶어 한다. "나는 온몸이 비칠 듯 가벼워져 날아오르고 날아오르고 나는 점 하나 찍지 못한 채 맑고 은은한 종이에 죄 비칠 듯 한 장도 가져오지 않고 모두 두고 왔는데/내 발자국까지 모두 두고 왔는데……"(「아미시족」). 캘리포니아 북부의 레드우드 숲을 개발하려는 목재회사와 싸우며 2년 가까이 나무 위에서 생활한 줄리아 버터플라이 힐은 시인의 영웅이다. "당신은 여자 중의 여자다. 스물네 살의 영웅"(「인간 나비」). 시인은 삶의 맛을 느끼고 그 맛을 다른 사람에게 전하려 한다. 레코드처럼 반복되는 기술은 인간에게서 맛을 느끼는 능력을 박탈한다. 자신에게 충실하려면 인간은 따분한 의무의 다발들로부터 자신을 풀어놓을 수 있는 정신의 용기를 가져야 한다. 마케팅 사회의 터부를 공격하는 사람들은 신성모독의 대가를 치르게 된다. 시적 직관에는 결코 일반적일 수 없는 가치에 대한 요구가 포함되어 있다. 그것은 기술 사회에서 신용을 상실한 가치이다. 강인한 정신만이 모든 사람이 무시하는 가치를 소중하게 내세울 수 있다. 시인은 외관으로는 잘 정돈되어 있는 것 같으나 심장의 고동 소리가 들리지 않는 깨어진 세계에 이의를 제기하는 사람이다. 마케팅 사회의 시장형 인간은 삶의 요청에 응답하지 못한다. 그는 자신과 자신의 대상 사이에 있어야 할 여백을 모른다. 시인의 자기 탐구에서 첫번째로 등장하는 대상은 현재로서의 과거, 즉 시인의 추억이다. 심안의 조명 아래 휘황하게 빛나는 기억의 작은 조각들은 침전되기 이전의 고유한 직접 체험을 부활시킨다. 중개될 수 없는 삶의 직접성은 자신과 가장 내밀하게 연관된 것들을 시인에게 돌려준다. 이 기억의 직접성이 박탈된 것이 무엇인가를 알려주고 삶이 이렇게 지속되어서는 안 된다는 것을 말해준다. 사람들은 이력서를 거짓으로 기록할 수는 있으나 추억 앞에서는 거짓말을 받아 적지 못한다. 시인은 추억의 진실과 함께 자신과 싸우면서 의지적 기억이 듣지 못하는 내밀한 체험을 살려낸다. 프루스트는 의지와 사유가 도달할 수 없는 이 추억의 진실로 들어가는 길을 불수의적(不隨意的) 기억이라고 하였다. 입에 담을 수 없는 굴욕과 비참이 깔려 있는 이 길에서 시인은 과거와 미래가 만나는 절대적 현존을 체험한다. 시인에게는 잃어버린 낙원만이 진정한 낙원이 된다. 추방된 삶들만이 잃어버린 고국의 의미를 깨닫는다. 시인의 바탕은 향수로 구성되어 있다. 고향은 아무리 멀리 떨어져 있어도 존재의 핵심으로서 시인 속에 현존한다. 별을 따다 김치를 담그고 밥을 짓던 별종 아기 시절, 고향집 외딴 방 벽에 남긴 어지러운 글씨와 본 적도 없는 기차, 쌀 위에 톱밥 위에 눈 위에 흙 위에 모래 위에 오빠의 무덤 위에 적어놓은 수많은 글자들, 밤마다 접어서 미지의 세계로 띄워 보낸 종이배들, 작은 손바닥으로 온 동네 땅을 다 따먹고 하늘 따먹기를 하기 위해 생기게 해달라고 빌던 날개, 이 모든 것이 합하여 시골 소녀를 시인으로 만들었다.

나 어린 처녀 때
가랑이에서 물컹 살점 떨어지는 기미 있었는데

“꽃 비치는 기라, 말하거래이”
어머니 일러두었건만
아무리 생각해도 꽃은 아닌 것 같아
문 걸어 잠그고 나 그걸 종이에 묻혀 보았는데
살점도 아니고 붉은 피도 아니고
꽃은 더욱 아니었는데
첫 경도를 종이에 바친
종이에게 첫 여자를 바친
종이와 관계한
죽어도 끊을 수 없는
내가 가야 할
숙명적 비망록

—「꽃 비친다 하였으나」 전문

시인은 첫번째 몸엣것을 종이에게 주고 그것을 종이와의 간음이라고 기억한다. 보들레르는 시 쓰는 것을 매음하는 것이라고 하였지만 평균에서 벗어난 것이 아니라면 시가 될 수 없을 것이고 마케팅 사회에서 시인 됨은 저주받음과 통하리라는 것도 이해하기 어려운 일이 아닐 것이다. 어떤 억울함, 어떤 불공정을 자발적으로 수용하지 않으면 시인이 될 수 없을 것이다. 그러므로 시에 헌신하는 것은 마케팅 사회에서 성공할 수 있는 자기를 자발적으로 희생하는 것이다. 시인에게 시인 됨은 영광도 비참도 아니다. 그것은 그저 숙명일 뿐이다. 스무 살 때 나뭇가지로 흙에 써놓은 시 구절 하나를 찾아 헤맨 것이 시인의 일생이었다. 시인은 한 장 종이와 맞서

기로 입술 베며 맹세하던 젊은 날의 다짐을 잊지 않고 한 번 더 입술을 베이며 종이 속으로 침투하려는 전의를 새롭게 다져본다. 종이만이 생의 온갖 굴욕을 받아주기 때문에 시인은 종이 이외에 달리 의지할 존재를 알지 못한다. 시인은 70년의 생애를, 사계절을, 미국·프랑스·아시아를, 사람들의 연민·굴욕·황홀·배신을, 애인의 혼을, 발 들여놓은 적 없는 미래를 종이에 담았으나 그 모든 것으로 한 장 종이의 바닥도 채우지 못했다. 천만 마리의 새들이, 천만 톤의 바위가, 바다와 바다의 고기들이, 마을 사람들 전부가 종이의 고요 속에 갇혀서 자기들의 소리를 살려내라고 시인에게 호소하고 있다. 인간은 자신의 현존과 타인의 현존을 분리해낼 수 없다. 시인을 내적으로 쇄신하는 것은 타인의 현존이다. 타인이 없으면 자기 탐구 자체가 불가능하다. 인간의 주체는 공동 주체이고 인간의 주관은 상호 주관이다. 시인이 자기의 존재에 대하여 말할 때 그 말 속에는 자기의 존재를 타인에게 알리고자 하는 의도가 들어 있다. 인간에게 정말로 중요한 것은 함께하기이다. 누구에게나 최초의 장면에 함께 있던 사람은 어머니이다. 시인은 허옇고 푹신하고 펑퍼짐한 어머니의 엉덩이와 부러질 것 같지 않은 어머니의 오줌발 소리를 기억한다. 어머니의 눈물은 어린 시인의 굴렁쇠이고 공깃돌이고 오자미였다. 오랜 후에야 시인은 그것이 어머니의 살점이고 심장이었음을 알게 된다. 집이 빚에 넘어간 후 자살을 기도하다 실패한 어머니가 늦게 깨친 한글로 "내말 잊지마라라 주글대까지 공부하거라 돈 버러라 에미갓지 살지마라라"(「각혈」) 써 보냈다. 종이 위에 쏟은 어머니의 그 각혈 한 덩이가 시인의 평생을 지탱해주었다. 여자와 노래와 바둑을 좋아했던 아버지는 파산 후에 노래도

호령도 다 버리고 맨바닥에서 순수한 남자로 다시 태어나 정직한 자연으로 눈을 감았다. 우리는 '함께'라는 말이 의미를 상실해가는 시대에 살고 있다. 단순한 친절과 친밀이 실현 불가능하고 신용 불가능한 고물로 취급받는 세계에서 손님은 고객이란 의미로 축소되었고 상처 입은 사람들에 대한 호의는 능률성에 맞지 않는 참견이 되었다. 선의의 인간이 지니고 있는 조화의 리듬이 소멸한 마케팅 사회에 인간은 모두 승리를 자랑하는 권력의지의 포로가 되었다. 시인은 할머니가 바늘로 꿰매어 쓰던 바가지를 보고 싶어 하고 아재와 아지매들의 커다란 혹을 그리워한다. 악은 약하고 병든 자를 짓밟는 전쟁의 형태와 관련되어 있을 것이다. 악이 있는 한 선도 평화의 형태라기보다는 전쟁의 한 형태라고 해야 할 것이다. 선은 약자와 패배자를 정중하게 대하는 형제애와 연관되어 있다. 시인은 "종이 한 장으로 깊고 깊은 겨울의 중심을 건너는"(「종이 이불」) 사람을 본다.

> 겨울 지하 통로에 누워
> 종이 한 장으로 세상의 바람을 가리고 있는
> 종이 한 장으로 지나온 세월을 덮고 있는
>
> —「종이 이불」 부분

그 사람을 시인은 "의문의 흐릿한 기호 하나"라고 부른다. 인간이 심장을 가지고 있었던 시대에는 거지를 과객이라고 불렀다. 시인은 아무 말도 하지 않았지만 사람과 사람을 이어주던 끈이 풀려 있음을 느낀다. 분열을 경험한다는 것은 통일의 노스탤지어를 간직하고 있기 때문이다. 고통스러운 진리를 외면하고 얻어지는 희망은 속임수에 지나지 않는다. 사상적인 흥미 같은 것은 애초부터 시인에게는 문제가 되지 않는다. 시인은 자기 몸이 반응하는 것을 추후에 분석하여 말할 뿐이다. 그러나 분석이 시작되는 순간에 시는 육체라는 실재를 떠나 언어라는 재현표상 속으로 들어간다. 어떤 경우에도 몸은 도구가 될 수 없다. 우리는 육체에서 느껴지는 것과 느끼는 것, 자기를 느끼는 것과 다른 것을 느끼는 것을 구별할 수 없다. 느낌이라는 사건은 우리에게 물리적인 방식으로 주어지지 않는다.

> 내가 당도하고 싶은 곳
> 잘생긴 과학도 닿지 못하는 곳
>
> —「고요 늪」 부분

육체는 대상이 아니라 주체이다. 노예일지라도 자신의 육체가 주인의 것이 아니라 자신의 것이라는 감정을 단념할 수 없다. 육체를 대상의 언어로 환원할 수 없기 때문에 우리는 육체를 객관적으로 파악하지 못한다. 시는 재현이 불가능한 내적 상황에 깊이 들어가는 작업이다. "종이의 심장에 사람의 심장이/닿는 순간"(「예술혼」)에 시가 빚어져 나온다. 시인을 시에 결부시키는 힘은 농부의 삶을 땅에 결부시키는 힘과 동일하게 작용한다. 농부의 고뇌가 유용성이나 수익성에 결부되어 있다고 보는 것은 피상적인 시각이다. 땅은 농부의 의지와 지성의 너머에 있는 신비이다. 시인은 자신의 존재 전체를 걸고 생명의 핵심에 침투하여 세계를 수용한다. 받아들이는 것은 반갑게 맞아들이는 것이다. 수용은 환대와 통한다. 응답하기는 응답되기와 통한다. 우리는 존재 전체로 하는 응답을 명상이라고 한다. 명상은 구경이 아니다. 구경하는 사람은 불안이 제거된 호기심으로 사건의 표면을 스쳐 지나간다. 그는 진행되는 사건의 속으로 들어가지 않는다. 실재에 침잠하는 명상에는 미래에 대한 호기심이 없다. 구경이 명상으로 바뀌는 순간에 의미의 전환이 일어나고 시가 탄생한다. 시인은 시를 '종이 죽'이라고 불러본다.

세상의 잡언들 티끌조차 걸어내고
영성적 침묵과 묵상
맑게 걸러 내려
오랜 기다림으로 달이고 졸여서
연고 같은 말씀 한마디 태어나면
세상이여!
네 환부에 발라 줄게

—「종이 죽」 부분

외적인 지식과 내적인 명상은 반대로 작용한다. 명상하는 사람은 자기 자신에 대하여 침묵하며 대상으로부터 물러나 실재의 속으로 들어간다. 대상에서 물러나는 것은 실재를 포기하지 않고 실재를 실재 그대로 놓아두는 것이다. 시인은 "입은 닫고 귀는 열어//귀는 닫고 눈은 열어//낮게//낮게//엎드려"(「성소」) "임종을 안고 종이 위를 위태롭게 걸어가고"(「임종」) 있다. 근원적인 대답이 부재하기 때문에 우리에게 자기는 파악 불가능한 것으로 남아 있다. 자기 탐구는 도달할 수 없는 목표이다. 자신이라는 것은 자기에게 필연적으로 잘못 알려질 수밖에 없는 것이기 때문이다. 누구에게나 생은 부동화(不動化)할 수 없는 편력이다. 인간에게 부동은 몽상이고 망상이다. 그러므로 시인에게는 사막을 걷는 사람의 강인함이 요구된다. 하루 종일 걸어도 자고 나면 바람이 그 흔적을 없애버리는 사막의 길은 길 없는 길이다. 시인은 "사막 위를 절룩이며"(「백지 3」) "모래 씹히는 사막의 지문"(「핸드 프린팅」)을 보여주어야 한다. 시인은 사막에서 종이의 혼을 문자로 타전한다. 그 종이는 "생을 다 주어 경작해도/한 뼘도 다 갈지 못하는"(「농심」) 무한 박토이다.

지상의 거처

―김광규 시선집 『안개의 나라』

김광규는 1975년, 34세에 계간 『문학과지성』에 「시론」 「유무(有無)」 「영산(靈山)」 등을 발표하며 시인으로 등단하였다. 이 세 편의 시에는 모두 '시란 무엇인가?' 라는 질문이 들어 있다. 시인은 세상의 소리를 받아 적는 사람이다. 시는 시체가 되어 어시장에서 말없이 인간을 바라보는 물고기들의 소리와 바닷속에 빛과 물로 싱그럽게 울려 퍼지는 물고기들의 소리를 편성한 다성악곡이다.

> 받침을 주렁주렁 단 모국어들이
> 쓰기도 전에 닳아빠져도
> 언어와 더불어 사는 사람은
> 두려워하지 않고 슬퍼하지 않고
> 아무런 축복도 기다리지 않고
>
> ―「시론」 부분

「유무(有無) 2」(『안개의 나라』, 문학과지성사, 2018)에서 김광규는 시인이 기록하는 소리를 어디에나 있는 것 같은데 정작 붙잡으려 하면 아무 데도 없는 "그것"이라고 부른다. 시인은 쉬지 않고 그것을 찾아 헤맨다. 그러나 그것인 줄 알고 기록해보면 그것은 그냥 한 권의 책이고 생선, 과일, 의복이고 중화학공장이고 보험회사 사원이다. 시인은 존재의 소리를 적으려고 했으나 적어놓은 것은 존재자의 겉모습뿐이다. "뱀처럼 차갑고 미끈미끈한 것이 손에서 빠져나가려고 꿈틀댔다. 씨름하듯 그것과 맞붙어 엎치락뒤치락했으나 끝내 놓쳐버리고 말았다. 그것은 몸통도 머리도 다리도 날개도 없고 또한 보이지도 않았기 때문이다"(「유무 2」).

시는 감정을 통하여 세계에 대하여 말한다. 그것은 우리의 삶을 날카롭고 충실하게 느끼게 하고 소중한 경험을 기억 속에 간직하게 한다. 그것의 참모습을 보았다는 느낌을 주는 것이 대지나 바다나 하늘만은 아니다. 우리는 배, 기차, 비행기, 도시, 공장 같은 것에서도 그러한 느낌을 받을 수 있다. 사물의 속뜻은 사물에 있는 것이 아니라 보는 사람의 눈 속에 있는 것이기 때문이다. 그것은 관계들을 묶어주는 밑흐름이기도 하다. "나"는 아들, 아버지, 동생, 형, 남편, 오빠, 조카, 아저씨, 제자, 선생, 납세자, 예비군, 친구, 적, 환자, 손님, 주인, 가장이다. 그러나 그런 관계들은 나의 고유성을 감추는 겉모습일 뿐이다. 시인은 관계들의 밑에서 움직이는 나 자신에 대하여 말하고 싶어 한다.

과연
아무도 모르고 있는

나는
무엇인가
그리고
지금 여기 있는
나는
누구인가

—「나」 부분

「물오리」에서 시인은 단순하고 무심한 물오리의 소리를 기록하기 위해서는 애써 배운 모든 언어를 잊어야 하고 힘들게 얻은 모든 지식을 잃어야 한다고 말하고, 「진혼가」에서 시인은 인간을 기록하기 위해서는 그를 생각하지 말고 그를 보아야 한다고 말한다. 레오나르도 다 빈치도 볼 줄 아는 것이 예술가의 사명이라고 말했다. 우리들은 시나 그림을 보려고 하지 않고, 보기도 전에 설명하려고 한다. 시인이 자기 마음속에 떠오르는 생각을 표명할 때, 시는 긴장을 상실한다. 시는 우리에게 우리가 생각하던 것과는 다른 것 앞에 서 있다는 느낌을 주어야 한다. 모든 훌륭한 시는 미지의 세계로 들어가도록 세워놓은 일종의 다리이다. 우리가 매일 대하는 사물들 가운데 그 겉모습이 아니라 참모습을 보았다고 확신할 수 있는 것이 과연 얼마나 될까?

시는 삶의 겉과 속을 함께 말해준다. 시를 통하여 우리는 오래 사귄 친구를 비로소 알게 될 수 있고 오래 살아온 세계를 비로소 사랑하게 될 수 있다. 시인은 밖에 있는 사물과 마음속에 있는 감정을 꾸준히 바라보면서 그의 모든 감각을 동원하여 인생의 슬픔과 기쁨 그리고 경이로움을 상상한다. 대부분의 경우에 이해력과 상상력은 반대로 작용한다. 시를 쓰는 데 무엇보다 먼저 갖춰야 할 조건은 사물을 비평 없이 받아들이는 훈련이다. 볼 줄 아는 사람의 눈길은 빛과 어두움의 자리를 바꾸고 미와 추의 자리를 바꿀 수 있다. 비둘기는 새로 만들어놓은 집에는 오지 않고 칠이 벗겨지고 나무가 썩어야 찾아든다(「하얀 비둘기」). 시인은 자신의 처지를 목청껏 외치는 사람들 사이에서 혼자 중얼거리는 사람 또는 전나무 숲 산책길을 가로질러 느릿느릿 기어가는 민달팽이에 비교한다(「느릿느릿」). 감나무의 참모습은 아름답다거나 맛있겠다거나 그런 생각을 버리고 멍청하니 오랫동안 그저 바라보아야 알 수 있고(「감나무 바라보기」), 친구의 참모습은 빚 갚을 돈을 빌려주지 못하고 아들딸 취직하는 데 도움을 주지 못하고 서로 별로 쓸모없는 사이로 마흔다섯 해쯤 보내야 알 수 있다(「쓸모없는 친구」). 시인이 일주문 앞 포장마차에서 꼬치 어묵을 사 먹는 젊은 스님이나 교복 치마를 무릎이 나올 듯 말 듯 줄여달라는 여학생이나(「이른 봄」) 갓난아기에게 젖을 물리고 있는 야구 캡과 청바지 차림의 소녀를 따뜻한 시선으로 그려내는(「이른모에게」) 이유도 아마 그들이 보여주는 신선한 생명력에 있을 것이다.

크낙산 가는 길 잘못 들어서
의정부 외곽 도로 헤매다가 갑자기
길가에 차를 세우고 FM 라디오에서 흘러나오는
선율에 귀 기울였다 혹시
바흐의 변주곡 후반부 아닐까

언젠가 들어본 것 같기도 하고
처음 듣는 것 같기도 한 그 소절을
똑똑히 기억할 수 없어 안타까웠다
귓전을 감도는 그 첼발로 소리에
정확한 제목을 붙일 수는
없었다 이처럼 "아! 그것"이라고
말할 수밖에 없는
풍경을 한 번 본 적도 있다
괴팅겐으로 달려가는 지방 도로 근처
어느 호수 곁을 지나가다가
호반의 거대한 느티나무 아래
벤치에서 늙은 남녀의 뒷모습을
발견한 순간 길가에 차를
세우고 멀리서 한동안 바라보았다
어디서 본 것 같기도 하고
처음 보는 것 같기도 하고 어쩌면
앞으로 저렇게 보일 내 모습 같기도 했다
모를 일이었다 그야말로
어떻게 형언할 수 없는
소리와 모습
귓가에 들릴 듯 말 듯
눈앞에 보일 듯 말 듯
그것들을 끝내 말하지 못한 채 언젠가
아쉽게 입을 다물 것 같았다

—「크낙산 가는 길」 전문

「크낙산 가는 길」에서 시인은 길을 잘못 들어 의정부 외곽 도로를 헤매다가 FM 라디오에서 흘러나오는 음악에 귀를 기울이게 된다. 언젠가 들어본 것 같기도 하고 처음 듣는 것 같기도 한 그 소절을 똑똑하게 기억할 수는 없었지만, 괴팅겐으로 가는 지방 도로 근처 어느 호수 곁을 지나다가 호반의 느티나무 아래 벤치에 앉아 있는 늙은 남녀의 뒷모습을 볼 때도 어디서 본 것 같기도 하고 처음 보는 것 같기도 한 광경 앞에서 말로 표현할 길이 없는 안타까움을 느꼈다. 시인은 정확한 제목을 붙일 수는 없고 "아! 그것"이라고 말할 수밖에 없는 소리와 모습에 대하여 말하려고 하다가 끝내 말하지 못하고 아쉽게 입을 다무는 것이 시인의 운명일지도 모른다고 생각한다. 우리는 우리 주위의 수많은 물체들을 그저 단순한 표면에 불과한 것으로 지각한다. 아름다움을 발견하려면 표면의 부스러기들을 뚫고 사물의 속으로 들어가야 한다. 시인이 물질 속에서 자기를 실현하려면 질료의 안으로 들어가야 한다. 내밀한 공감이야말로 시인이 지켜야 할 유일한 윤리이다. 시는 언어의 유희가 아니라 물질의 유희가 되어야 한다.

김광규의 4월 혁명에 대한 기억은 그의 시를 가장 깊은 곳에서 묶어주고 있는 동력이다. 그는 그날 거리에 나가 시위에 참여하여 친구들이 죽는 것을 직접 목격하였다. 해마다 4월이 오면 그는 열병처럼 그날의 기억에 전율하며 스스로 그것이 "재발인가 아니면 부활인가"(「사오월」) 자신에게 물어본다. 그는 이 세상 모든 것에 대해 회의하면서도 그날 죽은 친구들이 스무 살의 젊은 나이로 헛

되이 스러지고 말았다고 말하는 사람에 대해서는 단호하게 반대한다(「아니다 그렇지 않다」). 지금도 아니라고 말하는 젊은이들이 있기 때문이다. 김광규는 게 장수의 구럭을 빠져나와 바다의 자유를 찾아 사방을 두리번거리며 아스팔트를 건너다 군용 트럭에 깔려 죽은 어린 게의 시체에서 "아무도 보지 않는 찬란한 빛"을 본다(「어린 게의 죽음」). 늘어진 가지들 모두 잘린 채 줄지어 늘어서 있는 4월의 가로수는 안타깝게 몸부림치다가 울음조차 터뜨릴 수 없어 몸통으로 잎을 내민다. 「희미한 옛사랑의 그림자」에 등장하는 인물들은 4·19에 참여한 친구들이다. 그들은 1960년 세밑 오후 다섯 시에 만나 불도 없이 차가운 방에 앉아 정치가 아니라 앞으로 평생토록 헌신해야 할 진리에 대해 열띤 목소리로 토론했다. 18년이 지나 넥타이를 매고 다시 만난 그들은 처자식의 안부를 묻고 물가와 월급에 대해 토론하고 목소리를 낮추어 떠도는 정치 이야기를 주고받는다. 그들은 자신들이 안개 짙은 풍문의 나라에 살고 있으므로 누구도 사실을 알지 못한다는 사실을 확실히 알게 된 것이다.

언제나 안개가 짙은
안개의 나라에는
아무 일도 일어나지 않는다
어떤 일이 일어나도
안개 때문에
아무것도 보이지 않으므로
안개 속에 사노라면
안개에 익숙해져

아무것도 보려고 하지 않는다
안개의 나라에서는 그러므로
보려고 하지 말고
들어야 한다
듣지 않으면 살 수 없으므로
귀는 자꾸 커진다
하얀 안개의 귀를 가진
토끼 같은 사람들이
안개의 나라에 산다

—「안개의 나라」 전문

"안개의 나라"에는 같은 말을 사용하지만 두 개의 서로 다른 사전을 가지고 있는 두 국민이 존재한다. 상류사회의 사전에는 찬성이란 말이 없고 하류사회의 사전에는 반대란 말이 없기 때문에 하류사회의 사람들은 상류사회의 사람들이 반대하기 전에 무조건 찬성해야 한다(「대화 연습」). 상류사회의 사람들은 하류사회의 사람들에게 아침의 잠자리가 얼마나 달콤한 것인지 알게 하고 겨울이 가면 봄이 오게 마련이라고 가르치면서 긴 겨울잠을 자게 한다(「세 시기」). 안개의 나라에는 시, 정치, 경제, 노동, 법, 전쟁, 공장, 농사, 관청, 학문을 생각하는 사람들만 있고 시와 정치 사이, 정치와 경제 사이, 경제와 노동 사이, 노동과 법 사이, 법과 전쟁 사이, 전쟁과 공장 사이, 공장과 농사 사이, 농사와 관청 사이, 관청과 학문 사이를 생각하는 사람들이 없다(「생각의 사이」). 흑색 제복의 관리와 황색 제복의 상인과 녹색 제복의 군인이 국민을 구성하고 있기 때문에 이 나라의 국기는 흑황록 삼색기이다. 이들은 필요에 따라 초병 근무 시키듯 시민이나 민간인을 뽑는다(「삼색기」). 이 나라의 사람들은 넥타이를 매고 보기 좋게 일렬로 서서 작아지고 들리지 않는 명령에 귀 기울이며 작아지고 수많은 모임을 갖고 박수를 치며 작아져서, 우습지 않을 때 웃고 슬프지 않을 때 슬퍼하고 기쁜 일을 숨기고 분노를 계산하고, 시키지 않으면 질문하지 않는다(「작은 사내들」). 시인에게 자신까지 포함한 그들의 삶은 기우뚱거리는 몸을 가누며 헛디디면 거기서 끝장이라고 두려워하며 저마다 아슬아슬하게 발을 옮기는 공포의 외줄 타기인 것처럼 생각된다. 그들에게 세상은 도처에 함정이 깔려 있어서 한번 빠지면 양심이나 이념 같은 것은 말할 나위도 없고 후회나 변명도 쓸데없는 지옥이다(「줄타기」).

자유를 자유라 부르며
사랑을 사랑이라 부르는
우리의 모국어는 어디 있는가

—「1981년 겨울」 부분

전두환이 12대 대통령으로 취임하고 봄, 여름, 가을을 지낸 그해 겨울에 시인은 어떤 일이 있어도 쫓기며 뛰지 않겠다고 다짐한다. 천천히 걸으며 몸속에 퍼지는 암세포까지도 삶의 일부로 받아들이겠다는 그의 결의는 사람에게는 사람의 모습을 보여주고 드라큘라에게는 드라큘라의 모습을 보여주는 거울을 갖고 싶다는 희망과 통한다. 시인은 한밤에 찾아온 친구와 벤야민을 이야기하며 밤을 새운다. 그는 새벽에 "충혈된 두 눈을 절망으로 빛내며"(「희망」) 어둠 속으로 사라진다. 시인은 희망이란 말이 그들에게는 외래어라고 생각해보다가 강하게 부정한다.

> 그렇다 절망의 시간에도
> 희망은 언제나 앞에 있는 것
> 어디선가 이리로 오는 것이 아니라
> 누군가 우리에게 주는 것이 아니라
> 싸워서 얻고 지켜야 할
> 희망은
> 절대로
> 외래어가 아니다
>
> —「희망」 부분

북한산 언덕길을 오르다가 문패 없는 저택들과 대문 없는 판잣집들을 보고 시인은 음산한 저택들에서 죽음의 냄새를 맡고 마당 없는 판잣집들에서 사람의 냄새를 맡는다(「북한산 언덕길」). 그는 일 년에 한 번쯤 몇 사람이 드나들기 위해 만들어놓은 큰 문을 헐고 누구나 드나들 수 있는 작은 문들을 새로 만들고 싶어 한다. 「목발이 김 씨」는 평등 공리가 통용되지 않는 안개의 나라 이야기이다. 지하 5층 지상 30층 빌딩의 기초공사를 할 때 김 씨는 비계를 오르다가 발을 헛딛고 추락하여 왼쪽 다리를 잃는다. 자기가 맡았던 13층 비상계단 입구가 어떻게 마무리되었는지 궁금하여 목발을 짚고 빌딩을 찾아간 그에게 수위는 일 없는 사람을 들일 수 없다고 말한다. 시인은 비천하고 비루하고 때로는 역겹기까지 한 집들과 마을들과 도시들을 직시하고 이 안개의 나라에 두 발을 굳게 딛고 자기 나름으로 지상의 거처를 상상해보고 싶어 한다. 시인은 시간을 거슬러 올라가 나라 잃은 시대에 "아무도 말하지 못하고/아무도 쓰지 못한/그것을 이렇게/우리말로 이야기하고/우리글로 써서"(「그때는」) 남긴 사람들을 생각하고, "앞서간 당신은 누구였습니까. 이제 나를 뒤따라오는 당신은 누구입니까. 그리고 오늘은 언제인가요"(「450815의 행방」)라고 질문한다.

「크낙산의 마음」은 김광규가 상상하는 지상의 거처가 어떠한 곳인가를 짐작할 수 있게 하는 시이다. 첫째 그곳에는 주인이 없고 중심이 없다. 둘째 그곳에는 바위와 수풀이 제멋대로 널려 있고 우거져 있다. 셋째 그곳에는 나무와 짐승 들이 땅과 하늘을 집 삼아 몸만 가지고 넉넉히 살아간다. 생리 조건과 환경 조건을 다 알 수 없으므로 우리는 세상일에 일일이 개입할 수 없다. 잘 알지도 못하면서 이것저것 간섭하는 사람들이 세상을 혼란스럽게 한다. 현실의 계기는 무한하므로 개입이 확대되면 사회 자체가 작동하지 않게 될 것이다. 비개입은 자율의 조건이다. 잘못된 개입은 노예나 독재자를 만든다. 노예가 안 되려면 투사가 되어야 한다. 독재자가 안 되려면 투사가 되어야 한다. 인간의 역사는 노예가 되지 않게 하고 독재자가 되지 않게 하는 평등 공리를 전제한다. 작가는 인물들을 간섭하지 말고 좋은 인물과 나쁜 인물에게 다 말하게 해야 한다. 선생은 학생들을 간섭하지 말고 우등생과 열등생이 다 말하게 해야 한다. 작가와 교사는 인물들과 학생들에게 관심이 없어서 개입하지 않는 것이 아니라 그들을 존중하기 때문에 개입하지 않는 것이다.

과대평가나 과소평가 없이 있는 그대로 그 사람의 고유성을 인정하는 것을 존중respect(다시 보기)이라고 한다. 평등 공리가 통용되지 않으면 못살겠다고 말하는 사람이 많아진다. 못살겠다는 사람의 비율이 낮아질 때 비로소 "이 땅을 버리고 어디로 가랴"라고 말하는 사람들이 늘게 된다. 불공정한 차별에 반대하지 않으면 노예가 생기고 독재자가 나온다. 반대가 없는 사회에는 자의적인 개입이 증가하고 동시에 불평등도 심해진다. 경공업과 중공업 사이에 어긋남이 있듯이 비개입과 평등 공리 사이에도 어긋남이 있으나, 근원적인 어긋남에도 불구하고 정치적 사건의 주체가 대중이라는 것은 변함없는 사실이다. 대중에게는 국가를 포위하여 평등 공리가 통용되도록 강제할 수 있는 힘이 있다. 김광규는 비개입과 평등 공리의 어떤 균형을 신념으로 간직하고 있다.

일찍부터 우리는 믿어왔다
우리가 하느님과 비슷하거나
하느님이 우리를 닮았으리라고

말하고 싶은 입과 가리고 싶은 성기의
왼쪽과 오른쪽 또는 오른쪽과 왼쪽에
눈과 귀와 팔과 다리를 하나씩 나누어 가진
우리는 언제나 왼쪽과 오른쪽을 견주어
저울과 바퀴를 만들고 벽을 쌓았다

나누지 않고는 견딜 수 없어

자유롭게 널린 산과 들과 바다를
오른쪽과 왼쪽으로 나누고

우리의 몸과 똑같은 모양으로
인형과 훈장과 무기를 만들고
우리의 머리를 흉내 내어
교회와 관청과 학교를 세웠다
마침내는 소리와 빛과 별까지도
왼쪽과 오른쪽으로 나누고

이제는 우리의 머리와 몸을 나누는 수밖에 없어
생선회를 안주 삼아 술을 마신다
우리의 모습이 너무나 낯설어
온몸을 푸들푸들 떨고 있는
도다리의 몸뚱이를 산 채로 뜯어먹으며
묘하게도 두 눈이 오른쪽에 몰려 붙었다고 웃지만

아직도 우리는 모르고 있다
오른쪽과 왼쪽 또는 왼쪽과 오른쪽으로
결코 나눌 수 없는
도다리가 도대체 무엇을 닮았는지를

—「도다리를 먹으며」 전문

김광규의 시에는 달착지근한 감정이 없다. 감정이 상하면 감상이 된다는 것을 시인 스스로 명확하게 인식하고 있기 때문이다. 그의 시는 신념을 전하는 시가 아니고 지식 내지 교훈을 전하는 시도 아니다. 시인이 할 일은 지식을 나누어 주는 일도 아니고 또한 무엇이 옳고 무엇이 그르다고 설득하는 일도 아니라는 것을 그 자신이 잘 알고 있기 때문이다. 그러나 김광규의 시에는 상당히 많은 경우에 어떤 지혜가 표명되어 있다. 로버트 프로스트는 희열에서 시작하여 지혜로 끝나는 것이 시라고 말했다.

김광규의 시에는 병과 죽음의 테마와 사랑과 화해의 분위기가 공존하고 있다. 11권이나 되는 그의 시집들에 흐르는 라이트모티프는 시간이라고 할 수 있을 터인데, 그 시간은 다원적으로 결정되는 다각적 측면에서 서로 다른 시선을 가능하게 하는 복합적 다양체이다. 김광규의 시 속에 흐르고 있는 시간은 직선이 아니라 여러 개의 서로 다른 경로로 진행하는 원환이다. 그 시간은 생생하던 모든 것을 낡은 사진처럼 희미하게 만들지만 또 겨우 존재하는 흔적들을 미나리마름처럼 되살려낸다.

밤새도록 오른손이 아파서
엄지손가락이 마음대로 안 움직여서
설 상 차리는 데 오래 걸렸어요
섣달 그믐날 시작해서
설날 오후에 떡국을 올리게 되었으니
한 해가 걸렸네요
엄마 그래도 괜찮지?
(남편과 자식 뒷바라지에 시달려

이제는 손까지 못쓰게 된 노모가
외할머니 차례 상에 술잔 올리며
혼자서 중얼거리네)
눈물은 이미 말라버렸지만
귀에 익은 목소리 들려와
가슴 막히도록 슬퍼지는 때
오늘은 늙은 딸의 설날
까치 까치 설날은
어저께였지

—「오른손이 아픈 날」 전문

손이 아파서 차례 상을 차리는 데 이틀이 걸렸다. 오른손 엄지는 그냥 아프다는 말로는 전달할 수 없는 고통의 제유이다. 자식들은 그녀의 아픔을 깊이 알지 못한다. 그녀 자신만큼은 아니더라도 남편은 그녀의 아픔을 자신의 아픔으로 속속들이 느낄 수 있다. 한 해를 들여 천천히 공들인 차례 상에 술잔을 올리며 늦게 차려 미안하지만 이해해주리라 믿고 "엄마 그래도 괜찮지?"라고 혼자서 나지막하게 하소연해본다. 이 시의 화자는 남편이지만 "외할머니"라는 말에서 짐작할 수 있듯이 그는 자식들의 대변자이기도 하다. 화자는 두 사람의 엄마를 바라본다. 엄마는 술잔을 올리면서 귀에 익은 목소리를 듣고 "까치 까치 설날"을 부르는 어린아이가 된다. 엄마의 영혼 앞에는 손이 아픈 늙은 딸과 아픔을 모르는 어린 딸이 공존한다.

김광규의 시들은 부드러운 화해의 분위기를 배경으로 하고 부조리한 세상을 전경에 놓는다. 그 세상은 충만한 존재와 너무나 멀리 떨어져 나와 있어서 모든 사람이 존재의 결핍을 절감하지 않을 수 없게 하는 거북한 공간이다. 지하실 구석방에 홀로 살며 한겨울이나 한여름에는 지하철 노약자석에서 하루를 보내는 노인이나(「쪽방 할머니」) 산을 가리고 뜰의 화초를 시들게 하는 고층건물 때문에 전망이 막힌 실내에 갇혀 소용없는 민원을 내보다 지쳐버린 하우스푸어나(「그늘 속 침묵」) 그들이 겪어내는 나날의 삶은 부적합한 공간을 힘겹게 견뎌내는 시련에 지나지 않는다. 모두가 불만에 가득 차 있기 때문일까? 이 땅에는 이해할 수 없는 일이 일어나기도 한다. 선원들이 3백여 승객을 진도 앞바다에 버려둔 채 자기들만 탈출한다(「바다의 통곡」). 무책임과 부주의는 어쩌면 우리들의 습성이 되어버렸는지도 모른다.

땅거미 내릴 무렵
건널목에서 우회전하다가
길 한가운데 움직이는 물체가 보여
황급히 브레이크를 밟았다
너덧 살 난 꼬마가 거기 있었다
급정거에 아랑곳없이
스키니 청바지에 야구 캡을 쓴 엄마가
스마트폰을 환하게 들여다보며
뒤따라오고 있었다

—「건널목 우회전」 전문

때는 만물이 윤곽을 잃어버리는 황혼이다. 브레이크를 밟지 않았으면 한 어린아이가 목숨을 잃어버렸을 위급한 순간인데 젊은 엄마는 자기 아들 때문에 차가 급정거하는 소리조차 듣지 못하고 어스름 속에서 환하게 스마트폰을 들여다보며 아이의 뒤를 따라오고 있다. 그 젊은 엄마의 환한 얼굴이야말로 우리 시대의 진정한 어두움을 말해주는 징후가 아닐까?

열 편의 연작시 「아니리」는 '시인 김광규 씨의 하루'라고 할 만한 내용을 꾸밈없이 진솔하게 보여준다. 아니리는 판소리에서 소리와 소리 사이를 이어주는 풀이말로서 소설에서 장면과 장면을 이어주는 요약에 해당된다. 모두가 악을 쓰는 시대에 들릴 듯 말 듯 중얼거리는 사람이 시인이라고 생각하는 그는 뽑아대는 소리보다 말하듯 풀어내는 아니리가 자신의 호흡에 더 적합하다고 판단한 듯하다. 열 편의 내용을 요약하면 다음과 같다. 1. 나른하게 홀려서 진실을 외면하게 하는 봄보다 얼어붙은 임진강 물에 빠진 시체가 그대로 보이는 겨울이 차라리 낫다. 2. 생명의 목적은 쓰임새가 아니라 아름다움에 있다. 3. 헛된 희망보다 참된 절망이 더 소중하다. 4. 올곧은 사람들 모두 가고 못된 놈들만 설쳐대는 것이 한심하나, 시인 자신도 괜찮은 쪽에 들지 못한다는 것이 더 문제다. 5. 진실은 사진이 아니라 기억에 들어 있을 것 같은데 교통순경과 싸우던 기억이 가장 생생한 것을 보면 기억조차도 믿을 수 있는 것은 못 되는 듯하다. 6. 떼를 지어 몰려다니는 등산객들의 고기 굽는 냄새와 화투 치는 소리가 눈 맞으며 혼자 걷던 세검정 길을 더럽히고 추억 속의 조선 종이 냄새까지 오염시킨다. 7. 생애를 바꾸는 것은 인간의 의지가 아니라 한 순간의 우연이다. 8. 스포츠카를 사고 증권 거래에 골몰하는 사람들에게는 가난에도 불구하고 정직하고 관대하게 살았던 사람들의 정신이 결여되어 있다. 9. 이미 소유한 재산에 만족하지 않고 학교와 병원, 신문사와 방송국을 소유하려 하고 거기에 더하여 국회의원 배지까지 소유하려 하는 것은 똬리를 트는 것이 뱀의 생리이듯이 누구도 무어라고 할 수 없는 부자들의 생리다. 10. 추석이 지나도 불타는 태양이 홍수가 휩쓸고 간 들판을 달구며 계절밖에 믿을 게 없는 사람들을 실망시킨다.

그러나 김광규의 시에는 한탄하며 여생을 보내는 사람이 많이 나오지 않는다. 병을 겪고 죽음을 가까이 느끼면서도 그의 시에 등장하는 사람들은 세상의 메마름을 견딜 수 있게 하는 지혜를 간직하고 있다. 그것은 오래된 것들, 쓸모를 상실한 것들에 대한 절대적인 신뢰이다. 우주의 중심에 존재하는 것들은 오래된 것들과 쓸모없는 것들이다.

조상의 묘지와 위토는 절대로 팔아먹으면 안 된다
마당의 나무들은 한 해 걸러 거름을 주어야 한다
감이 열리면 늦가을에 이웃들과 나누어 먹고
지하실에 둔 와인은 손녀가 시집가는 날
하객들과 나누어 마셔라……

—「쓰지 못한 유서」 부분

할아버지가 감 딸 때 높은 가지에 까치밥 몇 개는 남겨둔 이유와 (「가지치기」) 비밀이라도 알려주듯 처음으로 꽃을 피운 난초를 보여준 이유를 짐작하게 된 시인은 지금은 비록 컴퓨터 게임에 바쁘더라도 오래 기다리면 언젠가는 할아버지의 마음을 손자가 알게 될 것이라는 희망을 포기하지 않는다(「난초꽃 향기」). 그는 기계가 아무리 발달해도 기계의 시대가 사람의 바탕을 바꾸지는 못하리라고 믿는다. 몽골 초원에서 양 떼를 지키는 소녀가 두 손 모아 기도한다고 생각하고 다가가 보니 그 소녀는 카카오톡에 열중하고 있었다(「가을 소녀」). 눈매와 입매는 엄마 아빠를 닮았지만 소녀의 마음은 엄마 아빠와는 다른 미래로 날아가고 있었다. 시인이 보기에 그것은 어머니의 어머니의 어머니 적에도 그랬고 딸의 딸의 딸 적에도 그럴 것이다. 기술은 태초 이래로 젊은 사람들이 몽상하던 미래의 한 종류일 뿐이다.

기계 문명에 대한 과대평가를 되도록 삼가려는 마음은 쓸모없는 것들의 쓰임새로 향한다. 토마스 아퀴나스도 행동의 선을 추구하는 윤리와 작품의 선을 추구하는 기술을 구별하고 목수의 실용적 기술과 화가의 자족적 기술을 구별하였다. 사물의 감추어진 매력은 쓰임새가 소멸했을 때 드러난다. 나무의 시간이 있고 돌의 시간이 있다. 사물의 내면에 깃들인 정서적 공간을 발견하려면 인간의 실용주의에서 벗어나야 한다. 시에서 문제되는 것은 인간의 현실성이 아니라 물질의 현실성이다. 물질의 현실성이 시인을 훈련한다. 시인은 자기가 바라는 것을 말하는 사람이 아니라 사물이 원하는 것을 말하는 사람이다. 시인의 모럴은 물질 속에 새겨져 있는 질료에 공감하는 모럴이다. 아름다움뿐 아니라 사랑이라는 것도 쓸모없는 것의 쓰임새에 속하는 것은 아닐까? 그리고 아름다움과 사랑은 관념이 포착할 수 없는, 어떤 깨달음에 속하는 것은 아닐까?

「이름」이란 시에서 김광규는 어디에 적혀 있지 않아도 입에서 입으로 전해 내려오는 그 많은 강과 산의 이름들을 누군가 어디서 서로 부르고 때로는 제각기 스스로 부르면서 곳곳에서 살아 움직이는 사람들의 이름에 비교한다. 세상에는 이름 없는 풀이 없듯이 이름 없는 사람도 없다. 이 세상에 존재하는 모든 것은 존재할 만한 가치를 지니고 있다. 한 그루의 나무를 보라. 실뿌리가 자라서 굵은 뿌리가 되고 나무 밑동에서 조금씩 줄기가 생겨 갈라지고 줄기에서 나뭇가지가 퍼져나가 가지마다 수많은 이파리가 돋아나며 땅으로부터 하늘로 올라가는 운동과 햇볕과 비와 바람이 가지에서 밑동으로 다시 뿌리로 스며들며 하늘로부터 땅으로 내려가는 운동이 하나로 통일되어 나무를 만든다. 아래로 당기는 힘이 강해지면 위로 솟구치려는 노력도 그만큼 더 강해진다. 나무는 천상과 지상의 긴장을 유지하면서 살아 있는 존재이다.

그것은 커다란 손 같았다
밑에서 받쳐주는 든든한 손
쓰러지거나 떨어지지 않도록
옆에서 감싸주는 따뜻한 손
바람처럼 스쳐가는
보이지 않는 손
누구도 잡을 수 없는
물과 같은 손
시간의 물결 위로 떠내려가는
꽃잎처럼 가녀린 손
아픈 마음 쓰다듬어주는

부드러운 손
팔을 뻗쳐도 닿을락 말락
끝내 놓쳐버린 손
커다란 오동잎처럼 보이던
그 손

—「그 손」 전문

신을 믿건 안 믿건 시인에게는 세상의 메마름을 견뎌내게 하는 최소한의 근거가 있어야 한다. 그 자체는 단적인 비합리라고 할 수밖에 없겠지만 그것에 기대어 미와 추를 분간하는 근거에 대한 믿음이 없는 사람은 결코 시를 쓰지 못한다. 정말로 위대한 시란 바로 이 근거에 육박하는 물질의 유희이다. 이 믿음이 존재의 근저까지 침투해 들어오는 고독을 이겨내게 하고 자기 존재의 심연을 열어 보이게 한다. 근거를 믿기 때문에 그는 아무것도 두려워하지 않고 무장을 스스로 해제한 채 물질과 유희한다. 김광규는 한편으로 악이 군림하는 이 세계를 거부하면서 다른 한편으로 심오한 근거 위에 존재하는 이 세계를 포용한다. 그의 꾸밈없는 도덕주의는 무병 신음을 경계하면서도 상처를 감추려고 하지 않는다. 그러나 그는 그 상처들을 밑에서 받쳐주는 든든한 손을 믿는다. 그것은 꽃잎처럼 가녀린 손이고 바람처럼 스쳐가는 보이지 않는 손이고 누구도 잡을 수 없는 물과 같은 손이다. 이 시는 비유의 잔치이지만 우리는 이 시의 비유들에서 기교의 흔적을 찾을 수 없다. 이 비유들의 초점이 상처와 근거의 긴장에 있기 때문이다. 현실의 근거는 비유를 통해 본래의 의미를 드러낼 수밖에 없다.

나와 너

— 이태수 시집 『따뜻한 적막』

잘 보는 사람은 잘 꿈꾸는 사람이다. 사람은 먼저 사물들과 다른 사람들을 보고 그것들과 그들 가운데 가까이 다가와 고유성을 드러내는 어떤 것 또는 어떤 이를 너라고 부른다. 그/그것들 속에 꿈이 들어가 정서적 공간을 만들면 그/그것은 너가 된다. 우리는 그/그것들을 스쳐 지나간다. 그러나 그/그것이 너가 되면 시간의 속도가 느려져서 우리는 내심의 침묵 속에서 너의 고유성을 바닥까지 받아들일 수 있게 된다. 영혼이 휴식할 때 풍경은 자신의 진정한 성격을 우리에게 속속들이 알려준다. 봄이 전개되는 동안에 벚나무는 "감춰뒀던 속내가 한순간에 일제히 폭발하듯/뿌리로 모았던 힘을/터뜨리고"(「참새와 벚꽃」), "무성한 풀숲은 산발치의 아파트 담장까지/잰걸음으로 다가서는 중"(「늦은 봄」)이다. 꽃은 꽃의 언어로 말하고 새는 새의 언어로 말한다. 꽃의 언어와 새의 언어는 다르지만 인간 언어의 심층에는 그 언어들이 서로 주고받을 수 있는 우주 언어가 작용하고 있다. 시를 쓰는 일은 이 우주 언어를 기록하는 노동이다. 그러므로 시인은 새와 꽃에 대해 말하는 사람이 아니라 새와 꽃이 말해주는 것을 받아 적는 사람이다.

이태수의 시집 『따뜻한 적막』(문학세계사, 2016)에 나오는 나무는 탁월한 모럴리스트이다. "하루에도 몇 번 흐렸다 개었다/흐려지는 사람의 길"을 내려다보며 나무들은 말 없는 말을 속 깊은 데 간직하고 "등 구부린 채 하늘을 끌어안는"다(「등 굽은 소나무」). 바위틈에 뿌리를 내려 자라지 못하는 울릉도 향나무는 몸속 깊숙이 대궐 한 채만큼 방대한 향기를 품고 있다(「울릉도 향나무」).

> 나도 저 의젓한 회화나무처럼
> 언제 무슨 일이 있어도 제자리에 서 있고 싶다
> 비바람이 아무리 흔들어대도, 눈보라 쳐도
> 모든 어둠과 그림자를 안으로 잼이며
> 오직 제자리에서 환한 아침을 맞고 싶다
>
> —「환한 아침」 부분

「어둠 속에서」와 「그 사람의 말」에 등장하는 그 또는 그분은 시인이 닮고 싶어 하는 삶의 모델이 되는 사람들이다. 세상은 캄캄하고 "어둠이 어둠을 겹겹이 껴입고 있"지만 어둠을 배경으로 빛나는 별들이 캄캄할수록 더욱 영롱해지듯이 고삐 풀린 망아지같이 갈팡질팡하는 세상이 그분의 기억을 휘황하게 밝혀주고 있다. 다른 사람의 말로 채워질 수 있는 여지를 넉넉하게 남겨두는 그 사람의 말은 언제나 그 누구와 의미를 함께 나누려는 마음 때문에 사람들의 마음을 부드럽게 사로잡는다.

그리고 시인에게는 이승의 한 생 내내 추억으로서 미련으로서 상처로서 간직해온 사랑이 있다. 시인은 그 사람을 향한 가슴의 불을 끌 수 없어 밤이 이슥하도록 강가를 걸으면서 멀리 불빛 어리는 방들에는 모두 애타게 가슴 죄며 밤을 지새우는 사람들이 있을 것이라고 상상해본다(「또 너 보고 싶어」). 「레테의 강」에서 시인은 "나, 너를 좋아해"라고 한 죽은 그 사람의 말이 갑자기 망각을 뚫고 머리에 떠올라 벼락 맞은 듯 전율하며 무정했던 자신을 자책하면서 한편으로 그 사랑은 끝내 건너서는 안 될 강이었다고 체념하는데, 바로 그 체념과 자책이 사랑의 불길을 더욱 힘차게 북돋운다. 시인은 너를 좋아한다는 그 말을 안으로 굳게 빗장 질러놓고 무덤까지 가져가려고 한다(「어떤 평행선」).

서녘은 펼쳐 놓았던 놀을
이제 곧 거둬들이겠지만 아직은 너무 붉다
잊으려 애써도 눈에 선한 너의 모습
너를 향한 내 마음은 저녁놀보다 붉다

—「황혼의 비가」 부분

사라지기 전의 노을이 더욱 붉듯 노년에 사랑의 추억은 생생하게 쇄신되는 마지막 정열이 된다. 노인 속의 소년이 여전히 생생하게 살아 있기 때문이다.

한여름 땡볕에 한사코
담장 타고 기어오르며 피는 꽃,

능소화들이 목 뽑은 채 귀를 활짝 연다

오로지 그 님만 하염없이 기다리는
마음의 저 붉은 끈,
그 끈을 끝내 놓지 못하기 때문일까

땅바닥에 떨어지면서까지
귀는 마냥 그대로 열고
담장 너머 발소리에 애간장 태우는 것 같다

기다림이 도를 넘으면 한이 되고
한이 하늘 찌르면 독이 되고 마는 걸까
독이 되어 더 아름다운 저 꽃잎들

그 님이 아니면 그 누구든
저 꽃잎에 손대지 마라
저 꽃을 탐한 손으로 절대 눈 비비지 마라

눈이 멀어도 좋다면
그 손으로 저 꽃을 탐해 보라
그 님이 아니면 그 저주 죄다 떠안게 되리니

—「비련의 꽃」 전문

한여름에 피는 능소화는 아름답지만 손대면 꽃이 떨어지고 꽃가루가 눈에 들어가면 눈을 멀게 하는 꽃이다. 시인은 더위에 이울지 않는 붉은빛을 목숨을 들어 간절히 사랑하는 마음의 끈에 비유하고 활짝 벌린 꽃잎들을 사랑하는 사람의 발자국 소리를 기다리며 항상 열려 있는 귀에 비유한다. 사랑의 축복이 사랑의 저주와 뗄 수 없이 얽혀 있기 때문에 능소화의 사랑도 한과 독을 품고 있다. 시인은 사랑을 지켜주려면 한과 독까지 다치지 않게 지켜주어야 한다고 말한다. 우리의 사랑이 이루어질 수 없는 사랑이듯이 우리의 꿈도 이루어질 수 없는 꿈이다.

> 하지만 나는 창밖의 앞산 자락을,
> 그 응달의 나무들과 마른풀들까지
> 앞마당으로, 다시 창 안으로
> 지그시 끌어당긴다
> 안으려 해보지만 품을 수는 없다
>
> —「유리벽」 부분

사랑의 주체와 객체 사이, 꿈의 주체와 객체 사이에는 투명하지만 뚫고 나갈 수 없는 유리벽이 있다. 우리는 사랑과 꿈을 제 힘껏 공들여 끌어당겨보지만, 우리가 지상에서 할 수 있는 일은 그것뿐이지만 사랑과 꿈을 우리 자신의 것으로 품을 수는 없다. 우리는 무한을 꿈꾸지만 우리가 있는 곳은 언제나 유한한 세상이다. 우리는 항상 새롭게 유한한 세상을 부정하려고 한다. 그러나 우리에게 남는 것은 유한한 세상뿐이다. 인간에게 무한은 유한을 부정하게 하는 유한의 내적 동태일 뿐이다. 무한을 바라보려 할 때마다 무한의 거울에 비치는 자신의 유한성에 직면하게 되는 것이 인간의 운명이다.

눈을 가득 뒤집어쓴 보트 한 척이
호수 한 귀퉁이에 매인 채 나를 올려다본다
나도 나를 들여다본다

—「눈길 1」 부분

우리는 나날의 삶에서 되도록 자기 내심을 보지 않고 살려고 한다. 타성적 세계에서 관습에 따라 사는 것이 더없이 편안하기 때문이다. 그러나 그것이 아무리 고통스럽더라도 자기의 내면에서 일어나는 사건들에 귀를 기울이지 않을 수 없는 때가 있다. 대부분의 경우에 그것은 의존심과 적대감이다. 원한과 질투에 휘둘리는 자기의 내면을 보면서 너무나 형편없는 자신의 모습에 절망하지 않을 만큼 용기 있는 사람은 아주 드물다.

가파른 산길을 따라 오를수록
계곡으로 굴러 내리는 마음, 이 공허

허공의 뜬구름은 어디로 가는지,
구름 그림자 아래 주저앉아 있는 내가
땀에 절어 산꼭대기까지 오른 나를
되레 내려다보고 있는 것만 같다

—「산길에서」 부분

우리는 때때로 우리 자신을 되비추는 거울이 된다. 상상력은 우리 자신을 천국에 올려놓았다가 지옥에 내쳤다가 하지만 시간은 끝내 우리 자신의 민낯을 우리 앞에 드러내고 만다. 시인은 자기의 내심을 들여다보면서도 눈을 돌리지 않을 만큼 정직한 기록자이다. 그리고 자기에게 정직하다는 것은 다른 사람에게 관대하다는 것을 의미한다. 자기 속의 그릇된 욕망을 알고서도 남을 비난하기는 어려운 일이기 때문이다.

나는 어디로, 어디쯤 가고 있는지,
어디로 가야 할는지,
더욱 막막해진다
막막한 마음의 갈피에 흩날리는 눈발,
길들을 죄다 지우며 내리는 눈은
오로지 제 홀로 환한 길을 낸다

—「눈길 2」 부분

"갈 길을 찾아가다가 길이 너무 많아/길 위에서 가야 할 길을 잃어버린 나"(「후렴」)에게 눈은 세상의 길이 다 지워질 때 비로소 마음의 길이 드러난다고 말해준다. 방향을 정해놓고 인생길을 걸어가는 사람이 몇이나 될까? 그냥 살다보면 살아지는 것이 삶이고 우리는 시간이 오래 지난 후에야 찾아 헤매던 모든 것들이 길을 내주었다는 것을 깨닫게 된다. 우리의 존재 전체가 방황 속에서 과일처럼 성숙하여 운명을 받아들이게 되는 것이다.

문득, 가던 길을 멈춰 선다

바람은 어디서 왔다가
어디로 가는지
어디로 갔다가 되돌아오는지
길가의 풀과 나무들, 마음을 흔들어댄다

흔들리지 말아야지, 다짐하는 순간에도,
아무리 멀어도 가야 할 길은 가고야 말겠다고
마음먹는 순간에도 바람은 나를 흔든다

내가 어디로 가고 있었지?

바라보면 저만큼 내가 떠밀려간다
떠밀려가다가 다시 떠밀려온다
멈춰 서 있는 순간에도 떠밀려간다

나는 다시 가던 길을 간다
떠밀려가다가 되돌아오고
오다가 가지만
떠밀리지 않으려고 안간힘을 쓴다

나는 대체 어디로 가고 있는 거지?

—「바람과 나」 전문

길은 분명하게 보이지 않았지만 찾아 헤맨 모든 나의 안간힘과 내 의도를 무시하고 나를 어떤 길로 들어서지 않을 수 없게 떠밀어낸 세상의 몰아침이 과거를 만들었고 현재를 만들고 있고 미래를 만들 것이다. 마음대로 되는 세상은 없기 때문에 삶은 결국 어긋남일 수밖에 없다. 연륜을 더한다고 해서 이 어긋남의 밀도가 감소하는 것은 아니다. 자기에게 내재하는 내밀한 욕망을 직시하는 영혼에게 세상은 위기와 동요의 연속이고 회상과 기대는 메마름을 견디는 운명의 형식이 된다.

저녁 한때의 마을과 멀어지는
외딴길 언저리,
어둠살에 묻히는 소나무 등걸에 기대선다
낮달도 서산마루를 막 넘어가고
별들이 흩어져 앉는 동안
마냥 그대로 붙박인다
갈 길도 가야 할 길도 아예 다 내려놓고 싶다

여전히 어둠을 흔드는 풍경 소리,
마음을 안으로, 안으로 들여보낸다

안 보이는 어떤 부드럽고 커다란 손이
검은 구름 사이로 어른거린다

마을의 불빛은 왠지 점점 더 멀어져 보인다

—「풍경 소리」 부분

지도를 손에 넣을 수 없다면 목적지를 생각하지 말고 길에 자신을 맡기는 편이 낫다. 길이 보이지 않는다면 차라리 멈춰 서는 편이 낫다. 그림자가 따라오지 못하게 하려면 달음질을 그쳐야 한다. 그림자를 피하려고 빨리 달리면 그림자는 달리는 속도에 비례하는 속도로 따라온다. 황혼 녘에 시인은 산 중턱 소나무 등걸에 기대서서 별들이 흩어져 자리를 잡고 앉을 때까지 오래도록 그 자리에 움직이지 않고 침묵하는 자신의 내심을 응시한다. 바로 그때 기적처럼 "어떤 부드럽고 커다란 손"이 시인의 눈앞에 나타난다. 내 삶이 아무리 혼란스럽고 갈 길이 막혀 있다 하더라도 참은 참이고 선은 선이지 참이 거짓이 되거나 선이 악이 되지는 않는다.

지나간다. 바람이 지나가고
자동차들이 지나간다. 사람들이 지나가고
하루가 지나간다. 봄, 여름,
가을도 지나가고

또 한 해가 지나간다.
꿈 많던 시절이 지나가고
안 돌아올 것들이 줄줄이 지나간다.
물같이, 쏜살처럼, 떼 지어 지나간다.

떠나간다. 나뭇잎들이 나무를 떠나고
물고기들이 물을 떠난다.
사람들이 사람을 떠나고
강물이 강을 떠난다. 미련들이 미련을 떠나고

구름들이 하늘을 떠난다.
너도 기어이 나를 떠나고
못 돌아올 것들이 영영 떠나간다.
허공 깊숙이, 아득히, 죄다 떠나간다.

비우고 지우고 내려놓는다.
나의 이 낮은 감사의 기도는
마침내 환하다.
적막 속에 따뜻한 불꽃으로 타오른다.

—「지나가고 떠나가고」 전문

우리가 그 이유를 속속들이 알지는 못하지만 세상에는 참을 참으로 규정해주는 궁극적인 근거가 존재한다. 시인은 침묵과 적막 속에서 근거 자체에 대한 믿음을 확인한다. 진정한 위기는 근거의 상실이다. 궁극적 근거를 굳게 믿고 있다는 점에서 시인의 적막은 따뜻한 적막이다. 시인은 시집을 감동스러운 감사의 기도로 마무리한다. 나 자신까지 나를 떠난다 하더라도 근거에 대한 믿음을 간직하고 있는 한 나는 나의 현재를 보람 있게 가꾸고 나의 세상을 아름답게 느낄 수 있을 것이다.

시련과 교감

—문태준 시집 『먼 곳』

문태준은 형식의 질서를 중요하게 여기는 시인이다. 의미와 음악이 조심스럽게 서로 상대방을 존중하며 공존하는 그의 시에는 불협화음이 거의 없고 과격한 비유가 보이지 않는다. 평범한 한국어도 그의 손이 닿으면 신선한 모국어가 된다. 현대시사의 계보로는 이미지즘 시절의 정지용 또는 『귀촉도』 시절의 서정주에 닿아 있다 하겠으나 특별한 단어를 의도적으로 피한다는 점에서 문태준의 시는 정지용이나 서정주보다 좀더 보편적인 민족어를 향하고 있다. 어떤 시를 고르더라도 모두 교과서에 실어도 좋을 만큼 다듬어져 있다는 것이 문태준 시의 특징이다. 그러나 정지용이 『백록담』 시대로 넘어가고 서정주가 『신라초』 시대로 넘어갔듯이 문태준도 의미의 고유성을 찾아 우리가 아직 모르는 미지의 세계로 이행하게 될는지도 모른다. 시집 『먼 곳』(창비, 2012)에 거둔 시들도 표면의 질서 밑에서 움직이는 심층의 혼돈을 감추지 못하고 있다. 혹시 고통의 감각 또는 시련의 인식이라고 할 수 있는 의미의 이러한 혼돈이 증대되는 방향으로 문태준 시의 다음 단계가 전개되지는 않을까 하는 예감을 해본다. 늙으면 편해지는 방향보다는 심층 시학의 방향이 우리 시를 위하여 더 바람직할 것 같기는 하다.

문태준의 시에는 비극적 세계관이 깔려 있다. 재산이나 권력이나, 지식이건 명성이건, 건강이든 애정이든 무엇을 따라가더라도 우리는 끝내 다 놓친 채 세상에 내던져지고 만다는 것이다. 모든 인간은 동생을 잃고 아이를 잃고 "눈시울이 벌겋게 익도록 울고만 있는 여인"과 같다.

> 누가 있을까, 강을 따라갔다 돌아서지 않은 이
> 강을 따라갔다 돌아오지 않은 이
> 누가 있을까, 눈시울이 벌겋게 익도록 울고만 있는 여인으로 태어나지 않은 이
> 누가 있을까, 삶의 흐름이 구부러지고 갈라지는 것을 보지 않은 이
>
> —「강을 따라갔다 돌아왔다」 부분

붉은 꽃나무와 벗겨진 허물, 갓 돋은 풀과 살얼음에 시든 풀, 가벼운 유모차와 절룩이는 거지, 햇곡식 같은 노래와 텅 빈 곡식 창고 같은 둥지를 겹쳐놓은 이 시는 일종의 알레고리이다. 우리는 앞에서 반복되는 '누가 있을까'와 시행의 끝에 나오는 '이'를 한 음보로 읽어야 한다. 인용한 네 행은 각각 3음보, 4음보, 4+3음보, 3+4음보로 낭송된다. 셋째 시행을 "누가 있을까/눈시울이/벌겋게 익도록/울고만 있는//여인으로/태어나지 않은/이"로 읽고 넷째 시행을 "누가 있을까/삶의/흐름이//구부러지고/갈라지는 것을/보

지 않은/이"라고 읽어야 율격 구성의 질서를 느낄 수 있게 된다. 시행을 마무리하는 한 음절 한 음보는 이 시가 인간의 이야기라는 것을 강조해준다. 시인은 울고 있는 여인에게서 자신의 모습을 본다. 강을 따라갔다 강과 헤어져 홀로 남은 자신의 모습을 보는 것이다. 그는 강을 따라가려고 떠난 집으로 돌아온다. 그의 집은 그의 무덤이 된다. 시인의 눈에는 집과 무덤이 유체로 보인다. 집은 집대로 있지 못하고 무덤도 무덤대로 있지 못하기 때문이다. 집과 무덤은 공간을 차지하고 있지만 불변의 고체가 아니라 변화하는 유체이다.

> 관을 들어 그를 산속으로 옮긴 후 돌아와 집에 가만히 있었다
>
> 또 하나의 객지가 저문다
>
> 흰 종이에 떨구고 간 눈물 자국 같은 흐릿한 빛이 사그라진다

—「망인」 전문

'가만히'라는 부사는 망인의 기억에 잡혀 있는 시인을 보여준다. 기억이 응고되고 기억하는 사람도 기억을 따라 응고된다. 망인에게는 막 이민 간 저승이 객지가 되고 시인에게는 그가 없는 이승이 객지가 된다. 그의 기억이 남아 있는 이승에는 흐릿한 빛이 있어 그가 떠난 저승과 구별되는 듯하지만 날이 저물어 그 빛조차 소멸하면 이승과 저승이 하나가 된다. 백지 위의 눈물 자국은 무엇일까? 그것은 시를 쓰기 어려워 흘린 눈물의 자국일 것이다. 고문을 받은 사람들 중에도 자백하지 않고 백지 위에 눈물 자국만 남긴 사

람이 있다. 백지에 눈물 흔적만 있는 취조 기록은 감동스럽다. 이 시에 나오는 눈물 흔적도 세상의 고문으로 생겨난 것이리라.

문태준에게 삶은 근본적으로 편한 것이 아니다. 벌레들이 몸속으로 들어오는 어렸을 적 꿈은 어른이 된 후에도 꿈에 나온다. 어린이나 어른이나 삶이 불편한 것은 마찬가지지만 어른에게는 벌레 꿈을 꾸어도 댓잎 줄기로 꿈을 씻어주는 할매가 없다. 「꿈속의 꿈」은 어른이 어린애보다 더 나을 것도 없다는 사실을 새삼스럽게 확인해주는 시이다. 어른이라고 해서 어린애보다 더 지혜롭거나 더 용감한 것은 아니다. 어른이 되면 어린애보다 더 외로워질 뿐이다.

문태준의 이번 시집에는 병을 소재로 삼은 시들이 적지 않다. 사람들은 이유를 알 수 없는 병, 이유를 안다 해도 어쩔 수 없는 병에 시달리고 있다. "마른 씨앗처럼 누운 사람"(「불만 때다 왔다」) 앞에서 우리가 할 수 있는 일은 아무것도 없다. 시인은 새살 돋으라고 마당에 솥을 걸고 불을 때본다. 시인은 수족관에서 비늘이 너덜너덜한 물고기가 아가미를 겨우 움직이는 것을 보고 홑청을 내줄 수도 없고 폐를 빌려줄 수도 없는 자신의 처지를 돌아본다. 그는 베개에 머리를 괴고 쓰러져 눕는 자신이 그 물고기보다 더 나을 것도 없는 신세라고 생각한다. 우리는 「수족관으로부터」의 물고기를 노숙자의 알레고리로 읽어도 무방할 것이다. 무력함을 절감할 때 우리는 기도한다. 인간은 무력해도 인간의 기도에는 힘이 있지 않을까? 기도의 힘을 믿지 못하는 사람은 시의 힘도 믿지 못할 것이다.

가을 수도사들의 붉고 고운 입술

사과를 보고 있으니
퇴원하고 싶다
문득 이 병원에서 퇴원하고 싶다
상한 정신을 환자복과 함께 하얀 침대 위에 곱게 개켜놓고서

—「사과밭에서」 전문

세상은 병원이고 인간은 상한 정신 때문에 입원한 환자들이다. 윤동주도 이와 비슷한 알레고리를 사용한 적이 있다. 이 시의 핵심은 사과를 "가을 수도사들의 붉고 고운 입술"에 비유한 데 있다. 이 시행에는 비유 속의 비유가 들어 있다. 사과가 이미지를 받는 말이고 수도사의 입술이 이미지를 주는 말인데, 다시 수도사가 이미지를 받는 말이고 가을이 이미지를 주는 말로서 이미지 속의 이미지를 구성하고 있다. 인간은 모두 정신이 상한 병자이지만 가을이 공들여 수도하여 사과를 익게 하듯이 인간도 정성껏 수행하여 상한 정신을 고쳐야 한다. 사과가 스스로 익어 떨어지듯이 인간도 스스로 성숙하여 자신의 죽음을 완성해야 한다. 그러므로 병은 수행의 계기가 되고 죽음은 우리가 가꾸어야 할 내면의 과일이 된다. 인간이 성취해야 할 삶의 과제 가운데 가장 중요한 것이 바로 수행이라는 것이다. 「사무친 말」에도 희망을 끊어버리고 연고 없는 사람처럼 빈들거리는 환자가 등장한다. 그는 병실 생활을 "앞뒤 없는 곡경(曲境)"이라고 하소연한다. 축축하게 비가 내리는 어느 날 그에게 "뭐든 돋아 내밀듯이 살아가자고" 말한 사람이 있다. 아마 병실에 있는 화초나 병원 뜰에 있는 초목을 보고 한 말일 것이다. 싹이 나고 움이 트고 잎이 돋듯 살겠다는 것은 고유한 것과 원초적인

것을 지키겠다는 다짐이고 자연스러운 모든 것을 억압하는 마케팅 사회를 거슬러서 나아가겠다는 결의라고 보아야 할 것이다. 시인에게 자본주의의 한복판에서 자본주의와 맞서 굴복하지 않고 버텨내는 것보다 더 중요한 수행은 있을 수 없다.

「근심의 체험」에서 시인은 그가 근심하는 것이 아니라 근심이 그를 입는다고 말한다. 근심이 주체이고 그는 근심의 객체라는 것이다. 그는 근심의 옷에 지나지 않는다. "은밀한 시간"에 찾아오는 근심은 "비곗덩어리처럼 물컹물컹하고/긴 뱀처럼 징그럽"다. "처음과 끝이 따로 움직이"는 근심은 사르트르의 『구토』에 나오는 뿌리처럼 그의 신경계를 장악한다. 근심은 DNA처럼 유전된다. 그는 근심을 어머니에게서 물려받았다. 빗방울, 흙, 바람, 잎사귀, 눈보라 들뿐 아니라 귀신도 그의 근심을 어떻게 하지 못한다. 문태준이 보기에 우리는 모두 귀신도 어쩌지 못하는 근심에 시달리고 있다.

문태준의 시에서 집과 무덤은 유체이고 시간과 육체는 모래이다. 인간의 육체는 시간에 따라 흘러가며 뭉그러지고 흐물흐물 허물어진다. 시인은 아침, 낮, 저녁, 밤이 다 다르게 바뀌는 그 자신을 다시 구성해 이해하지 못한다. 「모래언덕」에 나오는 인물은 "먼눈으로 우는, 무용한 사람"이다. 모래 이불을 덮고 바람에 밀리며 수북하게 쌓여서 그는 점점 비대해진다. 그뿐만이 아니라 우리 모두는 모래에 쌓여 비대해진 거녀(巨女)이다. 문태준은 아마도 '거녀'라는 말로 초비만으로 움직이지 못하는 여자를 말하려고 했을 것이다. 모래언덕은 자리를 잡고 뿌리를 내릴 수 없는 곳이다. 모래언덕은 꽃이 피지 않는 곳이고 고정된 형체와 구분이 없는 곳이다. 그 모래언덕이 시간과 육체로 구성되었다면 시간과 육체는 부동하고 요동하고 유동하는 것, 아무것도 아닌 것일 수밖에 없다. 모래더미처럼 비대한 육체는 모래더미처럼 흩어진다. 육체들은 "대기 속 뭇별처럼 흩어"진다. 그러나 맹목의 무용성에는 그 나름의 의미가 들어 있다. 먼눈은 마케팅 사회에 맹목이라는 의미이고 무용성은 마케팅 사회에서 비켜선다는 의미일 것이기 때문이다. 공허한 모래언덕에서 모래에 갇히고 모래에 쌓여서 움직이지 못한다 하더라도 인간에게는 싹이 나고 움이 트듯 돋아 나오는 것이 있다. 비록 잠시 후에 소멸한다 하더라도 그 잠깐 동안에 우리에게 다가와 우리 속으로 침투해 들어오는 무엇이 있다.

문태준의 시에는 긴 시련을 견딜 수 있게 하는 짧은 교감이 찬란하게 빛을 내고 있다. 사랑하고 사랑받은 몇 사람이 있다는 사실은 문태준에게만이 아니라 우리 모두에게도 축복이고 신비일 것이다. 타인의 영혼이 나의 내부에 감응하고 나의 영혼이 타인의 내부에 감응하며 타인의 감응이 나의 내부에 뿌리를 박는다. 인간과 인간뿐 아니라 인간과 사물도 서로 이웃이 될 수 있다. 이때의 사물과 타인은 생각되는 것이 아니고 만져지고 더듬어지고 포착되는 것이다. 사물과 타인처럼 시인도 손으로 만질 수 있는 구체적인 존재자이다. 관념론자들은 한편에 객관적인 세계의 일부를 이루는 대상이 있고, 다른 한편에 의식이라고 하는 주관적인 실체가 있다고 생각한다. 그러나 실제로는 공동 존재들이 함께 존재할 따름이다. 소유의 범주는 가상에 지나지 않는다. 소유는 의식과 대상의 분리에 근거하는 사고의 범주이기 때문이다.

새떼가 우르르 내려앉았다

키가 작은 나무였다
열매를 쪼고 똥을 누기도 했다
새떼가 몇 발짝 떨어진 나무에게 옮겨가자
나무상자로밖에 여겨지지 않던 나무가
누군가 들고 가는 양동이의 물처럼
한번 또 한번 출렁했다
서 있던 나도 네 모서리가 한번 출렁했다
출렁출렁하는 한 양동이의 물
아직은 이 좋은 징조를 갖고 있다

—「아침」 전문

나무가 출렁이고 내가 출렁인다. 나무와 나는 한 양동이의 물이다. 나무 상자 같던 나무가 출렁거리는 물이 되고 나무 상자 같은 나의 네 모서리가 출렁거리는 물이 된다. 물은 시인과 나무를 묶고 있는 정감이다. 나무는 시인과 접촉하면서 존재의 풍요성과 개방성을 시인과 공유하게 된다. 내면을 건드리는 만남은 그것의 예측 불가능성으로 인해서 시인에게 느닷없는 즐거움을 선사한다. 「가을 창가」에 등장하는 시인은 「아침」에 나오는 새처럼 저녁밥을 먹고 누웠다가 똥을 누고 와 다시 누워 풀벌레 소리를 듣는다. 시인은 "누군가 풀벌레 소리를 확, 쏟아부었다"고 느낀다. 그는 쏟아붓는 풀벌레 소리에 조그만 틈도 없이 갇힌다. 틈이 없이 완성된 세계에서 벌레와 시인은 공동 존재가 된다. 그 세계에는 부모 미생전(未生前)의 시인이 살고 있다. '틈'이라는 한 단어가 내밀하게 무한을 암시한다. 여기서 놀라운 것은 벌레를 "가을의 설계자"라고 부른 시적 비유가 아니라 "틈이 없다"는 짧은 문장으로 시인과 벌레를 이웃으로 결합시켜놓은 시적 인식이다.

「비탈과 아이」는 비탈길을 뛰어내려오는 아이와 바위처럼 박혀 있는 시인을 대조한 시이다. 아이의 가슴에서는 남쪽 하늘로 구르는 천둥소리가 나고 아이의 앙가슴은 초승달이 커지듯이 자란다. 아이는 우주의 에네르기를 발산하는 어린 신이다. 아이는 우주적 리듬의 광대한 진폭으로 움직이는 데 반해서 시인은 우주적 진폭을 잃고 붙박인 채 속수무책으로 아이를 바라보고 있다. 그러나 아이의 숨결은 시인의 감수성에 작용하여 생명력을 소생시켜준다. 아이를 통하여 시인은 간접적으로나마 우주적 리듬에 참여할 수 있게 된다. 놀라움을 느낄 수 있다는 것은 살아 있다는 증거가 되기 때문이다. 시인에게 개방성이란 보여지는 그대로 받아들일 수 있는 단순성과 통한다. 시의 이미지는 지식을 필요로 하지 않는 단순성에 근거한다. 그것은 늙은 어머니가 마루에 서서 "밥 먹어라" 하고 부르는 소리와 같다. 어머니의 음성은 막 푼 밥에서 피어오르는 김처럼 마음에 스며든다. 문태준은 그 소리를 「어떤 부름」에서 먼 우렛소리에 비유하고 「꽃들」에서는 그냥 '꽃들'이라고 적어놓은 모스크바 거리의 꽃집 간판에 비유한다. 시인은 그 간판에서 "어린 꽃들이 밥상머리에 모두 둘러앉는 것을 보았다".

「돌과의 사귐」과 「징검돌을 놓으며」는 하나의 돌이 되어 돌과 말을 트고 노는 이야기인데 「장봉순 할머니」에서 모서리가 닳은 채 안쪽으로 웅크리고 윗돌들을 받치고 있는 그 돌은 할머니가 된다. 봄비와 돌풍과 기온이 떨어진 대기와 쏟아지는 눈을 무릎에 앉히고 있는 돌은 장봉순 할머니의 미소이다. 하염없이 앉아서 어머니가 돌리는 염주는 한 생의 인연들을 불러 모아 돌리고 돌리다 겨울 하늘로 올려 보내는 노래이다. 「어머니는 찬 염주를 돌리며」에서 어머니가 불러 모으는 것들은 구체적이면서도 우주적인 것들이다. 꽃, 별, 불, 우레, 사슴벌레, 양떼, 초원, 풀벌레, 눈보라, 작은 새, 어둠, 안개, 죽은 할머니, 아픈 나, 멀리 사는 외숙…… 사나운 이빨을 가진 동화 속 짐승들도 그 노래를 알아본다. 어머니의 노래를 통하여 시인은 먼 과거의 메아리가 얼마만큼 깊은 곳까지 울려 퍼지는 것인지를 가늠할 수 있게 된다. 그러한 메아리의 반향으로 구성된 공간을 우리는 집이라고 부른다. 할머니와 외숙을 새와 별 사이에 자리 잡게 하는 어머니의 노래는 집이 땅을 뚫고 나오는 물처럼 자연의 한 요소로서 인간에게 작용하고 있다는 사실을 알려준다. 문태준은 원초적인 어떤 것을 확인하려고 할 때마다 저녁 시간의 고요 속에 모여 앉은 가족들을 머릿속에 불러온다. 어렸을 적의 밥상머리로 돌아가면 마케팅 사회의 기계적인 몸짓에 의하여 가려진 존재가 제 본모습을 드러내고 드넓은 침묵의 공간이 영혼에 은둔처를 마련해준다. 그 원초 공간에서 시인은 큰 숨이 되어 사방으로 흩어지고 싶어 하고(「공백」), "하늘도 흰 물새도 함께 사는 수면"(「물가」)이 되고 싶어 한다. 공백을 상실하는 것은 가능성의 영역에서 추방되는 것이다. 빈자리가 없다는 것이 시장형 인간의 특징이다. 문태준은 흥미롭게도 풀잎, 벌레, 바위 속에 가두어달라고 국가에게 호소한다. 그것은 국가에게는 극형이 되고 시인에게는 선처가 된다.

오만하고 값싸고 변덕스런 국가여,

그대가 생각하는 극형으로

나를 선처해다오

—「유형」 부분

「아래로 아래로」에서 문태준은 다시 한번 "풀밭 속 풀잎이 되고 나니" 모든 것이 수월해졌다고 말하고 「티베트 노스님의 뒤를 따라 걷다」에서는 "가되 어차피 덜 도달하게 되리라는 예감으로" 그냥 걷겠다고 말한다. 수행 이외에 따로 돈오를 설정하지 않겠다는 허심은 시인을 세상의 감옥에서 오래 견디게 할 수 있을 것이다. 깨치고 말겠다는 의지는 무의식을 숨 막히게 한다. 깨침은 꿀이 벌통 속에 있듯이 수행의 내부에 있는 것이다. 문태준은 나날의 수행 이외에 유난스러운 깨침이 필요하지 않다고 믿는 시인이다. 시인은 시를 쓰기 위하여 밖으로 나갈 필요가 없다. 시인이 찾는 사람은 자기 자신이다. 찾는 사람과 찾아다니는 사람이 함께 자기 안에 있다. 시인은 자기가 누구인지 모르므로 자신의 무지를 확인하면서 이미 알려져 있는 세계에서 탈출하여 방황하지 않을 수 없다. 방황은 시인에게 축복이면서 동시에 저주이다. 바라건대, 문태준이 방황의 끝까지 갈 수 있기를, 그의 언어가 마케팅 사회에 대한 위대한 거절이 되기를, 그리고 그의 노래가 이 땅의 대중에게 나날의 메마름을 견뎌내게 하는 영혼의 강장제가 되기를.

안과 밖

— 김원우 장편소설 『부부의 초상』

김원우의 장편소설 『부부의 초상』(강, 2013)은 기자로 퇴직한 화자가 30년 이상 알아온 화가 부부에 대하여 회상하는 내용으로 구성되어 있다. 회갑기념전 초대장을 받은 날에 시작하여 전시회 가는 날로 끝나니 실제로 경과한 시간은 한 주일 정도일 것이다. 화가의 이름은 노옥배이고 약사인 부인의 필명은 시인 고은미이다. 화자는 부부 두 쪽을 무간하게 사귀어온 터수가 희한하다고 생각하고 갑년기념전에 촌지 봉투를 준비해서 전철을 타고 인터 호텔의 프라도 화랑으로 간다. 화자에게 퇴직은 무의를 학습하는 과정이다. 그는 생존과 소멸이 서로 통하여 작용한다는 사실을 절감한다. 살아지는 것은 사라지는 것이다. "나는 이제 끝났어. 그렇지만 이 얼마나 괜찮은가"라고 생각하는 그의 발견은 깊이를 가진다. 기계적이고 피로에 지친 듯한 일련의 동작들. 영화교실을 운영하고 가끔 칼럼을 쓰고 산책하고 등반하고 커피를 마시는 동작들이 종합되지 않고 끊임없이 분화된다. 사물과 사건들은 고유성을 드러내기 위하여 특수화된다. 김원우의 서술 방법은 이합위일(二合爲一)이 아니라 일분위이(一分爲二)이다. 과거와 현재는 있지만 미래는 없다. 김원우의 소설에서 미래는 오게 될 현재일 뿐이다. 배경과 대상은 일종의 향수처럼 김원우의 소설 속에 등장한다. 예외적인 상황은 거의 없고 아주 일상적인 진부함이 소설의 공간을 가득 채운다. 행동이 현상들의 공간 이동으로 대체된다. 화자는 관람자가 되지 않고서는 행동하지 않는다. 소설은 일종의 사건 조서처럼 전개된다. 화자는 대상으로 회귀하면서 대상의 어떤 윤곽선들을 강조하고 대상으로부터 어떤 특징적인 고유성들을 이끌어낸다. 심연과 같은 깊이로 잠겨 드는 김원우의 묘사에는 "의자는 앉기 위해 존재한다"와 같은 유기적 묘사가 나오지 않는다. 추억 혹은 환상과 같은 이미지들은 명백히 주관적인 것이지만 체험하는 사람들의 객관적 현실을 통과하지 않으면 중성적이고 익명적인 비전으로 구성되어 있는 우리들의 상호적인 생활 세계에 도달하지 못한다. 방언을 활용하는 서술에는 백석의 영향이 보인다. 동인지 『생눈』에 실린 고은미의 시가 백석의 패러디이고 작업에 지친 노옥배가 찾는 시집이 백석의 『사슴』이고 서술하는 초점화자의 말투가 백석의 스타일이다.

회상하는 시간까지 포함하면 소설의 시간은 1982년 무렵에서 시작하여 2008년 무렵까지 이어진다. 화자는 그 가운데 22년을 신문사 문화부에서 일했다. 그러므로 신문사의 풍경이 특별히 자세히 서술된다. 신군부의 언론통폐합에서 유일하게 살아남은 독과점 업체로 경쟁 상대가 없던 시절에 화자는 신문사 생활을 시작하였다. 광고 영업이 호황을 누리던 시절이었고 서자는 서자답게 행동하자는 지방지의 적당주의가 통하던 시절이었다. 하루 두 차례 술집을 옮기면서 한 술집에서 폭탄주 다섯 잔 마시고 대기료를 주면서 택시를 기다리게 하고 귀가했다가 다음 날 편집국에 제일 먼저 출근하는 장 모 국장은 볼거리보다 읽을거리를 강조하고 신문을 기사로 빽빽하게 메우라고 지시했다. 매일 자정을 넘겨서 1년 7백 일꼴로 술을 마시면서도 사통팔달의 인맥으로 일주일 중 하루는 자투리 시간을 쪼개서 시외의 어느 사립대학 국문과에 세 시간 연강의 시 창작론을 강의하고 전국 문화계의 동태를 알리는 라디오 고정프로를 하나 맡고 있는 박학한 시인, 박 모 문화부장은 수하의 기자들을 구슬려서 알아서 기도록 하는 능력이 있었다. 지방지는 석간이었기 때문에 오전 10시 30분에 게라쇄(활자판을 상자에 담아 식자하던 시대의 교정쇄)가 나오고 11시 15분에 임시조판 교정이 완료되고 11시 30분에 조판이 완료되어야 했다. 우리 사회는 88올림픽을 거치면서 단군 이래 처음으로 심성의 일대 전환기를 맞았다. "싫든 좋든 산업화의 세례에 우리의 의식주 관행이 본격적으로 휘말려들자 구성원들의 사회적 관계 맺기에서 탈인격화의 조짐이 두드러지기 시작한 것이었다"(p. 146. 이하 책 인용은 페이지만 밝힘). 온갖 대안이 제출되었으나 어떠한 제안에도 실현성은 없었다. "남북 합쳐서 삼사천만 명이 자급자족할 궁리부터 해야 맞는 논린데, 누구든지 이 말 들었다 카믄 당장 지금보다 못살자고, 맛있는 고기 나두고 물만 묵고 살자 이 말이가고 삿대질부터 할 낀데"(220~21). 햇수로 10년 만에 독과점이 해체되었다. 경쟁지가 생겨나자 서너 차례의 감원으로 230명의 기자들이 120명 남짓으로 축소되었고 장 국장은 상임이사로, 박 부장은 논설위원으로 자리를 옮기었다. 신임 김 모 편집국장은 지면을 쇄신하여 재미있는 읽을거리를 당장 많이 만들어내라고 주문하였다. 화자도 후배 기자들의 기사를 검토해야 할 자리에 앉게 되었다. 그는 신문 기사의 빈자리를 읽을 수 있게 되었다. 이미 알고 있다는 오만 때문에 현장 발품 팔기에 인색하고 돋보기를 들이대지 않고 망원경으로 대충 보면서 이런 것까지는 알 필요 없다는 식의 기밀주의와 권위주의도 끼어들어 있었다. 안 기자–안 차장–안 부장을 거치는 동안 그는 모 사립대학 영화예술학과의 시간강사로 나갔고 어느 장학재단의 연구비를 받아 『영화: 통속물로서의 대중성과 작품성』이란 저서를 저술하였으며 두 권의 수필집을 내었다. 그의 아내는 친정의 남동생들과 제부 하나를 데리고 대학입시 수능대비 단과반 전문학원을 경영했고 딸은 레지던트 2년차의 예비의사였다. 22년 동안 신문기자 생활을 하면서 250만 명 정도의 지방도시에서 그는 산악인, 여행가, 음악·미술·공연예술·사진·영화의 준전문가, 유쾌한 호주가로 알려졌다. 명예퇴직을 하여 다시 평범한 무직자가 된 후에도 그는 세 종류 이상의 지역신문 기획연재물의 단골 필자로, 25평 자투리 공간에서 여는 명작영화 감상회의 영화해설가로 오전 9시 반이면 어김없이 영화교실에 출근하였다.

미술 분야까지 담당하던 문화부 고참 기자 시절에 안 기자는 노옥배를 만났다. 박 논설위원의 제안으로 인터뷰, 약력, 작품 세계, 근황, 근작 등을 소개하는 40매 정도의 토요살롱을 한 30회 정도 해보자는 기획이 그 만남의 계기가 되었다. 자료실에서 이런저런 책자를 뒤적이며 그림을 공부하였고 일단 그림을 봐야 한다, 그림이 우선이고 화가가 지존이라는 생각에서 봉산동 화랑가를 자주 찾았다. 대구에 5백 명의 시인이 있으니 인구 5천 명당 한 명꼴인 셈이다. 지방 화단에도 화가는 많았다. 그러나 그들의 실력은 대체로 고만고만하였다. 또 달리 범위를 넓혀보면 중앙 화단 곧 서울 지역의 그 방면 역량도 오십보백보일 것이고 마찬가지로 여러 분야의 학문도 그 질적 수준에서 세상에 내놓아서 고가품 행세를 할 것이 있는지 의심스러웠으나 안 기자의 기획물은 연재를 계속하였다. 지방 화단은 이중의 주변부라고 할 수 있다. 여기서 자신이 중심부에 있다고 착각하는 것은 센티멘털리즘일 터이고 주변부에 있다고 인정하는 것이 그래도 리얼리즘에 가깝게 갈 수 있는 길일 터이다. 노옥배는 단정한 옷매무새를 한, 지독히도 평범한 사람이었다. 둥그스름한 이마와 웃지도 않고 하는 음담이 인상적이었다. 서울의 어느 사립대학 미술교육과 출신으로 시중의 어느 사립 중고등학교에서 10여 년간 교편을 잡았고 어느 한촌의 움막에 독거하면서 화업에 몰두하고 있었다. 자기가 누구에게 배운 것은 중학교 3학년까지니 지적 능력은 거기서 정지하고 나머지는 전부 독학한 셈이라고 하였다.

1990년대 중반에 간신히 계급 정년을 넘어서 차장이 된 화자는 일주일에 미술과 학술 두 꼭지를 맡게 되었다. 박 모 사장이 경영하는 월궁화랑의 비구상화 5인전을 기사화했는데 그 5인 중 한 사람이 노옥배였다. 박 사장이 단골집 '바닷속 섬나라'에서 시작한 술자리가 2차로 '항아리' 주점까지 연장되었다. 노 화백은 반반하고 끼끗한 옷차림으로 구석 자리에 부처처럼 앉아서 자신의 결혼담을 음담처럼 늘어놓고 있었다. 늙다리 총각이 차를 모는 단풍 구경길에 제자의 소개로 만난 노처녀와 동행하였다. 시골 장터에서 잔치

국수를 들고 호젓한 찻집에 들어가 빈 방에 둘이 마주 앉았다. 노처녀 왈, "아, 산길이 나 있나 보네"(196). 등산로가 아니라 산길이라는 말에 마음자리가 푹해졌다. 급기야 두 사람은 창틀 밑의 바람벽을 의지 삼고 쓰러졌다. 사십대 초반의 화가와 삼십대 중반의 약사가 백 리 남짓 떨어져서 부부로 살고 있었다. 박 사장의 주선으로 노옥배의 의성 구름골 작업실에도 가보았다.

만난 지 2년 반 정도 지난 어느 날, 20여 쪽 되는 노 화백의 도록이 신문사로 부쳐져 왔다. 출생지와 최종 학력만 적은 두 줄짜리 약력과 투자/투기의 시류에 거스르는 작은 작품들이 들어 있었다. 생강나무·복사꽃·쑥부쟁이 같은 야산의 생물이나 암자·고압선·갓돌 같은 풍물을 화폭의 가장자리에다 더러는 어중간하다 싶게 앉혀서 어떤 정취를 덧대는 반추상 기법에는 좀 쉽게 읽히려는 의도가 보였다. 더 단순한 구도를 지향하는 모색, 나아가서 추상의 정도를 확장하려는 기법은 추상으로서의 압축미가 없어져서 재미없게 느껴졌다. 산등성이의 능선을 화선지 위에 고정시켜놓으려고 무던히 시간을 허비했다는 화가의 말 뒤에 대구·경주·전주에서 차례로 전시한다고 적혀 있었다. 기사를 써놓고 전화를 기다렸다. 대관료·도록비·포스터비를 화랑에서 내고 팔린 것을 5 대 5로 나누는 게 관례인데 노 화백은 일주일간 대관료 3백만 원을 다 내고 팔리는 건 나누지 않겠다고 해서 박 사장과 시비가 생겼다. 문화부장이 된 후에 노 화백과 또 한 번 만날 일이 있었다. 미술은 백 모 여기자에게 맡기고 있었는데 신임 오 모 편집국장이 오후의 아틀리에라는 기획물을 금요살롱으로 연재하자고 제안하여 통과된 것이다. 미술 담당이 거들고 기사는 안 부장의 기명으로 쓰기로 했다. 향토의 원로화가 열 명을 다룬 다음 열한번째로 노 화백을 금요살롱에서 다루기로 했다. 미스캐스트라고 한 달 유예를 달라고 했으나 그 주 금요일 오후 4시 이전에 백 모 여기자와 사진부의 신참을 데리고 찾아가기로 했다. 매명한다고 손가락질 안 하는 시대에 차별화하는 자중자애의 이기주의가 나쁘게 보이지는 않았다. 기사가 나간 후에 어느 금융권 회사 홍보 담당자가 안 부장에게 전화를 걸어 달력에 쓸 그림에 대하여 자문을 구했다. 다음 날에는 그 신탁회사 홍보실 차장이 또 전화를 했다. 안 부장은 반추상 풍경화가 좋을 것이라는 권고와 광고 회사를 통해 저작권·소유권·사용권을 확인하여 계약하라고 충고했다. 달력을 본 노 화백은 "아이구 챙피해라, 그리다 만 것도 아이고, 좋지도 않은 그림을 이래 베리났네"(394) 하며 불평했다. 그림의 좌우상하를 마음대로 잘라내었다는 것이다. 그러나 그 달력용 그림이 찍혀 나간 이후에 노 화백은 전성기를 맞았다. 초대전·교류전·기념전 의뢰가 들어오고 일본의 한 사설 미술관에서 하는 '한국의 추상화가 5인전'에도 여섯 점을 출품하였다.

문화부장 3년 만에 논설위원실로 밀려나고 이어서 명예퇴직을 하였다. 회갑 기념전의 노 화백은 이미 은둔형 골방 화가가 아니었다. 화자는 "그동안 너무 시시하게 살아온 꼴이라서 이제부터는 살아 있는 육신으로나마 '생육신(生六臣)'처럼 세파와는 멀찍이 떨어져서 살아갈 참"(436)이었다. 원래 "달려들면 대뜸 거북하다고 뚝 떨어져 앉는 것이 안 기자의 처신이기도 했다"(88). 노 화백의 "언죽번죽 너덜거리는 다변"(443)은 송두리째 변한 그의 모습을 보여주었다. 그것은 마치 청렴한 판사가 옷을 벗자마자 변호사가 되어 돈맛을 알고 팔을 걷어붙인 모습과 같았다. 작은 그림만 그리던 취향도 바뀌어 대학교·종합병원·공장 있는 회사가 소유한 큰 그림도 전시되었다. 그림도 색채의 코러스가 자취를 감추고 군데군데 허옇게 비워놓아서 수채화에다 여백을 덕지덕지 덧붙여놓은 것같이 바뀌었다. 변두리에서 작업하는 화가는 이렇게 할 수밖에 없는 것인지도 모른다. 돈이 남아 있지 않을 때 화업이 끝나기 때문이다. 돈은 예술의 내밀한 전제이다.

문화부의 서열상 다섯번째로 신출내기 기자 시절에 박 모 부장의 하명으로 보라다방에서 고은미와 첫 대면을 하였다. 문화면 고정 칼럼 2백 자 원고지 4.5매의 촌평을 받기 위해서였다. 고은미는 그해 신춘문예에 당선한 시인으로 직업은 약사였다. 『생눈』이란 동인지를 8년째 내고 있었다. 투박한 몸매에 패션 감각의 무정부주의자 같았고 인물이 너무 평범해서 일부러 뜯어봐도 이렇다 저렇다고 말로 덧붙일 구석이 하나도 없었으나 촌티가 흐르지 않았다. 그녀에게는 가문·학벌·재력·오기를 내세우려는 가식이 없었다. 그녀는 3회분을 한꺼번에 써 왔다. "오히려 안 기자가 큰 걱정에서 놓여난 듯 홀가분해하는 광경이 내 눈에 선하다. 얼핏 떠올려보니 그때는 일을 겁내지 않는 한창 나이였는데도 일하기 싫어 미칠 지경이었던 듯하다"(78). 국민학교 운동장의 그늘 좋은 데를 교사들의 차들이 점령하고 어린 학생들이 놀 자리를 뺏는다고 비판한 글이 교사들의 분노를 야기해서 무자비한 언어폭력의 인민재판이 3주 이상 계속되었다. 언어테러의 현장을 취재한다는 명목으로 고은미와 재래시장 삶은돼지고깃집 문간방에서 돼지국밥과 순대로 소주를 마셨다. 세번째 불러낸 직후 어느 날 오후에 그녀에게서 전화가 걸려왔다.

"그날 잘 들어갔어요?"

"엉덩이께는 우야다가 멍이 들었는가?"

"여기 초록집 계단에 앉아서 성교 비스무리한 거 하다가 다친 걸 거예요." (125~27)

세 도시를 순회하는 개인전에 나가려고 할 때 안 기자는 고 여사를 대면할 일이 마음 쓰였다. 머릿속으로 장면을 상상하며 예행 연습을 해보았으나 적절한 대사가 떠오르지 않았다. 정작 만나보니 몸매에 대한 트라우마에서 말끔히 벗어난 고 여사의 한창 풍만한 육덕과 보기 좋게 발그레한 혈색이 기품 나는 옥색 투피스 속에서 빛나고 있었다. 혼인날 받기 전부터 밥벌이야 죽이 되든 밥이 되든 여자가 맡기로 하고 또 남자는 제 앞가림하느라고 여자에게 손 벌리지 않기로 했다. 원진살이 있다고 하니 떨어져 사는 구실도 갖추어졌다. 고 여사는 열 평 남짓한 조제실에 대학노트와 샤프펜슬을 비치하고 국어사전을 펼쳐보곤 하면서 약국으로 생활비를 대고 아들의 학비를 위해 약간의 저축을 할 수 있었다. 고은미는 헌신적인 내조자이고 영악한 타산가였다. "다문 서너 점이라도 옳은 평가를 받아서 반반한 미술관이나 안목 좋은 개인 수집가에게 영구 소장돼서 길이길이 남으만 얼매나 좋으까"(415). 헌신가로서 고은미는 남편과 악몽을 함께 꿀 줄 아는 여자이다. 그녀에게는 남편의 꿈과 사랑을 함께 나누기 위해 미지의 세계로 들어가는 모험을 감행할 수 있는 능력이 있다. 타산가로서 고은미는 지 돈 내 돈 갈라놓고 남편과 서로 돈을 빌려주기도 하고 갚아나가기도 한다. 노 화백이 화실 지붕에 태양광 장판 얹고 채광창을 내려고 박 사장에게

3천만 원을 빌렸다. 박 사장이 계약금으로 준 것이니 3년간 작품 판매권을 내라고 하자 고 여사가 원금에 이자까지 합친 금액을 내용증명으로 보내어 해결해주었다. 회갑 기념전에 온 화자에게 그녀는 그동안 쓴 시 중에서 여든 편쯤 추려서 시집을 낼 터이니 해설이든 발문이든 써달라고 하였다. 이보다 더 행복한 선녀담은 없을 것이다.

화자는 화단 일반의 시류에 대해 대단히 비판적으로 언급한다. "여느 화가들은 이상하게도 '세상'에 대해서는 말이 많고, '사물'을 보는 자기만의 시각에 대해서는 좀체로 입을 떼지 않는다"(203). "저희들끼리 나누는 말도 가식이기 십상이고, 조명을 받으려고 기자에게 부려놓는 말속은 온통 횡설수설에 가깝다"(204). "온통 두루뭉수리고, 짬뽕이며, 잡탕에다, 니 것도 내 것도 없어졌다. 유파 따위를 가르고 뭉치느라고 만나야 할 명분은커녕 어떤 빌미도 없다"(207). "명색 예술을 팔아먹는 가짜들이 유독 명성에 집착하는 것은 세상의 무지몰각과 그 부당한 평가에 안달할 수밖에 없다는 치사스러운 자기 고백"(313)에 지나지 않는다. 그러나 노 화백에 대해서는 상당히 긍정적으로 언급한다. 대구에서 의성까지 의성에서 대구까지 매주 왕복하는 그의 삶은 한 세계와 다른 세계를 왕복하는 소요의 한 형태이다. 그에게는 일상과 예술이 가깝게 붙어 있다. 노 화백에게 일상과 예술은 장기지속적이라는 데서 그리고 선·면·색채처럼 구체적이라는 데서 서로 통하는 것들이었다. 굳어빠진 인절미와 백설기로 아침을 때우고 골방에 들어가 일도 아니고 작업도 아닌 화업에 매달리다 날씨가 좋은 오후에는 장작도 패보고 나무백과나 백석 시집 같은 것도 뒤적여보는 것이 그의 일상이다.

작가는 21쪽에 걸쳐서 안 부장의 금요살롱 기사를 옮겨놓았다. 노화백은 구성과 색조를 조화시키는 힘이 부족하다는 것을 자각하고 기량 미숙 이전에 자연에 대한 몰이해가 오브제의 협애화를 야기하고 있다는 것을 자성하는 화가이다. 한 발자국 물러나서 보거나 비켜서서 보면 형태가 달라지듯이 색조도 달라진다. 붓을 잡고 꾸물거리다 보면 그의 온몸에 진땀이 흐른다. 여름에는 마른 수건으로 연방 축축해지는 붓자루를 훔쳐가며 그려야 한다. 그는 붓 잡는 날이 빈둥거리며 노는 날보다 적은데도 이럭저럭 간신히 살아지는 것을 부끄러워한다. 그는 비교우위 같은 것을 따지지 않고 매스컴의 조작에 관심을 두지 않는다. 산의 능선을 원경으로 고정시키고 자연의 형상화에 적합한 형태인가를 저울질하는 것이 그의 일과이다. 순수한 시지각적 공간을 형상화하려면 어차피 추상화를 통과하지 않을 수 없다고 생각하는 그는 인간적 흥미를 차단하여 자연의 형상에는 이런 소박한 구도도 있구나 하는 감상을 환기하고자 한다. 자연은 인간이 끊어버린 것을 다시 잇는다. 그러나 자연 자체는 존재하지 않는다. 자연은 인위적 자연이다. 자연은 일상적인 것과 통일된, 혹은 항구적인 어떤 것을 이어주는 인위적인 형태로부터 분리될 수 없다. 그의 그림에는 인간이 없으니 서사가 없고 서사가 없으니 상징이 없다. 그는 상징과 은유를 제거하고 자연을 있는 그대로 보여주고 싶어 한다. 그에게 그림은 은유가 아니라 증명이다. 그가 보여주고 싶어 하는 것은 자연의 간극 또는 균열이다. 그는 설명할 수 없는 비밀들을 온존하고 있는 자연을, 인과성을 깨뜨리는 굴곡된 비서사로 묘사한다. 그의 그림은 의혹을 불식시키는 대신 다른 의혹들로 그리고 더 심층적인 의혹들로 되돌아가게 한다.

비연대기적이고, 보편적인 그의 실험에는 영웅적인 것도 없고, 매혹적인 것도 없다. 그에게는 견딤과 맡김이 남아 있을 뿐이다.

> 변변한 학력도, 밀어주거나 기댈 만한 연줄도, 봐줄 만한 재능도, 내세울 만한 집안도, 무던한 성품이 말하는 대로 이렇다 할 처세술도, 심지어는 목구멍이 포도청이란 말대로 다들 그러듯이 돈푼이 굻는 자리에 한 다리 걸치는 생활력조차 자신에게 없는 줄을 그는 잘 안다. 워낙 둔한 데다 소위 그 '내공'이란 것도 없으니 체념할 줄도 모른다. 이러니 지지리도 못나고 한참 어리석은 것도, 무재주가 상재주라는 옛말대로 사람살이에는 요긴한 부조일 수 있다. (403)

예술에는 너무 늦어서 큰일이라는 것은 없다. 노 화백의 삶 전체를 수용하고 있는 특이한 악센트들은 단일성을 거역하는 차이와 축소될 수 없는 공백에 대하여 제기하는 근본적인 질문들로 구성되어 있다. 그는 오랫동안 실패자였고 낙오자였고 쓸데없는 짓을 하는 인간이었다. 그러나 판에 박힌 것으로부터 진정한 이미지를 끄집어내려는 그의 완강한 시도가 끝내 자신을 구하고 자신을 승리자로 만들었다. 불투명한 그의 삶과 그리고 뭔가 분명치 않은 미학적 임무가 인내의 여정에서 결국 빛을 발하게 된다. 결정화 가능한 공간과 시각적 운율을 탐구하는 탈인격화되고 대명사화된 이러한 객관주의는 미학적 힘을 잃지 않는다. 초라한 주택단지와 '바로그' 약국 그리고 시골의 골방 화실을 경험하는 한 화가의 시선이 사물들과 존재들을 정돈하는 부르주아의 실용적인 기능을 넘어서 새로운 형태의 내적 비전을 창조한다. 그는 바라보고 또 바라본다. 그는 이제 바라본다는 것이 무엇인가를 알게 된다. 일련의 단순하고 상투적인 시각적 이미지들의 흐름 한가운데서 그 개인이 지탱할 수 있는 한계를 넘어서는 어떤 참을 수 없는 것들을 목도하면서 그는 견자가 된다는 것의 의미와 투시자가 되어야 함의 중요성을 알게 된다.

작가는 화가 부부도 세상풍조의 예외가 아니라는 냉소로 소설을 끝낸다. 마케팅 사회는 독창적인 것들을 오래 내버려두지 않는다. "시속과 제도에는 마지못해 고분고분하면서 지 주변의 일상 환경에서 끌어온 거짓 핑곗거리를 주워섬기는 데 능할 뿐만 아니라, 거치적거리는 잡다한 정보량에 힘입어 알량한 지식과 지혜를 딴에는 분별한답시고 덜 똑똑한 체하는 것이 그나마 다소 촌스럽지 않다는 머리 굴림에 분주한, 그러고 보면 이처럼 영악하고 적당한 보신주의·타산주의에 진하게 물든 자칭 '점잖은 비속물'이 우리 주위에는 수다하게 널려 있다"(426). 소설에서 모든 것은 진부하며 자연스러운 망각의 대상이 되는 죽은 자들조차 일상적인 것으로 다루어진다. 특히 김원우의 소설에는 결정적 행위와 결정적 순간이 없다. 문제의 초점은 다른 곳에 있다. 그의 소설에 등장하는 인물들은 상황에 대하여 무력감을 드러낼 때조차 우발적 사건들의 발생에 구속되고 묶여 있다. 연루된 상황은 더 이상 대응이나 행위의 명목으로는 정당화할 수 없는 사건을 인물들에게 보고 듣도록 하는 것이다. 그들은 대응한다기보다 기록한다. 역사는 결코 소설의 배경이 아니다. 기록자라는 점에서 김원우의 인물들은 인물일 뿐 아니라 진부하고 지루하게 반복되는 부조화와 불일치를 항구화하는 작가이기도 하다. "다들 해박하다. 배울 만치 배웠는데 무슨 말인들 못할까.

헌데도 막상 제대로 아는 것은 하나도 없다. 모르는 게 없지만 아는 것도 없는 이 기이한 현상. 신문이 그렇다는 걸 늦게서야 깨쳤더니만 사람도 그걸 닮아가는 줄 이제사 안다"(454~55).

말과 길

— 김훈 장편소설 『남한산성』

임진왜란을 겪은 선조의 뒤를 이어 즉위한 광해군은 내정과 외교에서 그의 비범한 정치 역량을 발휘하였다. 그는 사고(史庫)의 정비, 서적의 간행, 호패의 실시 등으로 국내 정치에 공력을 들이는 한편, 여진의 후금이 만주에서 일어나는 새로운 국제 정세에 처하여 현명한 외교정책으로 국제적인 전란에 빠져들어가는 것을 피하였다. 명이 후금을 치기 위하여 만주로 출병하였을 때 명의 요청에 못 이기어 군사를 내면서도 강홍립에게 형세를 보아 향배를 정하라는 비밀 지시를 하였다. 명군이 불리하게 되자 강홍립이 후금에 항복하여 조선은 후금의 보복 행동 없이 지날 수 있었다. 광해군은 군비도 게을리하지 않았다. 그는 방어 거점들을 강화하고 진지와 병기를 수리하고 군사 훈련의 계획을 새롭게 설계하는 등 국방에 유의하였다.

공빈 김씨의 둘째 아들인 광해군은 자기를 좋아했던 선조의 정비인 박씨가 죽고(1600), 김제남의 딸이 계비로 들어와(1602) 영창대군을 낳고 자기를 미워하자 즉위하던 해(1608)에 영창대군을 두둔한 유영경을 죽이고 1614년에 영창대군마저 죽인 뒤 1618년에 인목대비를 폐모하였다. 이 밖에도 광해군은 1608년에 동복형 임해군을 죽였고 1615년에 조카 능창군을 죽였다.

정인홍·이이첨·허균 등 북인(주로 조식의 문인)에게 눌려 있던 서인은 폐모를 이유로 광해군을 폐하고 인조를 옹립하였다. 국제 정세를 고려하지 않고 서인은 쿠데타의 명분을 향명배금(向明排金)에서 찾았기 때문에 호란(1636)을 자초하였다. 남한산성을 지키던 군인들은 척화인(斥和人)들을 원수로 여기었다.

인조가 삼전도의 청태종 진영에 나아가 항복한 후에 척화인들의 청나라 출송을 망설이니(1637), 군인들이 성벽의 초소를 버리고 행궁 앞에 모여 그들을 내보내라고 외쳤다. 청태종도 국서에서 "너희들이 진구렁에 빠지고 타는 숯불을 밟은 것은 내가 바라는 바가 아니었고, 너희 나라 임금과 신하들이 너희들을 재앙 속에 몰아넣은 것"(『인조실록』 인조 15년 정월 2일조)이라고 한탄하였다. 전쟁을 자초한 인조는 명분 없는 쿠데타를 합리화하기 위하여 아들과 며느리와 손자들을 죽였다. 청나라에 볼모로 가서 비현실적인 반청향명의 무익함을 인식하게 된 소현세자를 독살하고, 수라상 전복에 독을 넣었다는 날조된 죄목으로 세자빈 강씨에게 사약을 내리고, 소현세자의 아들들을 제주에 유배하였다가 죽였다.

1652년에 황해감사 김홍욱이 강빈의 신원을 직언하였는데, 강빈의 무고함이 밝혀지면 종통(宗統)이 소현의 셋째 아들에게 돌아갈 것을 염려하여 효종은 그를 때려죽였다.

인조와 소현세자의 대립은 그 시대의 상징적인 사건이었다. 청나라의 문화를 경험한 소현세자는 18세기 북학파의 선구자가 된다고 할 수 있다. 백 년도 안 되는 동안에 북벌이 북학으로 바뀐 것은 한국 사상사에서 유례를 찾을 수 없을 만큼 급격한 변화였다. 송나라 시대에 소수 학자들의 사상이었던 주자학이 원나라 시절에 주류로 등장하고 명나라 이후에는 아예 이름부터 송학이라고 불리게 된 것도 이해하기 어려운 일이었지만, 중국의 지식인들이 몽골과 여진의 지배를 별다른 저항 없이 받아들인 것도 이해하기 어려운 일이었다. 그러나 송나라 이후 소작제가 자리를 잡아가는 과정에서 송학이 지주의 철학으로 기능하였고 소작하는 농민들이 송나라 체제보다 원나라 체제를, 그리고 명나라 체제보다 청나라 체제를 오히려 편하게 여긴 면이 있었다는 사실을 무시할 수 없을 것이다. 당시로서는 소작제가 과잉인구를 소화하는 합리적 방법이었다. 기술수준이 고정되어 있던 상황에서 소작제는 그것이 정액제건 할당제건 그 나름으로 안정된 체계를 형성하고 있었다. 『홍루몽』에서 보듯이 소작제는 일종의 격식과 품위조차 갖추고 있었다. 한국의 경우에도 소작제는 왜란과 호란을 겪고도 기본 구조를 유지할 수 있을 만큼 견고한 체계로서 작용하였다. 소작제가 위기에 직면한 것은 1862년의 임술민란에 이르러서였다. 재정 위기를 만난 정부는 관청들로 하여금 염전·어선·어장까지 독점하게 하였고 군포와 환곡은 전결과 무관하게 인두(人頭)와 호(戶)에 따라 부과하였으므로 극히 적은 면적의 소유 경지밖에 가지지 못한 소경지 농민들이 독담할 수밖에 없었다. 전국 20여 곳에서 일어난 농민봉기의 과정에서 농민들은 사회적으로 각성하고 양반도 별것 아니라는 자신감을 가지게 되었다. 탈놀이와 판소리 같은 민중문화는 농민들의 그러한 자신감의 표현이었다.

북벌을 주장한 송시열과 북학을 주장한 박지원은 다 같이 노론이었다. 19세기의 정약용은 남인이었지만, 19세기에는 이미 북벌이나 북학이 문제로 제기되지 않는 시대였다. 남인인 정약용이건 노론인 김정희건 별다른 감정적 갈등 없이 청나라 학문을 상대할 수 있었기 때문이다. 서인들의 위치는 호란 후에도 변하지 않았다. 최명길은 성균관에 있는 남인계 유생들을 전부 처벌하려 하였고, 경상감사 원탁은 도산서원 원장 이유도를 때려죽였고, 김수항은 영남의 풍속이 바뀌었으니 영남인들은 더 이상 선비로 대접하면 안 된다고 상소하였다. 대명의리(大明義理)에 동의하는 한 척화의 선수를 김상헌에게 빼앗긴 남인으로서는 주도권을 다시 찾을 방도가 없었을 것이다. 최명길은 서인의 집권을 위하여 서인 지도부의 묵인하에 악역을 담당했을 뿐이었다. 그러므로 당시의 서인에게는 공식적인 당론인 척화와 묵인된 당론인 강화가 있었다고 할 수 있다. 북벌이 북학으로 전환되는 과정에도 국제 정세에 어두운 남인들은 아무런 역할을 하지 못했다. 그들은 퇴계의 송학 이외에 다른 것에는 관심이 없었으므로 청나라 학술의 새로운 변화에 대하여 이해하려고 하지 않았다. 나라 잃은 시대에 면우 곽종석(1846~1919)은 『몽어(蒙語)』에서 "고려가 처음 통일하여 우리 왕조에 이름에 문화가 흥륭하고 군현이 배출하여 전장법도와 예악의관을 한결같이 화제(華制)를 따르니 그 유풍여속이 지금에도 고쳐지지 않아 홀로 천하의 정맥을 지켜온다고 이른다"고 하였다.

병자호란은 45일 만에 끝났으나 임진왜란보다 더 많은 개인 기록을 남겼다. 나만갑의 『병자록』, 석지형의 『남한해위록』, 어한명의 『강도일기』, 김상헌의 『남한기략』, 최명길의 『병자봉사』 등이 대표적인 기록이다. 특이한 기록으로는 남편이 전쟁터에서 죽지 않은 것을 원통해하는 나만갑의 부인 초계 정씨의 행장과 군사들이 칼을 들고 일어나 문신들을 욕하며 임금에게 들이닥치는 사건을 기록한 남박의 일기 『병자록』과 첫머리부터 김상헌을 극렬하게 비판하는 작자 미상의 『배신뎐』과 반대로 김상헌의 시각으로 기록된 『산성일기 병자』와 소현세자의 행적인 『심양일기』가 있다. 두드러진 전공 없이 쉰세 살에 모함으로 죽은 임경업에 대하여 기록된 글을 보면 송시열·이선·황경원의 전기를 모은 『임충민공실기』와 이형상의 『병와전서』에 있는 『임경업전』과 고소설 『임장군전』으로 나아가면서 서술의 무게중심이 상층에서 하층으로 이동하고 있으며, 『박씨전』은 청나라에 항복한 것을 기정사실로 하고 박씨의 시비 계화, 호왕후 마씨, 여자객 기홍대 등 여자들의 활약으로 독자들의 흥미를 자극하는 데 초점을 모으고 있다.

자결한 여자 열네 명의 원혼들이 무능하고 무책임한 남자들을 원망하는 『강도몽유록』과 남편과 아내와 아들과 며느리, 네 사람이 각각 중국·일본·베트남·한국에 흩어졌다가 만나는 조위한의 『최척전』은 여성의 비판적 발언이나 중국·일본을 포괄하는 국제적 시각이나 모두 호란이 없었다면 나올 수 없는 작품들이었다.

이정환의 시조 「비가(悲歌)」 10수와 조우각의 가사 「대명복수가」 「천군복위가」는 반청향명을 긍정한 작품이나, 작자 미상의 가사 「병자난리가」는 사대부의 무능력을 질책한 작품이다. 유명천의 기행가사 「연행일기」를 비롯하여 백여 종이 넘는 연행록을 비교해보면 북벌과 북학에 대한 다양한 반응의 차이가 드러날 것이다.

이렇게 많은 기록들이 산적해 있는데도 불구하고 김훈이 4백 년 후에 『남한산성』(학고재, 2007)을 써서 새삼스럽게 또 하나의 기록을 거기에 추가한 이유는 어디에 있을까? 이 소설은 실록에 기록되어 있는 사건들을 거의 그대로 배치하고 사건과 사건들 사이에 미세한 세부를 짜 넣는 방식으로 구성되어 있다. 이 소설에는 그럴성싶지 않은 부분이 하나도 없다. 김훈은 우리에게 그때 그 사람들이 어디서 어떻게 자고 무엇을 어떻게 입고 먹었는지에 대하여 자세히 알려준다. 쌓인 눈 위에 비가 내려서 성벽을 끼고 도는 순찰로가 얼어붙고 성첩에서 내려온 군병들은 손이 얼고 입이 굳어서 제 손으로 밥을 먹지 못한다. 군인들은 동상에 걸려 총을 조준하지 못하고 그들 가운데는 손가락이나 발가락이 떨어져 나간 사람도 있다. 그런데도 영의정 김류는 비에 젖은 자는 반이 안 된다고 임금에게 사기를 치고 병조판서 이성구는 적병들 또한 비에 젖었으니 기세가 꺾였을 것이라고 임금을 위로한다. 임금도 그것들이 하나마나 한 말이라는 것을 알고 있다. 최명길이 부녀자의 속곳을 벗겨 언 군병을 입히자고 하니, 김류는 종친의 의관을 거둠은 왕실의 체통을 허무는 일이라고 반대한다. 군병들은 눈비를 가릴 덮개 하나 없이 초소를 지키고, 찬 바닥을 가리라고 수어사 이시백이 나눠준 가마니마저 말먹이로 빼앗긴다. 초가의 짚까지 삶았으나 말먹이는 열흘 만에 떨어지고 말들이 굶어 쓰러진다. 김류가 마병을 쓰는 기습 공격을 도모하고 있는 것은 아니었다. 그는 싸움의 형식을 유지하면서 투항의 시기를 앞당기고 싶어 하였다. 투항의 내용을 숨기고 싸움의 형식을 지키기 위하여 김류는 군령을 모질게 시행하였다. 말들이 굶어 죽고 말을 삶아서 군병을 먹이고 깔개를 빼앗긴 군병들이 성첩에서 얼어 죽는 순환의 고리를 그는 미리 내다보고 있었다. 그는 자기가 살기 위해서라면 무엇이라도 훔치고 누구라도 죽이는 사람이었다. 쿠데타도 그래서 일으켰을 것이다. 버티는 힘이 다하는 날 버티는 고통도 다할 것이라고 그는 생각했다. 버텨야 할 것이 모두 소멸할 때까지 버텨야 하는 것인지에 대해서는 생각하지 않았다. 그는 끝까지 싸웠다는 증거만 남겨두면 그만이었다. 식량은 처음에 서너 홉을 주다가 나중엔 두세 홉을 주었는데 말과 개를 끓여 먹고 견딘 끝에 45일 후에도 닷새 치의 군량이 남아 있었다. 겉곡식이 30일분 남았을 때 땔나무를 위하여 관아 객사와 질청의 문짝을 뜯어냈다. 절에서는 무명을 바쳐 마루 뜯기는 것을 면하였다. 그 무명으로 천막을 만들어 성첩의 눈비를 가리었다.

김훈은 사람이 먹어야 사는 동물임을 여실하게 그려내 보여준다. 음식의 흐름이 운행하는 내장과 항문을 통과하는 똥과 오줌. 그는 사람이 피부와 창자를 가지고 있고 성기를 가지고 있는 동물인 것을 잘 보여준다. 수라상에 졸인 닭다리 한 개와 말린 취나물국이 오르고 그 닭다리마저도 끊어진다. 갇힌 성안에 아침마다 밥 짓는 연기가 오르고 아이들이 노는 소리가 나고 초상 치르는 곡소리와 갓난아이의 울음소리가 들린다. 삶은 여전히 계속되는 것이다.

> 임금은 늘 표정이 없고 말을 아꼈다. 지밀상궁조차 임금의 음색을 기억하지 못했고 임금의 심기를 헤아리지 못했다. 임금은 먹을 찍어서 시부를 적지 않았고 사관을 가까이하지 않았으며, 양사에 내리는 비답의 초안조차 승지들에게 받아쓰게 하여 묵적을 남기지 않았다. (p. 10. 이하 책 인용은 페이지만 밝힘.)

쿠데타를 일으킨 서인의 힘으로 임금의 자리에 오른 인조에게는 자신의 의사를 당당하게 말할 능력이 없었다. 서인들이 가자는 대로 가고 견디자는 대로 견디면서 그들이 투항해도 좋다고 할 때까지 기다리는 것 이외에 다른 행동은 아무것도 마음대로 할 수 없었다. 서인들은 투항하더라도 책임을 소수의 강화파에게 돌리고 척화의 명분을 그대로 유지하기 위하여 임금이 필요했다. 그들에게 임금은 그들의 권력과 토지를 지키는 데 필요한 수단일 뿐이었다. 그들은 그들이 결정할 수 있는 모든 것을 스스로 결정하고 그들이 결정할 수 없는 것은 임금에게 결정하게 했다. 성을 나가 투항하겠다고 한 것은 임금의 결정이었다. 그들은 반대했지만 그들로서도 왕명에 끝까지 거역할 수는 없었다는 변명이 그들의 명분에 도움이 되었다.

> 임금의 어깨가 흔들렸고, 임금은 오래 울었다. 막히고 갇혔다가 겨우 터져 나오는 울음이었다. 눈물이 흘러서 빗물에 섞였다. 임금은 깊이 젖었다. 바람이 불어서 젖은 옷이 몸에 감겼다. 아무도 말리지 못했다. (66)

울음이란 아무런 도움도 기대할 수 없는 곳에서 터져 나오는 것이다. 성 안과 밖이 합쳐서 결전을 도모하자는 데는 의견이 일치되었으나 임금에게는 결전을 각오할 의지가 없었고 남쪽에서 올라오던 군대들은 모두 패배하였으며 성안에는 적의 20만 대군에 맞설 수 있는 전력이 없었다. "임금의 시야는 그 겨울 들판에 닿을 수 없었다"(10). "성벽 바깥으로는 아무것도 보이지 않았다"(57).

정축년 정월 설날 아침 임금은 명의 천자에게 올리는 망궐례를 시행하였다. 악공이 없었으나, 악이 없더라도 뜻으로 거행해야 한다는 김상헌의 건의를 받아 왕은 혼자 춤추었다.

> 임금은 두 팔을 쳐들어 허공에서 원을 그리고 가슴 위로 거두어들이며 무릎을 꿇어 절했다. 세자와 종친과 신료들이 따라서 절했다. 임금이 다시 일어섰다. 임금은 춤추었다. 임금은 반걸음씩 나아가면서 두 팔을 쳐들어 하늘을 받들어 안고 왼쪽으로 돌았다. 다시 임금이 오른쪽으로 돌면서 두 팔을 펼쳤다. (259)

청군에게 포위된 성안에서 무너져가는 명나라의 천자를 향해 올리는 의식은 기괴하기조차 하다. 1689년(숙종 15년)에 송시열은 사약을 받고 죽으면서 임진왜란에 원병을 보내준 명나라 신종의 영혼을 모시는 묘실을 짓도록 제자 권상하에게 유언했다. 1704년에 권상하는 화양동에 묘실을 짓고 선조의 서찰에 나오는 만절필동(萬折必東: 황하는 만 번 꺾이어도 중국의 동해, 즉 우리의 황해에 이르고 만다)을 따서 만동묘라 일컫고 그해 3월에 명나라의 신종과 의종의 제사를 모셨다. 숙종이 그 소문을 듣고 갸륵하게 여기어 서울 비원에 단을 세우게 하고 대보단이라 하였다. 명나라에 대한 의리를 악착같이 내세우는 것은 그것이 소작인의 충성을 이끌어내는 데 유리하다고 생각했기 때문이었을 것이다. 우리가 망한 나라의 천자에게 하듯이 너희도 우리에게 해달라는 뜻이 그 안에 들어 있었을 것이다. 김상헌은 임금의 춤이 멀고 아득한 것을 가까이 끌어당기는 환영을 느꼈다. 청태종도 망월봉에서 왕이 춤추는 모습을 내려다보고 있었다.

행궁이 바라보이는 망월봉에 설치한 홍이포의 포격을 받고 인조는 사흘 후에 성을 나가겠다고 말한다. 서인들이 임금에게 그 한마디를 하게 하는 데 45일이 걸렸다. 그때도 문신들은 판옥선을 부르자, 강선을 부르자, 걸어서 호남으로 가자는 말꽃을 피웠다. 임금이 삼전도 청나라 진영으로 나아가 청태종 앞에 꿇어앉아 삼궤구고두의 예를 행하고 송파강을 건너 서울로 들어왔다. 청병은 서울의 궁궐을 부수지 않았다.

영의정 김류가 진지전의 전략을 냈고 도원수 김자점이 군사를 배치했다. 소를 풀어 꾀어내는 유인책에 넘어가 군병 3백을 북문으로 내몰아 전멸하게 하고도 김류는 북영 초관을 매질하였다. 싸우다가 죽을 일이지 어쩌자고 개울 건너로 군사를 물렸느냐는 것이 이유였다. 화약이 모자랐고 창검으로 적의 기병에 맞설 수 없다는 사실에 대해서는 들으려고도 하지 않았다. 그는 어떤 일에도 책임을 지려고 하지 않았다. 그는 투항이라는 결과를 명확하게 알고 있으면서 항전의 가면을 쓰고 연극을 계속하였다. 결과가 명확한 연극이었으므로 그에게는 소규모 전투의 승패는 어떻게 되어도 상관없는 일이었다. 그가 할 수 있는 일은 누구에겐가 끊임없이 책임을 미루면서 기다리는 것뿐이었다. 그는 적에 대하여 아무런 정보도 가지고 있지 않았다.

부딪쳐서 싸우건 피해서 버티건 맞아들여서 숙이건 간에 외줄기 길이 따로 있는 것은 아닐 것이고, 그 길들이 모두 뒤섞이면서 세상은 되어지는 대로 되어갈 수밖에 없다는 것이 김류의 생각이었다. 그는 군사의 사기보다 자신의 위신 때문에 엄한 군율을 내세웠다. 화친을 발설한 자는 사직의 이름으로 처단될 것이고 척화를 발설한 자는 청나라의 손에 처단될 것이었다. 그에게는 싸움의 형식을 유지하면서 버티는 힘을 소진하는 것 이외에 선택의 길이 없었다. 군인들이 행궁 밖에서 소란을 떨 때에 나가서 성첩으로 돌려보내라는 임금의 분부를 받고도 "신이 저들 앞에 나가서 지금 군율을 시행할 수 있겠나이까. 신은 저들 앞에 나가기가 합당치 않사옵니다"(336)라고 말하며 군병들과 대면하기를 회피하였다. 임금은 성을 나가기 전에 화친을 배척했던 사대부들 중에서 묶어서 적 앞으로 보낼 신하를 골라내라고 김류에게 명했다. 윤집과 오달제가 자원하여 임금이 둘만 보내려고 하자 김류는 다 보내지 않으면 후환이 있을 것이라고 염려하였다. 『허생전』에 나오듯이 김류와 이귀는 효종 때에도 권세를 누렸다. 권력의지는 수천 가지 형태를 가지고 있다. 간접적인 형태의 권력이라고 해서 약한 것은 결코 아니다.

온조의 혼령에게 술잔을 바치면서 김류는 태고 속으로 사라지는 온조의 혼령을 따라가는 남한산성을 보았고, 최명길은 치욕을 덮어줄 수 있는 삶의 영원성을 보았으며, 김상헌은 더럽혀질 수 없는 삶의 경건성을 보았다. 적의 주력이 가까이 다가올 때 김상헌은 적이 오건 오지 않건 길은 따로 있다고 생각했고, 최명길은 적들 사이로 길이 나 있을 것이라고 생각했으며, 이시백은 길이 어디에 있건 보이는 것은 성첩뿐이라고 생각했다.

이조판서 최명길의 어조는 책을 읽듯 무덤덤했고 그의 태도에는 아무런 조바심도 스며 있지 않았다. 그는 평정한 말투로 다급함을 말했다. 앉아서 말라 죽을 수는 없으니 모든 관료들이 자신을 처단하라고 한다 하더라도 공격을 받기 전에 투항해야 한다고 그는 생각했다. 그러나 김상헌은 싸움으로 맞서야만 화친의 길도 열리는 법이며 전(戰)이 본이고 화(和)는 말이라고 생각했다. 최명길은 죽음과 삶 가운데 하나를 선택하자고 했고 김상헌은 죽음을 선택하면 삶이 따라온다고 했다. 최후의 선택을 임금에게 넘기는 형식으로 끝내야 한다는 것을 그들은 알고 있었다. 김상헌은 아마 임금보다 가문을 생각했을 것이다. 임금보다 가문을 높이는 정신을 견지함으로써 김상헌의 후손은 그 후 2백 년 동안 정권을 독점하였다. 그들이 나라가 망하고 임금이 죽더라도 가문의 명예만 지켜지면 그만이라고 생각했기 때문에 결국 나라가 망했다. 김상헌은 먼저 말하지 않고 언제나 최명길의 말을 기다렸다. 최명길의 경우에는 아마 가문보다 당색이 중요했을 것이다. 서인 정권이 유지되려면 투항하여 임금을 살려야 하나, 또한 김상헌과 같은 충의지사가 필요하다는 것을 알고 있었다. 당하의 논의는 더욱 격렬하여 최명길을 처단하라는 소리가 행궁에 가득 찼다. 내행전 마당에서 최명길을 죽이라고 외치던 당하관 둘이 얼음벽이 무너진 구멍으로 성을 빠져나갔다.

> "전하 신을 적진에 보내시더라도 상헌의 말을 아주 버리지는 마소서."
> "아마 지금쯤 상헌의 생각도 경과 다르지 않을 것이다. 내 그리 짐작한다." (150)

김훈은 의견이 다른 두 사람의 우정을 아름답게 묘사하였다. 그들은 각각 자기 나름으로 기도하고 찬미하는 방법을 알고 있는 사람들이었다. 그들은 김류보다는 한층 맑은 성품을 지니고 있었다. 최명길과 김상헌 사이에는 상호 반박의 욕구가 작용하고 있었다. 하나가 흑을 말하기 위해 다른 하나는 백을 말했다. 그들을 숨 막히게 하는 어휘들, 그들을 찡그리게 하는 각기 다른 어휘들이 있다. 그러나 두 사람은 흑과 백을 감싸는 전체성을 어렴풋이 감지하고 있었다. 우리는 최명길과 김상헌을 양극으로 하는 대립 속에서 17세기 정신사의 지형을 파악할 수 있다. 그것은 북벌과 북학이 공존하는 지형이었다. 김훈도 가르기의 변증법이 아니라 감싸기의 변증법으로 그들을 바라본다. 작가는 어느 편도 들지 않는다. 전혀 다른 사람들에게서 비슷함을 찾아내고 그 비슷함을 넘어 자기 자신을 발견하는 것이 작가의 재능이라고 할 수 있다. 작가에게는 어느 편이 아니라 하루하루 써야 할 글이 있을 뿐이다.

예조판서 김상헌은 양주 석실에서 형의 급보를 받고 남한산성으로 달려갔다. 그의 형 김상용은 "다만 당면한 일을 당면할 뿐이다"라고 썼다. 그는 강화도가 함락될 때 화약에 불을 붙이고 죽었다. 김상헌은 임금의 행차를 인도해 강을 건네준 사공을 만나 그의 도움으로 강을 건넜다. 사공은 "청병이 오면 얼음 위로 길을 잡아 강을 건네주고 곡식이라도 얻어볼까 해서"(43) 살던 곳에 남겠다고 말했다. 김상헌은 경악하였다. "이것이 백성인가. 이것이 백성이었던가…… 이것이 백성이로구나. 이것이 백성일 수 있구나"(43). 기녀들은 청나라 군영에 들어가 춤을 추었고 반가의 부녀들도 청군의 시중을 들었다. 김상헌은 사공을 베었다. 사공의 어린 딸 나루가 아버지를 찾아서 언 강을 건넜다. 물가에서 자라나 강이 무섭지 않았다. 아이는 작은 들짐승처럼 보였다. 청병들은 돌멩이를 던져서 열 살 난 아이를 쫓았다.

> 언 강 위에 눈이 내리고 쌓인 눈 위에 바람이 불어서 얼음 위에 시간의 무늬가 찍혀 있었다. 다시 바람이 불어서 눈이 길게 불려 갔고 그 자리에 새로운 시간의 무늬가 드러났다. (41)
>
> "천도가 시간과 더불어 흐르고 있으니, 시간 속에서 소생할 수 있으리." (42)
>
> 죽음을 받아들이는 힘으로 삶을 열어나가는 것이다. 아침이 오고 또 봄이 오듯이 새로운 시간과 더불어 새로워지지 못한다면, 이 성 안에서 세상은 끝날 것이고 끝나는 날까지 고통을 다 바쳐야 할 것이지만, 아침은 오고 봄은 기어이 오는 것이어서 성 밖에서 성 안으로 들어왔듯 성 안에서 성 밖으로 나아가는 길이 어찌 없다 하겠느냐. (61)
>
> 봄은 저절로 온다. (122)

김상헌의 믿음에는 사물들의 내부로 향하려는 모든 질문을 중단시키는 독단이 들어 있었다. 현실에서는 백이 흑이 될 수 있다는 것을 그는 알아차리지 못했다. 악의 뿌리까지 내려가보지 못한 선이 무슨 힘을 가질 수 있겠는가? 물질의 천함을 모르는 물질의 미학은 피상적인 데 머물 수밖에 없다. 불결함에 무방비 상태인 순수성이란 얼마나 무기력한 것인가? 그가 좋아하는 명나라는 역대 중국 왕조 중에서 가장 무능하고 잔인한 왕조였다. 명석한 사람들은 자신의 명석성 속에 감금되어 어두움의 깊이를 부인한다. 어려울 때에는 근본을 돌아본다는 것이 그의 믿음이었다. 그는 임금에게 "오직 근본에 기대어 회복을 도모하소서. 근본은 일월과 같은 것이오니"(89)라고 말했다. 그러나 그의 믿음은 임금으로 하여금 온조의 사당에 제사를 지내게 하고 원단에 북경을 향하여 절하고 춤추게 하는 것 이외에 아무것도 하지 못했다. 그가 바라는 것은 싸움도 아니고 투항도 아니고 다만 견디고 견디다가 죽자는 것뿐이었다. 그러나 윤집과 오달제가 자원해서 심양으로 잡혀갈 때 그는 끼지 않았다. 성문이 열리기 며칠 전에 사직했다는 것이 그 이유였다. 4년이 지나 청나라가 그를 지명한 후에야 그는 심양으로 갔다. "물 위에 어른거리는 길들을 바라보면서 김상헌은 성 안에서 목을 매달았을 때 죽지 않기를 잘했다고 생각했다. 김상헌은 남은 날들이 아까웠다"(362).

대장장이 서날쇠는 아내와 쌍둥이 두 아들을 암문 위쪽 성벽의 배수구로 내보내고 혼자 남았다. 친정으로 가라고 했을 때 아내는 울지 않았다. 군소리도 없었다. "처자식이 떠난 집안은 가벼워서 홀가분했고 한갓졌다. 서날쇠는 달게 잠들었다"(55). 낫·호미·도끼날을 독에 쟁여서 대장간 뒤뜰에 묻고 쌀도 작은 항아리에 나누어 땅에 묻었다. 부리던 사람들은 밀린 노임을 은전으로 지급하고 쌀 다섯 말과 육포 두 근씩을 노자로 주어 보냈다.

> 서날쇠는 연장을 구하러 온 사람의 몸매와 근력, 팔다리의 길이와 허리의 곧고 굽음을 잘 살펴서 남자와 여자, 아이와 노인, 키 작은 자와 키 큰 자의 연장을 달리 만들어주었다. 돌이 많은 땅의 호미와 모래밭의 호미도 달리 만들었다. (53)

그는 맵고 떫은맛이 나는 흙을 실어 와 쑥이나 볏짚을 태운 재를 흙과 섞고 말똥을 덮어서 며칠 재운 다음 물을 부어 체로 걸러내고, 그 물을 끓여서 졸여 하얀 털과 같은 앙금이 잡힐 때 거기에 아교를 넣어 끓이면서 거품을 걷어내 생긴 맑은 결정으로 화약을 만들어 대장간에서 착화제로 사용하였다. 그는 쥐를 잡아서 대가리와 꼬리를 자르고 내장을 발라내고 껍질을 벗겨서 끓는 물에 고아 엉긴 하얀 기름을 걷어내어 불에 덴 자리에 발라주었다. 덴 자리가 곪으면 거머리를 붙여서 피를 빨아낸 뒤 파를 으깨서 붙여주었다. 서날쇠에게는 열 마지기의 밭도 있었다.

> 소화가 잘 된 곱고 굵은 똥을 물에 풀어서 일 년쯤 그늘에서 고요히 익히면 그 위에 거품이 잡히고, 거품을 걷어내면 맑은 똥물이 익어 있었다. 서날쇠는 익은 똥물을 밭에 뿌려서 배추잎을 갉아먹는 벌레를 잡았고 땅 힘을 돋우었다. 서날쇠의 대장간 뒤뜰 오리나무 그늘에는 열 말들이 똥독 다섯 개가 묻혀 있었고, 그 독 안에서는 사철 맑은 똥물이 익어갔다. (55)

무명을 겹쳐서 천막을 만들 때 사용할 실과 대바늘도 그가 마련하였다. 당상들이 묘당에 모여 하루 종일 논의하였으나 그들은 실을 구할 방도도, 바늘을 만들 방도도 강구하지 못했다. 그들이 아는 말은 "어쩌랴"밖에 없었다. 서날쇠는 칼과 창을 수리해주고 뒤틀린 총신을 바로잡아주었다. 그는 조총을 들여다보고 혼자 궁리하여 물리를 알아내었다. 총열이 터진 총은 화약의 폭발력이 새어 나가 헛바람이 터졌고, 총열이 휘어진 총은 탄도가 구부러져 사거리가 짧았다. 임금의 격문을 가지고 남으로 가는 일도 성안에서 오직 그만이 해내었다. 호종해 들어온 사대부들은 성안의 길조차 더듬거렸다. 그는 여진의 병장기와 수레바큇살과 텟쇠, 말안장과 재갈과 고삐가 어떻게 생겼는지 한번 보고 싶었다. 박지원도 열하로 가면서 이러한 희망을 품었다. 김상헌은 서날쇠에게서 말과 몸이 하나가 된 사람이 어떤 사람인가를 보았다. 또한 자신이 사공을 죽인 것이 얼마나 형편없는 짓이었는가도 깨닫게 되었다. "김상헌은 심한 부끄러움을 느꼈다"(229). 김상헌은 조정이 나가야 성안이 산다는 서날쇠의 말에도 동의하였다. 그는 서날쇠에게 "나라 얘긴 하지 마라 그런 말이 아니니다. 나를 도와다오"(230)라고 부탁하였다.

수어사 이시백은 투항이냐 척화냐 하는 문제에는 아예 마음을 쓰지 않았다. 그는 군사를 보살피고 성을 지키는 데에만 정성을 다하였다. 그가 부하 장병들에게 하는 말은 잗다란 일상의 주의 사항뿐이었다. 발밑에 마른 잎을 깔아라, 졸지 마라, 추우면 움직여라, 잠들면 얼어 죽는다, 똥오줌은 총안에서 멀리 가서 누어라…… 그는 돼지기름을 헝겊에 발라 군인들의 언 발을 처매주고 무너진 성벽에 물을 부어 얼음벽을 만들고 얼음이 녹자 나무를 엮어 그 자리를 채웠다. 김류는 청군이 남문 밖에 포진할 때 성급하게 성문을 닫아걸었다고 이시백을 매질하였다. 청병은 기보 1만 5천이었고 성안 군사는 하루 삼교대로 성첩을 지키는 초병이 전부였다. 남문으로 기병을 몰아 기습한다는 것은 불가능한 몽상이었다. 김류는 적과 싸울 수 없다는 것을 알고 이시백과 말로 싸우겠다는 것이었다. 그것이 수어사의 싸움과 다른 영의정의 싸움인 것이었다. 임금이 이시백에게 어의를 보내지만, 인조에게는 김류를 제어할 힘이 없었다.

이시백은 최명길보다 다섯 살 연상이었다. 둘은 청년 시절 동문수학한 벗이었다. 이시백은 문과에 급제한 유생이었지만 일찍이 문한의 나른함과 풍류의 어지러움을 떨쳐내고 뒤엉킨 세상의 한복판으로 걸어 나와 무인다운 삶을 열어나갔다. 둘은 서로 예를 갖추어 어려워했고 만나서 문장을 논하지 않았다. 어느 쪽이냐고 묻는 최명길의 질문에 이시백은 "나는 다만 적을 잡는 초병이오"라고 대답하였다. "다만 지킬 뿐이오." "나는 모르오. 모르오만 나의 길이 있는 것이오. 그다음은 묘당에 가서 말하시오"(220). 그러나 그도 충렬의 반열에 앉아서 역적이 어서 성을 열어주기만을 바라는 척화파의 마음을 모르지는 않았다.

> 이시백은 남벽 성첩에서 성 밖으로 돌멩이를 던져서 가늠해보았다. 남벽 성 밖으로 지게 진 군병들을 내보내 돌멩이를 더 끌어모아야 할 것이고, 갈고리 밧줄로 사다리를 끌어들이는 훈련을 시켜야 할 것이었다. 이시백은 남장대에서 동문 쪽으로 군병을 몰아나가면서 구멍마다 목책을 세웠다. 절뚝거리면서, 시시덕거리면서 군병들은 따라왔다. (291)

서날쇠와 이시백에게는 사물의 내부를 들여다보려는 의지가 있었다. 그들에게는 갈라진 곳, 틈새, 금 간 곳을 간파해내고 남들이 보지 않으려고 하는 것을 들여다보려는 의지가 있었다. 그들의 몸은 물질의 내부에 있는 어두움에 버티는 저항을 늘 체험하고 있었다. 일하는 사람은 사물의 표면에 머무르지 않는다. 그들은 당시의 어떤 성리학자들보다도 더 심오하게 사물의 내면적 특성에 대하여 이해하고 있었다. 손으로 일하면서 생각하는 사람들의 단순한 심성은 물질의 실질적 특성을 알고 있다. 그들은 선에 삼투되어 있는 악과 악에 삼투되어 있는 선을 투시한다. 그들의 지식은 오랜 풍상을 겪은 지식이다. 그들은 항상 사물의 저항을 느끼고 있기 때문에 그들에게는 관념에 대해 생각할 겨를이 없다. 그들은 자기가 원하는 것을 만들 수 없다. 그들은 사물이 원하는 것을 만들 수밖에 없다는 것을 알고 있기 때문이다. 그것이 물질의 모럴이다. 마음대로 되지 않는 세상에 대하여 느끼는 불편함은 노동의 필수 조건이다. 불편함을 모르는 사람은 세상을 관념으로 재단한다. 물질의 모럴은 불편함의 형이상학이다. 그들은 마음대로 안 되는 세상에서 무슨 일을 한다는 것이 어떤 것인가를 알고 있다. 김류는 사실이 아니라 살아남는 전략만 알고 있고 김상헌은 사실이 아니라 고공을 비행하는 관념만 알고 있다. 사실성이 결여된 전략과 관념처럼 위험한 것은 없다. 살아 있음에는 물질의 저항에서 오는 불편함이 있다. 김상헌의 세계는 불편함을 모르는 관념의 세계이다. 그의 시선은 메두사처럼 세상을 돌로 변하게 한다. 세상을 살아서 움직이게 하는 것은 김상헌의 관념이 아니라 서날쇠의 망치이다.

김상헌은 서날쇠에게서 일과 사물이 깃든 살아 있는 몸을 보았다. 이 소설의 핵심은 최명길과 김상헌의 대립이 아니라 김상헌과 서날쇠의 대립 위에서 전개된다. 김상헌과 서날쇠는 서로 만나 함께 일하면서 서로 성숙한다. 김상헌은 답서를 지으라는 임금의 말에 얼굴이 하얗게 질린다. 임금이 최명길과 나이 많은 당하관 세 명에게 글을 지으라고 하였다. 정육품 수찬은 병들어 못 쓰겠다고 차자를 올린 후 매를 맞아 죽고, 협심증이 있는 정오품 교리는 고민하다 쓰러지고, 정오품 정랑은 채택되지 않을 글을 써냈다. 그들에게는 임금의 분부보다 가문의 명예가 더 중요했기 때문이었다. 답서를 쓸 사람은 최명길밖에 남아 있지 않았다. 최명길은 모욕을 무릅쓰고 임금을 살리려 하는 현실주의자였다. 그러나 그는 서인 정권 안에서 누군가 해야 할 일을 서인 지도부와의 약속하에 맡은 것이었다. 김상헌은 답서를 찢으며 아직도 고을마다 백성들이 살아 있고 의지할 만한 성벽이 있으니 어찌 회복할 만한 길이 없겠느냐고 말했다. 적이 무도하니 스스로 망할 것이라고도 했다. 몽골에게 무너진 송나라의 역사를 읽고도 그렇게 말하는 것이 가능하다는 것은 어떤 의미에서 놀라운 일이다. 밟고 걸어가야 할 길을 말해야 할 때 그는 말 밖으로는 나가지 못하는 말을 말한다. 청태종은 조선의 답서를 돌려보냈다. 쓸데없는 수다를 거두고 임금이 직접 나와서 얼굴을 보이라는 것이었다.

임금이 성문을 나갔을 때 서날쇠는 나루가 자라면 쌍둥이 아들 둘 중에서 어느 녀석과 혼인을 시켜야 할 것인지를 생각하며 혼자 웃었다. 김훈은 이 땅의 가능성을 서날쇠와 이시백에게서 찾는다. 어떤 일이 있어도 살아남는 백성들의 생명력도 대지처럼 든든하기는 하다. 행궁은 허황하나 초가집은 땅에 뿌리를 내리고 있다. 백성들의 집은 초라하지만 땅으로부터 밀고 나오는 풀처럼, 검은 흙에 뿌리를 내리고 있는 집이다. 그러나 백성들의 강인함은 토대가 될 수는 있지만 변화를 일으키지는 못한다. 백성들은 북벌이건 북학이건 관심을 두지 않는다. 김훈은 죽음을 겁내지 않으면서도 삶을 소중하게 생각하고, 말에 매달리지 않으며 구체적인 일에 공을 들이는 사람들이 이 땅에 살았다는 데 자부심을 느낀다. 서날쇠가 김상헌을 변화시켰듯이 길은 말을 바꾸고 만다고 김훈은 믿는다. 사공의 딸 나루를 임금이 만나는 장면은 엄청난 변화의 싹을 보여주는 것이다. 지금 북한은 마치 남한산성에 갇힌 서인 정권과 같다. 나는 북한 사람들도 남한산성의 백성들처럼 강인하게 살아남으리라고 믿는다. 그곳에도 서날쇠와 이시백 같은 사람들이 있을 것이다. 우리는 북한이 공허한 말들을 넘어 길을 찾아 나올 때까지 기다려야 한다.

두려운 진실

—백가흠 장편소설 『나프탈렌』

백가흠의 소설 『나프탈렌』(현대문학, 2012)의 배경은 전주 근처 만공산에 있는 하늘 수련원이다. 환자들이 요양할 수 있도록 산속에 지어놓은 황토집 다섯 채 중에서 1호는 단체를 받는 큰 집이고 2호, 3호, 5호, 6호는 같은 크기의 작은 집들이다. 병원에서 4층을 F층이라고 하듯이 여기서도 죽을 사(死) 자와 연관된다고 하여 4호를 아예 건너뛰었다. 숙식을 하면 하루 7만 원인데 식사를 스스로 해결하면 한 달에 120만 원을 받는다. 2호는 환갑을 넘긴 위암 환자가 2년 정도 살다가 죽어 나가 비어 있다. 3호에 사는 사십대 간암 환자 한승훈은 하루의 대부분을 약초 연구와 약초 채취에 바쳤으나 봄이 와 땅이 풀릴 때 병이 악화되어 큰 병원으로 실려 간다. 5호에는 폐암 환자 이양자와 그녀의 어머니 김덕이가 거주하고 6호에는 정년으로 K대학을 퇴직한 시인 백용현이 들어 있다. 사무실 건물에는 원장과 그녀의 어머니, 관리자 김 씨와 그보다 여섯 살 위인 탈북자 최영래, 식당 일을 하는 미숙과 축사 공사 인부들이 머무르고 있다.

최영래, 김덕이, 백용현, 그리고 교수 시절 백용현의 조교 공민지가 소설의 중요한 초점자로 등장한다. 백용현을 기준으로 본다면 그가 퇴직하기 한 학기 전에 이야기가 시작되어 그의 죽음으로 끝나므로 소설의 사건은 2009년에서 2012년 사이에 일어난다고 할 수 있다. 김덕이를 기준으로 본다면 딸 이양자의 폐암 진단에서 시작하여 그녀의 자연치유로 끝나므로 2009년 이전으로 조금 더 올라갈 수 있을 것이고, 최영래의 탈북은 아마 2009년 무렵이라고 할 수 있겠지만 그의 요덕수용소 교도관 시절을 포함하면 서술 상황은 그 이전으로 올라가게 될 것이다. 작가는 한편으로 사건이 끝나는 2012년 봄의 어느 시점에서 물리적이고 객관적인 시간을 서술하면서 또 다른 한편으로는 최영래, 김덕이, 백용현, 공민지의 감정적이고 주관적인 시간을 서술한다. 그러므로 이 소설에는 2009년에서 2012년까지 현재 시제로 흐르는 시간과 2012년에 과거 시제로 돌아보는 시간이 교체되고 있다고 할 수 있다. 처음 상황과 최종 상황은 각각 다르지만 그것이 죽음이건 치유건, 결혼이건 몰락이건 최종 상황에는 일종의 도덕적 각성이 포함되어 있다.

소설이 독자에게 제공할 수 있는 것들 가운데 가장 소중한 것은 많은 사람들의 생활상을 다양하게 보여주는 것이다. 소설을 잘 읽으려면 독자는 끊임없이 교체되는 대상을 따라가면서 대상에 대한 이해력을 쇄신해야 한다. 소설을 읽는 것은 지상에서 우리의 정신을 단련하고 연마하는 것이 된다. 정신의 대상에는 밝은 부분과 그늘진 부분이 있다. 인물을 이해하기 위해서는 소설이 끝날 때까지 우리의 비판적 반성 능력을 중지하고 그 인물의 무지와 충동에 우리 자신을 맡겨야 한다. 그리고 우리는 하나의 고뇌를 따로 떼어낼 수 없다. 하나의 고뇌는 환유의 연쇄를 따라 인접하는 다른 고뇌로 이어진다. 간극과 비약을 통과하지 않고서 이 환유의 연쇄에서 벗어나는 길은 없다.

수련원에서 전개되는 이야기는 최영래와 인부들이 한 축을 이루고 김덕이와 그녀의 딸 부부 이야지, 민진홍이 다른 한 축을 이룬다. 백용현이 6호 황토집에 들어 있기는 하지만 그와 공민지의 이야기는 서울에서 전개된다. 이 소설의 중심이 되는 지점은 인물들의 시각이 바뀌고 겹쳐지는 데 있다. "핸드폰을 꺼내보니 다행히 물에 젖지 않았다. 저장해두었던 백 교수의 주소를 찾았다. 오피스텔 건물 안, 에어컨 때문에 한기가 들었다. 그녀는 몸을 움츠리며 엘리베이터를 기다렸다"(pp. 195~96. 이하 책 인용은 페이지만 밝힘). 이러한 공민지의 시각은 다음 장면에 나오는 백용현의 시각과 겹쳐진다. "침울한, 우울의 나날에 빠져 있던 어느 하루, 갑자기 벨이 울리고 누군가 그를 찾아왔다. 누군가 자신을 찾는 벨 소리가 환청 같았다. 문 앞에 공 조교가 서 있었다"(208). 이 소설은 빗소리와 울음소리로 가득 차 있다. "이제 막 이십대 중반을 벗어난 것뿐인데, 삶이 뭔가 순탄하게 흘러가지 못하는 것에 대해 연민이 일었다. 그녀는 울고 있는 자신의 모습을 보면서 더 이기적으로 살아야겠다고 마음먹었다. 누구에게도 냉정해지겠다고 다짐했다"(225). "그녀는 그가 흐느끼는 소리를 가만히 듣고 있었다. 그녀가 발끝을 세워 울고 있는 그에게로 조용히 다가갔다. 그는 방바닥에 무릎을 꿇고 웅크리고 있었다. 그녀가 망설이다 용기를 내어 그의 등을 어루만졌다. [……] 비가 다시 내리기 시작한 것인지

'쏴' 하는 소리가 들리는 것 같았다. 빗방울이 창을 때리는 것도 같았다. 그의 울음소리가 빗소리처럼 들리는 것도 같았다. 그녀가 바짝 그의 등 뒤로 다가앉았다"(259~60).

비구니, 원불교 정녀, 신흥교회 목사 등의 경력을 지닌 원장이 10년 전 만공산에 들어와 3년 전에 수련원을 차렸다. 그곳은 30여 가구 50명이 사는 작은 마을이었다. 원장의 노모는 치매에 걸려 식탐이 많은 구십 노인으로서 식당의 잔반이나 집 근처 야산에 버려진 음식을 주워 먹는다. 어느 날 산 중턱 무릎 높이의 개울에 빠져 죽어 있는 원장의 노모가 발견된다. 이 소설에 나오는 첫번째 죽음이다. 노모의 유골을 옥수수밭에 뿌린 후 원장은 삶의 기력을 상실하고 추진하던 모든 일을 방기한다. "그녀의 나약한 모습을 사람들은 처음 보았다"(93). 그녀는 마치 그녀의 어머니가 되살아 온 듯 밤새 어딘가를 헤맨다. 그녀의 넋이 빠져나가는 속도만큼 빠르게 수련원도 무너져간다. 관리자 김 씨는 원장이 개발한 생식의 유통을 담당했다. 그는 하늘 수련원을 담보로 돈을 챙겨 달아난다. 돈을 받으러 온 사람들이 내놓은 차용증과 계약서에는 원장의 인장이 찍혀 있었다. 최영래는 집을 나가 헤매지 않도록 원장을 원장실에 가두고 자물쇠를 채운다.

그해 여름에는 유난히 비가 많이 내렸다. 축사를 지으러 온 인부들은 일 대신 노름을 했다. 판돈의 규모가 커져서 하룻밤에 기백만 원이 오가게 되었고 평택에서 온 김두영이 나머지 인부들의 돈을 다 따 챙겼다. 평생을 노름판에서 보냈다는 임실 임 씨조차도 몇 달 치 급료를 잃었다. 인부들은 거의 4천만 원에 가까운 돈을 김두영에게 잃었다. 최영래가 인부들을 선동하여 김두영을 묶어 인부들의 통장, 도장이 든 가방과 함께 넘치는 물속에 던지게 하였다. 그의 시체는 보름 만에 마을에서 백 킬로미터 떨어진 곳에서 발견되었다. 김두영의 동생 김두성이 마을에 와서 형의 죽음에 대하여 탐문하던 중 인부들이 하는 말을 엿듣고 사건의 내용을 알게 되었다. 최영래에게 붙잡힌 그를 이번에는 임실에서 온 임 씨가 주동이 되어 축사 터에 묻고 그 위에 시멘트를 부어 넣었다. 그들은 서로 증오하고 멸시하면서 만나고 모이고 뒤섞이며 범죄의 연대를 형성한다. 끊임없이 내리는 비로 인해서 주위가 모두 진창으로 변하듯이 그들은 끈적끈적한 욕망에 갇혀버린다. 모든 범죄에는 구역질 나는 단조로움이 들어 있다. 냉혹하고 가차 없는 단조로움에 사로잡힌 영혼은 잔인한 반복에서 탈출할 수 있는 출구를 발견하지 못한다. 늙으면 생각은 점점 더 과거를 향하게 되고 반복강박에 갇히게 된다. 범죄자들의 반복강박도 영혼의 노화라고 할 수 있다. 죽임과 훔침과 넘침은 용기의 표현이 아니라 예속의 표현이다. 축사 공사는 중단되고 비 때문에 굳어지지 않은 기초가 겨울을 지내며 얼어 있다가 봄이 되자 녹아 김두성을 묻은 축사 부지 시멘트 바닥 한가운데가 주저앉았다. 서울에서 형사들이 수갑을 찬 인부들을 데리고 최영래를 찾아온 것은 바로 그때였다.

최영래는 함경남도 요덕수용소의 교도관이었다. 그는 죄수에게 약을 먹여 이틀쯤 정신을 잃게 한 후 죽었다고 속이고 가족에게 넘기는 방법으로 돈을 모았다. 돈은 반드시 달러로만 받았다. 먹인 약이 잘못되어 죄수가 죽는 사고가 발생했다. 돈을 준 가족이 수용소에 진정하였다. 그는 아내와 아들을 두고 북을 탈출하여 중국, 태국, 미얀마를 거쳐 남한으로 들어왔다. 달러가 있었기에 가능한 일이었다. 그는 어떻게든 돈을 모아 아내와 아들을 데려오려고 했으나, 브로커는 전보다 더 큰돈을 요구했고 돈을 지불한 후에는 어찌 된 일인지 연락이 닿지 않았다.

그는 원장과 관리자 김 씨의 관계를 알고도 그가 먼저 배반하지 않고 김 씨에게 당한 것을 실수라고 여겼다. 소설에는 관리자 김 씨도 최영래의 손에 죽었다고 암시하는 대목이 있다. "언젠가부터 김 씨가 나타나지 않은 이유를 사람들은 알지 못했고 관심도 없었지만 그가 나타나지 않은 데엔 이유가 있었다. 빚쟁이들이 김 씨를 찾으려고 가끔 수련원을 찾았지만 그는 영원히 찾을 수 없는 곳에 있었다"(250). 평택의 김두영을 불러들인 것도 최영래였다. 딴 돈을 반씩 나누기로 했었다. "그는 돈이 있으면 북에 있는 식구들을 얼마든지 데려올 수 있다고 믿고 차근차근 계획을 실행해나가던 차였다. 헌데 북쪽 브로커에게서 받은 연락은 참담했다. 아내와 아이가 자기가 근무했던 요덕의 감옥에 수감되어 있다고 했다. 그가 더 이상 망설일 수 없는 이유였다. 가을이 되면 그가 직접 가서 가족을 데려올 생각이었다. 꼭 남한이 아니어도 상관없었다"(249). 돈을 가지고 떠나는 것만이 그의 목적이었으나 그는 돈을 모으지도 못하고 떠나지도 못했다. 돈이면 안 될 일이 없다는 것은 진리임에 틀림없으나 합법과 불법을 다 동원해도 하류사회에서 남북의 벽을 뚫을 만큼의 돈을 모은다는 것은 허망한 몽상에 지나지 않는다.

이양자는 남편 민진홍과 같은 학교 박사과정에 다녔다. 그녀는 휴학을 하고 과외를 해서 남편의 학비를 댔다. 민진홍은 학위를 마치고 마흔다섯에 지방대학 국문과 전임이 되었다. 딸과 아들은 필리핀에 보냈다. 기초 과정을 끝내면 미국으로 보낼 계획을 세웠다.

생활이 안정을 찾았다고 느낄 만한 바로 그 무렵에 그녀는 폐암에 걸렸다는 사실을 알았고 남편보다 스물세 살 어린 공민정의 편지를 받았다. 전문대학에서 남편에게 배운 공민정은 이혼해달라고 그녀에게 요청하였다. 상당한 시간이 지난 후이긴 하지만 민진홍은 의부증이 있다는 이유로 이혼 소송을 제기하는 내용증명을 이양자에게 보냈다. 현재를 벗어나 다른 곳에 있는 자기를 꿈꾸는 인간 본연의 특성 때문에 일부일처제가 글자 그대로 시행되는 것은 불가능한 몽상이라고 할 수 있다. 그러나 그녀를 정신이 이상한 여자로 몰며 이혼 서류와 공판 조정 서류를 보낸 그의 행동은 자기기만에 지나지 않는다. 양자는 죽음을 체험하면서 자기 삶 속에 남아 있는 것을 향유할 줄 알게 된다. 그녀는 민진홍의 배반을 그녀 자신의 고유한 문제라고 생각하지 않았다.

그녀의 어머니는 온갖 정성을 다하여 딸의 건강을 보살펴주었다. 음식을 잘해 먹으면 폐병이 낫는다는 옛말만 믿고 어머니는 딸에게 병원 약을 들지 못하게 했다. "일찍 찾아온 겨울 때문에, 모녀는 사는 동안 가장 많은 시간을 한방에서 떨어지지 않고 지낼 수 있었다"(280). 봄이 와 진달래·매화·산수유·목련이 온 산에 만발할 때 이양자는 건강을 회복한다. 전주의 큰 병원에서도 암이 없다고 진단하였다. 그러나 딸을 위해 헌신하던 어머니는 위암으로 세상을 떠난다. 죽기 전에 어머니는 양자에게 그녀의 큰오빠와 조카를 소개해준다. "노인은 주로 가족에 대해 얘기했고, 양자는 듣기만 했다. 혈육이라는 것은 그런 것이라는 듯, 서로는 서로가 떨어져 있었던 시간을 만회하려는 듯, 애정이 넘치는 만남이었다"(278). 어머니 김덕이는 여섯 살에 아버지를 여의고 열네 살에 키워준 어머니를 여의었다. 여섯 살에 생모를 마지막으로 보았다. 큰오빠 집에 있다가 스무 살에 나와 가발 공장에서 일했다. 서른 살이나 많은 가발 공장 관리인을 만나 양자를 배었다. 아이를 빼앗길까 두려워 남자에게서 도망쳤다. 이 소설은 그녀의 죽음으로 종결된다. 그녀의 죽음은 우리가 상상할 수 있는 가장 아름다운 죽음이라고 할 수 있다. 야심을 거부하고 있는 그대로의 순간을 향유하는 단순하고 유연한 삶의 모델을 우리는 그녀에게서 본다. 그녀는 지금의 삶 이외의 어떤 다른 삶을 살려고 하지 않는다. 그녀는 자신의 매순간에 헌신한다. 그녀의 모시는 삶, 바치는 삶, 섬기는 삶 앞에서는 암도 삶의 파괴자가 아니라 삶의 완성자가 된다. 딸의 이불 홑청을 빨고 아침을 해놓고 얼풋 잠이 들어 냇물에 떠내려가는 고무신 한 켤레를 꿈꾸다가 딸이 산책에서 돌아오는 소리를 듣고 깨었다. 딸에게 아침을 먹으라고 권한 후에 "순식간, 그녀가 아주 깊은 잠에 빠져들었다. 아득히 멀어지는 심연, 점점 몸이 가벼워지고 머리는 맑아지는 것 같았다. 아침을 먹은 양자가 아무리 흔들어 깨워도 그녀는 일어나지 않았다. 김덕이 여사는 개울에 떠내려가는 신발을 주우러 달려가고 있었다. 찬란한 봄빛에 실려, 저 멀리 사라지고 있었다"(291~92).

공민정의 언니 공민지는 K대학 국문과 박사과정 학생이며 백용현 교수의 조교다. 마흔 전에 과부가 된 그녀의 엄마는 남자들로 인해 수모를 겪기도 하였으나 여러 번의 시행착오를 거쳐 재혼에 성공하였다. 자매는 민지 명의로 된 아파트에서 따로 살았다. 그녀는 최준과 4년 동안 연애했으나 3년 전에 최준이 딴 여자와 결혼하였다. 결혼한 후에도 그녀와 계속해서 모텔을 드나들던 최준이 딸을 낳고 나서는 1년 동안 연락을 하지 않았다. 백용현 교수가 제자 정호석 교수가 운전하는 차에 그녀를 태우고 춘천에 갔을 때 그녀는 혼자 식당을 나와 담배를 사러 가다가 길을 잃어 최준에게 전화를 했고 그들은 다시 만나기 시작했다. 그녀는 택시 속에서 최준의 옷에 향수를 뿌렸다. 최준의 아내 나오미가 학교로 그녀를 찾아와 만나지 말아달라고 부탁하였다. 그래도 그들은 만났다. 나오미가 다시 찾아와 아이를 데리고 일본으로 가겠다고 말했다. 2011년 봄에 최준은 공민지와 결혼하였다.

백용현은 6·25 때 아버지를 잃고 시장에서 좌판을 놓고 장사하던 어머니 밑에서 컸다. 불문과를 졸업하고 국문과 대학원으로 진학하여 교수가 되었다. 스물여덟에 프랑스 유학생 손화자를 만나 결혼했으나 2년을 채우지 못하고 이혼했다. 화가인 손화자가 그림을 배우러 미국으로 떠났기 때문이었다. 두번째 아내 임은수하고는 10년을 살며 아들도 두었으나 임은수는 다른 남자가 생겨서 아이를 데리고 집을 나갔다. 아이는 북구 어디론가 입양을 보냈다고 했다. 쉰에 35세의 세번째 아내 심은경과 이혼을 하고는 이후로 혼자 살았다. 결혼 1년 만에 따로 사시게 한 어머니는 25년 전인 1987년에 돌아가셨다. "그의 삶을 한마디로 요약하자면, 죽지 않기 위해 사는 것이었다. 죽지 않기 위해 젊어지길 원했으며, 죽기 싫어서 좋은 음식만 먹었고, 젊은 여자들을 탐했다. 끔찍하게 자기 몸을 챙겼다"(25).

손화자가 백용현의 연구실로 찾아온다. 10년 전에 유방암 수술을 했는데 암세포가 자궁으로 전이되어 이미 말기라고 했다. 미국에서는 마약에 손을 대었고 마흔이 넘어서야 겨우 손을 떼었다고 했다. 진통제를 먹으며 그녀는 약으로 시작한 자 약으로 끝난다는 말을 무슨 격언처럼 되뇌었다. 날마다 찾아오던 손화자가 9일째 소식이 없자 백용현은 조교 공민지와 함께 호텔과 병원을 찾아다닌 끝에 그녀의 죽음을 확인하였다. 충격으로 쓰러져 입원했다가 뇌 속에 혹이 있다는 진단을 받았다. 퇴원 후에 그는 방황을 계속하였다. 열흘 동안 외출하지 않고 자신을 집안에 가두기도 하고 거리를 헤매다 혼자 술집에 들어가 바가지를 쓰기도 하고 집에 찾아온 조교 공민지와 성적인 관계를 맺으려다 여자의 거부로 실패하기도 하였다. "느닷없이 불쑥 떠오르는 것들은 모두가 후회되는 일들뿐이었다. 도대체 그간 살면서 이런 감정과 기억은 어디에 숨어 있던 것이었는지, 의아스러울 정도였다. 지난날 그런 기억이 문득 떠오를 때마다 현재의 자기를 정당화하며 더 깊은 곳에 묻어버리던 자존감 같은 것은 이미 소멸된 지 오래였다"(254). 의지로 통제할 수 없는 불수의적 기억은 사물에 대한 감각과 자기에 대한 감정을 구별할 수 없게 섞어놓는다. 그의 의식은 균형을 잃고 허무의 나락으로 하강한다. 그러나 그는 몽롱하고 무기력한 포기 상태 속에서 죄인도 아니고 성인도 아닌 자신의 비참한 진실에 직면한다. 인간은 지표도 없고 희망도 없이 낯선 장소에서 생존하고 있다. 인간은 어떤 상태에서도 항상 불행하기 때문에 현실 그대로가 아니라 욕망이 투사된 현실에서 생활한다. 우리는 사물을 추구하지 않고 사물의 추구를 추구한다. 우리가 원하는 것은 포획한 짐승이 아니라 짐승을 추적하는 것이다. 무엇을 포획하더라도 인간은 공허와 무력, 허무와 예속으로부터 탈출할 수 없을 것이기 때문이다.

그는 라디오 하나와 책 몇 권, 겨울 옷가지를 싸 들고 손화자에게서 들은 적이 있는 하늘 연수원으로 들어간다. 2010년 겨울에 받은 편지를 들고 2012년 봄 만삭의 민지가 남편 최준과 함께 찾아갔을 때 그는 이미 죽어 있었다. 백용현과 공민지는 2010년 여름에 진심으로 화해하였다. 백용현은 민지를 성욕만의 대상이 아니라 성욕까지 포함하는 미의 대상으로 대하게 되었고 공민지는 백용현의 고독과 방황을 이해하게 되었다.

"괜찮아요. 선생님 괜찮아요."
무엇이 괜찮은지는 자신도 알지 못했지만, 그녀는 그를 위로했다.
"아무렴, 괜찮을 거예요." (262)

죽음에 직면해서 그는 손화자와의 화해를 성취하였다. 자신의 결핍과 빈궁을 인정하고 그는 영혼의 가면을 벗어버린다. 자기의 진실을 회피하는 방향으로만 달려온 그의 삶은 진실의 섬광을 받아들이고 느끼는 능력을 회복한다. 우리는 적어도 자기가 느꼈던 것에 대해서는 잘못 생각할 수 없다. 가장 많이 느낀 사람이 가장 많이 산 사람이다. 그는 교수라는 가면을 벗는다. 단조로운 반복에 갇혀 있는 가면을 벗을 때 그의 내면에서 존재의 심연을 다양하게 느낄 수 있는 능력이 회복된다. 존재의 소리에 귀를 기울이지 않고 존재하지 않는 것을 추구하는 것은 고통을 낭비하는 것이다.

젊은 작가 백가흠이 가장 개인적이고 가장 보편적인 노년의 드라마 앞으로 우리를 안내한다. 비틀거리는 노년이란 그가 예측하는 자신의 잔인한 미래인 것일까? 그러나 자기가 누구인지 모르기 때문에 자기의 이름을 물어보며 이쪽 문, 저쪽 문을 열고 닫는 사람은 백용현만이 아니다. 젊은 공민지도 과거의 무게 전체를 짊어지고 자신을 인식하기보다 자신이 아닌 것을 재현하려는 공허한 시도를 반복한다. 노년이건 청년이건 분해할 수 없고 규정할 수 없는 감정에 흔들리는 것은 마찬가지다. 인간에게는 결여를 채우는 것 이외의 다른 삶의 방향이 허용되어 있지 않다. 삶은 누구에게나 어디로 가야 하는지 알지 못한 채 앞으로 나아가는 것이다. 백가흠은 거미줄을 사방으로 펼치는 거미처럼 늙음과 젊음을 같은 밀도로 배치한다. 다 같이 불안한 무 속에서 존재의 빛을 기다리고 있는 노년과 청년의 방황을 통해 백가흠은 심리의 드라마를 도덕의 드라마로 변형한다. 나는 백가흠이 합리적 지성과 반성적 의식과 습관적 반복의 저쪽에서 움직이는 섬세한 감정과 영혼의 유연성의 탐구에 좀더 전투적으로 가담하기를 희망한다. 서사와 서술은 조금 약화시키고 감각과 지각은 조금 강화시켜야 할 필요가 있을지도 모른다. 느끼는 것과 느낌을 알아채는 것을 구분하는 선을 흐리게 하면 감각과 지각이 결합되어 지성과 감성의 분열이 완화된다. 예측 가능한 구성의 논리를 약화시키면 모호하고 예측 불가능한 문체의 효과가 강화된다. 소설의 문법에 대하여 너무나 잘 아는 작가이기 때문에 나는 반대로 백가흠에게 완결된 구성보다 미완의 시간들로 편성된 관현악을 권유하고 싶다. 시간을 미소 단위로 나누어 이 소설의 작은 이야기들을 여러 편의 긴 소설로 만드는 작업 같은 것도 해볼 만한 시도가 될 것이다.

세 겹의 얼개

—권여선 소설집 『안녕 주정뱅이』

소설집 『안녕 주정뱅이』(창비, 2016)의 단편소설들은 세 겹의 얼개를 가지고 있다. 소설의 표층은 단순한 이야기이다. 예를 들어 「이모」는 쉰일곱에 췌장암으로 세상을 떠난 윤경호의 이야기이다. 술만 마시면 사는 일이 비천하다고 한탄하던 아버지가 대학 1학년 때 죽었다. 대학을 졸업하고 4~5년 대기업 홍보부서에 근무하다 남동생 경철이 사업에 실패하자 모은 돈과 퇴직금을 주어 부도를 막게 하고 출판사들을 옮겨 다녔다. 어머니가 경호도 모르게 경철의 빚보증을 서놓는 바람에 서른아홉에 신용불량자가 되었다. 화자의 시어머니는 그것이 사업 빚이 아니라 노름빚일 거라고 믿고 있다. 비정규직으로 10년 동안 일해서 신용을 회복했고 아동물 출판사에 취직하여 5년여 만에 1억 5천만 원을 만들었다. 쉰다섯에 회사를 그만둔 후 2년 정도 혼자 살았고 석 달 동안 투병하다 죽었다. 동생이 또 빚 때문에 어머니에게 전화를 걸어 죽네 사네 한 다음 날 그녀는 혼자 살겠다는 편지를 남기고 어머니와 함께 살던 집을 나왔다. 보증금 1억으로 안산에 열 평 아파트를 얻었다. 나머지 5천만 원을 다 쓰면 죽을 작정이었으나 중간에 마음이 바뀌어 매일 동네 문화회관에 나가 책을 읽는 규칙적인 생활을 하였다. 그녀는 65만 원으로 한 달을 살았다. 집세 30만 원과 관리비 5만 원을 제하고 건강보험료와 쌀·김치·비누·휴지 등에 들어가는 돈을 빼면 하루에 6천 원 정도가 남았다. 담배는 아침·점심·저녁 식사 후와 자기 전에 하나씩 하루 네 개비만 피우고 술은 일요일 밤에 소주 한 병만 마신다. 아침 먹고 문화회관에 가서 서가에서 책을 골라 하루 종일 그 책만 보았다. 그 집에는 전화도 휴대폰도 티브이도 컴퓨터도 없었다. 작은 냉장고와 오래된 세탁기가 있을 뿐이었다. 이 여자가 사는 방식 자체가 쓸데없는 것들로 넘쳐나는 우리들의 생활을 반성하게 하는 척도가 될 수 있으며, 아들의 빚 갚는 데 쓰고 싶어 하는 노모의 희망을 외면하고 시어머니가 어머니와 자기와 조카가 각각 3분의 1씩 나누어 가지라는 시이모의 유언대로 처리하는 행동도 어머니에게 휘둘리는 것을 효도라고 착각하는 우리들의 가족 관념을 비판하는 거울이 될 수 있다. 화자에게 들어온 돈은 3,955만 원이나 되었다.

시어머니를 따라 시이모를 문병하러 간 화자는 시이모의 초대를 받아 월요일마다 그녀의 집에 가서 그녀의 이야기를 듣는다. 글을 쓰고 싶어 했던 그녀는 글을 쓰는 조카며느리와 이야기를 하고 싶어 했다. 화자 또한 결혼하기 위해 대학원을 한 학기 쉬고 있을 때였기 때문에 겨를을 낼 수 있었다. 화자는 그 여자의 일생보다 도서관에 나가는 계기가 된 어느 하루에 주목한다. 그것은 2년 전 겨울 어느 일요일에 일어난 일이었다. 온수가 안 나와 드라이어로 계량기를 녹이고 있는데 물고기 눈을 한 옆집 여자가 자기 집은 냉수가 안 나온다며 그녀에게 냉수관이 어느 쪽이냐고 묻더니 남편을 불렀다. 그녀에게는 "할머니"라는 말도 익숙하지 않았고 그 집 남편의 무례한 태도도 편하지 않았다. 늦은 아침을 먹고 담배를 피우는데 이번에는 인터폰을 통해 위층집의 벨 소리가 나기 시작했다. 찾아온 두 명의 기사는 윗집이라는 그녀의 말을 듣지 않고 부산스럽게 옆집들을 살펴본 후에야 윗집에서 나는 소리라는 것을 확인하더니 그 집에 사람이 없어 당장은 고칠 도리가 없다고 했다. 집을 나와 공원 쪽으로 걷다가 우연히 문화회관을 보았고 그곳에 들어갔다가 1층에 작은 도서관이 있다는 것을 알게 되었다. 철학책을 한 권 꺼내서 읽던 그녀는 머릿속에 오래전 과거에서 기어 나온 유충들이 기어 다니는 것을 느꼈다. "파렴치한 주체"라는 말은 그녀의 마음을 흔들어놓았다. 그녀는 흐릿한 목소리로 "여보셔흐" 하고 부르는 노숙자의 말이 자기 속에서도 울려 나오는 것을 들었다. 화자는 도박에 중독된 동생의 빚을 갚느라 부서진 그녀의 일생보다 이 하루의 우연을 더 중요한 사건으로 보고 자세하게 묘사하였다.

이제 나는 그녀에게서 들은 그 겨울날의 이야기를 할 것이다. 그녀는 서두르지 않고 천천히 말을 골랐고 어떤 느낌이었는지를 이해시키기 위해 내 눈을 자주 들여다보았다. 그때마다 그녀의 흰자위에서 새벽처럼 맑고 시린 푸른빛이 반짝였다. 나 또한 재촉하거나 질문을 던지지 않고 조용히 집중해서 들었다. (p. 90. 이하 책 인용은 페이지만 밝힘.)

이 소설의 심층은 같은 날 밤에 혼자 소주를 마시고 있던 그녀에게 떠오른 몇 개의 이미지들로 구성되어 있다. 만취한 채 모르는 남자의 차를 세워 얻어 타본 기억, 역시 술에 취해 트럭 밑에 누워 차가 움직여 죽게 되어도 무방하다고 생각하던 기억, 이런 기억들 사이로 한 남자의 얼굴이 떠올랐다. 스물여섯이나 일곱쯤 됐을 때 그녀는 두 살 위의 공부하는 남자 하나를 만나서 4, 5년 사귀다 헤어졌다. 화자는 화자의 시외삼촌이 빚으로 감옥에 들어갈 뻔한 때였으리라고 추측해본다. 그는 장이 안 좋았지만 단것을 좋아했다. 그녀는 참외 씨를 하나하나 발라내고 참외 속만 모아 그에게 주었다. 그가 철없는 어린 이혼녀와 결혼해서 아이들 낳고 살다가 20년 후에 교통사고로 죽었다는 것을 지인의 미니홈피에서 보고 기사를 검색하여 확인한 그녀는 3, 4년 전까지 그 여자의 페이스북에 들어가 거기에 실린 글들을 읽곤 하였다. 그리고 누군가의 눈빛이 습격하듯 그녀의 눈앞에 나타났고 그녀는 그 눈빛을 따라 전생처럼 오래된 어느 시절의 지하주점에 이르렀다. 그녀는 담배를 피우고 있었고 맞은편에 앉은 남자가 간절한 눈길로 그녀에게 두 손을 내밀고 있었다. 알 수 없는 충동에 사로잡혀 그녀는 피우던 담배를 그의 왼손 손바닥 한가운데에 눌러 껐다. 대학 1학년 겨울에 일어난 일이었다. 예상하지 못했던 순간에 찾아온 기억에 놀라서 그녀는 베란다로 나가 피우던 담배를 그녀 자신의 왼손에 눌러 껐다. 그녀는 성가시고 귀찮아서 그랬을 것이라고 조카며느리에게 말했다.

"나도 애초에 이렇게 생겨먹지는 않았겠지, 불가촉천민처럼, 아무에게도 가닿지 못하게. 내 탓도 아니고 세상 탓도 아니다. 그래도 내가, 성가시고 귀찮다고 누굴 죽이지 않은 게 어디냐? 그냥 좀, 지진 거야. 손바닥이라, 금세 아물었지. 그게 나를 살게 한 거고." (106)

아마 가장 큰 이유는 사업 빚인지 도박 빚인지 모르지만 빚을 누나에게 떠넘긴 동생에게 있을 것이고 아들에게 휘둘려 큰딸의 삶을 지옥으로 만든 노모에게 있을 것이다. 마지막 2년을 제외한 그녀의 일생은 성가시고 귀찮은 것을 견뎌내는 고행이었다. 그것은 어떤 고승도 해내기 어려운 수행이라고 할 만한 것이었다. 이 땅에 사는 사람들 대부분에게 메마름을 견뎌내는 것 이외의 길은 열려 있지 않다. 어떤 의미에서 우리는 윤경호라는 여자의 마지막 선택을 영웅적인 모험이라고 보아도 무방하리라. 그녀의 마지막 말은 더욱 의미심장하다. "그런데 그게 뭘까…… 나를 살게 한…… 그 고약한 게……"(106). 시선을 내부로 돌릴 때 우리가 발견하는 것은 우리 안에서 숨 쉬고 있는 수많은 고약한 것들이다. 그 고약한 놈들 가운데 우리 존재의 핵심이 있다. 그것은 결코 멋있고 굉장한 것이 아니다. 대상이 아니고 관념이 아니며 명명할 수도 없고 식별할 수도 없는 끔찍스러운 감정의 응어리들. 보기 싫지만 그 고약한 것을 직시하지 않으면 우리는 타성에 빠져 도덕을 먹고 사는 벌레가 된다.

「삼인행」은 길 위에서 시작하여 길 위에서 끝나는 소설이다. 서울을 떠나 신갈분기점에서 고속도로로 들어가 문막을 지나 만종분기점에서 중부고속도로로 바꿔 타고 남원주 나들목으로 빠져나가 황기삼계탕을 먹고 다시 남원주 나들목으로 나가 중부고속도로를 타고 만종분기점에서 영동고속도로로 바꿔 탄다. 북강릉 나들목에서 강릉 쪽으로 빠져 경포해변 수제버거 가게에 들러서 먹고 싶은 버거를 골라 포장하고 다시 북강릉 나들목으로 올라가 동해고속도로로 접어들어 하조대 나들목으로 나가 양양을 지나 낙산 쪽으로 접어들어 속초에 도착한다. 설악산 국립공원에 가서 케이블카를 타고 권금성에 올라갔다 내려와 장사항에서 홍게를 먹고 이튿날 돌아오다가 황태식당에 들러 운전하는 주란까지 끼어 세 사람이 함께 술을 마신다. 차량과 숙소는 주란이 책임졌고 나머지는 모두 훈이 냈다. 규는 뭘 내고 말고 할 처지가 아니었다. 소설을 가득 채우고 있는 것은 주란과 규의 티격태격이고 그 사이사이에 끼어들어 훈이 그들과 주고받는 대화이다. 1박 2일의 여행에서 그들의 화제는 주로 먹는 것이다. 그들은 식당을 찾기 위하여, 심지어는 수제버거를 사기 위하여 우회하기를 서슴지 않는다. "훈은 그렇게 오래 만나왔으면서도 규와 주란에게 이토록 이상한 식탐과 기계적인 계획성이 있는 줄 몰랐다는 게 놀라웠다"(52).

아침은 어떡한다. 묻는 규의 말에 주란이 무조건 그 식당까지는 굶고 가야 한다고 했다.

그 식당이라니?

훈의 물음에 규가 원주에 삼계탕 잘하는 집이 있다고 했다. 그 집의 유일한 단점이라면 거기서 먹고 나면 다른 데서는 못 먹는다는 거지.

닭이 닭이지 무슨 맛이기에.

규가 뒤를 돌아보았다.

맞아, 특별한 맛을 상상하지 말고 닭 맛만 생각해.

닭 맛?

닭 맛! 모름지기 닭이 내줘야 할 딱 그 맛이 난다고! (44)

규는 커피포트를 안 끄고 나와 다시 들어가야 했고 주란은 숙박권을 안 가지고 와서 운전하다 중간에 내려 콘도에 전화를 해봐야 했다. 주란은 밤새 부스럭거려서 잠을 못 잤다고 푸념했고 규는 주란이 자기를 과자 봉지로 취급한다고 훈에게 불평했다. 다시 운전을 시작한 주란은 문막 가는 길이 지루하지 않다고 말하는 규에게 "너 오늘 이상해. 내가 아까 숙박권 놓고 왔다고 했을 때도 신경질 안 부리더니"라고 묻는다. 규는 그런 일로 신경질을 왜 부리냐고 대답했고 주란은 "끝내 위선 떨래?"라고 반문했다. 그들의 여정은 이러한 최소한의 상호 존중이 무너져가는 과정이다. 식당 뜰에 억지로 깨어 있다가 그들이 떠나자 잠에 빠지는 절름발이 개를 두고 규는 낯선 사람에게 해를 입을까 두려워 잠을 참는 것이라고 하고, 훈은 주인집을 지키려고 깨어 있는 것이라고 하고, 주란은 개의 이력을 모르면서 떠들지 말라고 충고한다. 생태습지 졸음쉼터라는 팻말을 보고 규는 한숨 자면 좋겠다고 하고, 훈은 차에 녹이 슬겠다고 하고, 주란은 하나는 생태만 보고 하나는 습지만 본다고 나무란다. "너희들은 평생 종합적이질 못해." 지역보험 가입자인 주란이 잘못 산정된 건강보험료를 조정하려고 보험공단 지사에 전화를 건 것을 두고도 네 네 하기만 한다느니 고함만 지른다느니 하고 서로 다툰다. 저녁 술자리에서 예전의 친구들과 선후배들 이야기를 할 때는 규가 훈의 말에 시비를 건다. 선배에 대해서 친구가 한 말을 전하는 훈에게 규는 선배를 만나보지 않고 선배가 변했다는 친구의 말을 옮기면 안 된다고 말한다. 그들이 변했다고 한 것은 무슨 큰 변절이 아니라 상대의 사정은 헤아리지 않고 별로 중요하지 않은 사기 이야기만 하더라는 것이었다. 술 취한 규의 시비를 피하려고 세수를 하러 들어갔다 나온 훈에게 규는 같이 술 먹다 자리를 비워서 주란과 둘이 있게 된 것이 거북해서 그랬는지 화장실을 왜 혼자서 오래 쓰냐고 따진다. 아침에 보험공단 지사에 전화를 걸어 문의하다 또 한 번 실패하고 콘도를 나와 서울로 오는 길에 주란이 황태국집으로 우회전하는 지점을 놓치자 규는 버럭 소리를 지른다. "눈이 먼 거야 뭐야? 저렇게 큰 글씨로 써 있는 걸 왜 못 보고 지나치냐? 이런 국도에서 신호 한번 만나려면 얼마나 한참 기다려야 하는지 알아? 언제 갔다 언제 유턴해서……"(70). 그러고는 시무룩한 말투로 사과한다. "갑자기 화가 솟구쳐서 사람이 그럴 때가 있잖아. 제발 이해해줘"(70). 새벽에 잠깐 잠이 깼을 때 규는 주란과 어떤 남자가 주고받는 말을 들었다. 훈의 목소리는 아니었다. 황태국집에서 술을 마시는 중에 규는 새벽에 누가 왔었냐고 주란에게 묻는다. 주란은 고개를 돌려 쳐다보았다. 규는 움찔하더니 "아니지. 아닌 거 아는데 그냥 확인한 거야"(72)라고 말한다.

> 이번엔 그놈이 또 뭐래디?
> 으응, 뭐를…… 규가 말을 얼버무렸다.
> 뭐라 그랬을 거 아냐. 새벽에 온 놈이?
> 몰라, 기억 안 나.
> 말해! (72)

1박 2일의 이번 여정은 주란과 규가 헤어지기로 하고 떠난 이별 여행이었다. 규는 떠나기 전날 짐까지 이미 다른 곳으로 옮겼다. 여행을 앞두고 매일 마시던 술을 참느라 규는 그날 밤에 잠을 이루지 못했다. 알코올중독으로 인해 일을 못하게 된 것보다 아내의 불륜을 보여주는 환각이 결별의 직접적인 이유가 되었으리라는 것을 암시해주는 장면이다.

이 소설의 심층에는 다른 사건들이 전개된다. 만종분기점을 지날 때 규가 "여길 지날 때면 항상 박종철 열사가 생각난다"(49)는 뜬금없는 소리를 한다. 박종철 고문치사 사건이 일어나 모두 "종 쳐라, 종 쳐라" 할 때 전두환이 김만철 귀순 사건을 터뜨려 "그만 쳐라, 그만 쳐라" 했다는 규의 말을 듣고 훈이 동조하고 주란도 긍정적인 반응을 보인다. 이 소설에서 세 사람의 마음이 일치하는 유일한 장면이다. 그들의 대화에는 운동권 시절, 데모를 기획하거나 도피할 때 지도부 구성원들이 주고받는 말투가 배어 있다. 콘도에서 술에 취해 세 사람은 서로 상대방을 비판한다.

> 미안하다 규. 내가 샤워도 안 하면서 오래 씻어가지고.
>
> 그런 문제가 아니라고오! 규가 절규했다.
>
> 그럼 다행이네. 미안해.
>
> 너도 진짜 지겹다, 훈아.
>
> 나도 너희들 지겹다.
>
> 나도 나도! 나도 너희들 지겨워. 너도 독재, 나도 독재, 주란도 독재. 알고 보면 우리 다 독재다. 그러니까 우리의 그 무엇이냐, 그 뭐냐, 같이 여행을 하면 알게 된다는 그런 거, 본심 그런 거 있잖아?

그런 거 너무 싫다! 너희들 그런 거 너무 싫다!

시끄러 그만 닥쳐!

미안하다. 내가 괜히 따라와가지고.

짜증나게 너까지 왜 이래?

다 메스껍다!

오래 씻어서 미안하다.

다 메스꺼워! 다 메스껍다고! (67~68)

함께 공동선을 지향하던 대의가 소멸한 후에 왜소한 개인이 된 영웅들은 초라한 자기들의 내면에서 그들이 부정하려고 목숨을 걸고 싸우던 파시즘의 잔재를 목격하고 전율한다. 절대적인 신뢰가 무너진 자리에 남은 것은 의심과 무력감뿐이다. 더 이상 물러나면 파멸이기 때문에 우리 모두에게 지금은 진리에 대한 충실성이 어느 때보다도 더 시급하게 필요한 시대가 아닐까?

권여선이 지은 다섯 권의 단편소설집 전체를 통해서 보더라도 가장 뛰어난 작품 가운데 한 편이라고 할 수 있는 「봄밤」의 표층과 심층은 서술 방법 자체를 달리한다. 표층과 중간층은 인물 시각으로 서술되고 심층은 작가 주석으로 서술된다. 권여선의 솜씨로도 정말 하고 싶은 말은 작가가 직접 나서서 말하게 할 수밖에 없었던 것 같다. 권여선은 누구보다도 인물 시각 서술에 능숙한 작가라고 할 수 있지만 그에게조차도 시점 서술이나 중립 서술로는 말할 수 없는 주제가 있다는 것은 소설의 본질에 대해서 흥미로운 시사점을 던져준다.

서사의 윤곽은 영경의 언니들의 대화와 아들을 면회 온 기순의 입을 통해서 밝혀진다. 요양원으로 가는 차 속에서 하는 두 언니의 대화를 통해 독자는 영경이 정신을 놓은 것과 지난번 면회할 때 이미 정신이 이상해져 있었다는 것을 알게 된다. 지난번에 영경은 작은언니는 무릎이 안 좋고 큰언니는 심장이 안 좋은 것을 알면서도 진실성 없는 연기 하지 말라고, 욕 나오기 전에 가라고 면회 온 언니들을 쫓아냈다. 시어머니의 말을 들으며 독자는 아들 수환의 병이 쇠 만지고 불질한 데서 왔으며 힘든 일 해서 번 돈을 이혼한 며느리가 가지고 달아났다고 믿는 그녀의 생각을 알게 된다. 어머니가 조르면 환갑 넘은 형이 여든 넘은 노모를 10년 넘은 낡은 차에 태우고 면회를 왔다. 수환과 영경은 마흔셋 봄에 친구의 결혼식에서 만나 술을 마시다 알게 되어 그 후로 12년을 함께 살았다. 영경은 스물세 살에 중등교사 임용을 받아 마흔세 살에 퇴직했다. 서른둘에 결혼했고 1년 반 만에 이혼했다. 백일 된 아들을 영경이 맡았으나 돌을 앞두고 있던 어느 날 예전 시부모는 전남편 부부와 함께 아이를 데리고 이민을 떠났다. 불법 납치로 소송하려는 영경을 두 언니가 말렸다. 그때부터 영경은 언니들을 만나지 않았고 모든 일에서 손을 놓은 채 술을 마시기 시작하였다. 수환은 스무 살에 쇳일을 시작해 10년 넘게 선반, 절단, 용접, 제관 등의 기술을 익히고 서른셋에 작은 철공소를 차려 제법 돈을 벌었지만 거래처의 횡포로 판로가 막혀 부도를 냈다. 위장이혼을 제안한 아내는 자기 명의로 변경된 재산을 팔아 잠적했다. 서른아홉에 신용불량자가 된 수환은 택배, 대리운전 등 닥치는 대로 일을 했고 아는 사람이 하는 사업을 도와주며 겨우 먹고살았다. 한 달 정도 노숙자 생활을 한 적도 있었다. 3년 반 전에 류머티즘 관절염의 증상이 나타나 친구의 보험으로 동네 병원에 가서 진찰을 받고 간단한 처방을 받았으나 그 정도의 처치로는 전혀 효과를 볼 수 없었다. 건강보험에 가입하기 위해 수환과 영경은 파산 신청을 하고 혼인신고를 하였다. 건강보험증을 갖게 되었지만 그동안 수환의 증상은 급속히 악화되었다. 1년 전에 수환은 병원 치료를 포기하고 지방 요양원에 입주했다. 두 달 후 영경도 수환이 있는 요양원으로 들어왔다. 영경의 병명은 알코올중독과 간경화와 영양실조였다. 요양원에서는 술을 마실 수 없었다. 구토와 불면, 경련과 섬망 증세를 견디지 못하게 되면 영경은 담당 의사의 허가를 받아 외출하여 술을 마시고 들어왔다. 영경의 외출 기간이 점점 늘어나서 지난번에는 일주일 만에 돌아왔다.

이 소설의 중간 층위는 뜻밖에도 젊은 간병인 종우의 이야기로 짜여 있다. 죽어가는 수환에게 종우는 영경을 보면 소연이란 여자가 생각난다고 하면서 은경과 소연의 이야기를 들려준다. 암벽등반 동호회에서 만난 사람들이었다. 종우는 은경을 좋아했지만 소연과 친하게 지내면서 은경에게도 소연을 좋아한다고 말했다. 은경이 은근히 접근해 와서 어느 날 그는 소연에게 헤어지자고 말했다. 소연은 그냥 알았다고 하고 집에 가겠다고 했다. 택시를 잡아주려고 서 있는데 갑자기 소연이 코피를 쏟았다. "난 세상에 그렇게 무섭게 코피 쏟는 거는 처음 봤어요. 그 밤중에, 아무 짓도 안 했는데 코피가 그냥……"(38). 약을 먹고 병원에 가서 지지고 해도 그 코피는 석 달 동안 멎지 않을 것이다.

외출을 나가기 전에 영경은 수환에게 네흘류도프가 혁명가 노보드보로프를 경멸하는 『부활』의 한 대목을 읽어준다. 이지력이 분자라면 자만심은 분모가 되는데 그의 분모가 그의 분자를 초과하기 때문에 그는 1 이하의 인간이라는 것이다. 그들은 서로 자신을 1보다 작게 보고 상대를 1보다 크게 여겼다. 수환은 그가 영경에게 해준 것은 취한 그녀를 집까지 업어준 것밖에 없다고, 해준 것은 아무것도 없이 자신은 그녀로부터 받기만 했다고 생각한다. “그가 조용히 등을 내밀어 그녀를 업었을 때 그녀는 취한 와중에도 자신에게 돌아올 행운의 몫이 아직 남아 있었다는 사실에 놀라고 의아해했다”(28). 외출 나갔던 영경이 모텔 주인의 신고로 요양원의 앰뷸런스에 실려 왔다.

> 몸이 어느 정도 회복된 후에도 영경은 여전히 수환의 존재를 기억해내지 못했다. 다만 자신의 인생에서 뭔가 엄청난 것이 증발했다는 것만은 느끼고 있는 듯했다. 영경은 뭔가를 찾아 두리번거렸고 다른 환자들의 병실 문을 함부로 열고 돌아다녔다. 요양원 사람들은 수환이 죽었을 때 자신들이 연락두절인 영경에게 품었던 단단한 적의가 푹 끓인 무처럼 물러져 깊은 동정과 연민으로 바뀐 것을 느꼈다. 영경의 온전치 못한 정신이 수환을 보낼 때까지 죽을힘을 다해 견뎠다는 것을, 그리고 수환이 떠난 후에야 비로소 안심하고 죽어버렸다는 것을 그들은 본능적으로 알았다. (39)

이 소설은 우리들의 이 비루한 시대에 유일하게 가능한 위대한 사랑의 연가이다. 사랑만이 인간에게 사실을 시인하는 겸손과 미지의 영역으로 자신을 개방하는 용기를 선사한다. 사랑은 있음이 아니라 넘어서서 있음이다. 사랑은 나쁜 신념들과 그릇된 환상들의 파괴자이다. 사랑은 모든 한계를 꿰뚫고 분열과 모순을 자체 안에 보존하는 끝없는 의욕이며, 깊은 정열에 의해 특별하게 추동된 심적 운동의 끊임없는 항상성이다. 비록 출구 없는 상황에 갇혀 있다 하더라도 사랑 때문에 인간은 어떠한 비극도 파괴할 수 없는 신비가 된다. 최악의 상황에 처해서도 마음을 부드럽게 풀어놓고 세계에 대하여 마음을 열 수 있다는 것은 죽음이 삶을 삼킬 수 없다는 것을 명백한 사실로 증명해주는 지상의 기적이다.